ALBERTO MORAVIA

Désidéria

ROMAN

TRADUIT DE L'ITALIEN
PAR S. DE VERGENNES

FLAMMARION

Ce livre a été publié sous le titre original :

LA VITA INTERIORE

DÉSIDÉRIA

Alberto Moravia est né à Rome en 1907. Son premier roman, Les Indifférents, *qu'il publie à vingt-deux ans, obtient un succès éclatant dès sa parution et témoigne déjà du réalisme et du pessimisme dont on retrouve trace dans toute son œuvre. Ecrivain fêté, il voyage (Londres, Paris, Pékin ou Athènes) sans renoncer à l'Italie malgré des difficultés avec les fascistes. Il est considéré comme un des romanciers européens les plus marquants.*
Alberto Moravia est décédé en 1990.

Prise de vertige devant « le trou noir de l'inconnu », Désidéria, fille du peuple intégrée malgré elle dans la haute et richissime bourgeoisie romaine, cherche un appui. Elle le trouve dans une mystérieuse et utopique *Voix* qui l'invite à prendre pour dieu la Révolution et l'incite à désacraliser toutes les valeurs, famille, religion, amour, argent, à transgresser tous les tabous, inceste, assassinat, et à accepter librement toutes les perversions sexuelles, toutes les violences, toutes les cruautés.
Dans ce roman, Moravia s'est emparé courageusement du droit formel de l'écrivain de tout dire, jusqu'aux limites du supportable. L'intérêt qu'il suscite ne relève pas d'une curiosité passagère ou futile mais bien du trouble profond et constant que nous, hommes d'aujourd'hui, sommes obligés de ressentir.

Paru dans Le Livre de Poche

BOF !

DU MÊME AUTEUR

Aux Éditions Flammarion :

AGOSTINO, *roman*
L'ATTENTION, *roman*
L'AUTOMATE, *roman*
AUTRES NOUVELLES ROMAINES
LA BELLE ROMAINE, *roman*
LA CIOCIARA, *roman*
LE CONFORMISTE, *roman*
L'ENNUI, *roman*
L'HOMME, *roman*
L'INDE COMME JE L'AI VUE
LE MÉPRIS, *roman*
LA PROVINCIALE, *roman*
UN MOIS EN U.R.S.S.
LA RÉVOLUTION CULTURELLE DE MAO
UNE CHOSE EST UNE CHOSE, *nouvelles*
LE MONDE EST CE QU'IL EST, *théâtre*
LE PARADIS, *nouvelles*
MOI ET LUI, *roman*
A QUELLE TRIBU APPARTIENS-TU ? *essai*
UNE AUTRE VIE, *nouvelles*

Ce roman est une interview que le personnage désigné sous le nom de « Désidéria » a accordée à l'auteur désigné par le pronom « Moi » au cours des sept années que durera la rédaction de ce livre. Aucun des personnages n'est raconté par le romancier. C'est Désidéria qui les raconte et qui se raconte elle-même.

PREMIÈRE PARTIE

LA MAISON DE RENDEZ-VOUS

CHAPITRE I

Désidéria : Mon nom est Désidéria. Et j'ai entendu une Voix.

Moi : Une voix ? Quelle voix ?

Désidéria : Je te répondrai en te lisant quelques lignes d'un livre.

Moi : De quel livre ?

Désidéria : La Vie de Jeanne d'Arc. Elle aussi a entendu une Voix. Écoute : « Vint cette Voix environ l'heure de midi, au temps de l'été, dans le jardin de mon père... Je l'entendais rarement sans voir une grande clarté du côté d'où elle venait. La première fois qu'elle me parla, je fis vœu à Dieu de ma virginité et pour aussi longtemps qu'il lui plairait. »

Moi : Mais pourquoi Jeanne d'Arc ? Qu'est-ce que Jeanne d'Arc peut avoir eu de commun avec toi ?

Désidéria : Dans le passage que je viens de te lire, il est question de deux choses que je possédais en commun avec elle : une Voix et la virginité. Durant plusieurs années une Voix se tint près de moi pour me guider, pour me donner ses ordres et, comme Jeanne, j'avais promis de rester vierge jusqu'à ce qu'arrive un certain événement. En somme pour Jeanne comme pour moi, Voix et virginité étaient liées l'une à l'autre, l'une justifiait l'autre, l'une existait parce que l'autre existait.

Moi : Mais ce vœu, ce n'est tout de même pas à Dieu que tu l'as fait ?

Désidéria : Non, je l'ai prononcé devant quelque chose de différent, pourtant une sorte de divinité aujourd'hui, et pour beaucoup de gens.

Moi : Qu'est-ce que c'est ?

Désidéria : Je préfère ne pas te répondre. Tu comprendras en m'écoutant.

Moi : Es-tu encore vierge ?

Désidéria : Non, je ne le suis plus.

Moi : Ce qui voudrait dire que ce certain événement dont dépendait ta virginité s'est produit ?

Désidéria : Non, rien n'est arrivé.

Moi : Et la Voix ?

Désidéria : La Voix est partie.

Moi : Alors, si je comprends bien, tu as perdu ta virginité et la Voix.

Désidéria : Oui et je suis là justement pour te dire comment j'ai perdu en même temps ma virginité et ma Voix.

Moi : Tu vas me raconter l'histoire de ton vœu ?

Désidéria : Disons, si cela t'amuse, l'histoire de mon vœu.

Moi : Quand et comment as-tu entendu la Voix pour la première fois ?

Désidéria : Tout a commencé une nuit où, ayant une faim terrible, je me suis levée pour essayer de trouver quelque chose à manger à la cuisine.

Moi : Où cela se passait-il ?

Désidéria : A Rome, dans le quartier des *Parioli*[1],

1. Le quartier résidentiel de Rome. Un peu par dérision, on appelle ses habitants les *Pariolini (N.d.T.)*.

dans un appartement situé au dernier étage d'un très bel immeuble où je vivais avec Viola, ma mère.

Moi : Quel âge avais-tu ?

Désidéria : Douze ans. J'étais très différente de ce que je suis.

Moi : Différente ?

Désidéria : J'étais presque obèse.

Moi : Non ?

Désidéria : Mais oui. J'étais une grosse grosse fille, envahie par la graisse. Je suis sûre que tu as déjà vu un étui de contrebasse, n'est-ce pas ? Eh bien, moi j'avais un matelas de graisse qui dissimulait autant mon corps que cette boîte cache à tous les regards le bel instrument de musique dont je parle. Je n'avais plus de derrière, je n'avais plus de ventre, je n'avais plus de taille, je n'avais plus de poitrine, je n'avais plus rien que de la graisse. Je me souviens — mais comme d'une chose qui serait arrivée à une autre fille — que lorsqu'en marchant mes cuisses se frottaient l'une contre l'autre, j'étais affreusement humiliée. Je ne m'habituais pas à cette sensation qui me faisait l'effet d'une sorte de dégradation. Je sentais que dans mes moindres mouvements je caricaturais la grâce du corps féminin et, comme si ce malheur ne suffisait pas, j'étais sans cesse torturée par la faim.

Moi : C'est parce que tu mangeais trop que tu étais trop grosse.

Désidéria : Mais non, au contraire, je mangeais parce que j'étais grosse. Attends, je t'explique. Je mangeais pour oublier que j'étais malheureuse d'être grosse. C'est vrai ce que je te dis. Je mangeais sans avoir faim, poussée par un besoin nerveux, comme les fumeurs qui ne peuvent pas s'empêcher d'allumer une cigarette après l'autre. Par exemple, j'étais en train de faire mes devoirs lorsque brusquement me venait une démangeaison sur une cuisse ou sur mon ventre ; sans faire attention ma main allait gratter cet endroit ; oui, mais elle se retrouvait alors en contact avec la graisse, oubliée un moment, et elle quittait tout pour se diriger vers le tiroir où je cachais mes paquets de sucreries ; elle n'avait plus qu'à ouvrir le sac et à mettre un bonbon dans ma bouche. Et moi, en suçant ce bonbon pour oublier ma surabondance de graisse, je faisais exactement tout ce qu'il fallait pour grossir encore davantage. Par exemple, aussi, il m'arrivait de laisser en plan livres et cahiers pour m'en aller à la cuisine ouvrir le réfrigérateur, prendre ce qui me tombait sous la main, viande froide, restes de légumes, de gâteaux, de fromage, pots de miel, de confiture... je m'empiffrais au galop et je retournais dans ma chambre la bouche encore pleine. Même le matin avant d'entrer en classe, en ayant encore sur l'estomac le petit déjeuner que je venais d'avaler, je ne pouvais pas m'empêcher d'entrer dans une pâtisserie pour acheter des petits gâteaux que je dévorais pendant le cours. Ma chambre était remplie de boîtes, de sachets de toutes les sortes. Des miettes, du sucre traînaient sur mon bureau et dans tous mes tiroirs. Et comme il ne me suffisait pas d'être la goinfre que je te dis, je m'étais mise à boire ; surtout du vin que je buvais au goulot en faisant claquer ma langue entre chaque gorgée. Je n'oubliais pas non plus les bouteilles d'alcool et de liqueurs qui s'alignaient sur les étagères du bar de la salle de séjour. Lorsque je me sentais vraiment ivre je me précipitais dans ma chambre où, après avoir donné un tour de clef à la serrure de ma porte, je me jetais sur mon lit pour commencer à me masturber.

Moi : Tu te masturbais ?

Désidéria : Oui, furieusement.

Moi : Quand avais-tu commencé à le faire ?

Désidéria : Je ne sais pas. Je crois l'avoir toujours fait.

Moi : A quoi pensais-tu en te masturbant ? A quelque chose de particulier ?

Désidéria : Non, je ne pensais à rien. C'était un geste machinal qui, pendant quelques minutes, me faisait oublier mon obésité.

Moi : Toujours cette obésité !

Désidéria : A mes yeux l'obésité symbolisait tout ce que j'étais et que je n'aurais pas voulu être et ma, presque, boulimie avait aussi pris des aspects ou des caractères qu'on pourrait qualifier de latéraux. Cette goinfrerie insensée, ces absorptions de vin et d'alcool trop hâtivement faites, que je sentais vaguement coupables, me rendaient menteuse, hypocrite, fausse, secrète. J'en étais consciente. Mais le savoir, puisque cette connaissance était sans réel effet, ne servait qu'à me faire encore plus malheureuse. D'autre part, mon tourment m'était deux fois plus lourd à porter depuis que j'avais compris que ma mère en souffrait encore plus que moi.

Moi : Tu veux dire que ta mère te voyait telle que tu étais ?

Désidéria : Pire encore. Mais devant cet état de fait, elle n'était pas triste comme moi, non, elle, mon obésité la vexait, la dépitait, l'irritait, l'exaspérait. Et elle se reflétait, comme dans un miroir impitoyable, ma faute de ne pas être belle. Tu veux une comparaison ? Ma laideur la rendait aussi furieuse — et pour les mêmes motifs — qu'un éleveur qui ayant acheté très cher un poulain dit de race, le verrait se transformer en grandissant en cheval d'abattoir.

Moi : Dans l'idée de ta mère, quel genre de courses ou de compétitions aurais-tu disputé ou vaincu ?

Désidéria : Toutes celles de la vie où elle était toujours arrivée dernière et avait été battue.

Moi : Parle-moi de ta mère, qui était-elle, comment était-elle ?

Désidéria : Au moment où commence mon histoire elle avait une quarantaine d'années. Italo-américaine, elle avait épousé un gréco-américain du nom de Papas. Ensemble ils avaient vécu assez longtemps au Moyen-Orient. Lui, s'occupait d'affaires immobilières et, je crois que dans quelques villes du sud il avait construit des quartiers entiers. Plus tard, ils s'étaient installés à Rome où Papas était mort, la laissant seule avec moi qui n'avait, à l'époque, pas plus de trois ans. Maintenant il faut que tu saches une chose : Viola n'était pas ma mère. C'est après leur arrivée à Rome qu'elle et son mari m'avaient adoptée. On ne m'avait rien dit de cette adoption et je ne l'ai apprise que bien plus tard et je vais te dire de quelle façon.

Moi : Qui était ta vraie mère ?

Désidéria : Une femme du peuple qui, semble-t-il, se serait débarrassée de moi pour mener la vie qui lui plaisait. Je suppose qu'elle avait été une femme de chambre au service de Viola et que si Viola n'était pas ma mère, son mari était vraisemblablement mon père. Ce ne sont que des suppositions. Je n'ai jamais eu envie de me donner le mal de percer le mystère, peu passionnant, de mes origines. Ce qui m'intéressait c'était de savoir à quelle classe sociale ils avaient appartenu ou ils appartenaient encore. J'ai même, tu vois, évité de rechercher ma mère. Il me suffisait d'être sûre qu'elle sortait du peuple. Mais je crois que tu m'avais posé une question au sujet de ma mère adoptive ? Je te réponds : Avant tout, elle était riche.

Moi : La richesse ne constitue pas un caracrère individuel.

Désidéria : Chez elle, oui. Avant tout, elle était riche. Il y a des femmes qui sont avant tout brunes ou blondes, elle, elle était, avant tout, riche.

Moi : Très riche ?

Désidéria : Richissime. Mais ce n'est pas là le principal.

Moi : Quel est le principal ?

Désidéria : Elle n'était « que » riche.

Moi : Que ?

Désidéria : Je veux dire que pour différentes raisons, il n'y avait que l'argent qui comptait dans sa vie.

Moi : Que signifie ce « qui comptait » ?

Désidéria : Viola était en quelque sorte une apatride, mais pas exactement dans le sens qu'on donne généralement à ce mot. Dans un sens, comment dire ? plus total. Elle était apatride par rapport à une nation, puisqu'elle était à la fois américaine, grecque, italienne, mais aussi par rapport à la société, à la famille. Légalement, elle avait une patrie, celle de son passeport américain. Elle n'avait qu'un simulacre de famille et elle ne faisait partie d'une société qu'en apparence. C'était la femme la plus privée de racines que j'aie jamais connue. Figure-toi, qu'elle ne parlait aucune langue.

Moi : Mais voyons, on parle toujours une langue, même si on la parle mal.

Désidéria : J'ai dû mal m'expliquer : Viola ne s'exprimait en aucune langue ; elle se faisait seulement comprendre, un peu comme les touristes en pays étranger.

Moi : Quelles langues connaissait-elle ?

Désidéria : L'anglais, mais celui des émigrants, mêlé d'expressions argotiques. Elle était née aux États-Unis, mais elle n'était jamais allée à l'école. L'italien, mais sommaire, souvent dialectal : ses parents étaient des Calabrais émigrés en Amérique.

Un peu de français ; un peu de grec ; un peu d'arabe. A la maison, normalement, elle parlait italien, mais lorsqu'elle était en colère et qu'elle voulait se donner un air supérieur et sévère, elle sortait son anglais. Quant au français, au grec, à l'arabe elle n'en connaissait que quelques mots qui revenaient de temps en temps à la surface de son discours comme des épaves après la tempête... Elle était, en somme, une apatride linguistique, presque un monstre.

Moi : Tu veux dire que sa fortune était pour elle comme une patrie ? Que ses racines profondes étaient son argent, son confort que son argent lui assurait ? Mais tu sais que le monde est plein de gens de cette sorte.

Désidéria : Tu ne comprends pas. Elle ne donnait aucune importance à l'argent. Elle n'était obsédée que par les choses qu'elle ne possédait pas : surtout par la famille et par les relations mondaines.

Moi : Tu veux dire que le pivot, l'axe de sa vie était sa fille adoptive et ses relations avec la bonne société romaine ?

Désidéria : Pas du tout. Tu te trompes encore une fois. Sa vie était axée sur l'érotisme. Peut-être qu'au début de son installation à Rome ses principales préoccupations avaient été de se faire une vie familiale normale et une place honorable dans la société. Il ne lui restait de cette époque qu'une viscérale nostalgie, qu'un espoir obstiné.

Moi : Nostalgie, espoir de quoi ?

Désidéria : De recevoir un jour, miraculeusement, tout ce qu'elle n'avait pu obtenir par elle-même. En attendant, consciente de ce qui se passait, mais impuissante à se refréner, c'était l'érotisme qui était devenu l'axe sur lequel tournait son existence.

Moi : Qu'est-ce qu'elle était ? Une obsédée sexuelle ? Une maniaque ?

Désidéria : Elle n'était pas maniaque comme quelqu'un qui a fait un choix définitif, elle l'était plutôt comme quelqu'un qui manquerait de quelque chose de mieux ou, si tu préfères, qui s'obstinerait à chercher ce qu'elle considère comme le mieux. Elle aurait voulu être une bonne mère de famille ou une dame de la bourgeoisie. Mais lorsqu'elle pensait à ces sortes de corps d'état, que sont famille et bonne société, ils lui apparaissaient surtout comme des conventions sans grande réalité, où des comédiens tiennent des rôles appris par cœur. Pour elle la seule chose authentique et réelle, qu'elle se sentait portée à faire spontanément, c'était tout ce qui avait un rapport avec l'érotisme.

Moi : Comment es-tu arrivée à savoir tant de choses sur le passé de ta mère adoptive ?

Désidéria : Je viens de te dire qu'elle gardait toujours en elle l'espoir d'un miracle qui l'arracherait à l'érotisme, de quelque chose qui lui permettrait de s'insérer vraiment et pour la première fois dans une réalité différente de ce qu'elle connaissait. Il lui arrivait d'agir de toute sa volonté pour favoriser cette insertion. Je garde le souvenir, un souvenir lointain mais encore très précis, d'une presque incroyable catastrophe qui eut lieu à la maison lorsque j'étais encore une petite fille.

Moi : Quel genre de catastrophe ?

Désidéria : Un jour, Viola décida de donner une grande réception et d'y inviter une centaine d'amis et de relations. Eh bien, figure-toi que, comme si tout le monde s'était mis d'accord, personne ne se montra à cette soirée.

Moi : Personne ?

Désidéria : Tu ne le crois pas ? Personne, absolument personne. Je me rappelle très bien les deux grandes tables, les immenses plateaux débordant de pâtisseries, de petits fours, d'un tas de bonnes choses. Je revois Viola dans son extraordinaire robe du soir qu'elle mettait pour la première fois.

Moi : Pourquoi extraordinaire ?

Désidéria : Est-ce que tu vois ces espèces de trucs dont on recouvre les pots pour tenir le thé au chaud, ou les tableaux de Vélasquez avec ces femmes aux jupes immenses soutenues par des cercles d'osier ? Viola s'était fait faire un costume de ce genre en guise de robe du soir. J'avais assisté à l'habillage, un peu suffoquée mais pleine, tout de même, d'admiration. J'avais vu la femme de chambre fixer autour de la taille de Viola une crinoline, une cage dans laquelle elle avait l'air aussi mince qu'une adolescente. Par-dessus, elle avait enfilé la robe dont la jupe longue était faite de volants et de festons superposés et dont le corsage, très décolleté dans le dos, mettait en valeur ce que ma mère possédait de plus parfait. Ses seins maigrichons étaient serrés dans le tissu très ajusté. Je pensais que cette robe était magnifique, que Viola était la plus jolie femme du monde et que sa réception serait un succès. Je sautais à cloche-pied autour d'elle en disant : « C'est toi qui seras la plus belle de toutes, la plus belle de toutes. » Je ne pouvais pas prévoir qu'il ne s'agirait jamais d'aucune sorte de compétition et que personne ne se rendrait à notre invitation. Tout à fait prête, la séance d'habillage terminée, Viola commença à se déplacer, mais non sans difficulté. Elle avait même été obligée de se présenter de biais à cause de l'ampleur de sa jupe, pour franchir la porte. Sa crinoline se balançait au rythme très lent de ses pas et lorsqu'elle s'assit enfin sur un canapé les plis de son immense jupe le recouvrirent presque entièrement. Elle était installée juste en face du buffet derrière lequel les deux extra qu'on avait engagés déplaçaient sans raison apparente, mais sans doute pour occuper leurs mains, toutes les bouteilles et tous les plats. Des sons d'accord d'instruments divers arrivaient du fond de la pièce où on avait juché quelques musiciens sur une estrade. Viola, elle, ne faisait pas un geste ; les bras étalés sur sa jupe, le buste raide ; ses yeux regardaient fixement une belle dinde rôtie qui trônait au milieu d'un grand plat. Une heure s'écoula sans changement : les invités étaient probablement en retard : c'est courant à Rome. Deux heures, il n'y avait toujours personne. Les serveurs, sans doute fatigués de rester debout sans rien faire, s'étaient assis pour fumer et bavarder à voix basse ; les musiciens avaient dû s'endormir sur leurs instruments : aucun son ne nous parvenait du coin où on les avait mis. J'ai alors entendu Viola demander à un de ses serveurs de lui apporter un whisky. C'est ce whisky bu en solitaire devant notre beau buffet intact au milieu du silence du salon désert, qui m'a fait brutalement comprendre que notre réception était un fiasco, qu'aucun des invités ne viendrait, qu'aucun de ces invités n'avait eu envie d'avoir des relations ni avec ma mère ni avec moi. Ausssi quand j'ai vu Viola, qui avait vidé son verre d'un trait, faisant signe à l'extra pour qu'il lui en apporte un second, j'ai quitté le grand fauteuil où j'étais pelotonnée pour courir jusqu'à ma chambre, me jeter sur mon lit en sanglotant humiliée, mais sans comprendre pourquoi. En fait, ce n'était pas moi qui avait subi une humiliation, c'était ma mère et c'était à cause d'elle que ma honte et mes regrets étaient si forts. Étendue sur le lit, dans l'obscurité, sans courage, je tendais de temps en temps l'oreille en espérant entendre les bruits que feraient en entrant les invités. J'ai dû m'endormir et sommeiller environ deux heures. Finalement je me suis réveillée en sursaut et en prenant juste le temps de défroisser ma robe et de lisser mes cheveux, je me suis précipitée au salon. Les serveurs et les musiciens étaient partis, sans doute sur l'ordre de Viola qui, elle, était restée à sa même place, dans son extraordinaire robe du soir, devant son verre de whisky à moitié plein et sa bouteille presque vide. Comme au moment où je l'avais quittée, ses yeux étaient toujours fixés sur le sardonique dindonneau trônant toujours au milieu du buffet ; son regard absent évoquant, peut-être la foule absente de ses invités. Je me suis approchée pour murmurer à son oreille : « Tu sais, maman, tu as dû te tromper, c'était pour demain l'invitation. » Pour réponse, j'ai reçu, oui, un formidable revers de main sur ma joue, sur ma bouche, terriblement douloureux à cause des bagues énormes qu'elle avait l'habitude de porter. Après avoir fait ce geste, titubante, vacillante, ridicule dans son absurde costume, elle s'est levée pour sortir. Elle était ivre, c'était visible. En la voyant dans cet état, j'ai oublié ma douleur et j'ai eu pitié d'elle ; lorsqu'elle s'est trouvée devant la porte, elle a ouvert un des battants puis s'est mise un peu de travers pour essayer de faire passer sa jupe et elle s'est fichue par terre, inanimée. On aurait dit une poupée géante dont les ficelles venaient de craquer. Tout de suite j'ai appelé au secours. La cuisinière, ma gouvernante, la femme de chambre, le domestique ont accouru. Ils l'ont remise difficilement debout et l'ont traînée jusqu'à sa chambre. Elle avait tant bu qu'elle s'est endormie pendant qu'on la déshabillait. Nous l'avons couchée, on a jeté sa belle robe sur le dos d'un fauteuil, on l'a laissée seule. Le lendemain il n'y avait plus trace de quoi que ce soit et Viola était redevenue normale. Mais pendant assez longtemps les mots de fêtes, de réceptions ont été bannis de nos conversations. A partir de cette malheureuse histoire, Viola avait décidé de n'inviter chez elle que les quelques amis dont elle était sûre de ne pas recevoir de camouflet.

Moi : Sûre, pourquoi sûre ?

Désidéria : Parce qu'inférieurs à elle socialement ou bien dépendants d'elle : son avocat, son gérant, son médecin, son dentiste, son architecte. Quelques dames aussi : des parentes, des amies de jeunesse. Quelques hommes d'affaires grecs ou italo-américains de passage à Rome. C'est ce genre de personnes qu'elle se mit à fréquenter alors et c'est alors qu'elle prit l'habitude de transformer, au moins trois soirs par semaine, son salon en une espèce de tripot avec ses petites tables à jeu recouvertes de drap vert qu'on installait près des fenêtres. Les joueurs n'étaient que des amis de raccroc et leur présence donnait aux soirées ou plutôt aux nuits de Viola, un air instable, précaire, un peu louche. Ces invités-là ne refusaient jamais de venir. Lorsqu'ils s'en allaient à l'aube, la fumée de leurs cigarettes empestait l'air, les cartes à jouer et les jetons restaient éparpillés sur les tapis verts, le buffet avait été ce qu'on appelle généralement dévasté. De ma chambre, j'entendais le bruit des conversations et la réussite de ces soirées-là me faisait autant pitié que le trop fameux krach de la grande soirée. Je savais que Viola méprisait tous ces gens et je partageais ce sentiment.

Moi : As-tu, un jour, fini par savoir pourquoi tout ce monde avait fait faux bond à ta mère ?

Désidéria : Comment l'aurais-je pu ? J'étais à cette époque-là une petite fille, je n'étais pratiquement jamais sortie de la maison. Je ne connaissais rien de ce monde. Après j'avais attribué l'échec à une tare ou à un défaut qui regardait aussi bien Viola que moi. Une tare familiale, quoi. Je me rappelle très bien que quelques jours après la déception que nous venions de connaître, comme nous attendions à déjeuner un certain Tibéri, qui était un monsieur qui s'occupait des affaires de Viola, j'ai dit tout d'un coup : « Tiens, veux-tu parier, maman, qu'il ne viendra pas et qu'il va faire comme les autres ? »

Moi : Qu'est-ce qu'elle a répondu ?

Désidéria : L'air furieux, elle a murmuré entre ses dents : « Ne dis pas d'idioties, Désidéria ». Ce Tibéri, qui exerçait le métier d'antiquaire, s'occupait de la fortune et des biens de Viola. Il était aussi son amant.

Moi : Tu le savais ?

Désidéria : Mais non, bien sûr.

Moi : Passons. Maintenant explique-moi comment était Viola, physiquement.

Désidéria : J'aimerais te répondre en te disant qu'elle était *bifronte,* ou, si tu préfères, qu'elle avait deux aspects différents.

Moi : J'accepte *bifronte.*

Désidéria : Vue de face, c'était quelqu'un, vue de dos, c'était une autre. De face, c'était une femme mûre, un peu fatiguée, dont les muscles étaient légèrement détendus. Deux ou trois petits colliers de rides autour du cou, des seins qui ressemblaient à des sacs dégonflés ; un ventre, peut-être suite d'un avortement, couvert d'une sorte de fine résille de vergetures. Mais dès qu'elle se retournait pour qu'on la voie de dos, apparaissait une femme jeune, d'à peine trente ans, avec des épaules, un dos, un derrière, des cuisses, mystérieusement, mais éloquemment superbes, sensuels, provocants.

Moi : Pourquoi dis-tu mystérieusement ?

Désidéria : Parce que c'était une chose pleine de mystère qu'une femme de cet âge ait gardé un dos, et le reste, aussi jeunes.

Moi : Et éloquemment, pourquoi éloquemment ?

Désidéria : Parce que ce dos, déjà mystérieux par son aspect juvénile, devenait éloquent dès qu'il entrait en mouvement. C'était quelque chose qui ressemblait à un appel.

Moi : Un appel dis-tu ? Mais de quelle sorte ?

Désidéria : Je crois qu'une description plus précise te ferait mieux comprendre ma pensée. Je répète que Viola avait le plus beau derrière du monde : la perfection des lignes de la jeunesse, la souplesse et la douceur de la maturité. Et figure-toi qu'au-dessus du merveilleux derrière venait se greffer un dos maigre, presque gracile, d'adolescente. Les mouvements simultanés de ce dos et de ce derrière étaient ce qui créait l'appel que j'ai qualifié d'éloquent. Mais, en réalité, ce qui pouvait être appelé véritablement éloquente c'était la provocation qui était à la base des mouvements. Une provocation qui, comment te dire ? sous-entendait, suggérait une sorte d'invitation à la violence.

Moi : Dois-je comprendre que Viola, sans en être consciente, était masochiste ?

Désidéria : Oui.

Moi : Nous avons assez parlé de Viola pour le moment, revenons à toi. Donc, au milieu de la nuit, tu as faim, tu te lèves, tu vas à la cuisine, pour essayer de trouver quelque chose à manger.

Désidéria : Attends. D'abord, il faut que je te dise comment Viola jugeait ma gloutonnerie.

Moi : Ah, oui, c'est vrai, comment ?

Désidéria : Finalement elle était restée une Américaine puritaine. Elle jugeait mon excessive gourmandise en moraliste, comme s'il s'agissait d'une faute ou d'un péché ; pas du tout comme une compensation, ce qu'elle était réellement.

Moi : Par exemple ?

Désidéria : Me connaissant bien, elle me surveillait. Quelquefois il lui arrivait d'entrer dans ma chambre pendant que je faisais mes devoirs tout en grignotant mes dernières trouvailles subtilisées au réfrigérateur ou achetées dans une pâtisserie. Elle se mettait alors dans des états terribles dont elle profitait pour exprimer sa déception de me voir grandir si différente de ce qu'elle avait espéré.

Moi : Qu'est-ce qu'elle disait ?

Désidéria : Je me souviens très bien d'un certain jour où elle m'avait surprise en train de dévorer un gâteau que j'avais acheté le matin même en sortant de classe ; mais, je crois, que le fait que nous venions à peine de finir de déjeuner l'avait, plus que tout, irritée. Écoute : elle entre, elle me voit la bouche pleine, elle se rue sur le gâteau que je tenais dans la main, elle ouvre la fenêtre et mon gâteau va s'aplatir dans le jardin. Ensuite elle se met à crier : « Tu ne te rends pas compte qu'en continuant comme ça tu vas devenir un vrai monstre de lunapark ? Tu ne t'es pas regardée dans une glace ? Tiens, la glace est là, regarde-toi : plus de nez, plus d'yeux, plus de bouche. Tu n'as plus rien sauf de la graisse. » Tout en parlant elle ouvre mon armoire et m'oblige à me laisser traîner devant le miroir fixé sur un des battants intérieurs. Ce geste de Viola n'était pas quelque chose de froidement démonstratif, non, il obéissait à un besoin irrésistible de défoulement. Donc pour me maintenir immobile, elle enfonce ses ongles dans la peau de mes épaules et se met à hurler d'une voix perçante : « Tu ne sais pas qu'à quatorze ans tu as l'air d'en avoir quarante ? Tu ne le vois pas, non ? La graisse a envahi jusqu'à ton cerveau, tu es la fille la plus stupide que je connaisse. Tu ne sais pas ce que dit la cuisinière ? "La signorina Désidéria ferait mieux de décider une fois pour toutes qu'elle veut manger toutes les deux heures : toutes les deux heures, je suis prête à lui apporter dans sa chambre tout ce qui lui fera plaisir et elle n'aura plus besoin de venir farfouiller dans mon frigo et mes casseroles". »

Moi : Plutôt vexant, non ?

Désidéria : Spécialement pour moi, oui. J'étais maladivement sensible à tout ce qui touchait ce sujet et, ce qui n'arrangeait rien, j'aimais avec passion celle que je croyais encore être ma mère. Je revois encore ce matin où j'étais allée dans sa chambre pour lui dire bonjour avant de sortir. Elle était au lit. Son plateau du petit déjeuner posé sur les genoux, elle lisait un journal. Dans un brusque élan de tendresse, je m'étais jetée sur elle et, en même temps j'avais renversé le pot de café. « Fais donc attention, idiote, espèce de tas de saindoux », c'est ce qu'elle avait presque hurlé. Moi je n'avais su que murmurer : « Oh, pardon, excuse-moi », en sautant sur un pied comme si je ne pensais qu'à jouer. J'ai couru m'enfermer dans ma salle de bains. Assise sur la cuvette des cabinets, j'ai pleuré quelque temps, puis sans cesser de pleurer, j'ai commencé à me masturber ; si bien qu'à la fin il m'était impossible de savoir si je me lamentais parce que j'avais trop de chagrin ou si je gémissais de plaisir.

Moi : J'ai l'impression que pour toi, tout finissait en masturbation ?

Désidéria : Oui, je crois que la masturbation était une façon de me rassurer, une façon de retrouver mon identité dans mes moments d'aberration ou de déprime. Ne pouvant pas avoir de rapports avec d'autres gens, je tâchais d'en avoir avec moi-même en me masturbant.

Moi : Ta mère n'avait-elle pour toi que des mots désagréables ? N'était-elle jamais un peu tendre ?

Désidéria : Je t'ai déjà dit qu'il y avait au fond d'elle-même la nostalgie de la famille qu'elle n'avait pas su créer et l'espoir qu'un jour elle serait capable de le faire. Parfois ce fantasme paraissait se matérialiser presque miraculeusement et cela se passait surtout le soir, quand elle regardait la télé assise dans son fauteuil tandis que moi, accroupie sur le tapis à ses pieds, j'appuyais mon dos contre ses jambes et que, sentant sa main sur mon épaule j'en profitais pour la couvrir de baisers. Il y avait aussi ces après-midi où Viola entrait dans ma chambre au moment où je me dépêchais à faire mes devoirs à rendre le lendemain, qu'elle s'asseyait tout contre moi à mon bureau et que, s'étant aperçue que je restais bloquée devant un truc de maths, elle me donnait, sans avoir l'air de rien (mais elle, elle était très forte en calcul), la solution. Moi, pendant qu'elle inscrivait quelques chiffres sur un bout de papier, je passais un bras autour de ses épaules, je me serrais contre elle ; j'étais heureuse. Dans ces moments-là, son désir de créer une famille se confondait avec mon illusion d'en posséder vraiment une, dans une douceur qui n'avait rien de « sentimental », du moins pas dans le sens étroit que l'on donne volontiers à ce mot. Cette douceur aurait dû être normale dans notre vie. Pourtant, elle était assez anormale (pour des motifs non dépendants de notre volonté) pour nous sembler miraculeuse. Et lorsque nous vivions des instants de ce genre, je ne peux pas dire que j'aimais Viola, non, je l'adorais. Et il faut entendre ce mot dans son sens littéral et traditionnel, tellement que le soir lorsqu'elle venait m'embrasser pour me souhaiter une bonne nuit je croyais parfois voir autour de sa tête une auréole, tu sais comme celle des saints des églises. C'était une impression. Elle venait sans doute du fait que ma chambre était dans l'obscurité et que sa silhouette se détachait sur le fond lumineux du couloir. Lorsqu'elle avait fermé la porte, je m'enfonçais sous mes couvertures en disant tout haut : « C'est une sainte que j'ai le bonheur d'avoir pour mère. »

Moi : Était-elle seule à s'occuper de toi ? Tu n'avais pas de gouvernante ?

Désidéria : J'allais justement te parler de ma gouvernante. Ou plutôt de mes gouvernantes. Oui, pendant toute mon enfance j'ai eu des gouvernantes, c'est-à-dire jusqu'au moment où, sans m'en rendre compte et bien malgré moi, je pris, dans la vie de Viola, la place de ces gouvernantes.

Moi : Ça veut dire quoi ? C'est une devinette ?

Désidéria : C'est quelque chose d'important dont je dois te parler rapidement avant d'entamer le récit de cette terrible nuit où j'eus la mauvaise idée de me lever pour aller à la cuisine. Il faut d'abord que je t'explique qu'aussi loin que je remonte dans mes souvenirs, je vois toujours, entre Viola et moi, une femme jeune, bien portante, gaie, belle si on veut, mais d'une beauté pas de chez nous : la gouvernante de service.

Moi : Pourquoi dis-tu de service ?

Désidéria : Parce qu'elles ne faisaient que passer chez nous, comme à tour de rôle. Elles ne restaient jamais plus d'un an, quelquefois trois mois, un mois. Une ou deux ont résisté davantage. C'étaient des Françaises, des Anglaises, des Scandinaves, des Allemandes, des Suissesses que Viola dénichait en lisant les petites annonces de son journal ou dans des bureaux de placement. Rarement il s'agissait de vraies professionnelles mais surtout de filles qui avaient envie de courir le monde ou d'étudiantes. En commun elles avaient la jeunesse. Elles étaient parfois même très jeunes, de cette jeunesse disponible, aventureuse, ambiguë, insouciante qui semble ne donner d'importance qu'à elle-même. Quand je pense à elles je les revois blondes, grandes, un peu fortes, avec une belle peau, des yeux brillants, une bouche prête à rire et des lèvres sensuelles. C'est probablement la brièveté de leur passage à la maison qui m'oblige à leur donner le même type de physique et à oublier leurs caractères particuliers, mais c'est aussi parce que Viola avait avec toutes les mêmes rapports.

Moi : Quels rapports existaient-ils entre ces jeunes filles et Viola ?

Désidéria : A l'époque, je ne comprenais rien, je me bornais à noter la régularité, le retour de certaines particularités ou de certains faits, mais je ne les expliquais pas. Aujourd'hui j'affirme qu'il s'agissait de rapports amoureux.

Moi : Amoureux ?

Désidéria : Comment appellerais-tu des rapports entre deux personnes qui, après avoir débuté par de la sympathie, de l'enthousiasme, de la passion délirante, se poursuivraient en se transformant en douceur, tendresse, intimité totale pour, brusquement, et pour des motifs inexplicables, devenir froideur, hostilité, cruauté, haine ?

Moi : Je dirais comme toi : rapports amoureux. Mais toi, tu savais que Viola faisait l'amour avec tes gouvernantes ?

Désidéria : Comment aurais-je pu le savoir ? Tout se passait sous mes yeux et pourtant à cause de mon innocence, je devrais dire de mon imbécillité, ces choses restaient hors du champ de mes observations. J'ai même commis des erreurs dont, plus tard, lorsque j'ai su la vérité, j'ai eu vraiment honte. Par exemple, dans leurs espèces de disputailleries lesbiennes, je prenais tantôt parti pour Viola, tantôt pour la gouvernante. Certains jours, Viola me semblait injuste et méchante et je le lui disais. D'autres fois les méchancetés me paraissaient venir des gouvernantes, je leur en faisais le reproche et je défendais Viola.

Moi : Comment Viola et les autres acceptaient-elles tes interventions ?

Désidéria : Du côté des gouvernantes je sentais une sorte de pitié inexplicable et je les voyais se lancer dans des explications embarrassées. Quant à Viola, sans ménagement, elle me disait que j'étais une fouinarde, une casse-pieds qui se mêlait de ce qui ne la regardait pas. Son attitude avec ces filles était le plus souvent sans équivoque : au début de leurs relations, Viola, qui s'imaginait sans doute que je ne voyais rien, les caressait, les effleurait d'un baiser comme poussée par un désir irrésistible. Plus tard, lorsque la passion s'était transformée en haine, elle ne se gênait pas pour faire des scènes devant moi et, au moins deux fois elle en arriva aux coups. Tout cela me bouleversait mais surtout parce que je me trouvais davantage dans la position de quelqu'un qui assiste à un combat en connaissant les deux adversaires — et en leur étant liée d'amitié — que comme une personne qui sait ce qui se cache derrière la violence dont elle est témoin. Tiens, il me revient un propos que me tint une gouvernante qui m'était particulièrement attachée, le jour de son départ, au moment où elle faisait sa valise : « Ma pauvre Désidéria, un jour tu comprendras beaucoup de choses ; aujourd'hui, je ne peux que te dire que ta mère est une malheureuse qui rend tout le monde malheureux. Je me demande qui pourrait supporter de vivre à côté d'une sadique dans son genre ? » Alors moi : « Qu'est-ce que ça veut dire sadique ? » En me caressant la tête elle m'a répondu : « Cela veut dire, méchant, cruel, aimant à faire souffrir. Mais ta mère est aussi une masochiste, c'est-à-dire quelqu'un qui aime souffrir. Exactement le type de femme que je déteste. Elle l'a, du reste, compris puisqu'elle m'a priée de m'en aller. »

Moi : Alors ce jour-là tu as saisi la vérité ?

Désidéria : Mais non, pas du tout et c'est pour cela que la phrase de cette gouvernante est restée gravée jusqu'à présent dans ma mémoire. Cette idée d'une souffrance qu'on aime subir et infliger était entièrement nouvelle pour moi, mais elle me fascinait comme une énigme qui pouvait me concerner. Elle coïncidait aussi avec mes propres observations. Quand à table (les heures des repas étaient pour Viola ses moments préférés pour parler de ses affaires de cœur), Viola agressait ou se faisait agresser, dans un langage plus ou moins convenu, par la jeune étrangère qui me servait ce jour-là de gouvernante, je constatais, sans pour autant m'en expliquer la raison, qu'invariablement l'une faisait du mal à l'autre et vice versa...

Moi : Nous en étions restés, au moment de ton histoire où une certaine nuit tu ouvres la porte de ta chambre pour aller à la cuisine dans l'intention de trouver quelque chose à manger. Quelle heure était-il ?

Désidéria : Il n'était pas tard : à peine onze heures à ma montre-bracelet. Viola était sortie avec Tibéri, son homme d'affaires et son amant (à cette époque-là j'ignorais ce dernier détail) pour aller au cinéma, et je savais qu'elle ne rentrerait pas à la maison avant minuit. Chantal, ma gouvernante française était avec eux ; Viola l'avait invitée pendant le dîner ; Chantal avait répondu, en français : « Merci, avec joie. » Donc, sans hésitation, dans le noir, j'ai traversé la salle de séjour en direction de la chambre de Viola.

Moi : Je croyais que c'était à la cuisine que tu voulais aller ?

Désidéria : Oui, mais Viola, depuis quelque temps,

pour que je n'aie plus les moyens de manger hors des repas en cachette, avait pris l'habitude de boucler la nuit le réfrigérateur et d'emporter la clef dans sa chambre. C'était une petite clef plate étiquetée : Frigo. Je savais qu'elle la mettait dans un tiroir de sa commode : toujours dans le même tiroir, toujours dans le coin à gauche, sous un ramassis de bricoles sans intérêt. Je prenais souvent cette clef quand Viola sortait le soir mais lorsque mon appétit était calmé j'allais toujours la remettre à sa place.

Moi : La porte de Viola donnait-elle directement dans la salle de séjour ?

Désidéria : Non, elle donnait sur un petit couloir où je devais obligatoirement passer. Il était éclairé et c'est la raison qui a fait que je n'ai pas remarqué le rai de lumière passant sous la porte de la chambre qui aurait dû m'avertir que Viola était rentrée. Mais moi, sans penser à rien, j'ai tourné la poignée et, brusquement, j'ai poussé le battant comme quelqu'un qui est sûr que la pièce où il va entrer est vide. Je m'étais trompée et lorsque j'ai vu que les trois personnes que je croyais encore au cinéma se trouvaient là, il était trop tard. Alors je me suis arrêtée pile sur le seuil, juste le temps de jeter un coup d'œil — assez long pourtant — sur ce que je voyais, curieuse plus qu'inquiète, je crois.

Moi : Qu'est-ce que tu as vu ?

Désidéria : Le grand lit profond qui me faisait face et Viola à quatre pattes dessus, entièrement nue, la tête enfoncée dans un coussin, le derrière plus haut que la tête. Et puis Chantal, nue elle aussi, debout, dans une attitude naturelle, calme, presque contemplative, une main posée sur le dossier du lit, l'autre abandonnée le long de son corps, ses longs cheveux blonds dénoués flottant sur son épaule. Ses grands yeux bleu clair tournés du côté de Viola avaient le regard attentif et curieux de quelqu'un qui surveille le déroulement d'une opération difficile. Tibéri, debout, et nu, bien sûr, bombait son ventre en essayant, semblait-il de le faire adhérer d'aussi près que possible aux fesses de Viola sur les reins de laquelle ses mains s'appuyaient avec force.

Moi : A quoi as-tu pensé en les voyant tous les trois ensemble ?

Désidéria : A rien. Le spectacle que j'avais sous les yeux qu'on appelle quelquefois une orgie ou, plus souvent, une partouze, était pour moi inimaginable, incompréhensible. Je le trouvais presque comique et pourtant il me donnait l'impression de quelque chose de déjà vécu, de déjà vu.

Moi : De déjà vu ?

Désidéria : Viola avait fait un voyage au Japon, avec Tibéri, d'où elle avait rapporté un album de vieilles estampes érotiques peintes à la main. Autrefois, paraît-il, les mères japonaises donnaient à leurs filles, la veille de leur mariage, ce genre de dessins pour les instruire des diverses positions que les amants peuvent prendre pour aboutir à l'orgasme. Viola gardait cet album dans le tiroir de sa commode où elle cachait la clef du réfrigérateur et c'était en cherchant cette clef que j'avais connu son existence. Il m'était arrivé plusieurs fois de le regarder. Je ne comprenais pas très bien ce qui se passait dans ces lieux exotiques, sur ces lits en désordre, devant ces paravents décorés de peintures représentant des bambous et des hérons ; ce qui me frappait c'était le contraste entre l'impassibilité souriante des visages et la violence des scènes que, malgré moi, je devinais à cause de la couleur anormale des muqueuses dévoilées et les emmêlements acrobatiques des corps. Alors en voyant Viola à quatre pattes, Tibéri derrière elle, Chantal à côté d'eux, je me suis souvenue des Japonais.

Moi : Pourquoi ? La scène à laquelle tu assistais était-elle une copie de ces estampes ?

Désidéria : Mais non puisque je t'ai dit que les estampes à l'usage des jeunes mariés, représentaient les diverses positions que peuvent prendre un homme et une femme pour faire l'amour. Ces trois-là me rappelaient les Japonais à cause de la bizarre impassibilité de leurs expressions. Je t'ai parlé de Chantal et de son air attentif et empreint de curiosité, mais Viola aussi était curieuse et attentive en essayant de regarder Tibéri par-dessus son épaule, en tordant un peu le cou comme le font les chiens qui veulent savoir ce qui se passe derrière eux. Quant à Tibéri, les yeux fixés sur les fesses de Viola, il ressemblait à un type qui calcule scrupuleusement son coup pour être sûr de ne pas rater une entreprise difficile.

Moi : Comment pouvais-tu voir le visage de Tibéri qui te tournait le dos ?

Désidéria : Je l'ai vu dans un miroir placé dans un endroit inattendu, au-dessus du lit, dans l'angle que formaient le mur et le plafond. Je le voyais tous les jours, incliné au-dessus du lit de Viola mais ce fut ce jour-là qu'il me parut avoir un caractère insolite. Aujourd'hui, je sais qu'on trouve des miroirs de ce genre dans les maisons de rendez-vous parce qu'ils permettent aux clients de se contempler en train de faire l'amour. De même que l'album d'estampes, c'était un objet révélateur de degré de l'obsession érotique dans la vie quotidienne de Viola. Ce soir-là le visage de Tibéri qui se reflétait dans ce drôle de miroir avait quelque chose de très particulièrement nippon.

Moi : Pourquoi nippon ?

Désidéria : Oui, à cause de son front haut, de son crâne chauve, de ses cheveux calamistrés, de ses sourcils, de ses paupières lourdes et légèrement relevées, de son nez mince et busqué, de ses narines dilatées, de sa bouche dédaigneuse à la lèvre inférieure plus épaisse que l'autre. Il me faisait penser à un samouraï en kimono marchant à grands pas avec un sabre enfilé à sa ceinture. Mais les samouraïs des estampes étaient toujours représentés avec un visage enfariné à la façon des acteurs. Tibéri, lui, avait la peau rose, rouge même, à cause du sang qui refluait à ses joues. En le regardant, je pensais à ces lanternes de papier transparentes, et japonaises elles aussi. Sa tête semblait vissée sur des épaules lourdes et tombantes, pareilles à des sacs de sable. Il prenait souvent exprès un air indéchiffrable qui devait amuser Viola puisqu'elle avait pris l'habitude de l'appeler « Sam », charmant diminutif de samouraï, mais qui ne dura que tant que durèrent leurs amours. Ce fut le retour sur les lèvres de ma mère du moins intime Tibéri, qui m'en révéla la fin.

Moi : Si tu veux reprenons ton histoire. Tu te trouves à l'entrée de la chambre de Viola et tu regardes. Et alors ?

Désidéria : Alors je me suis crue au cinéma quand brusquement tu vois l'image s'immobiliser (le réalisateur l'ayant voulu expressément pour exprimer sa pensée), sur les comédiens au moment où ils étaient en train de faire un geste ou un autre, puis, tout aussi brusquement d'ailleurs, reprendre son mouvement pour laisser le film se dérouler normalement. De la même façon brusque et comique la scène qui se jouait dans la chambre s'est remise en marche. Tous les quatre (je dis tous les quatre parce que moi, en tant que spectatrice, je faisais aussi partie de cette séquence), nous avons recommencé à bouger. Tibéri, avançant son abdomen et tendant ses reins, a fait entendre au milieu du silence sa profonde voix basse en prononçant une phrase stupéfiante et totalement incompréhensible : « Donne-moi l'Amérique. » En grimaçant de douleur, les yeux fermés, le cou tordu pour voir ce qui se passe derrière elle, c'est Viola qui lui répond sur un ton pathétique : « Prends-la ! » Et Chantal qui semblait n'attendre que ce signal pour agir à son tour, soulève lentement le bras qui pendait le long de son corps, le ramène en diagonale au-dessus de son ventre et enfonce sa main profondément entre ses cuisses. Et moi, je me précipite en courant vers la commode de Viola.

Moi : Pourquoi ? Tu pouvais t'éloigner sans faire de bruit. Qui s'en serait aperçu ?

Désidéria : Tibéri, lui m'avait vue... Nos regards s'étaient croisés dans le miroir du lit. Et puis je n'avais rien compris à ce qui venait de se dérouler sous mes yeux, je m'accrochais machinalement à mon idée qui était de m'emparer de la clef, d'aller à la cuisine, d'ouvrir le frigo et de manger pour calmer ma faim. Ce qu'on prévoit est souvent plus fort que l'imprévu.

Moi : As-tu dit quelque chose pour justifier ton intrusion dans la chambre ?

Désidéria : J'ai dit simplement : « Je suis seulement venue pour prendre la clef du réfrigérateur », puis j'ai ouvert le tiroir, j'ai pris la clef et je suis partie. Mais tu sais, tout ça n'a demandé que quelques secondes.

Moi : Et eux ?

Désidéria : Je ne sais pas ce qu'ils ont fait après mon départ. J'imagine une grande confusion, peut-être une sorte de conseil de guerre. Ce que je sais, c'est que le lendemain Chantal n'était plus là. Elle avait dû quitter la maison la nuit même.

Moi : Qu'est-ce que tu as fait après avoir pris la clef ?

Désidéria : Je suis allée jusqu'à la cuisine. Dans le réfrigérateur il restait la moitié d'une tarte au fromage dans une assiette ; j'ai pris cette assiette que j'ai posée sur la table. Debout, j'ai commencé à détacher la tarte par petits bouts et je les ai mis dans ma bouche sans plaisir, sans appétit. J'éprouvais une drôle de sensation où se mêlaient la fierté et la honte. Du défi aussi peut-être. J'espérais que Viola allait apparaître et qu'elle me surprendrait dans mon vice comme je venais de la surprendre dans le sien.

Moi : Est-elle venue ?

Désidéria : Non, mais je désirais tant la voir arriver que je prolongeais exprès ce petit repas nocturne. Tout petits morceaux par tout petits morceaux, je finis la tarte. Je crois que ce fut presque une livre de cette chose que j'avalais tristement, mais scrupuleusement parce que certainement je cherchais à dépasser l'excès de ce que j'avais vu par l'excès que je commettais. Mon assiette étant vide, Viola ne se montrant pas, je n'avais plus qu'à regagner ma chambre.

Moi : Et qu'as-tu fait dans ta chambre ?

Désidéria : Je me suis endormie presque immédiatement. Une heure après je me réveillais avec un poids énorme sur l'estomac. Il a fallu me lever pour aller vomir. Ensuite je me suis recouchée et à moitié endormie, en tout cas dans un minimum de lucidité, je crois bien que je me suis masturbée.

Moi : Pourquoi ?

Désidéria : Pour retrouver mon équilibre. Pour moi, je te l'ai déjà dit plusieurs fois, la masturbation était le seul moyen de communiquer avec moi-même. Après j'ai dû probablement retourner dans la salle de bains pour me laver, ensuite je me suis recouchée pour dormir. Un bref sommeil puisque je me suis réveillée une seconde fois. Une seconde fois je me suis masturbée. Une troisième fois je me suis rendormie, puis réveillée, puis masturbée, puis levée, puis lavée. Une nuit faite d'actes se répétant sans cesse, une sorte de cauchemar, disons, itératif où rêves et veilles alternaient sans que je puisse faire de distinctions entre les uns et les autres ; et la scène à laquelle j'avais assistée aurait pu ne me laisser que le souvenir d'un cauchemar si Viola n'avait elle-même voulu m'enlever toute illusion.

Moi : Dès le lendemain Viola t'a parlé de l'événement de la veille ?

Désidéria : Oui, mais avec son habituelle hypocrisie de puritaine, elle avait dû décider qu'il fallait me mettre dans mon tort en parlant de mon vice et pas du sien. Nous étions en train de déjeuner, lorsque, profitant d'un moment d'absence de la femme de chambre, elle m'a dit : « Alors, comme ça, cette nuit, tu es venue dans ma chambre prendre la clef du réfrigérateur. Qui sait depuis combien de temps dure cette plaisanterie ? Qui sait combien de temps elle aurait encore duré si, à cause d'un changement de programme au cinéma, nous n'étions pas rentrés plus tôt ? Tu ne te rends pas compte que tu es en train de devenir un vrai tonneau ? Une obèse dont tout le monde s'éloignera avec dégoût ? » Elle a continué sur ce ton péremptoire, en quelque sorte téméraire puisqu'elle savait bien que je pouvais lui clouer le bec en lui rappelant la scène d'orgie de la nuit précédente... Je n'ai pourtant rien dit. J'étais paralysée, oui, mais d'admiration en m'apercevant que Viola substituait habilement le reproche — pour elle impossible à formuler — de l'avoir surprise pendant qu'elle faisait l'amour avec Tibéri et Chantal, par un autre — mais celui-ci apparemment dicté par l'amour maternel — de manger trop et d'une manière répugnante. On oubliait la luxure en parlant de gourmandise. A l'image de ma mère, à quatre pattes sur un lit, offrant ses fesses à la pénétration d'un homme, sous le regard attentif et complice de ma gouvernante, Viola venait de substituer une autre image : celle d'une Désidéria installée devant le réfrigérateur de la cuisine se gavant en cachette d'une grosse part de tarte au fromage. Je t'ai dit que cette pensée m'avait paralysée, mais, de fait, c'était la première fois que j'observais Viola objectivement, sans aucune tendresse, disons, si tu veux, d'un œil critique. Et justement parce que c'était la première fois, il me semblait que de la regarder, non plus comme une fille qui regarde sa mère mais comme une étrangère, me vengeait suffisamment de l'injustice et de l'hypocrisie de ses reproches. Finalement pour dire quelque chose mais surtout pour arrêter le flot de ces méchancetés, je me suis écriée : « Mais voyons, maman, est-ce une faute de m'être réveillée et d'avoir eu faim ? » C'est alors que ne pouvant plus contenir sa déception de me voir si différente de l'enfant dont elle rêvait probablement, elle a explosé aussi fort qu'un ressort qui ne supporte plus d'être comprimé : « Ah, surtout ne m'appelle pas maman ! Tu n'es pas ma fille. Je ne suis pas ta mère et il est temps que tu le saches. Je t'ai adoptée. Tu es la fille d'une prostituée qui ne savait que faire de toi et qui n'a pas demandé mieux que de se débarrasser d'un enfant. Ah, si je pouvais faire comme elle ! C'est malheureusement impossible. Moi, je suis obligée de te garder parce que je t'ai adoptée. Je voulais avoir une famille normale, un mari, des enfants, et puis j'ai eu d'abord le malheur de perdre mon mari et ensuite celui d'assister à la transformation en monstre de la ravissante petite fille que tu étais. J'avais espéré une enfant belle, intelligente, brillante et je me trouve en face d'une grosse imbécile qui me fait horreur et qui n'est capable de rien.

Inutile de m'appeler maman. Nous sommes deux étrangères, ne l'oublie pas et comporte-toi avec moi comme une étrangère. »

Moi : Quel effet t'a fait cette révélation ?

Désidéria : J'ai ressenti une douleur atroce, la plus atroce de toute ma vie. Comme la déception de Viola trop longtemps et trop fortement comprimée, elle explosa pour les mêmes raisons. Un instant j'ai pu regarder Viola sans parler, puis je me suis mise à pleurer, le visage caché dans les mains. Je sanglotais avec une violence qui, obscurément, m'épouvantait comme l'indice d'une détresse plus ancienne et plus profonde. Au milieu de mes larmes, je répétais : « Non, maman, ne dis pas ça, ça ne peut pas être vrai, je t'en prie, je t'en supplie, ne dis pas ça, maman. » Sans arrêt, sans arrêt, je répétais le mot maman parce que je savais que c'était la dernière fois que je le prononçais avec l'amour que jusqu'à ce moment j'avais eu pour Viola.

Moi : Que faisait-elle pendant que tu sanglotais ?

Désidéria : La chose la plus bête qu'on puisse imaginer : elle se mettait les doigts dans le nez.

Moi : Qu'est-ce que tu dis ?

Désidéria : Viola était une de ces personnes qui font continuellement des choses de ce genre — je veux dire de ces choses répugnantes et srictement intimes — sans se cacher, mais non par cynisme ou inconscience, tout simplement parce qu'elles croient qu'on ne les remarque pas. Elle, elle fouillait dans ses narines et mangeait ce qu'elle en retirait ; elle pressait devant tout le monde ses petits furoncles ; elle curait ses dents avec un bout de bois ; elle furetait dans ses oreilles avec l'ongle de son petit doigt et lorsqu'elle passait la main sur n'importe quelle partie de son corps, elle la reniflait pour se rendre compte si une odeur y était restée collée. Son teint était pâle, d'une pâleur malsaine ; ses yeux étaient grands et noirs mais leur expression rêveuse — uniquement due à la myopie — ne pouvait dissimuler les désirs impurs qui la dévoraient. Son visage avait été beau et un reste de son ancienne beauté y demeurait encore mais son charme romantique s'était évanoui ; sa peau était couverte de marques rouges laissées par d'anciens boutons mal pressés ou trop grattés. Donc, ce jour-là, elle fourrageait inlassablement dans ses narines avec ses doigts, si indifférente à mes larmes que finalement je n'ai pu me retenir de balbutier : « Je vais quitter cette maison, aujourd'hui même. Je veux m'en aller, je veux vivre avec ma vraie maman. Dis-moi où elle habite, j'irais la retrouver et toi tu ne me verras plus jamais. » Ce n'était pas vrai que j'avais envie de me sauver. Je menaçais pour provoquer un élan de tendresse. Mais Viola n'avait aucune intuition, elle en manqua même en ce moment où, je crois qu'elle désirait rétablir — toujours cette recherche d'équilibre entre érotisme et famille — nos relations mère-fille que sa révélation compromettait. Bêtement, parce qu'elle croyait que je venais de parler sérieusement, elle m'a répondu d'un ton vexé : « Bien, bien, va-t'en, mais je te préviens que tu vas changer en pire, en vraiment pire. Celle que tu appelles ta vraie mère t'a abandonnée parce qu'elle n'arrivait pas à t'élever, même pas avec le métier qu'elle faisait. Va-t'en et bon voyage. Mais au lieu de rester dans ma maison et d'y recevoir la meilleure éducation qu'on peut avoir, en la payant très cher, aujourd'hui en Italie, tu iras là où ta vraie mère te mettra. Et où te mettra-t-elle ? Dans la rue, sur le trottoir ; comme elle. Ah, mais non, c'est impossible ! Grosse et laide comme tu es, qui voudrait de toi ? Personne, même pas dans la rue. »

Moi : Tu lui as répondu ?

Désidéria : Non. Chacun de ses mots devait avoir un double but : d'abord frapper à mort mon amour pour elle et ensuite me fournir, sans en avoir l'air, des informations sur la femme qui m'avait mise au monde. Les larmes m'aveuglaient et j'avais l'impression de me noyer dans une mer saumâtre. J'essayais bien de me raccrocher en parlant, mais j'en étais incapable. Finalement je suis tout de même arrivée à me relever pour courir m'enfermer dans ma chambre.

Moi : Et après ?

Désidéria : Après, rien. J'ai refusé d'aller à table pour dîner en prétextant que je ne me sentais pas très bien. Viola m'a fait demander si je voulais qu'on m'apporte quelque chose ; j'ai répondu que je n'avais pas faim. C'était notre vieille femme de chambre qui nous servait d'agent de liaison. Chantal, comme je te l'ai dit, avait quitté la maison. Ce fut ma dernière gouvernante. Ce soir-là, Viola qui était allée au cinéma avec Tibéri vint, à son retour, dans ma chambre. Réveillée en sursaut, j'aperçus Tibéri debout sur le pas de la porte et Viola immobile devant mon lit, un plateau dans la main. Elle dit qu'elle m'apportait un très bon gâteau que la cuisinière avait fait exprès pour moi, que c'était mon préféré, que je pouvais le manger sans crainte puisque je n'avais pas dîné. Puis, après avoir posé son plateau sur une table, elle s'inclina pour effleurer mon front d'un baiser et sortit. Quelques minutes après, je me suis levée pour aller jeter ce bon gâteau dans les cabinets.

Moi : Et le lendemain que s'est-il passé ?

Désidéria : Eh bien, le lendemain nous nous sommes retrouvées à table, comme d'habitude. Ni elle ni moi n'avons fait allusion à rien. Viola me paraissait décidée à jouer encore quelque temps son rôle de mère tendre et attentive : deux jours après elle appela notre médecin de famille pour lui demander de m'examiner. Elle lui expliqua qu'elle voulait faire un dernier effort pour venir à bout de cette graisse qui devenait par trop envahissante, qu'elle était prête à payer tout ce qu'il faudrait pour je reprenne des formes normales, et caetera, et caetera... Son ton était ostensiblement maternel et indubitablement sincère : « C'était la plus jolie petite fille du monde », a-t-elle conclu en me regardant comme si elle cherchait à retrouver sous mon enveloppe graisseuse ma beauté disparue, « Pourquoi ne redeviendrait-elle pas ce qu'elle a été ? »

Moi : Que dit ce médecin ?

Désidéria : Il a prescrit une cure aux eaux, il a gribouillé une ordonnance, il a conseillé les exercices physiques, le sport... Tout ce que tu entends partout.

Moi : Alors explique-moi comment une petite fille obèse a pu se transformer en cette exceptionnelle beauté que tu es aujourd'hui ?

Désidéria : Je crois que c'est la phrase de Viola : « Laide et grosse comme tu es... » qui a opéré le miracle. Tu sais, en réalité, je n'étais pas « devenue » trop grosse. J'avais « voulu » grossir. Ensuite, mais toujours aussi inconsciemment, j'ai « voulu » maigrir et j'ai maigri.

Moi : Je veux bien te croire, mais comment as-tu fait ?

Désidéria : Je vais te raconter une petite anecdote qui date de l'été de l'année où avait eu lieu ma fameuse visite nocturne dans la chambre de Viola. Imagine la plage de Fregene au mois de juin. Il est deux heures de l'après-midi. Viola est allée déjeuner au restaurant avec Tibéri. Avant de partir elle m'a donné un petit sandwich au jambon que je mange lentement assise devant notre cabine, en face de la mer. En ce début de saison, les ombrelles ouvertes sont peu nombreuses sur un sable très propre qui garde les traces des dents des rateaux dont les garçons de bain se sont servis le matin pour leur nettoyage. Les cabines peintes de couleurs vives, pour la plupart encore sans locataires, s'alignent en face de la mer bleue. Comme tous les après-midi, un vent léger se lève et ourle d'une frange blanche les petites vagues qui brillent au soleil. Mon sandwich terminé, je me lève pour passer derrière notre cabine. A l'ombre, allongée sur le sol, une petite fille blonde aux yeux bleus à fleur de tête, m'attend. Ses narines, son nez busqué, les coins tombant de ses lèvres donnent à son visage une expression sage et un peu boudeuse. Des tresses pendent sur ses épaules ; un deux-pièces recouvre son corps maigre, pas féminin pour deux sous. Elle s'appelle Delfina, son père est médecin et, pour le moment, c'est ma meilleure amie. Je vais te rapporter intégralement notre conversation telle qu'elle s'est déroulée ce calme après-midi à l'ombre d'une cabine : « Delfina, si je te dis quelque chose de très important, est-ce que tu es capable de le garder pour toi ? » « Espèce de connasse, à qui je le raconterais ? » « Connasse toi-même ! Est-ce que je sais moi ? A ta mère peut-être ? » « J'ai jamais dit à ma mère quelque chose que tu m'avais raconté. » « Jusqu'à présent tu n'as rien raconté, mais on ne sait jamais. » « Alors tu vois bien que tu n'es qu'une petite merdeuse. » « Bon, ça suffit. Maintenant je vais te dire le plus grand secret de ma vie. » « Tu avais un secret et tu ne m'as jamais dit ? Eh bien, pour une amie... » « Il n'y a pas longtemps que je le sais ! Écoute-moi bien : la dame avec laquelle je vis et que j'appelle maman, n'est pas ma mère. » « Qu'est-ce qu'elle est, alors ? »

« C'est une dame qui n'avait pas d'enfant. Comme elle en voulait, elle m'a adoptée. » « Qu'est-ce que ça veut dire adoptée ? » « Quelle idiote ! Ça veut dire que cette dame est allée chez ma vraie mère pour m'acheter, qu'elle a donné ses sous et qu'en échange des sous elle a pu m'emmener avec elle. » « Combien de sous ? » « Je ne sais pas bien. Beaucoup. » « Mais pourquoi, elle t'a vendue ta vraie mère ? » « Parce que c'était une femme du peuple et que comme tous les gens du peuple, elle était pauvre ou, si tu veux, qu'elle avait besoin d'argent. Si elle n'avait pas eu besoin d'argent, elle ne m'aurait certainement pas vendue parce qu'elle m'aimait beaucoup, mais vraiment beaucoup, tu sais. » « Qu'est-ce qu'elle faisait comme métier, ta vraie mère ? » « La putain. » « Alors elle aurait pas dû te vendre. Tu ne sais pas que les putains gagnent beaucoup, beaucoup d'argent ? Avec ce qu'elle gagnait elle pouvait facilement t'élever. » « Sans doute qu'elle ne gagnait pas assez. Combien crois-tu qu'elles gagnent les putains ? » « Je ne sais pas, moi, des millions. » « Tu vois bien que tu parles sans savoir. Si elles gagnaient des millions les putains, toutes les femmes le feraient ce métier ; aussi celles qui font les dames comme ta mère, aussi celles qui sont comme celle que j'appelle maman. Tu vois que ma mère qui faisait la putain était pauvre puisqu'elle a permis à une dame de m'emmener chez elle. Attends, j'ai pas fini, j'ai encore quelque chose à te dire : dès que je serai grande, je ferai comme ma mère. Je ferai la putain et je mettrai mon argent de côté. Et tu sais pourquoi ? Pour rendre à la dame qui m'a adoptée tout l'argent qu'elle aura dépensé pour moi, et jusqu'au dernier centime. Je mettrai mes sous de côté et quand j'aurai la somme suffisante, j'irai trouver la dame que j'appelle aujourd'hui maman et je lui dirai : Combien as-tu dépensé pour moi ? Tant ? Bon. Alors, voilà, ni un sou de plus ni un sou de moins. Maintenant nous sommes quittes. Je ne te dois plus rien. Je te remercie pour tout et je te dis adieu. » « Quand commenceras-tu ton métier de putain ? » « Je pense qu'il me faudra d'abord passer mon examen de *maturità*[1]. Après je prendrai ma décision. » « Bon, mais je crois que les putains sont obligatoirement belles. A mon avis, toi, tu es trop grosse pour faire la putain. » Delfina venait de dire la même chose que Viola. Impossible pour moi, de ne pas être frappée de cette similitude. Alors, brusquement, j'ai été certaine, sans savoir d'où venait cette certitude, que tout allait changer et que je démentirai Delfina aussi bien que Viola. Aussi d'un ton très ferme, j'ai répondu à ma petite amie : « Tu as raison, mais je ne serai pas toujours trop grosse. Dans un an, deux au maximum, tu me verras aussi maigre que toi. »

Moi : D'accord, mais réellement comment as-tu fait pour maigrir ?

Désidéria : C'est, en somme, arrivé simplement parce qu'inconsciemment je le voulais, ou peut-être par instinct de conservation. Dès l'automne, quand nous sommes revenues de nos vacances à la mer j'ai commencé à maigrir et en quelques mois à peine, encore plus vite que je ne l'avais prévu, je me suis trouvée telle que tu me vois maintenant.

Moi : Tu te souviens du moment où tu as constaté ton changement ?

Désidéria : Un matin, un peu plus d'un an après ma conversation avec Delfina, je vais prendre ma douche dans ma salle de bains. Sans m'essuyer, je me plante devant ma glace. Une longue mèche

1. Examen que filles et garçons passent à la fin des études secondaires *(N.d.T.)*.

mouillée cache mon front ; de grosses gouttes d'eau glissent sur mon visage, ma poitrine, mon ventre, mes jambes. On dirait de la rosée. C'est juste à ce moment-là ; je me suis rendu compte que je n'étais plus grosse du tout et que j'étais belle. J'ai trouvé que je ressemblais à une amphore qu'un garçon qui faisait de la pêche sous-marine avait tirée devant moi de l'eau. Comme ce vase j'étais restée longtemps immergée dans le malheur ; aujourd'hui j'en émergeais belle et désirable, digne, enfin, de mon prénom de Désidéria.

Moi : Comment Viola a-t-elle réagi devant une telle transformation ?

Désidéria : Je t'ai dit que ses sentiments oscillaient perpétuellement entre deux tendances : famille ou érotisme. A l'époque dont je te parle la balance penchait plutôt du côté de la famille, aussi sa joie a été sincère et profonde. Tout le monde s'en serait ému ; pas moi. Je n'éprouvais plus rien pour elle ; j'en étais malheureusement consciente et je n'ai fait qu'enregistrer froidement son changement d'attitude vis-à-vis de moi.

Moi : Tu dis que Viola oscillait continuellement entre l'érotisme et la famille mais tu m'as aussi raconté que depuis le départ de Chantal il n'y avait plus eu de gouvernante chez vous. Viola avait donc renoncé à l'érotisme ?

Désidéria : Absolument pas.

Moi : Alors ?

Désidéria : Alors quand le balancier a recommencé à pencher vers l'érotisme, Viola est tout simplement tombée amoureuse de moi.

Moi : De toi ?

Désidéria : Oui, amoureuse. C'est le mot exact. J'avais quinze ans ; nous n'étions ni mère ni fille ; les gouvernantes s'étaient envolées et à leur place, il y avait moi. Providentiellement, depuis que j'avais minci, physiquement, je n'étais pas très différente de ces jeunes étrangères et je suppose que cette idée de remplacer les gouvernantes par Désidéria dut venir à Viola spontanément, naturellement.

Moi : Tu as compris ça tout de suite ?

Désidéria : Non, moi je n'avais qu'une idée fixe en tête : faire la putain. Il fallait que je fasse la putain ; il me fallait gagner beaucoup d'argent que je devais mettre de côté pour pouvoir aller dire à Viola : « Tiens, prends cet argent et adieu. »

Moi : J'imagine que Viola devait dévoiler, d'une manière ou d'une autre, ses nouveaux sentiments à ton égard ?

Désidéria : Elle me regardait autrement.

Moi : Comment ?

Désidéria : Presque comme si elle ne me reconnaissait pas. Et puis elle a commencé à jouer, en quelque sorte, avec moi.

Moi : A jouer ? Mais comment ?

Désidéria : Oui, comme le font quelquefois certaines mères avec leurs filles. Mais elle, elle ajoutait à ces jeux sa sensualité que rien ne pouvait refréner mais qu'elle s'imaginait contrôler et dissimuler. Sous n'importe quel prétexte, ses doigts me frôlaient, en passant, comme sans le faire exprès, s'attardaient pour une caresse. Et pour la première fois depuis des siècles, elle s'est mise à me faire des cadeaux.

Moi : Quel effet te faisaient toutes ces attentions ?

Désidéria : Aucun. Je n'avais en tête que l'idée de me prostituer, de gagner de l'argent pour rembourser Viola des frais de mon entretien.

Moi : A ce moment-là, as-tu fait des recherches sur ta vraie mère ?

Désidéria : Je n'y ai même pas pensé. Je crois que je n'avais pas du tout envie de la retrouver.

Quand je passais dans les avenues de la périphérie où se tiennent habituellement les prostituées, il m'arrivait en les regardant, immobiles sous la lumière des lampadaires, de me dire : « Une de celles-là pourrait bien être ma mère. » C'était tout.

CHAPITRE II

Moi : Il me semble qu'il serait temps de me dire quand tu as entendu la Voix pour la première fois.

Désidéria : Tout a commencé un jour très chaud du mois de juin, vers une heure de l'après-midi Piazzale Flaminia, à la sortie du lycée français. En pull, en minijupe (c'était la mode cette année-là), en bottes de cuir, mes cheveux pendant sur mes épaules et ma poitrine, tout en sueur (j'avais des marques sombres sous les bras, de petites rigoles coulaient entre mes seins sous mon chandail), je me dirige vers le *Lungotevere* où la voiture de Viola m'attend pour me ramener à la maison. Tu ne sais peut-être pas qu'aux heures de sortie des cours, il y a toujours, devant la porte du lycée, de petits rassemblements de parents ou de gouvernantes. J'avais remarqué une femme qui ne se tenait pas vraiment au milieu de ces gens, mais un peu à l'écart, près de l'arrêt de l'autobus. Très vite j'avais compris qu'elle venait là pour moi. Dès qu'elle m'apercevait, elle ne me quittait plus des yeux et me suivait du regard tout le temps que je marchais pour rejoindre le *Lungotevere*. Alors moi, en passant devant elle, je la frôlais presque... Elle ne disait rien, se contentant de me fixer avec de plus en plus d'insistance. Lorsque je l'avais dépassée, elle quittait l'arrêt de l'autobus mais son regard ne me lâchait pas. Je marchais exprès très lentement, ma vanité était probablement flattée par tant d'attention. Il y avait pourtant en elle un je ne sais quoi qui me mettait mal à l'aise.

Moi : Qu'est-ce que c'était ?

Désidéria : Aujourd'hui je le sais et je peux te répondre. Il s'agissait d'une évaluation suivie d'un calcul.

Moi : Tu veux dire que cette bonne femme t'évaluait ?

Désidéria : Oui, comme un objet qui ne t'appartient pas mais dont tu pourrais un jour devenir propriétaire.

Moi : T'évaluait-elle à un prix fort ?

Désidéria : Très fort, sûrement. Cette idée me flattait et c'est pourquoi je marchais lentement. Il fallait lui laisser le temps de me contempler à son aise et en détail.

Moi : Tu as aussi prononcé le mot de calcul. En quoi consistait son calcul ?

Désidéria : Pour cette femme, vois-tu, j'étais un objet de valeur qui n'appartenait à personne. J'étais donc à la disposition d'un acheteur éventuel. Son évaluation concernait mon physique ; son calcul, mes disponibilités psychologiques.

Moi : On peut dire que tu en avais vu des choses en si peu de temps.

Désidéria : Je ne les avais pas vues, je les avais senties.

Moi : En somme, comment était-elle ta bonne femme ?

Désidéria : Petite, avec une grosse poitrine, des hanches fortes, des jambes arquées. Ses cheveux blonds tirés en arrière découvraient un front bas, têtu ; ses yeux étaient bleus mais d'un bleu très pâle ; son petit nez était écrasé comme celui de certains chiens ; ses lèvres épaisses étaient mal dessinées et sa bouche trop grande. Elle portait, le jour dont je parle, un tailleur de toile bleu avec, sous sa veste, un chemisier rose.

Moi : Donc tu passes devant la femme et tu la frôles comme sans l'avoir fait exprès. Qu'arrive-t-il après ?

Désidéria : Eh bien après, elle a continué, comme je te l'ai dit, à me suivre des yeux jusqu'au moment où je m'approchai de la voiture qui stationnait sur le *Lungotevere,* jusqu'au moment où le chauffeur de Viola se précipita pour m'ouvrir la portière et que je m'installai sur les coussins.

Moi : Quand s'est-elle finalement décidée à t'adresser la parole ?

Désidéria : C'est moi qui ai parlé la première. Ou plutôt non, c'est la Voix qui a parlé la première.

Moi : La Voix ? Alors c'est ce jour-là que tu as entendu la Voix pour la première fois ?

Désidéria : Oui.

Moi : Tout à l'heure, tu as comparé ta Voix à celles qui s'adressaient à Jeanne d'Arc. Les choses se sont-elles passées de la même façon ?

Désidéria : J'ai fait cette comparaison pour te faire comprendre que j'avais vraiment entendu une Voix, qu'elle venait de quelque part, qu'il ne s'agissait pas d'une hallucination. Quant au reste, rien de commun. Pour moi la Voix fut, comment te dire ? une sorte de prolongement de mes masturbations.

Moi : Un prolongement ? Je ne comprends pas.

Désidéria : Tu sais que je me masturbais régulièrement deux fois par jour, le matin au réveil et le soir avant de m'endormir, quelquefois aussi dans la journée. Par exemple, lorsque je faisais mes devoirs : je me levais pour aller donner un tour de clef à la porte. Je revenais m'asseoir à mon bureau, je mettais la main entre mes cuisses et tout en lisant et en écrivant j'arrivais tranquillement à l'orgasme. C'était chez moi une telle habitude que mes gestes devenaient inconscients. Mais voilà qu'un jour, ou plutôt une nuit, brusquement, ce que je faisais s'est mis à se transformer, à se prolonger en voix, en une Voix qui me parlait au milieu de l'obscurité. Alors j'ai cessé de me masturber, je n'ai pas essayé d'arriver à l'orgasme, j'ai écouté ce que disait la Voix.

Moi : Venait-elle de l'extérieur ?

Désidéria : Oui, d'un coin de la chambre.

Moi : Comment était cette Voix ?

Désidéria : Qu'est-ce que tu veux me demander ?

Moi : Quel accent avait-elle ?

Désidéria : Normal, il me semble.

Moi : Qu'est-ce que cela veut dire pour toi, normal ?

Désidéria : Ça veut dire aucun accent particulier.

Moi : Il y a différentes façons de parler, non seulement selon son lieu de naissance mais aussi selon son sexe, son milieu social, sa profession, et caetera... C'était une voix d'homme ou de femme ?

Désidéria : De femme.

Moi : Jeune ou vieille ?

Désidéria : Un peu plus âgée que moi, mais pas beaucoup.

Moi : Vulgaire, bourgeoise, aristocratique ?

Désidéria : Sans classe.

Moi : A quelle profession appartenait-elle ? Je veux dire parlait-elle comme une petite employée, comme une avocate, comme... je ne sais pas, moi ?

Désidéria : Elle parlait comme une gouvernante.

Moi : Comme « tes » gouvernantes ?

Désidéria : Mes gouvernantes à moi, n'étaient pas de vraies gouvernantes puisque c'étaient des filles que Viola choisissait pour coucher avec elle. Ma Voix, elle, était une gouvernante. La première et la seule que j'aie jamais connue.

Moi : Oui, mais de quel genre était-elle ?

Désidéria : D'un genre assez particulier. Pour que tu comprennes bien ce qu'elle était il va me suffire de te répéter les trois mots qu'elle crut bon de lancer dans la profonde obscurité de ma chambre à coucher : « Petite putain *pariolina !* »

Moi : Elle a dit cela sur un ton furieux ?

Désidéria : Non, pas spécialement furieux, disons plutôt, sur un ton sévère. Exactement celui qu'aurait pu prendre une gouvernante surprenant son élève en train de faire quelque chose de défendu.

Moi : Et après cette entrée en matière, qu'a-t-elle ajouté ?

Désidéria : « Tu ferais mieux de m'écouter au lieu de te masturber », je ne me souviens pas des mots précis tant j'étais éberluée et méfiante. En résumé, elle m'a expliqué que la femme qui m'attendait à la sortie du lycée et qui me regardait avec une insistance étonnante était ma mère, la vraie (celle qui m'avait mise au monde, celle qui m'avait vendue à Viola), qui était fière d'avoir une fille aussi belle, qui se repentait, qui était heureuse de me voir, même de loin.

Moi : On se demande comment elle pouvait savoir tout cela, cette Voix ?

Désidéria : Je ne peux pas te répondre. Je sais seulement qu'elle m'a ordonné d'aller à la rencontre de cette femme et de lui dire : « Moi, je m'appelle Désidéria et toi, tu es ma mère. »

Moi : Tout simplement ?

Désidéria : Oui.

Moi : Alors toi, tu as fait ce qu'elle t'ordonnait ?

Désidéria : Oui, j'ai obéi.

Moi : Pourquoi ?

Désidéria : Je ne le sais pas. Dans son ton il y avait, du moins au début, quelque chose auquel on ne pouvait pas résister. Tu le vois ; je n'ai pas eu le courage de lui désobéir.

Moi : Pourtant l'entendre affirmer que cette femme était ta vraie mère aurait dû te sembler invraisemblable. Tu étais en droit de lui faire des objections dictées, comme on dit, par le bon sens, non ?

Désidéria : Je les ai faites ces objections. Je lui ai dit que je ne pouvais pas le croire, que cette histoire était impossible, et caetera, et caetera. Dès mes premiers mots elle m'a contrainte au silence en proférant une menace terrifiante.

Moi : Une menace ?

Désidéria : « Si tu ne m'obéis pas je te préviens que tu ne me verras plus. »

Moi : Qu'y avait-il de terrifiant là-dedans ?

Désidéria : Je ne peux pas te l'expliquer. J'étais terrorisée et c'est tout. Je n'ai pu que lui répondre que j'étais prête à faire tout ce qu'elle voudrait.

Moi : Tu dois, au moins, savoir quelle sorte de terreur elle t'inspirait.

Désidéria : Celle de perdre ce que je considérais comme un acquis important, comme un progrès, comme un privilège.

Moi : Si je comprends bien cette Voix qui te parlait, qui te guidait, qui te commandait, te rendait heureuse ?

Désidéria : Oui, surtout parce qu'elle me donnait de l'assurance. Je me sentais en sécurité et sûre de moi. La perdre signifiait pour moi revenir à l'état où je me trouvais avant qu'elle ne me parle pour la première fois dans l'obscurité de ma chambre.

Moi : Dans quel état étais-tu ? Dans quel état craignais-tu de retomber ?

Désidéria : Écoute ce que me disait la Voix : « Si tu ne m'obéis pas, tu ne m'entendras plus jamais ;

tu redeviendras ce que tu étais, c'est-à-dire un morceau de chair, sans âme, mais qui peut bouger. Un vide entouré de viande. Une holothurie. »

Moi : Une holothurie ?

Désidéria : C'est un animal qui vit dans l'eau. J'avais lu avec un grand étonnement sa description dans mon livre de zoologie : « L'holothurie est un organisme marin, intermédiaire entre l'animal et la plante. L'holothurie est de forme allongée : à l'une de ses extrémités s'ouvre une bouche, à l'autre, un anus. » Quelque chose qui ressemblerait assez à un cornichon. Une forme cylindrique épaisse, sourde, aveugle, obtuse ; un tube digestif recouvert de chair, doté de réflexes nerveux, capable de contractions et de spasmes purement physiques. Et cette holothurie, c'était moi, Désidéria, avant d'avoir entendu la Voix.

Moi : Si je comprends bien tu n'as pas eu envie de redevenir une holothurie et je comprends pourquoi sa menace t'avait terrifiée. C'est bien cela, n'est-ce pas ?

Désidéria : Exactement.

Moi : Tu me dis que tu as obéi, mais qu'as-tu fait véritablement ?

Désidéria : Le jour même, en sortant du lycée, j'ai jeté un coup d'œil pour voir si la femme se trouvait à l'arrêt de l'autobus. Elle y était ; alors, comme d'habitude, je me suis mise à avancer très lentement pour me rendre compte si elle me regardait ; comme d'habitude, elle me regardait. J'ai dépassé l'endroit où elle se tenait et puis, comme si brusquement je venais de changer d'idée, je suis revenue sur mes pas et j'ai répété devant elle la phrase exacte que la Voix m'avait ordonné de dire.

Moi : Quelle phrase ?

Désidéria : « Je m'appelle Désidéria et toi, tu es ma mère. »

Moi : Et alors ?

Désidéria : J'ai compris tout de suite que je la prenais un peu au dépourvu. La pupille de ses mauvais yeux pâles s'est dilatée d'étonnement. Puis son visage a changé d'expression. C'est une chose qui arrive lorsqu'une idée te passe brusquement dans la tête.

Moi : Mais quel genre d'expression ?

Désidéria : Une expression où on lisait un certain accord, une sorte d'approbation, de consentement où se mêlaient bizarrement de la compassion et de la satisfaction.

Moi : De la compassion et de la satisfaction ?

Désidéria : Oui, elle avait l'air de se dire : « La pauvre petite est folle. Très bien. Profitons-en », et tout haut, elle m'a répondu : « Mais oui, bien sûr, je suis ta maman, ta maman qui t'aime, qui t'adore. Ta maman qui te cherche depuis longtemps et qui t'a enfin retrouvée. » Sa voix était aiguë, discordante. Elle parlait avec le curieux accent des gens habitués au dialecte qui essaient de s'exprimer en bon italien.

Moi : Elle est donc immédiatement entrée dans son rôle : La mère reconnaissant son enfant et tout ce qui s'ensuit. Et toi ?

Désidéria : Moi, je me sentais « dissociée », comme, du reste, cela s'est toujours passé par la suite, chaque fois que j'ai agi pour le compte ou sous l'influence de la Voix. Ce qui revient à dire, plus simplement, qu'à ce moment-là deux personnes existaient en moi : Une qui regardait, une qui agissait. Celle qui regardait c'était l'holothurie, ou, si tu veux, la fille que j'étais avant la venue de la Voix, qui jugeait les choses avec bon sens, qui pensait que je me comportais comme une dingue, que la femme — qui n'avait jamais été ma mère — favorisait ma folie pour des fins mystérieuses. L'autre, au contraire, agissait selon les ordres et les instructions de la Voix ; pratiquement il n'y avait aucune différence entre elle et la Voix, elle était la Voix transformée en actes.

Moi : Qu'est-ce que tu veux dire ? Que ce que tu appelles la Voix était une des deux personnes « dissociées » existant en toi à certains moments ? Que cette Voix ne venait pas de l'extérieur mais du dedans de toi ?

Désidéria : Non, non, pas du tout. Je te répète que je me sentais « dissociée », qu'il y avait en moi deux personnages, l'un qui agissait, l'autre qui regardait, mais la Voix me parlait toujours de l'extérieur. En fait, il existait en moi une personne qui obéissait à la Voix et une personne qui obéissait à moi.

Moi : A toi, c'est-à-dire au bon sens ?

Désidéria : Disons au bon sens ou au sens commun.

Moi : Ce sens commun s'opposait-il à la Voix ?

Désidéria : Pas exactement. En tout cas, pas ce jour-là où il soupesait avec une lucidité relative ce qui se passait.

Moi : Pourquoi dis-tu relative ?

Désidéria : Parce que bien que je n'aie pas tort de parler de lucidité, elle restait faible, craintive, en quelque sorte, paralysée.

Moi : Bon, alors revenons au Piazzale Flaminia, à la sortie du lycée. Que se passe-t-il ?

Désidéria : La femme complètement revenue de son étonnement entre totalement et définitivement dans ce que tu as appelé son rôle de mère et me dit, en me prenant par le bras, d'une voix pleine d'entrain et presque d'enthousiasme : « Oui, oui, je suis ta maman qui va te faire un beau cadeau si tu veux venir passer un moment chez elle. Oh, un tout petit moment. Viens avec moi, mon trésor. Ta maman te donnera quelque chose qui te fera plaisir, quelque chose de beau, de très très beau. Viens, ma voiture est là derrière. Donne-moi tes livres, je vais te les porter. Viens avec cette pauvre maman qui te cherchait depuis si longtemps et qui est tellement heureuse aujourd'hui. Viens, ma voiture est à deux pas et en dix minutes nous serons à la maison et là tu verras le cadeau de ta maman, le cadeau dont tu te souviendras toute ta vie. » Tout en parlant elle s'empare de mes livres qu'elle glisse dans une espèce de grand sac qu'elle porte suspendu à l'épaule. Sa main, presque sous mon aisselle, tient toujours mon bras. Elle me soutient comme une impotente ou une boiteuse. J'ai l'impression de survoler les grosses dalles du trottoir. A ce moment, je suis bien obligée de l'avertir : « Tu sais, j'ai une voiture qui m'attend sur le *Lungotevere.* »

Moi : Oui, et alors ?

Désidéria : Elle paraissait être dans un état d'exaltation anormal et me demande seulement à quelle heure on se met à table chez moi ; je lui réponds, vers deux heures et demie ; elle rit en disant qu'il est à peine une heure, que j'ai bien le temps d'aller chez elle recevoir mon cadeau et d'être de retour avant deux heures et demie, qu'une heure et demie, c'est long et qu'on peut faire des tas de choses en une heure et demie, que je n'avais qu'à aller dire à notre chauffeur qu'il pouvait partir parce que j'étais obligée d'aller revoir une leçon chez une amie qui s'occuperait de me faire raccompagner chez nous à temps pour le déjeuner.

Moi : Un plan parfaitement établi. Qu'as-tu répondu à cette femme ?

Désidéria : La Voix m'ayant ordonné de faire tout ce que voulait la femme, j'ai obéi. J'ai donc traversé pour m'approcher de la grosse automobile de Viola, arrêtée à l'ombre des platanes. Le chauffeur, un de ses bras dehors replié sur le bord de la glace baissée, lisait un journal. En me voyant venir vers lui, il a immédiatement rejeté son journal et amorcé le geste de descendre pour m'ouvrir la portière. Je l'ai devancé en lui répétant mot pour mot tout ce que la femme m'avait suggéré de lui dire. Il m'a répondu : « D'accord » et je lui ai tourné le dos pour retraverser lentement la rue. De l'autre côté, la femme me regardait, visiblement angoissée, mais dès qu'elle put se croire sûre que je revenais vraiment vers elle ce fut une joie sauvage qui illumina son visage. Elle me reprit le bras pour m'entraîner en courant, en volant presque devrais-je dire, vers sa propre voiture. En courant, elle parlait très vite, comme si elle craignait de me voir regretter ma folie, comme si elle voulait m'étourdir pour ne pas me laisser le temps de réfléchir sur ce qui se passait. Tu veux que je te donne un échantillon de ce qu'elle s'était mise à débiter — sans prendre le temps de respirer — dans la petite bagnole où elle m'avait installée et qu'elle conduisait sans se soucier des embouteillages : « Il est à peine une heure, mon trésor, nous avons tout le temps. Et puis si tu arrives un peu en retard chez toi, quelle importance ? Tu diras que tu es allée chez une couturière qui t'a fait attendre. Ce ne sera pas un mensonge, parce que ta maman est une couturière, une vraie, tu ne mentiras pas, tu diras la vérité, on te croira, tout le monde sait que la vérité, ça se sent. Ta mère est couturière de son métier et, si tu veux, nous pourrons prendre tes mesures. Je te ferai une belle petite robe que tu viendras essayer, mon petit trésor à moi. Ta maman sera toujours là pour te faire de superbes cadeaux, des robes qui feront se retourner les gens dans la rue pour dire : “Oh, mais qui est cette belle jeune fille ? Qui est sa mère qui sait si bien l'habiller ?” Mais oui, ma beauté, tu as de la chance d'avoir une maman qui fait des cadeaux chaque fois qu'on lui rend visite et qui fait des robes qui mettront en valeur ton physique exceptionnel — tu ne le sais peut-être pas mais tu vas l'apprendre bientôt — qu'il faut exploiter, sinon à quoi servirait-elle cette beauté. Tu es belle, ma chérie, très belle et ta petite maman qui t'adore veut que tout le monde le sache, que tous les hommes le voient. Mais je te parle de choses que tu sais parfaitement ; il suffisait de te voir marcher, prendre des poses, quand tu as compris que tu m'intéressais, comme pour me dire : "Est-ce que je n'ai pas un joli corps ? Est-ce que je ne suis pas belle et jeune ?" Tu es une de ces eaux dormantes qui jouent les innocentes et les prudes mais qui ne pensent qu'à une seule chose et tu sais très bien laquelle. Aucun mal à cela, mon trésor, aucun mal, c'est de ton âge. Tu serais un monstre si tu n'y pensais pas. A ton âge, c'est normal et ta petite maman qui t'aime fera aussi autre chose pour toi : elle assouvira ta curiosité de l'homme, elle te fera connaître un homme, non pas un seul homme, beaucoup d'hommes, autant d'hommes que tu voudras. Oui, ta maman veut que sa fille chérie se passe tous ses caprices, toutes ses envies. Quelle mère serait-elle si elle ne le faisait pas ? Elle veut que sa fille chérie s'amuse, soit heureuse ; à son âge la meilleure façon d'être heureuse et de s'amuser n'est-elle pas de passer son temps auprès d'un homme agréable ? Sa petite mère le lui fera connaître cet homme, au plus vite, et pourquoi pas aujourd'hui... » et caetera, et caetera. Tu vois, n'est-ce pas, qu'il ne s'agissait pas de phrases spontanées, dues plus ou moins au hasard, mais bien d'un discours préparé, volontairement dirigé vers un but très précis dissimulé sous le bla-bla-bla d'un faux et ridicule sentiment d'amour maternel.

Moi : Et toi que faisais-tu, que pensais-tu pendant qu'elle te gratifiait de son discours ?

Désidéria : Je restais immobile, les mains croisées sur les genoux, les yeux fixés sur les rues que nous parcourions et j'écoutais ce que me disait la Voix.

Moi : Que disait-elle ?

Désidéria : J'avais, à présent, compris — peut-être pas très clairement bien que restant fascinée par la chose — que la femme était une maquerelle qui m'emmenait dans une maison de rendez-vous ou quelque endroit du même genre, pour me faire rencontrer un ou plusieurs hommes. Et j'avais peur. La Voix disait que ma peur venait de mon éducation bourgeoise et qu'aujourd'hui se présentait à moi l'occasion unique de gagner l'argent qui me permettrait de rembourser Viola, et qu'il ne fallait surtout pas m'en laisser détourner par une peur ridicule et injustifiée ou par d'absurdes considérations d'ordre moral.

Moi : Je n'ai pas encore compris si la Voix croyait ou non que cette bonne femme était ta vraie mère ?

Désidéria : Il m'est difficile de te répondre. Elle se comportait comme si elle en était sûre, mais, en même temps, elle me conseillait de ne pas oublier de me faire payer le plus cher possible lorsque je serais chez elle. Je crois que la Voix cherchait à substituer la crainte de ne pas être payée du tout, ou pas suffisamment, à la peur que me causait l'idée de me prostituer.

Moi : A-t-elle réussi cette substitution ?

Désidéria : Oui, je crois. Ce jour-là je portais, pendu à ma ceinture, un couteau de chasse, style boy-scout, enfermé dans une gaine de cuir. Et la Voix m'en parla pour m'expliquer que si la femme refusait de sortir son argent il ne faudrait pas que j'hésite à la menacer de ce couteau. Cette idée me rassura et la peur de la prostitution disparut puisque le désir de la Voix était de me la voir accepter.

Moi : Reprenons. Vous êtes dans l'auto, toi, tu penses et la femme, au volant, bavarde. Et alors ?

Désidéria : A un certain moment, soit pour ne pas se laisser entraîner à en dire trop ou risquer de m'effrayer inutilement avant que nous soyons arrivées chez elle, soit parce qu'elle n'avait plus rien à dire et qu'elle ne pouvait que se répéter, la femme s'est tue et elle a ouvert la radio. Je me souviens très bien avoir écouté une suite de Bach pour violoncelle et c'est accompagnées par cette musique lente et grave que nous avons parcouru la fin du trajet, moi, oubliant presque la situation dans laquelle je me trouvais à cause de l'effet bizarre qu'elle me faisait.

Moi : Quel genre d'effet ?

Désidéria : J'ai eu brusquement la sensation qu'on a lorsqu'on est obligé de faire une chose dont on est sûr à l'avance qu'elle sera inutile. Ce n'était pas une sensation désagréable, je dirais même, plutôt agréable et, pendant quelques instants, je crois m'être prise pour une héroïne.

Moi : Pourquoi une héroïne ? Où était l'héroïsme ?

Désidéria : Un héros n'est-il pas quelqu'un qui se dédie à une entreprise difficile, vouée à l'avance à l'échec et qui, malgré tout, s'y lance d'un cœur intrépide ? Durant quelques instants, j'ai eu cette sensation et j'ai cru comprendre qu'elle me venait du fait que j'étais consciente de deux choses : de l'action en tant qu'action et de la vanité de cette action. C'est là que la musique s'est arrêtée aussi brusquement qu'elle avait commencé et qu'un speaker a dit que nous venions d'entendre une certaine suite de Bach pour violoncelle. Après cette annonce, j'ai brusquement cessé de me prendre pour une héroïne et je suis redevenue la fille que j'étais. Au même moment, comme si mes yeux s'ouvraient après un long sommeil, j'ai vu pour la première fois le lieu où je me trouvais.

Moi : Et où étais-tu ?

Désidéria : Dans un quartier que je ne connaissais pas. Maintenant je sais que nous n'étions pas loin de la Piazza delle Muse. Un coin vieillot, avec des ruelles ombragées et zigzagantes, des villas démodées, des *palazzine* enfouies dans des jardins. Nous avons pris une de ces petites rues où des arbres, des saules, peut-être ? inclinaient leurs branches couvertes de feuilles très minces, pour former une sorte de voûte de verdure. De temps en temps, derrière des grilles où à travers les feuillages, on apercevait de petites maisons et des *palazzine* d'aspect modeste. Après avoir parcouru quelques mètres la voiture s'est arrêtée le long du trottoir et la femme a dit d'un air ravi : « Nous voici arrivées. » Nous étions devant un portail encadré de pilastres blancs. La femme ne m'avait pas lâchée ; elle continuait à tenir mon bras comme si elle craignait que je n'aie envie de m'échapper. De sa main libre, elle a tiré de son sac un trousseau de clefs et elle a ouvert le portail. Sans doute pour m'obliger à marcher, sans doute parce que je m'étais arrêtée une seconde pour jeter un coup d'œil autour de moi, elle avait cru bon de m'enfoncer son genou dans le dos. Nous étions dans un vieux et triste jardin mal entretenu au fond duquel s'élevait une villa de trois étages dont la porte d'entrée était surmontée d'un de ces auvents vitrés qu'on appelait autrefois marquise. La femme continuait à me parler sur son ton de mère attendrie, mais je sentais qu'elle le faisait machinalement et qu'elle était maintenant prise par d'autres soucis. Comme il n'y avait ni concierge ni ascenseur, nous avons grimpé l'escalier de marbre blanc à rampe de fer forgé. Nous nous sommes arrêtées au troisième étage devant une porte ornée d'une plaque de cuivre où je lus : Diomira Couturière.

Moi : Diomira ? Sans nom de famille ?

Désidéria : Sans nom de famille. En me tenant toujours aussi fermement par le bras, la femme, que désormais je vais appeler Diomira, m'a fait traverser un vestibule, puis un couloir au bout duquel se trouvait une belle chambre à deux fenêtres voilées de rideaux blancs. Une lumière adoucie éclairait un grand lit à deux places. Derrière l'entrebâillement d'une porte, on devinait une salle de bains. Sur le lit, une couverture piquée jaune criard. Sur le traversin, on avait posé une poupée déguisée en espagnole, grand peigne, mantille noire, et jambes largement écartées.

Moi : Diomira t'a-t-elle expliqué la raison pour laquelle elle t'avait emmenée directement dans cette chambre ?

Désidéria : C'est moi qui ai parlé avant Diomira ; je ne devrais pas dire moi, mais la Voix par ma bouche. Elle voulait que je mette tout de suite au point la question d'argent. Alors je me suis assise sur le bord du lit et d'un ton très décidé, j'ai dit : « Combien, maman, comptes-tu me donner pour faire l'amour avec l'homme que tu vas tout à l'heure me faire rencontrer ? »

Moi : On ne peut plus clair. Qu'a-t-elle répondu ?

Désidéria : Une demi-seconde, dont elle profita pour me lancer un regard scrutateur, elle me parut surprise. Je n'étais peut-être pas aussi stupide qu'elle l'avait cru, mais il semblait probable que ce mot « maman » la confirmait dans l'idée que je n'étais pas tout à fait normale. Alors, avec une remarquable promptitude, elle m'a répondu en acceptant mon allusion à son client mais en évitant celle qui concernait l'argent : « Mais, mon chéri, moi, je ne peux rien te promettre. Il est tard et à cette heure les hommes rentrent chez eux et ils ont généralement plus envie de se mettre à table que de faire l'amour. Je donne deux ou trois coups de fil et je te parie que je trouve ce qui te convient. Je ne dis pas tous mais il y en a quelques-uns qui pour une comme toi se passeraient de déjeuner, de dîner et de qui sait quoi encore. En attendant toi, mets-toi sur le lit, allonge-toi. Tu as vu ce couvre-lit ? Il est tout neuf, je l'ai acheté il y a à peine un mois. Et cette poupée ? Belle, non ? Attends, ta maman va t'en débarrasser pour que tu puisses appuyer ta tête. Mais oui, mon trésor, installe-toi bien et laisse-moi donner mes coups de téléphone. »

Moi : Et toi, qu'est-ce que tu as fait ?

Désidéria : Tu veux dire qu'est-ce que la Voix m'a fait faire ? Je ne me suis pas allongée sur le lit et j'ai répondu très sèchement : « Bon, d'accord, maman, mais avant tout je veux que tu me dises combien tu me donneras. » Elle me regarde de nouveau du même air intrigué, puis elle éclate d'un rire à la fois indulgent et complice : « Ah, mon petit trésor n'a pas confiance en sa maman ? Il doit pourtant avoir confiance, parce que sa maman l'aime beaucoup et sait ce dont il a besoin. Ce que tu gagneras, ce que je te donnerai ? Je pourrais te dire une somme ou une autre, mais comme je te l'ai dit, je me tromperais. Je suis ta maman, je te connais bien et je peux te dire que, heureusement, tu n'es pas une de celles qui font ça pour de l'argent. Non, toi, de l'argent tu t'en fous, tu es riche, tu as un chauffeur qui t'attend à la sortie de ton école. Comme toutes celles de ton milieu, tu n'es pas intéressée. Tu veux que je te dise ce que tu es ? Tu es une vicieuse et tu le feras parce que ça te plaît, parce que tu penses tout le temps à l'homme, parce que tu serais presque prête à le payer le gros bonhomme qui te l'enlèvera ton pucelage. Tu en as tellement envie. Mais aujourd'hui tu as de la chance de rencontrer ta maman qui te connaît jusqu'au bout des ongles et qui, justement parce qu'elle sait que tu n'es pas une des ces pauvres diablesses qui font ça par besoin, mais une cochonne qui le fait par curiosité, te feras rencontrer un homme qui t'enlèvera enfin l'envie de voir comment est fait le mâle, le super-mâle qui plaît tant aux petites salopes de ton milieu. Tu en as de la chance, ma belle. J'ai l'homme qu'il te faut et je vais lui téléphoner. L'homme qui me disait encore récemment : "Diomira, trouve-moi une petite fille qui soit une vraie petite fille, qui va encore à l'école, qui ne sait rien de rien, qui le fera pour la première fois." Là, tout de suite je lui téléphone. Tu verras, c'est un homme fin, distingué, un "monsieur" et, ce qui ne gâte rien, un bel homme, et l'âge idéal, entre quarante et cinquante, c'est celui qu'il faut, tu le verras par toi-même, du reste. Et puis, mais pourquoi faudrait-il te le cacher ? de ce point de vue là c'est un vrai phénomène, exactement ce qu'il faut à une pucelle comme toi, avec son gros outil il fait ça d'un seul coup, sans même que tu t'en aperçoives, à peine une petite douleur et c'est fini, et après tu t'amuses, tu fais la vicieuse autant que tu veux ; maintenant que le passage est ouvert tu le donnes quand ça te fait plaisir. Mais quand tu demandes combien je te donnerai, je suis obligée, tout en t'aimant, tu le sais, énormément, de te gronder. Comment ! je te fais la faveur de te débarrasser de cette maladie qui te dévore toute crue et tu viens me demander combien tu gagneras ! Mais c'est toi, mon bijou, qui devrais me payer et qui devrais me dire : "Garde tout, maman, et, même si tu ne me donnais rien, je serais encore ta débitrice...." » et caetera, et caetera. Tu vois, elle avait adopté un langage très grossier. Elle me tenait et elle n'avait plus besoin de prendre des précautions. Moi, je n'étais pas la vicieuse qu'elle imaginait ; et la Voix exigeait de moi que je me fasse établir un contrat en bonne et due forme pour emporter le plus d'argent possible, payer Viola et la quitter définitivement. C'est elle qui m'a fait d'un ton ton froid et obstiné, insister : « Tu vas me dire ce que tu me donneras, sinon, rien. » Elle m'a regardée vraiment stupéfaite ; elle ne s'était certainement pas attendue à un entêtement pareil ; elle a ouvert la bouche et a commencé : « Mais, voyons, ma chérie... » Je l'ai immédiatement interrompue : « Dis-moi, je te prie, maman, combien tu me donneras pour faire l'amour et combien tu paieras ma virginité. Ce sont deux choses distinctes, n'est-ce pas ? Faire l'amour est une chose, ma virginité en est une autre. Tu ne trouves pas ? »

Moi : Tu t'es montrée vraiment froide et vraiment entêtée.

Désidéria : Je ne l'étais qu'en paroles. En réalité, j'étais profondément troublée, j'avais l'impression de marcher sur la pointe des pieds au bord d'un précipice. Diomira dut deviner que sous ce marchandage intransigeant il n'y avait que naïveté et inexpérience. Je la vis éclater de ce même rire exagéré : « Eh bien, eh bien, la belle petite chérie, en sait plus long que sa maman, semble-t-il. Alors dis ce que tu espères avoir et ta maman fera son possible pour te contenter. » Moi, à cette époque, je ne savais rien de rien. J'en étais restée aux histoires de Delfina, et il y avait plus de trois ans, à propos de gains fabuleux des prostituées. Je devinais bien que Delfina n'avait aucune expérience pour parler de ce genre de choses. Aussi, mais seulement pour faire plaisir à la Voix, j'ai divisé par deux la somme d'un million que ma petite amie de la plage m'avait indiquée comme probable et j'ai répondu à Diomira, mais vraiment du bout des lèvres : « Cinq cent mille lires » en pensant, à part moi, que ce devait être une somme très exagérée. Je ne devais pas être très loin de la vérité, pourtant ; je m'en suis rendu compte à l'expression décontenancée que je lisais sur le visage de Diomira qui finit par s'écrier : « Mais voyons, mon trésor, tu n'as aucun sens de l'argent ; c'est normal, du reste ; celui qui a des sous ne sait pas à quoi ils servent. Et puis, cette chose que tu crois précieuse, elle ne vaut rien ; toutes les filles la possèdent et elles l'offrent pour rien, mais oui, et au premier venu encore, et parfois elles lui disent merci, puisqu'après elles peuvent, je te le répète, faire l'amour autant qu'elles le désirent. Peu importe. Ce qui compte c'est que ma chérie veut savoir combien elle gagnera ; eh bien, sa maman qui l'adore, veut, encore sur ce point, la rendre heureuse. C'est entendu, sois tranquille, tu auras la moitié, c'est bien, n'est-ce pas, la moitié, la moitié de la somme qu'elle réussira à obtenir. Eh oui, la moitié, ma belle, parce que tandis que toi tu ne donnes rien, vraiment rien puisque cette chose toutes les filles l'ont et l'offrent pour pas un rond, à ta maman, il lui restera quoi lorsqu'elle aura payé le loyer, l'électricité, le téléphone, le chauffage, la femme de ménage, tous les frais de copropriété, pas grand-chose ; mais il lui suffit qu'en satisfaisant au maximum ton vice tu sois totalement heureuse et que chaque fois que tu en auras envie tu reviennes ici retrouver une maman toujours prête à faire tous tes caprices. Oui, mon chéri, la moitié ni plus ni moins. Impossible de te dire ce que sera cette moitié. Comment le savoir à l'avance ? Tout dépend du client. Il y a les généreux qui te donneraient facilement plus que tu ne leur demandes ; il y a les avares qui discutent et qui, parfois, ont l'air de vouloir te demander un escompte sur le prix. Mais toi, n'aies pas peur, tu peux te fier à ta maman.

Alors ça va ? Nous sommes d'accord ? » J'avais écouté cette interminable tirade en espérant toujours qu'elle allait finalement articuler un chiffre. J'étais prête à protester lorsque la Voix m'a arrêtée dans mon élan : « Accepte. Elle tient à ce que tu reviennes. Ne crains rien, aujourd'hui elle te propose la moitié, la prochaine fois, tu pourras lui demander davantage. » J'ai obéi à la Voix et j'ai murmuré : « Bon. D'accord. » Alors, ravie, Diomira s'est exclamée : « J'étais bien sûre que nous deux, on s'entendrait : tu es ma fille et je suis ta maman. Entre mère et fille on se dispute toujours un peu et puis on finit par s'entendre. C'est vrai, non ? » C'était bizarre : elle croyait et ne croyait pas à cette maternité fictive ; par moments, elle semblait presque convaincue qu'il ne s'agissait pas de fiction mais bien de réalité ; pourtant d'une réalité plus symbolique qu'effective.

Moi : Et après qu'a-t-elle fait ? Elle est allée téléphoner ?

Désidéria : Oui, mais, en sortant, elle a laissé la porte ouverte. Le téléphone était posé sur un petit meuble, dans le couloir, en face de la chambre. Je la voyais et j'entendais tout ce qu'elle disait au client inconnu. Veux-tu que je te répète ce que j'ai enregistré dans ma tête comme sur une cassette ? C'est important pour comprendre les événements qui suivirent.

Moi : J'écoute.

Désidéria : Voilà : « Allô, qui parle ? Qui ? Ah, c'est vous ? Je n'avais pas reconnu votre voix, je croyais m'être trompée de numéro. Ah, maintenant ouvrez vos oreilles. J'ai quelque chose pour vous. Oui, quittez tout, prenez votre voiture et arrivez. Oui, tout de suite, puisque je vous répète que j'ai ce que vous m'avez si souvent demandé, oui oui, ce que vous m'avez demandé chaque fois que vous êtes venu ici, oui, cette chose toute neuve, si belle et si rare que lorsque quelqu'un comme moi réussit à mettre la main dessus, elle trouve mille personnes prêtes à payer n'importe quel prix pour l'avoir. Mais oui, elle est ici, à votre disposition, pour vous tout seul. Et puis, je peux vous dire encore autre chose et c'est que vous êtes un veinard, un drôle de veinard. Non seulement vous allez avoir la chose que vous souhaitiez mais elle est spéciale, rare, rarissime. Je veux dire qu'elle n'est pas de ce genre ordinaire qu'on rencontre un peu partout, non, c'est du raffiné, de l'exceptionnel. Vous entendez ? Exceptionnel. Il s'agit d'un objet de valeur, tout neuf, qui sort à peine de la fabrique, mais qui n'a pas été fabriqué en série ; non, c'est, pour ainsi dire, du fait main, de la pièce numérotée. Qu'est-ce que vous dites ? Comme la dernière fois ? Mais non, ce jour-là ce n'était pas de ma faute, on m'avait trompée, j'étais tombée dans le panneau. Vous ne pouvez pas savoir comme j'étais ennuyée ; un client comme vous, si sérieux, je ne me serais pas permis de vous mentir. Mais aujourd'hui, c'est sûr. Pas d'erreur, c'est ce que ça doit être ; je dirais même encore mieux qu'on pouvait l'espérer. Mais oui, je vous répète que c'est un article exceptionnel, rare, rarissime ; une de ces occasions, un vrai coup de chance, un hasard qu'on ne rencontre qu'une fois dans la vie. Sautez dans votre voiture et arrivez. Qu'est-ce que vous dites encore ? Que vous n'avez pas confiance ? Mais enfin comment vous faire comprendre que c'est une marchandise sûre, garantie, neuve, un de ces objets que les commerçants mettent de côté pour leurs meilleurs clients. Quoi ? S'il y a du danger ? Mais quel danger ? Ce n'est pas de la marchandise de contrebande, je l'ai reçue régulièrement, spontanément, librement. C'est un objet sorti de la fabrique il y a à peu près une douzaine d'années mais vous pouvez être certain qu'il est en parfait état. Vous l'aurez à votre entière disposition, vous pourrez en faire ce qu'il vous plaira, le casser, si cela vous amuse. Vous, vous rentrerez chez vous et c'est moi qui serai responsable de tout. Mais oui, j'ai bien dit le casser. Après tout, l'objet vous appartiendra, vous payez et vous n'avez de compte à rendre à personne. Comment ? Quoi ? Si c'est du genre clair ou foncé ? Ah, cher monsieur, vous voulez en savoir des choses, vous ! Moi, je vous garantis un produit neuf dont personne ne s'est servi et il faut encore que je sache si c'est du genre clair ou foncé ? Je l'ai reçu ce matin, il y a à peine une heure, il est encore emballé dans sa boîte et je ne l'ai pas examiné de près. Mais à première vue, comme ça, je dirais clair, non, pas très clair, mais oui, clair. Comment ? Tout de suite ? Vous êtes drôlement curieux, vous. Bon, gardez l'appareil, je regarde et je reviens. »

Moi : Qu'est-ce qu'elle a fait ?

Désidéria : Elle a posé son récepteur sur le meuble et très vite elle s'est précipitée sur moi qui étais toujours assise sur le bord du lit. Son visage avait pris une expression qui m'a fait horriblement peur.

Moi : Pourquoi ? Quelle expression ?

Désidéria : Comme elle devait certainement être à présent sûre d'elle, elle avait abandonné son rôle de mère ; son regard n'avait plus rien de tendre ; elle était devenue une femme qui se donne sans réserve à un travail qui la passionne. En l'occurrence, le travail qui l'occupait était de transformer Désidéria en objet à vendre et c'était bien pourquoi j'avais si peur. Dans un état d'excitation folle, elle s'approche de mon lit : « Et dire que je ne sais pas encore si tu es blonde ou brune ! Ce monsieur tient absolument à le savoir et si je ne lui dis pas il ne viendra pas. Fais-moi voir, reste tranquille, il paie, il a tous les droits. » Et la voilà qui attrape le bas de ma jupe, la remonte au-dessus de mon ventre et qui se penche. Alors, tout d'un coup, arrive ce que j'aurais dû prévoir, mais qu'à cause de cette aventure stupéfiante que me faisait vivre aujourd'hui la Voix, j'avais oublié.

Moi : Il arrive quoi ?

Désidéria : Mes règles. Je les attendais d'un jour à l'autre et toutes ces émotions avaient dû précipiter leur venue et lorsque Diomira a soulevé mes jupes pour voir si j'étais brune ou blonde, la première chose qui frappa son regard fut la tache rouge qui s'étalait sur mon slip de coton blanc.

Moi : Comment Diomira a-t-elle pris cela ?

Désidéria : Très mal. Comme quelqu'un qui — je reprends la métaphore dont elle s'était servie au téléphone — comme quelqu'un qui ouvre une boîte et qui trouve l'objet précieux qu'elle attendait cassé en mille morceaux.

Moi : Qu'est-ce qu'elle a dit ?

Désidéria : Rien. Elle a tout de suite cherché à dominer sa déception et elle y est vite arrivée. Puis, en se reculant un peu, elle a hoché la tête d'un air perplexe. Ensuite, mais vraiment pour la forme, elle a repoussé le bas de mon slip pour regarder, mais d'un air bizarre, mes poils bruns et frisés de mon pubis : elle devait fournir à son client l'information qu'il avait demandée. Elle est repartie pour reprendre son récepteur et elle a dit, mais sur un ton nettement moins gai et moins triomphant : « Allô ! Alors voilà, j'ai ouvert la boîte, j'ai regardé. Disons qu'elle est brune, je ne dis pas noire, brune. Et maintenant que faites-vous ? Ou vous venez tout de suite et elle est à vous, ou je l'offre à quelqu'un d'autre. Les amateurs ne manquent pas. » Une réponse positive dut être prononcée à l'autre bout du fil, parce qu'elle a enchaîné : « Bon, ça va, je vous attends. Mais faites vite, n'est-ce pas ? » Elle raccroche et la voici de nouveau à côté de moi.

Moi : Pour faire quoi ?

Désidéria : Plantée sur ses deux jambes, les mains sur les hanches, elle me regarde fixement en hochant la tête comme pour me dire : « Tu te rends compte ce ce que tu as fait ? » La façon qu'elle a de me fixer me donne je ne sais quelle sensation de honte et je commence le geste de baisser ma jupe, mais elle m'arrête aussitôt : « C'est inutile, à présent de chercher à te couvrir. Ce n'est pas à moi qu'il faut cacher tout mais au monsieur qui sera ici dans quelques minutes. Et qu'est-ce que je vais lui raconter à celui-là maintenant que je l'ai appelé et qu'il arrive tout heureux de se taper une vierge ? Et qu'est-ce qu'il va trouver au lieu d'une vierge ? Un paquet de coton hygiénique ! »

Moi : Une franchise brutale, non ?

Désidéria : Oui, comme une commerçante qui n'a pas décroché la bonne affaire qu'elle espérait. Moi, je souffrais plus qu'on ne peut le dire pendant que la Voix, elle, me traitait de crétine. J'avais honte, j'avais peur, il me semblait avoir fait une folie en reconnaissant cette Diomira pour ma vraie mère et en acceptant de venir dans cette maison de rendez-vous. Alors la Voix s'est mise à me réconforter à sa manière : « Tu ne dois absolument pas renoncer à tirer le plus d'argent possible de cette aventure. Reste calme et ne change surtout rien à la conduite que tu as eue puisqu'à présent, Diomira a besoin de toi, elle a de l'expérience et elle va trouver le moyen de tout arranger. » La Voix avait raison. Après quelques secondes de réflexion, Diomira a tiré ma jupe sur mes jambes en disant : « Ce n'est pas grand-chose, à peine quelques gouttes de sang. Tu vas aller dans la salle de bains, tu te laves bien et tu reviens t'étendre sans t'énerver, calme, tranquille. Mais n'allume surtout pas. Oui, tu resteras dans le noir. Il ne faut pas qu'il voie le sang. S'il s'en aperçoit, adieu, il s'en va et pour ne plus jamais revenir. Cette chose-là, tu sais, les hommes ne peuvent pas la supporter, elle les dégoûte. Quand il arrivera, je lui dirai que tu as honte et que tu veux que tout se passe dans le noir. Il ne protestera pas puisqu'il sait que tu es une petite fille ; pour lui, c'est logique qu'une petite fille ait honte. Vous ferez votre petite affaire dans le noir et après, du sang, un peu plus ou un peu moins, il n'y verra que du feu... Tout va bien se passer. Et maintenant, allez ouste, va te laver et dépêche-toi. Le monsieur habite près d'ici. Pendant ce temps, moi, je vais installer une serviette-éponge sur mon beau dessus-de-lit, inutile de le tacher. Allons, dépêchons-nous. La salle de bains est à côté et fais vite. »

Moi : En somme, il me semble qu'elle s'était assez bien remise de sa déception.

Désidéria : Très bien. Elle se retrouvait sur son solide terrain professionnel et elle agissait en se fiant à son expérience. Moi, j'ai donc fait tout de suite ce qu'elle me disait, d'autant plus volontiers que la Voix, qui était d'accord avec tout, m'incitait à l'obéissance.

Moi : Naturellement et, comme toujours, tu obéis ; à Diomira en même temps qu'à la Voix qui pourtant semblait se méfier de ce qui se passait ce jour-là. Alors maintenant, raconte-moi la suite.

Désidéria : Donc, je me lève, je vais dans la salle de bains, je me lave et, tout en me lavant j'observe Diomira qui a sorti d'une armoire une grande serviette-éponge couleur fraise écrasée et qui l'étend en travers du lit dont elle retape les coussins. Ensuite elle baisse les stores devant les fenêtres. La pièce reste dans l'obscurité jusqu'au moment où elle allume la petite lampe à abat-jour rose qui se trouve sur la table de chevet. J'ai fini de me laver et je reviens dans la chambre. Gênée, je regarde le lit sans me décider à y grimper. Alors, il se passe quelque chose de bizarre : Diomira, comme si la surprise que lui aurait causée l'arrivée inopinée de mes règles lui faisait perdre le contrôle d'elle-même, se lance dans un discours, oui, un discours pour justifier, comment dire ? moralement sa profession.

Moi : Justifier moralement ?

Désidéria : Attends, je t'explique. Je peux, si tu veux, te réciter par cœur ce monologue de Diomira qui, ce jour-là, m'avait tant impressionnée : « Allons, ne reste pas debout comme ça. On dirait que tu as envie de t'en aller. Allonge-toi, j'ai mis une serviette pour que tu ne salisses pas mon dessus-de-lit. Là, étends-toi. Ne te déshabille pas surtout. Les hommes, la moitié de leur plaisir, ils le trouvent à déshabiller les femmes ; c'est même une de leurs passions ; j'en connais qui, non seulement les veulent tout habillées mais en plus, avec leurs vêtements les plus "habillés", les plus "de cérémonie" ; pour beaucoup, le rêve serait de trouver en face d'eux une femme déguisée en mariée avec ses voiles blancs et les fleurs d'oranger et de la dévêtir lentement jusqu'à ce qu'elle n'ait plus sur les épaules que son voile blanc et ses fleurs d'oranger dans ses cheveux. Oh, oui ! Je les connais, moi, les hommes, et ce n'est pas d'aujourd'hui, avec tous leurs caprices, leurs obsessions. Et je peux te dire qu'une fillette comme toi, avec ses livres et ses cahiers, ses doigts tachés d'encre, son air d'écolière en même temps que de femme — et sous tous les rapports — les rend fous et que s'ils étaient prêts à payer très cher pour une beauté adulte, pour une jeunesse comme toi, ils accepteront de débourser cent fois plus. Toi, en ce moment, ne mens pas, je le lis dans tes yeux, tu crois que je recommence à penser à l'argent et tu as peur qu'à cause de tes règles, je ne veuille plus te donner cette moitié promise. Ne crains rien, je te la donnerai et pas un sou de moins. Lorsque je fais une promesse, je la tiens et pour que tu saches que ta maman, bien loin de songer à te voler, a d'autres raisons que l'intérêt pour faire ce qu'elle fait. Il faut que je t'explique une chose, mon trésor. C'est évident que je désire gagner de l'argent en faisant mon métier. Peux-tu me dire qui ne cherche pas à gagner de l'argent en faisant le métier qu'il s'est choisi ? Pourtant, on peut faire un métier sans penser uniquement au gain. Moi, si je ne pensais qu'au gain, je crois que j'arrêterais et que je chercherais un autre boulot. Moi, je fais ce que je fais pour un autre motif et c'est pour ce motif que même si je ne gagnais pas un rond, je continuerais à le faire ce métier. Tu voudrais bien savoir quel est le motif dont je parle ? C'est la haine que j'ai pour les femmes, oui, pour toutes les femmes, sans exception toutes des putains et dès leur naissance, des putains qui, à la maison, font semblant d'être pleines de vertus, obéissantes aux parents, soumises à leurs fiancés, fidèles à leurs maris et malheur à toi si tu en doutes ! Mais quand, d'une façon ou d'une autre, elles se sont laissées convaincre de venir ici, tu vas voir comment elles se déchaînent. Plus rien ni personne ne peut les retenir. Comme des affamées, elles se jettent sur le mâle et se montrent enfin sous leur vrai jour : des putains jusqu'au tréfonds de leurs âmes. Oui, je hais les femmes parce que je trouve ignoble de faire croire qu'on est quelque chose, alors qu'en réalité on est exactement le contraire. Mon plus grand plaisir est de les démasquer, de leur faire toucher du doigt qu'elles ne sont pas ce qu'elles prétendent être. Je me donne à mon métier avec une passion qui n'existerait pas si je ne le faisais que par intérêt. Par exemple, quand j'en rencontre une qui voudrait — et tu sais, cela se voit comme le nez au milieu de la figure — mais qui manque de courage, je la harcèle, je ne la laisse pas un jour tranquille, je l'accable de coups de téléphone, je me sers de mon métier de couturière pour me rendre chez elle pour lui rappeler que tel ou tel jour elle doit venir essayer sa robe, et je fais toujours exprès de parler en présence soit du mari, soit du fiancé, soit des parents. Tu ne me croiras peut-être pas mais il n'y en a pas une, je dis bien pas une, qui en me voyant tomber à leur domicile de cette façon incongrue, proteste ou dise qu'il n'a jamais été question d'aucun essayage, que je ne suis pas couturière, que le but de ma visite est aussi différent de la réalité que mon véritable métier. Toutes, je dis bien toutes, acceptent la comédie de l'essayage, toutes me promettent de venir, toutes désirent fixer un rendez-vous. Et qui les obligerait à venir chez moi si elles avaient quelque regret ? Mais lorsqu'elles ont accepté, lorsqu'elles ont fixé leur jour, c'est comme si un mur de défense s'était écroulé au fond d'elles-mêmes, c'est comme s'il leur était impossible de résister au désir qui les dévore ; alors, elles accourent, exactes, impatientes : comme si elles étaient privées d'amour depuis des années. Ah, tu devrais les voir se jeter sur le mâle ! Sans même attendre que je m'en aille et que j'aie fermé la porte, elles te l'ont déjà tiré dehors, elles te l'ont déjà englouti tout entier, affamées, démoniaques. Je te jure que quelquefois — et Dieu sait que j'en ai vues dans ma vie — j'en ai presque honte pour elles. Eh oui, ma belle, si tu ne sais pas que les femmes sont irrémédiablement des putains, tu ne sais rien du tout. Oui, je répète que ce sont des putains et que le jour où elles comprennent qu'elles ne risquent rien, on n'a pas idée de quoi elles peuvent être capables. C'est à ce moment-là que j'éprouve, moi, je ne sais quelle satisfaction, disons si tu veux, morale, à les amener chez moi, à leur faire rencontrer des hommes, à voir comment ici, sur ce lit, elles jettent leur masque et révèlent leur véritable nature. Et après, le bonhomme parti, sais-tu ce qu'elles me disent en se rhabillant et en fourrant dans leur sac l'argent que je viens de leur donner ? "Si tu as quelqu'un demain, ma petite Diomira, je peux revenir à la même heure", et sais-tu ce que moi, j'ai envie de leur répondre ? "Mais ce n'était pas toi qui, il n'y a pas longtemps, me disais que tu adorais ton amant, ton mari, ou, peut-être, ton fiancé ? Ce n'était pas toi qui faisais la mijorée, l'ingénue, la dame comme-il-faut ?" C'est dégoûtant de voir une femme se balader en se donnant des airs de sainte alors qu'elle n'est qu'une putain pareille aux autres. Je suis contente de les démasquer et je crois bien que c'est devenu une espèce d'obsession chez moi. Je fais quelquefois ce rêve : Je les vois dans ce lit avec un client. Tout d'un coup un mur de la maison s'écroule et tous les passants les regardent faire. Après ce que je viens de te dire, crois-tu encore que je suis intéressée ? Ne penses-tu pas plutôt que c'est de l'indignation que j'ai devant l'hypocrisie des femmes ? »

Moi : Cette justification morale du métier de maquerelle ne manque pas d'intérêt. Qu'est-ce que tu as pu y répondre ?

Désidéria : Rien. Il était en train de m'arriver quelque chose de terrible et je n'aspirais qu'à rester seule.

Moi : Quelque chose de terrible, mais quoi ?

Désidéria : La Voix avait disparu, elle ne me parlait plus, elle était partie.

Moi : Que veux-tu dire ?

Désidéria : Rien d'autre que ce que je viens de te dire. Brusquement un sentiment d'angoisse m'envahit, alors j'appelle la Voix pour qu'elle me rassure, me donne du courage. Elle ne me répond pas. Là où tout à l'heure je sentais encore sa présence, il n'y avait plus qu'un épais silence stupide.

Moi : Que s'était-il passé ?

Désidéria : Elle était partie. C'est tout.

Moi : T'avait-elle prévenue qu'elle pouvait être obligée de s'absenter ?

Désidéria : Non jamais. Plus tard, en voyant qu'elle s'en allait assez souvent sans prévenir, je m'y suis habituée. Ce jour-là, j'ai eu vraiment très peur.

Moi : Qu'as-tu fait ?

Désidéria : Je me suis vite retrouvée seule, puisque Viola était allée à la cuisine s'occuper, il me semble, de pommes de terre en train de cuire sur le feu. Alors j'ai appelé la Voix, puis je l'ai priée, puis suppliée, mais mentalement, bien sûr ; personne ne pouvait m'entendre. Sans aucun résultat. Je me suis tout d'un coup souvenue que la première fois que je l'avais entendue c'était pendant que je me masturbais, alors j'ai eu l'idée de commencer à le faire en l'invoquant désespérément. Pas la moindre réponse. Alors je me lève, je vais à la fenêtre, je l'ouvre et je relève le store.

Moi : Que voulais-tu faire ?

Désidéria : Me jeter.

Moi : Tu voulais te suicider ?

Désidéria : Oui.

Moi : Mais pourquoi ?

Désidéria : Parce que la Voix m'avait quittée et que je ne pouvais pas supporter la sensation que j'éprouvais.

Moi : La sensation ? Mais quelle sensation ?

Désidéria : La sensation d'être redevenue cette espèce de morceau de chair stupide, incapable de tout : une holothurie.

Moi : Avais-tu déjà eu la tentation de te suicider ?

Désidéria : Mais oui, bien sûr. En réalité, je crois que j'avais envie de me suicider au moins une fois par jour.

Moi : Mais pourquoi une fois par jour ?

Désidéria : Il n'y a pas de pourquoi. En moi, c'était comme le flux et le reflux de l'océan. A un moment j'étais heureuse de vivre, à un autre, je désirais mourir.

Moi : Bon, comme tu voudras. Alors tu ouvres la fenêtre ? Et après ?

Désidéria : Je me penche et je regarde en bas.

Moi : Et que vois-tu ?

Désidéria : Le jardin qui se trouvait derrière l'entrée de la maison, un petit passage cimenté en mauvais état, une allée de gravier envahie par les mauvaises herbes, un mur ombragé par les branches des grands arbres du parc voisin. J'ai d'abord regardé les arbres ; en baissant les yeux, j'ai vu le passage cimenté. Je tomberai sûrement à moitié sur le ciment, à moitié sur le gravier, mes jambes allongées sur le ciment, mes bras étendus sur le gravier, mes cheveux baignant dans une mare de sang : « J'ai à peine quinze ans et je suis obligée de me tuer. » Je crois que j'ai eu tout d'un coup pitié de moi. J'hésitais et au même moment j'ai entendu la Voix.

Moi : Elle est donc revenue ?

Désidéria : Oui, tu vois bien.

Moi : Qu'a-t-elle dit ?

Désidéria : « Alors qu'attends-tu pour sauter ? »

Moi : Seulement ?

Désidéria : Oui.

Moi : Et toi ? Tu n'as rien dit ?

Désidéria : Je n'ai pas pu m'empêcher de lui demander : « Tu veux vraiment que je me jette par la fenêtre ? » Et sais-tu ce qu'elle m'a répondu ? « Au point où tu en es, tu n'as rien d'autre à faire. » Alors, moi : « Mais est-ce que ce n'est pas toi qui m'as dit, mais oui, c'est toi, que Diomira était ma vraie mère, c'est toi qui m'as ordonné de venir ici et c'est encore toi qui veux que je me jette par la fenêtre. Pourquoi ? »

Moi : Et alors ?

Désidéria : Très sèchement elle m'a répondu qu'elle avait eu ses raisons de me faire venir dans cette maison de rendez-vous et que maintenant, elle en avait d'autres pour désirer mon suicide. Elle a terminé ainsi : « Allons vas-y, saute, finissons-en. »

Moi : Mais alors elle voulait vraiment ta mort ?

Désidéria : Elle voulait que je désire vraiment me suicider. En somme, ce qu'elle désirait c'était que je lui obéisse aveuglément.

Moi : Je ne vois pas la différence.

Désidéria : Attends, tu vas comprendre. Le ton inflexible qu'elle a pris m'oblige à me décider. Je pose mes deux mains sur le rebord de la fenêtre, je me soulève sur la pointe des pieds, tu sais comme on fait au moment où on s'apprête à plonger dans la piscine : le saut définitif n'est pas loin, le haut de mon corps est passé presque tout entier dehors... « *Basta !* » c'est la Voix qui vient de crier et qui rit d'une façon bizarre : « Ça suffit ! Tu as démontré que tu voulais mourir parce que je t'avais abandonnée ? C'est bien. A présent ferme la fenêtre, retourne te coucher sur ton lit et écoute ce que je vais te dire. » J'ai obéi le cœur plein de joie, heureuse d'avoir retrouvé la Voix, heureuse de ne pas être obligée de mourir. Très docilement, j'ai refermé la fenêtre et très docilement je me suis allongée sur le lit. Presque tout de suite la Voix a repris la parole : « Tu vas m'écouter et faire ensuite exactement ce que je vais te dire : Couche-toi sur le côté en tournant le dos à la porte comme si tu lisais éclairée par la lampe de chevet. Ton couteau engainé est accroché à ta ceinture. Tu vas t'arranger pour que son manche s'appuie sur ton ventre et que sa lame se présente au regard comme un pénis en érection. Ensuite tu appelles Diomira qui n'est pas loin. Elle te rejoint et tu lui dis, sans te retourner : “Viens par ici, maman, je vais te faire voir quelque chose.” Diomira fait le tour du lit. Elle est maintenant devant toi. Alors que lui dis-tu ? “Regarde ça, maman.” En parlant tu as dégainé la lame de ton couteau, mais très lentement pour que Diomira se rende bien compte qu'elle est forte et effilée. Puis, d'un coup, tu la tires entièrement et tu te précipites sur Diomira en hurlant : “Maintenant, c'est toi que je vais tuer !” »

Moi : Un programme précis et très bien conçu. Alors, toi ?

Désidéria : Moi, j'obéis. Que pouvais-je faire d'autre ?

Moi : Ça veut dire quoi, j'obéis ?

Désidéria : Que je fais exactement ce que la Voix m'a ordonné : Je m'installe sur le lit, je place mon couteau contre mon ventre, la lame en l'air et je crie : « Maman, maman. » Diomira ouvre la porte et je dis : « Viens par ici, je veux te montrer quelque chose. » Diomira — c'était aussi prévu par la Voix — me questionne : « Que se passe-t-il, mon trésor, tu ne te sens pas bien ? Tu as encore saigné ? » Elle fait le tour du lit. Moi, j'empoigne le manche du couteau et je tire la lame de son étui de cuir naturel. Elle sort lentement. Alors je répète d'un ton calme : « Que penses-tu de ça, maman ? » Ensuite je me dresse sur le lit et, fidèle au scénario inventé par la Voix, je me jette sur Diomira, mon couteau dans la main et je hurle : « Maintenant, c'est toi que je vais tuer ».

Moi : Tu voulais vraiment la tuer ?

Désidéria : Sans l'ombre d'un doute. J'avais choisi l'endroit où j'allais enfoncer la lame. A cause de la chaleur, Diomira avait enlevé son corsage ; elle était en soutien-gorge : ses épaules et ses bras étaient nus. De gros bras mous et d'énormes seins de nourrice. Des touffes de poils blondasses, collés par la sueur, apparaissaient au creux de ses aisselles. C'était ce creux que j'avais choisi pour enfoncer profondément mon arme, en direction du cœur. Quand j'étais petite, j'avais une fois assisté à la mise à mort d'un cochon et je me souvenais qu'un paysan avait plongé son coutelas dans le cou de la bête pour la toucher directement au cœur.

Moi : Tu frappes dans l'intention de tuer. Et après ?

Désidéria : Diomira a poussé un cri d'épouvante en voyant le couteau dans la main. J'ai eu l'impression qu'elle hurlait parce qu'elle avait très peur mais aussi parce qu'elle venait de découvrir en Désidéria une femme libre, active qui n'avait plus rien d'un objet. Elle a fait un énorme bond en arrière en évitant ainsi de justesse la lame meurtrière, puis elle s'est sauvée en criant de plus en plus fort. Je l'ai suivie mais elle courait plus vite que moi qui ne connaissais pas la disposition des pièces de son appartement. Je ne savais pas si elle avait filé à droite ou à gauche lorsqu'un bruit de clef tournant dans une serrure m'a fait me précipiter vers une porte, la cuisine sans doute, que je tentais vainement d'ouvrir. Par hasard, à ce moment-là, j'ai jeté un coup d'œil par terre et j'ai alors un peu oublié ce que je faisais.

Moi : Pourquoi ?

Désidéria : Du sang qui avait coulé le long de mes

cuisses s'étalait en grosses taches rouge foncé sur le vieux carrelage grisâtre du couloir et la Voix qui m'avait surprise dans cette contemplation s'est remise à me parler.

Moi : Pour dire quoi ?

Désidéria : Des mots qu'elle a employés, je ne me souviens pas très bien, mais voici, en résumé ce qu'elle a dit : Que comme elle s'était contentée de mon désir de me suicider, elle se contentait à présent de mon intention d'assassiner Diomira. Mon sérieux lors de ces deux tentatives — assassinat et suicide — en garantissait le caractère authentiquement symbolique.

Moi : Elle a dit authentiquement symbolique ? Que voulait-elle signifier ?

Désidéria : Par exemple, une bank-note traditionnelle dont la valeur correspondante se trouve sous forme de lingots d'or dans les coffres de la banque qui l'a émise, est authentiquement symbolique. En somme, la Voix pensait qu'un homme n'a pas besoin d'aller jusqu'à l'accomplissement d'un projet s'il a conçu ce projet dans un esprit d'authenticité et de sincérité. Dans un cas semblable, l'acte acquiert alors le même caractère symbolique que le billet de banque échangeable, n'importe quand, contre de l'or. Symbolique ou intérieur, c'est-à-dire ce qui importait le plus à la Voix.

Moi : Comment as-tu réagi devant cette invitation à te contenter de symboles ?

Désidéria : Comme toujours j'ai obéi aux ordres.

Moi : T'a-t-elle demandé autre chose ?

Désidéria : Elle m'a seulement dit que je devais à présent redevenir la fille innocente que j'étais, en fait, vraiment dans la vie quotidienne, puis elle m'a rappelé une espèce de ritournelle pour que je la chante en guise d'adieu à la pauvre Diomira, morte de peur derrière la porte de la cuisine.

Moi : Quelle ritournelle ?

Désidéria : Oh, tu sais, deux ou trois vers servant d'épilogue à un conte pour les enfants où le principal personnage est une petite fille qui à la fin se moque d'une méchante sorcière qui n'a pas réussi à lui dérober la baguette magique qu'une bonne fée lui avait donnée. J'ai mis ma bouche tout près du trou de la serrure et de ma voix argentine j'ai chanté :

Fai, fai, fai,
non l'hai avuta
e non l'avrai[1]

Moi : Et qu'est-ce que c'était que Diomira n'était pas arrivée à avoir ?

Désidéria : Ma virginité, pardi !

Moi : Diomira a-t-elle répondu à cette ravissante chanson ?

Désidéria : Sa réponse n'a été qu'un silence profond qui devait cacher une grande peur. Après un petit moment d'attente je suis partie. J'ai traversé le vestibule sur la pointe des pieds et j'ai ouvert et refermé la porte d'entrée tout doucement, descendu l'escalier pour retrouver le jardin et la rue. J'ai pris un taxi sur la Piazza delle Muse et dix minutes après j'étais à la maison.

1. Tu peux bien faire
Tout ce que tu voudras
Tu ne l'as pas eue
Et tu ne l'auras pas.

DEUXIÈME PARTIE

LES ANNÉES CRIMINELLES

CHAPITRE I

Moi : Tu m'as dit comment la Voix avait fait son entrée dans ta vie, mais il reste dans ton histoire deux ou trois points obscurs encore pour moi. Exemple : la Voix t'ordonne d'aller dans la maison de rendez-vous et lorsque tu y es, elle t'ordonne d'assassiner Diomira : Contradictions, non ?

Désidéria : Apparemment, tu as raison. Mais réfléchis. Premier ordre : je dois me révolter contre Viola, le monde où elle vit, où elle m'a introduite, en m'adoptant, sans me demander mon consentement et sans que je sois au courant de rien. Deuxième ordre : je dois me révolter contre Diomira qui veut me vendre à un de ses clients. Ces deux impératifs peuvent te sembler contradictoires, bien qu'en réalité, ils aient en commun un but semblable.

Moi : Lequel ?

Désidéria : La révolte. La révolte peut changer parfois d'objectif et malgré cela, ou plutôt non, à cause de cela, elle reste toujours égale à elle-même. Et puis, n'oublions pas le symbolisme, dont je t'ai parlé.

Moi : Ah, oui, c'est vrai, le symbolisme.

Désidéria : Puisque tout se passait non pas dans l'univers, en dehors de moi, mais en moi, entre elle et moi, la Voix pensait qu'il n'était pas nécessaire d'aller jusqu'au bout de la révolte. Que l'intention, sincère, bien entendu, suffisait. Il est évident que dans la vie quotidienne et pratique tu es obligé d'agir ; dans la vie intérieure, c'est autre chose, tout se passe symboliquement.

Moi : Cette manière d'agir que tu appelles symbolique, n'est-elle pas, comment dire ? trop commode ?

Désidéria : Elle aurait été commode comme tu dis, si elle n'avait été suivie d'aucun effet. C'est le contraire qui se produisait. Par exemple, lorsque après m'être rendue dans cette maison de rendez-vous, j'ai sincèrement accepté de me prostituer, à l'intérieur de moi-même l'effet a été le même que si je m'étais réellement prostituée.

Moi : Ce jour-là, à quel moment, d'après toi, le symbolisme a-t-il pris le pas sur la réalité ?

Désidéria : Au moment de ma discussion avec Diomira à propos du prix que valait ma virginité. Cette discussion symbolisait — ou remplaçait — une expérience complète et irréversible de la prostitution.

Moi : Autre chose, je voudrais bien savoir pourquoi la Voix tenait-elle tant à ce que tu gardes ta virginité ?

Désidéria : La nuit qui suivit ma visite chez Diomira, elle m'a dit que je devais garder ma virginité pour un homme digne de moi.

Moi : Qu'est-ce que cela voulait dire digne de toi ?

Désidéria : Elle voulait dire digne d'elle. Elle n'en a pas dit davantage sur ce sujet mais elle a ajouté que cet homme devait être un révolté comme moi et qu'en attendant sa rencontre je devais rester vierge. Tu comprends maintenant pourquoi je t'ai dit, dès le début, que, comme Jeanne d'Arc, j'avais fait vœu de virginité. Il s'agissait d'un véritable vœu.

Moi : Mais à qui avais-tu fait cette promesse ? A la révolution ?

Désidéria : Oui, si tu veux.

Moi : Raconte-moi, maintenant ce qui s'est passé après ta visite à la maison de rendez-vous.

Désidéria : Ce fut la période de mes années criminelles.

Moi : Criminelles ?

Désidéria : Entre mes quinze et dix-huit ans j'ai été, ou je me suis considérée — mais c'est la même chose — comme une criminelle.

Moi : Si tu veux bien et selon l'expression consacrée, procédons par ordre. Donc tu es une jeune fille de bonne famille. C'est-à-dire que tu appartiens à la moyenne bourgeoisie.

Désidéria : Dis plutôt la haute bourgeoisie.

Moi : A la haute bourgeoisie. Tu as une mère riche...

Désidéria : Très riche.

Moi : Qui t'a donné et qui continue à te faire donner une bonne éducation.

Désidéria : Comme dit Viola, la meilleure éducation qu'on puisse avoir si on la paie très cher.

Moi : D'après ce que je crois comprendre, tu travailles bien...

Désidéria : Très bien. Et à partir du moment où la Voix est entrée dans ma vie, j'ai travaillé deux fois mieux.

Moi : Pourquoi ?

Désidéria : Cette Voix était omnisciente, elle savait tout, elle avait l'expérience de tout, elle trouvait une explication à tout. Je m'instruisais au lycée et j'apprenais beaucoup d'autres choses, grâce à la Voix.

Moi : Donc, une très bonne élève. Sportive aussi ?

Désidéria : Oui mais d'une façon très précise.

Moi : Ah ?

Désidéria : Viola me faisait pratiquer les sports socialement utiles, comme le tennis, l'équitation, le golf, la natation...

Moi : Pourquoi dis-tu socialement utiles ?

Désidéria : Ce sont ceux où l'on fréquente obligatoirement les salles de gym, les clubs, les piscines, les manèges, et caetera, tous les endroits où l'on se fait des « relations ».

Moi : Et puis tu es assez jolie.

Désidéria : Je crois qu'on peut dire que je suis belle.

Moi : C'est vrai, tu es belle. Alors explique-moi comment tu peux adjoindre à un portrait tellement positif, positif au sens bourgeois et conventionnel du terme, quelque chose d'aussi négatif que la criminalité.

Désidéria : Je ne peux pas te l'expliquer mais ce dont je suis sûre c'est qu'un accord facile et complet a existé dès le commencement.

Moi : Un accord entre le normal et le criminel ?

Désidéria : Oui.

Moi : Quelle sorte de criminelle étais-tu ? De quel genre ?

Désidéria : D'un genre dissocié. Extérieurement, à la maison, au lycée, dans mon quartier des Parioli, chez nos amis, j'étais une jeune fille de bonne famille, comme on dit. A l'intérieur, j'étais ce que toutes les personnes de bon sens appellent une criminelle.

Moi : J'ai compris. Alors continuons et dis-moi comment tes années criminelles ont commencé.

Désidéria : L'année où j'ai maigri pour devenir telle que je suis aujourd'hui, Viola avait décidé de m'emmener, après mes examens, en Suisse, à Zermatt, une station de montagne, au pied du Cervin. Dans l'hôtel vieillot où nous étions descendues, on nous avait donné une chambre avec un grand lit où nous dormions toutes les deux ensemble. Cette chambre avait une porte-fenêtre ouvrant sur un balcon, en face du Cervin, cet énorme diamant de forme triangulaire aux mille facettes qui dresse sa tête dans le bleu du ciel et repose sa large base dans la profondeur sombre des forêts. Donc, voilà qu'un jour Viola me dit qu'elle a envie de faire une certaine promenade : nous nous préparons, nous sortons dans le couloir, nous descendons et nous arrivons dans le hall de l'hôtel. Là, Viola s'aperçoit qu'elle a oublié son appareil-photo. Comme elle avait décidé de me photographier au cours de notre promenade, elle me demande de remonter le chercher dans la chambre. Je prends l'ascenseur et j'arrive au troisième étage ; je trouve l'appareil et je ressors dans le couloir. La porte de la chambre voisine de la nôtre est ouverte. Le petit chariot qui sert à transporter les objets d'entretien est là, mais pas la femme de chambre. Je jette un vague coup d'œil dans la pièce et brusquement j'entends la Voix qui me dit : « Sur la table devant la fenêtre, quelque chose brille au soleil. C'est un poudrier en or. Entre, prends le poudrier et mets-le dans ta poche. » Interloquée, je lui réponds qu'il s'agirait d'un vol. Elle insiste sur un ton d'impatience : « Justement. » A cette époque-là, j'obéissais encore aveuglément, alors j'entre et m'approche de la table. Je vois immédiatement que ce poudrier n'est pas en or mais en métal très ordinaire. Avant même d'y toucher, je dis : « Ce poudrier n'a aucune valeur, il n'est pas en or. » D'un ton aussi revêche que celui d'une institutrice s'adressant à une élève légèrement débile, la Voix réplique : « Peu importe, or ou pas, tu le prends et tu te tais. » Je prends le poudrier, je le mets dans ma poche. Je me dépêche de ressortir dans le couloir et d'appeler l'ascenseur. Me revoilà dans le hall où Viola m'attendait pour notre promenade le long du torrent qui roule ses eaux au fond de la vallée. Un sentier raide et ombragé par les sapins grimpait au flanc de la montagne. Je marchais derrière Viola qui me précédait de peu en parlant comme elle le faisait souvent quand nous nous promenions ensemble, des autres clients de l'hôtel : elle disait que je devrais, soit en leur laissant faire les premiers pas, soit en me mêlant de moi-même à leurs conversations, me lier avec les garçons et les filles de mon âge. Elle imaginait que, grâce à eux, elle entrerait plus facilement en relation avec leurs parents. Elle ne cessait de penser à sa position dans le monde : c'était une véritable obsession. A un certain moment, nous sommes arrivées devant un petit pont de troncs d'arbres qui enjambait le torrent. Au-delà de ce pont le sentier se mettait carrément à escalader la pente en zigzaguant. Viola avait déjà franchi le pont, je m'apprêtais à y passer à mon tour lorsque la Voix se met à proférer un de ses ordres : « Arrête-toi et jette le poudrier dans le torrent. » « Pourquoi, je viens tout juste de le voler ? » « Il est devenu inutile. » Sans avoir le courage de poser une autre question, je me suis avancée tout contre le parapet du pont et j'ai laissé tomber le poudrier. En courant, j'ai rejoint Viola qui m'appelait pour me photographier sur fond de sapins devant le pont.

Moi : Quel motif avait la Voix de t'ordonner de voler un poudrier qu'elle t'obligerait tout de suite après à jeter à l'eau ?

Désidéria : Pour elle ce poudrier n'était pas un poudrier mais le symbole de la propriété. Le voler signifiait moins voler que contester la propriété. Je te reparlerai bientôt de tout ça. Pour l'instant, il te suffit de savoir que la Voix me faisait agir symboliquement.

Moi : Et Viola ? Comment se comportait-elle avec toi ?

Désidéria : Je t'ai dit que Viola était tombée amoureuse de moi le jour où elle s'était aperçue que j'étais belle. Moi j'ignorais les sentiments de Viola pour moi. Je la trouvais gentille, presque trop, comme si elle voulait se faire pardonner ses méchancetés d'autrefois. Pourtant lorsqu'elle croyait que je ne la voyais pas, elle me couvait du regard d'une manière bizarre : elle avait l'air étonnée de ma transformation et elle m'embarrassait vaguement. Je me disais que les mères ne regardent pas leur fille de cette façon. Mais je me rassurais en pensant que mon embarras venait du fait que moi, je considérais Viola comme une étrangère, tandis qu'elle se prenait toujours pour ma mère.

Moi : Qu'éprouvais-tu pour elle ? De l'antipathie ? De l'aversion ?

Désidéria : Non. Une sorte d'affection. Mais elle, la Voix, la détestait vraiment.

Moi : Pourquoi ? Qu'en pensait-elle ?

Désidéria : Les pires des choses. Elle disait qu'elle était avare, nymphomane, idiote, snob, ignare, conventionnelle... Elle résumait tous ces mots en un seul : bourgeoisie.

Moi : La Voix était donc anti-bourgeoise ?

Désidéria : Oh, oui, viscéralement.

Moi : Il me semble que le mot de « bourgeoisie » n'a pas encore fait son apparition dans ton récit. Quand la Voix a-t-elle commencé à appeler bourgeoisie la classe à laquelle tu appartenais ?

Désidéria : Au début lorsqu'elle voulait m'insulter, elle faisait toujours allusion aux Parioli, ce quartier archi-bourgeois et « résidentiel » de Rome où j'habitais. Tu te souviens qu'elle m'avait, la première fois, aimablement saluée en m'appelant : « Petite putain *pariolina !* », ensuite, elle a remplacé cette épithète par « bourgeoise » et, finalement, c'est sous ce terme qu'elle se mit à désigner tout ce que contre quoi elle m'ordonnait de me révolter. Dans l'emploi des mots bourgeoise ou bourgeoisie je remarquai un crescendo qui alla des allusions vagues à une cohérence presque obsessionnelle et, à ce stade, lorsqu'elle se mettait à prononcer un de ces deux mots je savais qu'elle leur donnait un sens négatif.

Moi : Nous en étions à votre promenade au bord du torrent lorsque Viola t'appelle pour te photographier. Était-ce aussi une nouveauté dans son comportement vis-à-vis de toi ce goût de la photographie ?

Désidéria : C'était une nouveauté. Avant de partir, elle avait acheté un appareil Polaroïd et depuis que nous étions à Zermatt elle ne cessait de me photographier. Partout, à tous moments, dans toutes les poses. Ce matin-là, elle m'avait prise d'abord nue sous la douche, ensuite en train de m'habiller, ensuite tout habillée sur notre balcon. Enfin, sur la place devant l'hôtel. Elle faisait ça très bien, soigneusement, sérieusement. Lorsque la pellicule sortait de la fente comme une langue qui surgit d'une bouche grimaçante, elle attendait calmement que se définissent formes et couleurs et elle avait l'air enchantée du résultat qu'elle avait obtenu.

Moi : Bavardait-elle avec toi pendant que tu posais ? Que disait-elle ?

Désidéria : Pour moi elle était aussi gênante en me parlant qu'en me regardant. Elle disait : « Laisse-moi photographier tes seins, ils sont si beaux », ou bien « Mets-toi là pour que la lumière éclaire mieux ton ventre, il est si beau », ou bien « Reste comme ça, je veux photographier ton dos qui est si beau », et caetera, et caetera. Le mot « beau » revenait sans cesse sur ses lèvres, mais prononcé d'une façon bizarre.

Moi : Bizarre ?

Désidéria : Oui, parce que j'y sentais une tentative d'objectivité esthétique qui n'arrivait pas à masquer le trouble du désir qu'elle éprouvait. Elle prononçait « beau » comme à regret, comme si elle ne trouvait pas ce mot suffisant pour exprimer l'intensité, la qualité des sentiments qu'elle avait pour moi et qu'elle aurait voulu me faire comprendre de manière moins verbale, plus directe.

Moi : Plus directe, moins verbale ?

Désidéria : Oui. Physiquement. Par des caresses.

Moi : Admettons. Donc la séance de photos terminée, vous revenez à l'hôtel. Et alors ?

Désidéria : Alors, après le déjeuner nous sommes remontées dans notre chambre. Viola s'est allongée sur le lit pour sa sieste et moi, je suis allée m'asseoir sur le balcon en face du Cervin. Je t'ai dit que j'avais l'habitude de me masturber au moins deux fois par jour, le matin au réveil et le soir avant de m'endormir, mais le fait que dans cet hôtel je dormais dans le même lit que Viola m'avait obligée à changer mes habitudes ; je craignais de faire trembler le lit en agitant ma main et que Viola ne s'aperçoive de ce que je faisais. Tu ne t'étonneras donc pas que ce jour-là, profitant de l'heure somnolente du début de l'après-midi, je me sois livrée sur le balcon à mon indispensble auto-érotisme. J'étais sûre que Viola dormait et qu'elle ne m'entendrait ni ne me verrait. J'ai remonté ma jupe au-dessus de mes cuisses, j'ai glissé ma main sous mon slip, puis je l'ai posée à plat sur mon pubis et j'ai commencé, d'abord lentement, presque distraitement, puis de plus en plus fort et de plus en plus vite. En même temps je regardais le Cervin qui se dressait, scintillant, gigantesque dans le ciel et je haletais un peu et entre un soupir et un autre soupir, je répétais : « Oui, oui, oui, oui », ne sachant plus très bien si c'était moi que je sollicitais ou la merveilleuse montagne que j'avais sous les yeux ou les deux à la fois. Puis l'orgasme est venu, profond et si violent que j'ai renversé ma tête en arrière, si en arrière que j'ai cru entrevoir Viola sur le pas de la porte-fenêtre qui me regardait en tenant son Polaroïd contre sa poitrine. Un déclic, un éclair de magnésium, Viola avait si vite disparu que je me demandais si je l'avais vraiment vue mais sans pour autant interrompre ma masturbation. Après le premier orgasme, j'en ai eu un deuxième puis un troisième ; je voulais me prouver qu'il m'était totalement égal que Viola, désormais une étrangère et pas autre chose pour moi, m'eût vue et photographiée.

Moi : C'était toi qui pensais cela de Viola ou la Voix ?

Désidéria : La Voix naturellement. Nous devons nous mettre d'accord sur ce point essentiel. Chaque fois que je m'attribue des idées de ce genre, c'est-à-dire hostiles à Viola, tu dois savoir qu'elles m'étaient toujours suggérées ou même imposées par la Voix et que moi je n'y étais pour rien.

Moi : Et après ?

Désidéria : J'étais un peu abasourdie et pendant quelques instants, je n'ai vu que le Cervin. Et puis, exactement comme la nuit où pour la première fois elle m'avait parlé comme si elle représentait le prolongement de la dissociation propre à l'auto-érotisme, la Voix s'est adressée de nouveau à moi.

Moi : Et que t'a-t-elle dit ?

Désidéria : Tout simplement de m'asseoir à la table installée sur le balcon et d'écrire ce qu'elle allait me dicter. J'ai obéi. Souvent je me mettais là pour revoir certaines matières des deux examens que je devais passer en octobre et j'y laissais tout ce qu'il fallait pour écrire, cahiers, crayons, stylo. Je pus donc commencer immédiatement à prendre par écrit ce qu'elle dictait.

Moi : C'était quoi ?

Désidéria : Un programme de vie pour mes années à venir.

Moi : Un programme ?

Désidéria : La Voix pensait que puisque maintenant elle faisait partie de mon existence, je ne devais plus vivre au hasard ou au jour le jour, mais plutôt selon un plan idéologique.

Moi : Idéologique ?

Désidéria : Oui, idéologique, c'est le mot qu'elle a employé.

Moi : Il me semble que c'était la première fois qu'elle le prononçait, non ?

Désidéria : C'était bien la première fois. C'était une habitude chez elle : elle introduisait un jour dans ses discours un mot incompréhensible pour moi comme s'il s'agissait du plus simple du monde et la chose extraordinaire c'est qu'après un certain temps, sans qu'elle eût pris la peine de me donner la moindre explication, j'en comprenais la signification et me mettais à l'employer très facilement. Ce fut le cas pour cet « idéologique ». J'avais d'abord fait semblant de comprendre ce qu'il voulait dire ; en réalité je n'en savais rien. Ensuite, sans savoir ni pourquoi, ni comment, j'ai su ce qu'il signifiait et je m'en servis. Donc... ah oui, je disais que la Voix voulait que je suive la loi d'un plan idéologique.

Moi : Quel était ce plan ? Je veux dire, comment était-il formulé ?

Désidéria : Il portait un titre récapitulatif et il était formulé dans une série de binômes dialectiques.

Moi : Des binômes dialectiques ? Qu'est-ce que c'est que ça ?

Désidéria : Des mots qui faisaient partie du langage de la Voix, mais que j'ai très vite adoptés.

Moi : Et ce titre récapitulatif ?

Désidéria : « Plan de transgression et de désacralisation. »

Moi : Et tu savais ce que signifiaient ces grands mots ?

Désidéria : Absolument pas. Je les entendais pour la première fois de ma vie. Comment une fille de quinze ans aurait-elle pu comprendre de tels mots ?

Moi : La Voix, elle, les connaissait parfaitement, n'est-ce pas ?

Désidéria : Naturellement, puisque c'est elle qui me les a appris. Elle n'avait aucune hésitation sur le sens véritable qu'il convenait de leur donner.

Moi : Et les binômes dialectiques ? J'aimerais bien que tu m'expliques.

Désidéria : Prenons un exemple : propriété-vol, est un binôme dialectique.

Moi : Pourquoi ?

Désidéria : La propriété est une institution dont la négation est le vol. En somme, la Voix voulait dire qu'aux lois, aux normes, aux institutions, aux règlements, aux interdictions, aux tabous de la morale, s'opposent autant de transgressions et de désacralisations. Sur mon cahier, la Voix m'a fait écrire en premier : Propriété-Vol parce que ce matin-là j'avais exécuté, sans le savoir, une partie de mon plan de transgression et de désacralisation : mon vol d'un poudrier dans une chambre d'hôtel. La Voix m'avait expliqué que c'était un vol symbolique ; sans le savoir j'avais déjà mis son plan en application.

Moi : Qu'as-tu écrit d'autre ?

Désidéria : J'ai continué la série des binômes

dialectiques en inscrivant à gauche les valeurs positives et à droite, la négation des valeurs. Par exemple : Religion-Impiété ; Amour-Prostitution ; Culture-Anticulture ; Respect de la Vie-Homicide. Ce dernier, la Voix a voulu me le faire souligner comme le plus important.

Moi : Pourquoi le plus important ?

Désidéria : Qu'y a-t-il de plus sacré que la vie humaine ? La Voix pensait que si on arrivait à désacraliser la vie, toutes les autres désacralisations se feraient automatiquement et sans difficulté.

Moi : Tu as continué à écrire longtemps ?

Désidéria : Non. C'est extraordinaire de penser à quel point la vie de notre société — bourgeoise ou pas — n'est bâtie que sur un nombre restreint de valeurs fondamentales. Ma nomenclature a tenu dans une page et demie.

Moi : Qu'as-tu fait après avoir écrit ?

Désidéria : J'ai refermé mon cahier et j'ai regardé le Cervin. Il était si pur, si lumineux qu'une sorte d'exaltation s'est emparée de moi : j'ai eu l'impression que sur cette page, lumineuse et pure, elle aussi, je venais de tracer le plan souverain de mon avenir. Des larmes sont montées à mes yeux. Je me suis sentie presque invincible et j'ai compris que je devais cette force à la Voix.

Moi : Es-tu restée longtemps dans cet état d'exaltation ?

Désidéria : C'est un nouvel incident qui m'a fait retomber dans la réalité.

Moi : Mais quel genre d'incident ?

Désidéria : La brusque apparition de Viola qui s'avançait vêtue seulement de sa robe de chambre, ses cheveux pendant sur ses épaules, alors qu'elle les porte toujours relevés en chignon, toute pâle, sans aucun fard. Sans dire un mot, elle m'a tendu la photo qui venait de sortir du Polaroïd. Il y avait sur son visage une expression faite d'un mélange de jalousie, de colère, de sévérité pendant que je me regardais la tête rejetée en arrière, très en arrière, touchant presque mes épaules. Derrière ces épaules, en raccourci, mes jambes largement écartées, mon bras traversant en diagonale ma jupe relevée, mon ventre nu et ma main s'enfonçant entre mes cuisses et, malgré moi, j'ai eu honte. Mais la Voix ne l'entendait pas ainsi : « Pourquoi avoir honte ? Tu n'as rien fait de mal. Et puis, après tout, Viola n'est qu'une étrangère pour toi. » Presque en même temps, Viola avait retrouvé sa parole. Mi-agressive, mi-hésitante, entre la jalousie et le reproche, elle m'a demandé : « Alors, c'était agréable ? D'après le bruit que faisait ton fauteuil, je dirais que oui. »

Moi : Qu'as-tu répondu ?

Désidéria : C'est la Voix qui a répondu par ma bouche d'une façon imprévisiblement brutale : « Il vaut mieux se masturber que de se faire, comme toi, enculer. » Sur ce, j'ai jeté sa photo par terre et j'ai amorcé le geste de me lever de mon fauteuil. Mais Viola, sans doute excitée et encouragée par le ton que je venais de prendre, s'est écriée en essayant de m'arracher des mains mon cahier : « Voyons un peu ce que tu écrivais pendant ta masturbation. Qui sait quelles cochonneries ! » « Ne touche pas à ce cahier, je te l'interdis ! » Elle l'avait ouvert déjà et je la voyais sur le point de lire le plan tel que la Voix venait de me le dicter et comme elle prenait un ton ironique pour dire « Oh, oh ! Tu m'interdis ? » Je me suis jetée sur elle et nous avons commencé à nous battre. Et moi, sentant qu'elle pelotait mes seins d'une main tremblante, je l'ai mordue, oh, pas très fort, sans lui faire vraiment mal. Plus surprise que furieuse, elle m'a lâchée en disant : « Mais, ma parole, il me semble que tu mords. » Je n'avais rien à lui répondre et en serrant mon cahier sur mon cœur, je suis sortie pour aller m'installer au rez-de-chaussée, dans le hall de l'hôtel.

Moi : Y a-t-il eu une suite à cette dispute ?

Désidéria : Aucune. Pour me calmer, je décidai d'aller un peu marcher dans le bois qui se trouve derrière l'hôtel. Ensuite j'ai regardé deux parties de tennis. Après je suis rentrée et j'ai retrouvé Viola dans un état absolument normal, je dirais même, plus agréable que d'habitude. Dans les jours qui suivirent, je pensais continuellement au plan de la Voix et je me disais que je devais le concrétiser aussi vite que possible, mais que, pour de multiples raisons, la chose ne pourrait se faire avant notre retour à Rome. Nous n'étions qu'au début de nos vacances à Zermatt où nous avions décidé de rester jusqu'à la fin d'août. Je me demandais comment j'allais faire pour supporter aussi longtemps cette vie stupide de villégiature en jouant le rôle de la gentille petite fille qui passe l'été en Suisse avec sa maman. Je brûlais véritablement d'impatience. Alors la Voix m'a suggéré un moyen pour quitter Zermatt et pour rentrer plus tôt à Rome.

Moi : Quel moyen envisageait-elle ?

Désidéria : De me faire aider par Emilio.

Moi : Qui était cet Emilio ?

Désidéria : Un jeune homme dont je venais de faire la connaissance, qui avait deux ou trois ans de plus que moi. Il était à Zermatt avec sa mère, une femme pas très jeune mais encore belle, mariée avec un industriel milanais. Il nous accompagnait dans nos promenades et, naturellement, avec sa manière naïve de voir les choses, il ne pensait qu'à coucher avec moi. Naturellement aussi, je ne le prenais pas au sérieux. Je ne me servais de lui que pour éviter de rester seule avec Viola.

Moi : Et physiquement, à quoi ressemblait-il ?

Désidéria : Oh, il n'était pas très grand, il avait des cheveux carotte et des taches de rousseur, des yeux bleu faïence, un peu globuleux, un nez busqué, une bouche pleine de dents et de salive, d'épais verres de myope et un défaut de langue. Il lisait, il travaillait beaucoup. Un bûcheur. D'autre part, il avait l'air doté d'un certain sens pratique et d'être capable d'autonomie, mais ceci peut-être parce qu'il était riche et que malgré sa jeunesse, il disposait de beaucoup d'argent. Très vite, nous sommes tombés d'accord : Nous prendrions le petit chemin de fer d'intérêt local jusqu'à la ville la plus proche où nous trouverions le train pour Milan où je passerai quelques jours avant de rejoindre Rome.

Moi : Pourquoi voulais-tu aller à Milan ?

Désidéria : La Voix voulait que je me serve d'Emilio pour savoir ce que valait son plan, ou, si tu préfères, pour expérimenter grâce à ce garçon un certain nombre de transgressions ou de désacralisations. Elle désirait aussi voir comment je me tirerais de cette aventure.

Moi : Comment vous êtes-vous organisés pour vous échapper ?

Désidéria : Le rendez-vous fut fixé pour le 15 août, le *Ferragosto*, jour férié dans toute l'Italie, à 8 heures du matin, devant la gare de Zermatt. J'avais gardé encore assez d'affection pour Viola et je restais hésitante, malgré tout ce que me disait la Voix. Ce qui se passa la veille du rendez-vous m'enleva tous mes remords et justifia pleinement ma fugue.

Moi : Qu'est-ce qu'il s'est donc passé ?

Désidéria : Je vais te le dire : la veille de ce 15 août, j'étais sortie avec Emilio et nous ne sommes revenus à l'hôtel qu'à la nuit tombée. Viola avait dîné seule et était ensuite remontée dans sa chambre, alors je me suis assise à la table d'Emilio et de sa mère pour partager leur dîner. Après le dîner, Emilio et moi sommes allés danser au bar de l'hôtel. Finalement, il était tard quand j'ai poussé la porte de notre chambre. La lumière était éteinte mais quelques vagues bruits venant du côté du lit m'ont fait comprendre que Viola ne dormait pas encore. Très vite je me suis déshabillée et, à tâtons, je me suis faufilée en ne soulevant les couvertures que le moins possible pour ne pas toucher Viola. Très fatiguée, je me suis tout de suite endormie, mais pas pour longtemps, une heure, peut-être. Je ne me suis pas réveillée en sursaut, non, mais lentement, progressivement ; comme lent et progressif était ce qui provoquait mon réveil. J'ai d'abord gardé les yeux fermés, me demandant si je rêvais ou non. Peu après, j'ai entrouvert mes paupières et me suis mise à tendre l'oreille. Il faisait nuit noire. J'entendais une sorte de halètement qui venait du côté de Viola et ce halètement était accompagné d'un autre bruit à peine perceptible, une sorte de frôlement. J'écoutais toujours : le halètement se rapprocha et le bruit de frôlement cessa... ; une main se posa sur mon pubis. La main de Viola qui après avoir subrepticement navigué sous les couvertures venait d'accoster la partie de mon corps qui en constitue le centre. Sans comprendre très bien ce qui pouvait suivre, j'ai attendu. Je me rendais vaguement compte que cette main était là pour me caresser, mais j'étais si étonnée et si mal réveillée que je ne pouvais pas aller au-delà de cette constatation étrange et de mon apathie. La nouveauté de ce qui m'arrivait et la torpeur qui m'accablait me laissait dans l'attente d'un geste plus précis. Je me disais qu'il s'agissait peut-être d'un geste inconscient qu'on peut faire en dormant. Il ne se passait, cependant, rien de plus : la main, qui écrasait légèrement mes poils restait immobile. Combient de temps cela a-t-il duré ? Dans mon demi-sommeil, mes idées oscillaient entre le doute et la curiosité. Je ne sais pas ; je crois que j'avais perdu le sens des heures. Je suis sûre de m'être rendormie. Alors que s'est-il passé ? Peut-être que Viola m'a doucement amenée à l'orgasme ? Peut-être que le poids de sa main sur mon pubis et sa timide caresse m'ont suffisamment excitée pour que je prenne mon plaisir par moi-même ? Ce dont j'étais certaine en me réveillant brusquement, c'était qu'on avait roulé soigneusement ma chemise de nuit jusqu'au-dessus de mon ventre et que mes cuisses étaient toutes mouillées. Je tâtais le lit à ma droite ; il était vide. Cette fois franchement réveillée, j'ai ouvert les deux yeux ; la porte-fenêtre est entrebâillée. Un jour incertain vient de la rue. Je me suis levée tout doucement et, comme Viola l'avait fait pour me photographier j'ai regardé pour savoir ce qui se passait sur le balcon. Viola était là, enveloppée dans son manteau, assise dans mon fauteuil d'osier. Sur ma petite table, il y a un verre à moitié plein et une bouteille de whisky à moitié vide. Elle semblait contempler le Cervin et son immense ombre blanchissante dressée dans le ciel clair mais sans lune. En la regardant je me suis demandé si ce merveilleux Cervin, sublime symbole de pureté, lui inspirait comme à moi, de l'enthousiasme, de l'exaltation et de l'espoir, mais je me suis aussitôt souvenue que cette Viola était ma mère — adoptive, oui, mais mère tout de même — qui avait passé une main sous les couvertures d'un lit pour caresser sa propre fille dans un geste incestueux ; et je me suis dit que le Cervin, sa sublime beauté et son inégalable pureté devait représenter sans doute pour elle, un juge silencieux auquel elle ne pouvait plus se soustraire, même pas en buvant. D'autre part, et cela j'en étais sûre, son remords n'était pas seulement dû au fait d'avoir commis un acte défendu, mais aussi et surtout, à son obligation de constater que cet acte éloignait à jamais la réalisation de son rêve de vie normale et familiale. L'inaccessibilité du Cervin devenait pour elle une allusion symbolique mais précise de l'inaccessibilité de ses illusoires mirages de normalité. Je t'assure que cette réflexion m'a inspiré un sentiment de pitié pour elle. J'ai eu presque la tentation d'aller me jeter à ses pieds, de m'accrocher à ses genoux pour y enfoncer mon visage, comme quand j'étais petite. La Voix a arrêté cet élan d'affection : « Non, ne fais pas ça. Elle pourrait croire que c'est une invitation à reprendre ses caresses. Et ne crois-tu pas que ce qui vient de se passer justifie amplement ton projet de départ ? » A contrecœur, j'ai été obligée de renoncer à mes sentiments de pitié et j'ai abandonné la pauvre femme à son inutile et alcoolique contemplation de la montagne pour aller me coucher et dormir.

Moi : Et le lendemain t'es-tu levée à l'heure pour aller à la gare retrouver Emilio ?

Désidéria : Oui, j'avais pensé à mettre mon réveil et dès qu'il a sonné je me suis levée. Viola n'a rien entendu. Peut-être faisait-elle semblant ? Elle était toute recroquevillée au bord du lit, la tête enfouie sous les draps, aussi loin que possible de moi, le dos tourné. Tout doucement, je suis allée prendre ma douche et m'habiller. J'avais préparé la veille une petite valise, je l'ai attrapée et j'ai filé sur la pointe des pieds. L'ascenseur m'a descendue au rez-de-chaussée, je faisais tout avec un calme, en quelque sorte systématique, que me donnait la conviction que j'avais d'agir suivant un plan précis. En prenant mon petit déjeuner dans la salle à manger de l'hôtel, j'ai écrit deux mots à Viola pour lui dire que je partais avec Emilio mais que je n'avais pas besoin de lui dire la raison de mon départ car elle devait certainement la comprendre. J'ajoutais que nous nous reverrions en septembre à Rome. Et puis, avant de sortir, j'ai remis ma lettre au portier.

Moi : Tu écris à Viola que tu la reverras en septembre à Rome et, ce jour-là, tu m'as dit que c'était le 15 août... Où comptais-tu passer tout ce temps ?

Désidéria : Je ne le savais pas du tout. J'avais écrit cette phrase pour ajouter de l'ambiguïté à une lettre ambiguë par elle-même. Je n'imaginais pas ce que je ferais à Milan. Je pensais vaguement que je resterais avec Emilio pour chercher à expérimenter sur lui, comme sur un cobaye, ledit plan de transgression et de désacralisation de la Voix mais que si, par hasard, il se soustrayait à ce rôle d'animal de laboratoire, je rentrerais à Rome, sans attendre le retour de Viola.

Moi : Ne craignais-tu pas, qu'au reçu de ta lettre, Viola n'ait envie de se précipiter à ta suite à Milan ?

Désidéria : As-tu déjà oublié les caresses incestueuses ? J'imaginais qu'elle m'était reconnaissante de ce départ soudain qui allait lui donner le temps de se reprendre et de mettre de l'ordre dans ses idées. Et puis, j'étais partie avec Emilio. Je savais déjà — stupidement, elle entretenait en elle ce genre d'espoir — qu'elle allait faire des vœux pour que, profitant de ce voyage, Emilio couche avec moi et que tout finisse par ce qu'on appelle des fiançailles et un mariage qui constituerait pour nous une sorte de promotion. J'étais donc archi-sûre que Viola ne viendrait pas à Milan.

Moi : Alors, tu arrives devant la gare de Zermatt où tu retrouves Emilio. Vous montez dans un wagon ; le train part. Et après ?

Désidéria : Je me suis assise dans le coin côté fenêtre pour regarder l'immense forêt de sapins qui défilait de plus en plus vite au fur et à mesure que le train accélérait sa marche. C'est à ce moment-là que j'ai ressenti comme une formidable sensation de joie.

Moi : Quelle sorte de joie ?

Désidéria : Une joie, comment te dire ? une joie destructive.

Moi : Pourquoi destructive ?

Désidéria : Parce que j'avais la sensation précise de descendre dans la vallée.

Moi : Rien de plus vrai. Zermatt est un village situé presque à deux mille mètres d'altitude et toi tu étais dans un train qui descendait dans la vallée.

Désidéria : Oui, mais moi, je donnais au verbe descendre un sens historique.

Moi : Mais explique-moi pourquoi.

Désidéria : J'avais souvent lu dans mes bouquins d'Histoire des phrases dans ce genre : « Après la chute de l'Empire romain, les Barbares descendirent souvent en Italie », ou bien : « Descente des Barbares en Italie : causes et effets ». Dans mon train, j'ai eu tout à coup l'impression de faire comme les Barbares : de descendre en Italie pour exécuter un plan de destruction et d'extermination.

Moi : Crois-tu que tes Barbares avaient, eux aussi, un plan ?

Désidéria : Non, mais c'était tout comme. Tu vas sûrement penser qu'il ne s'agissait que d'enfantillages et du pédantisme ridicule d'une petite étudiante, mais ces sottises vont te donner une idée de ce que j'appellerai mon état d'âme. Ce matin-là il faisait gris et humide comme souvent en altitude. Il bruinait légèrement, sans bruit. J'avais laissé la vitre du wagon ouverte et malgré la pluie qui frappait mon visage, je respirais avec une sorte d'avidité les odeurs de la montagne, celle des sous-bois et des fougères, celle de la résine qui coule et colle à l'écorce des pins, de la bourrache mouillée, de la terre détrempée. Et ces odeurs mélangées me donnaient une sensation étrange : l'impression de vivre un instant unique, et parce qu'unique, éternel, immortel. Et je me disais les yeux fixés sur le talus herbeux le long duquel courait si gentiment notre petit train : « Jamais je ne retrouverais pareille sensation. Il faut que je la retienne en moi, que j'en goûte l'extraordinaire saveur parce que je ne vivrai jamais plus cela. » Mon émotion devint si forte que je me mis à pleurer de joie, mais en restant collée contre la fenêtre pour qu'Emilio ne s'aperçoive de rien.

Moi : J'imagine, qu'à cette époque, tu devais souvent pleurer de joie, non ?

Désidéria : C'est vrai que je m'enthousiasmais facilement pour des idées, je veux dire pour les idées que me suggérait la Voix. Alors je pleurais.

Moi : Et que faisait Emilio pendant que tu pleurais ?

Désidéria : Il lisait le livre qu'il avait emporté.

Moi : Qu'est-ce que c'était ?

Désidéria : Un bouquin sur Marx.

Moi : Et lorsque tu t'es tournée vers lui après avoir séché tes larmes, qu'a-t-il fait ?

Désidéria : Il s'est mis à me parler du livre qu'il était en train de lire.

Moi : Au fond, qu'est-ce qu'il était cet Emilio ? Un révolutionnaire ?

Désidéria : Non, ce n'était qu'un garçon de dix-sept ans dont les parents étaient de riches Milanais, mais c'est lui qui m'a parlé pour la première fois de la révolution et c'est le premier qui a prononcé devant moi le nom de Marx.

Moi : Tu ne savais pas qui était Marx ?

Désidéria : Non. Tu peux trouver ça drôle, mais c'était assez normal. Tu n'as qu'à penser au milieu dans lequel Viola me faisait élever et le genre d'école que je fréquentais.

Moi : Que t'a dit Emilio à propos de Marx ?

Désidéria : D'abord, il a cherché à me convaincre que Marx avait réellement existé.

Moi : Pourquoi ? Tu en doutais ?

Désidéria : A cette époque, j'étais non seulement absolument ignare mais pire encore, prétentieuse. De tout ce que je ne connaissais pas, je disais que ça n'existait pas et, de plus, j'étais tellement entichée du plan de la Voix, que je n'accordais aucune importance à Emilio dont je n'entendais me servir que comme cobaye. Ce matin-là, un drôle de dialogue s'établit entre nous deux : moi, j'étais exaspérée par son ton supérieur, coupant et légèrement snob et je me suis mise à me moquer, bêtement, de lui en disant que je n'avais jamais entendu parler de Marx, qu'est-ce qu'il était ? Est-ce que ce n'était pas lui, Emilio, qui l'avait inventé ? Qui sait si ce Marx n'était pas un rien du tout, un inconnu auquel il donnait une importance extravagante et exagérée ? J'ai honte aujourd'hui de la série d'âneries que j'ai pu débiter. Mais Emilio, qui, probablement, ne savait pas grand-chose sur Marx, devint furieux parce que je me moquais, stupidement, de lui. Il se mit à bégayer, à chercher ses mots, à postillonner. Il voulait me convaincre à tout prix que Marx était un personnage célèbre, qu'il fallait que je le lise, que sans lui je ne pouvais pas espérer faire ma révolution.

Moi : Emilio avait-il aussi l'intention de faire une révolution ?

Désidéria : Je crois comprendre aujourd'hui qu'il partait de l'idée toute faite qu'il est impossible de souhaiter la révolution ; tandis que moi, qui ne savais pas qui était Marx, et à peine ce qu'était une révolution, le mot lui-même était agréable à entendre.

Je pense que c'était à cause de cela que j'ai répondu à Emilio que, de toute façon, moi, je ferai la révolution, et sans son Marx, dont je me fichais éperdument. Emilio a éclaté de rire en m'affirmant d'un air ironique que sans Marx il ne pouvait pas exister de révolution. J'ai répondu à son ironie en disant, d'un ton vexé, que, de nous deux, la révolutionnaire c'était moi et pas lui.

Moi : Que voulais-tu dire par-là ?

Désidéria : Oh, moi, rien. C'était toujours la Voix qui me faisait parler.

Moi : Emilio a-t-il ajouté quelque chose ?

Désidéria : Très piqué, mais toujours postillonnant et bégayant, il a dit que, de toute façon, pour faire une révolution il fallait savoir ce qu'étaient les différences de classes ; que la révolution était basée sur la conscience de ces différences et sur sa conséquence : la lutte des classes.

Moi : Tu as su répondre ?

Désidéria : Je n'avais jamais entendu parler de ce genre de choses et j'ai commencé à me dire qu'Emilio avait peut-être raison et que j'avais beaucoup à apprendre de lui. Malheureusement, je le trouvais si ridicule et si laid que je ne pouvais pas m'empêcher de le mépriser et de lui tenir tête. Pour ne pas tomber sous sa férule et sa pédanterie je me demandais ce que je pourrais trouver à lui opposer. La Voix a alors eu l'idée de me suggérer de parler du plan de transgression et de désacralisation.

Moi : Pourquoi ?

Désidéria : Je crois que la Voix pensait qu'Emilio en savait plus long que moi au niveau théorique mais que moi, je lui étais supérieure parce que je disposais du plan.

Moi : Tu as dû tout de même lui répondre ?

Désidéria : Oui, j'ai dit : « Peut-être que j'en sais

moins que toi parce que je n'ai pas lu tous les livres que tu as lus, mais moi, je vais agir. »

Moi : Alors ?

Désidéria : D'abord un peu perplexe, il a fini par s'exclamer : « Tu agiras, tu agiras et que feras-tu ? » Sur un ton volontairement ambigu, j'ai dit que je n'avais pas à lui répondre ; qu'il suffisait qu'il sache que j'avais un plan. Quel plan ? Mais là, la Voix est intervenue pour m'interdire d'en dire davantage. « J'ai un plan, impossible de t'en dire davantage. » Alors il s'est mis à rigoler : « Un plan quinquennal ? » Je n'avais naturellement pas compris l'allusion au plan soviétique mais comme je devinais qu'il cherchait à me dominer de toutes ses connaissances théoriques, j'ai répondu très vite : « Oui, j'ai un plan, un point, c'est tout. Et puis fous-moi la paix avec ton Marx. Et puis qui est ce Marx ? Qu'est-ce qu'il a fait ? » Alors là, c'en était trop. Devant tant de sottise innocente, il a perdu les pédales « Mais Marx est un gr... grand... homme... il a écrit le ca... ca... ca... pi... pi... pi... pi... » Et moi, toujours aussi bête : « Caca et pipi, pipi et caca, ah, j'ai compris. Ton Marx a écrit un livre sur le pipi et le caca. »

Moi : Plaisanterie plutôt scatologique. Comment Emilio a-t-il pris cela ?

Désidéria : Il a réagi tout à la fois comme un gosse et comme un mâle et il a fait quelque chose à laquelle devaient le pousser la rage d'être injustement contredit et l'attraction physique que j'exerçais sur lui : il s'est levé brusquement, il m'a attrapée par les cheveux comme pour me gifler ; puis, sans doute parce qu'il avait changé d'idée, il s'est mis à pincer férocement un de mes seins tout en essayant de m'embrasser. Je lui ai donné un formidable coup de genou dans le ventre, j'ai égratigné son visage et je l'ai rejeté aussi loin de moi que possible.

Moi : Où cette bagarre s'est-elle passée ?

Désidéria : Dans notre compartiment où nous étions seuls. Le 15 août, les gens montent à Zermatt, bien peu en descendent. Emilio se voyant repoussé aussi violemment, s'est écarté de moi, puis il a passé une main sur ses égratignures pour voir si elles saignaient et, d'une voix un peu changée, il a dit : « Tu es une idiote, un âne, une vaniteuse. Dès notre arrivée à Milan, je téléphone à ta mère pour qu'elle vienne te chercher. »

Moi : Comment as-tu réagi ?

Désidéria : Je n'ai pas eu le temps de réagir, la Voix étant intervenue avant et sans que je m'y attende.

Moi : Comment ?

Désidéria : En me disant qu'Emilio avait raison, que je ne savais rien, que j'étais vaniteuse, que Marx était un personnage important et que je devais demander à Emilio de m'en parler.

Moi : La Voix savait qui était Marx alors que toi tu ne savais pas ?

Désidéria : La Voix savait tout.

Moi : Bon et après ?

Désidéria : Eh bien, comme d'habitude, j'ai obéi à la Voix et j'ai demandé à Emilio, mais en cherchant à masquer ma défaite sous un ton ironique : « Alors, vas-y, dis-moi qui était ton Marx et ce qu'il a écrit dans ce livre sur le pipi-caca ? »

Moi : Il s'est de nouveau mis en colère ?

Désidéria : Non, gentiment mais avec un air plus sentencieux que jamais en se gonflant comme un dindon, il m'a répondu qu'il m'expliquerait en détail qui était Marx, mais aussi qu'il me ferait lire ses livres et ceux parlant de lui. Une vraie conférence sur le marxisme. Il n'était peut-être pas très calé sur la question mais ce qu'il en savait il avait dû l'apprendre récemment et il en parlait avec l'enthousiasme du néophyte. C'est en écoutant cette leçon, que pour obéir à la Voix je m'efforçais d'écouter très sagement, qu'a pris fin notre petit voyage dans le chemin de fer de montagne. Dans le rapide de Milan nous n'avons pas eu un compartiment pour nous tout seuls : une famille entière y était installée : père, mère et deux enfants. Le père d'âge moyen, bonasse, un peu de ventre, quelque chose comme un petit cadre ou un petit fonctionnaire municipal ; la mère, petite, mince, pâle, facilement émotive ; les garçons, cinq et six ans, chahuteurs, énervés par le voyage. Et voilà qu'Emilio, devant cet auditoire borné et visiblement exténué, reprend son cours sur le marxisme et que moi, poussée par on ne sait quelle sotte envie de me faire remarquer, je lui réponds sur le ton ironique et insolent qui m'est habituel, tout simplement pour nous donner en spectacle, et pleinement conscients tous les deux de notre bêtise, à une malheureuse famille tout éberluée de nous voir nous renvoyer la balle d'un coin du compartiment à l'autre.

Moi : Et jusqu'à Milan votre tournoi s'est poursuivi ?

Désidéria : Oh, non ! La famille a pris sa revanche à midi.

Moi : Comment ? De quelle manière ?

Désidéria : Tout bonnement en tirant d'un gros cabas des paquets de boustifailles. Emilio et moi avions passé notre temps à échanger des phrases obscures et prétentieuses sur le marxisme, eux, ils ont échangé des nourritures terrestres en se les passant d'un coin du compartiment à l'autre. Nous les avions exclus de notre conversation en les reléguant au rang de spectateurs muets, eux, ils nous excluaient de leur repas en nous obligeant à assister le ventre creux et le gosier sec. A nos discours sur la plus-value, l'aliénation, l'expropriation des expropriants, ils répondaient par leurs petits fromages, leur jambon, leurs œufs durs et leur vin. Je crois qu'Emilio aurait bien aimé poursuivre notre dialogue. La ferveur gastronomique d'une famille extraordinairement affamée le submergea très vite et l'obligea à renoncer. Quant à moi, je me taisais parce que j'étais mortifiée par les reproches de la Voix m'attaquant sur mon stupide exhibitionnisme dont elle était elle-même responsable. Mais ce n'était pas nouveau : la Voix m'ordonnait souvent de faire certaines choses pour très vite après, me demander d'exécuter exactement le contraire. Et nous avons fini par arriver à Milan. Figure-toi que c'était la première fois que j'y allais.

Moi : Tu me dis ça comme si Milan t'avait fait une impression particulière.

Désidéria : C'était vrai. Au 15 août tout est vide et silence. Vide et silence sur la place de la gare, vide et silence dans les rues. Les maisons avaient l'air inhabitées avec leurs volets baissés et leurs portes closes. Aux feux rouges, deux ou trois voitures arrêtées, un ou deux vélos en attente. Sur les trottoirs, quelques touristes débraillés, pantalon froissé, appareil-photo en bandoulière ou suspendu autour du cou. Lorsque j'ai fait remarqué à Emilio que Milan était une ville morte, il m'a répondu avec une sorte de ferveur révolutionnaire : « Elle n'est pas morte, pas plus que n'est mort le capitalisme dont elle est la forteresse. Mais la révolution la fera crever, dans pas longtemps ; et pour la faire renaître plus grande, plus riche, plus libre. »

Moi : Un vrai fanatique cet Emilio. J'avais cru comprendre que sa famille était riche, non ?

Désidéria : Très riche. Viola ne cessait de me parler de leur fortune qui, du reste, n'a pu que me sauter aux yeux dès que nous sommes entrés dans leur appartement.

Moi : Comment était cet appartement ?

Désidéria : Grand, très grand puisqu'il occupait tout un étage d'un beau et vieux *palazzo* de la via Manzoni.

Moi : Et alors, que s'est-il passé entre Emilio et toi, dans cet appartement ?

Désidéria : Sur l'instigation de la Voix, je ne pensais qu'à la, disons, répétition générale du plan de transgression et de désacralisation.

Moi : Pourquoi dis-tu répétition générale ?

Désidéria : Je voulais expérimenter sur Emilio ce que je me réservais de faire moi-même et sérieusement en rentrant à Rome.

Moi : Cette expérience a consisté en quoi ?

Désidéria : Nous entrons donc dans l'appartement et dès qu'Emilio a refermé la porte, je commence à le tourner en ridicule : Comment ! lui qui se dit révolutionnaire, il vit pépère chez papa et maman dans une maison qui pue à des kilomètres de distance le capitalisme. Comment ! il dit qu'il veut faire la révolution et il habite dans un *palazzo* qui n'a jamais rien eu de prolétaire.

Moi : Tu avais vite appris le langage de la gauche, hein ?

Désidéria : Rien n'est plus facile. D'ailleurs, moi, je ne savais rien et j'avais comme l'impression d'avoir été, dans une autre vie, une professionnelle de la révolution.

Moi : Comment Emilio prenait-il tes moqueries ?

Désidéria : Très mal. Il se défendait en disant que tant qu'il ne connaîtrait pas parfaitement la théorie, il resterait dans sa famille, qu'il devait, avant tout, comprendre à fond la situation de sa classe ; après ça, il passerait à l'action. Je lui ai alors demandé en quoi consistait cette action. Très étonné de m'entendre poser cette question, il m'a répondu, sans hésitation : « Je parle de l'action révolutionnaire, naturellement. » J'ai alors décidé de le mettre à l'épreuve ; dans la ligne du plan, bien entendu. Nous étions, à ce moment-là, dans la cuisine, une pièce immense aux murs recouverts de faïence blanche avec des cuisinières aussi importantes que celles des hôtels, un réfrigérateur géant, un régiment de casseroles, des placards laqués, une énorme table de marbre. C'est un de ces placards que j'ai eu l'idée d'ouvrir : une quantité de verres y étaient rangés sur trois files. « Bon, en attendant pourquoi ne commencerais-tu pas, ce soir-même, à faire la révolution chez toi ? Tiens, je parie que tu n'oseras pas prendre tous ces verres et les jeter un après l'autre par terre. » Peut-être que tu ne vas pas me croire, mais il m'est apparu comme terrifié ; par l'expression de mon visage plus que par mon étrange proposition.

Moi : Quelle expression avait ton visage ?

Désidéria : Exaltée mais je pense aussi sarcastique.

Moi : Et Emilio, alors ?

Désidéria : Il a commencé par bafouiller que la révolution n'avait rien de commun avec cette idée de casser la vaisselle et que, d'autre part, ces choses n'appartenant pas à sa famille mais au peuple, son devoir, à lui, était de les protéger jusqu'au jour de la révolution. Moi j'ai éclaté de rire et je lui ai répondu méchamment : « Ah, le peuple ! Dis plutôt que tu as peur que ta maman en rentrant de Zermatt, te fiche à la porte lorsqu'elle découvrira tous ces verres cassés. » Il est devenu tout rouge et il m'a répondu que j'étais idiote et qu'il allait me faire voir qu'il n'avait pas peur de personne et encore moins de sa mère. Tout en parlant il est allé prendre un verre dans le placard et l'a lancé sur le carreau de la cuisine. Alors là il s'est passé quelque chose de très très drôle, figure-toi que ce verre a rebondi sur le sol avant de rouler sous la table : il était « incassable ». Aussi méchamment que possible, j'ai lancé : « Ah, la voilà ta révolution. Tu jettes un objet par terre et tu prends bien soin de le choisir incassable. » Cette fois je l'avais piqué au vif : « Et toi, qui parles tant, qu'est-ce que tu es ? Une brave petite fille, prude et timorée qui s'accroche à la jupe de sa mère et qui croit avoir fait une prouesse en allant seule, sans maman, de Zermatt à Milan. »

Moi : Ta réponse ?

Désidéria : « Une petite fille, c'est possible, mais en attendant, moi j'ai fait des choses que tu ne peux même pas imaginer. » « Qu'est-ce que tu peux avoir fait ? Tu es tout simplement une jeune fille de bonne famille qui habite aux Parioli. A Rome, pour se moquer de vous, les filles riches de ce quartier, on vous appelle les *parioline*. Explique-moi, tu veux, ce que peut bien faire une *pariolina* ? » « Bon, je suis peut-être une *pariolina* mais, une certaine chose, je l'ai faite, moi. » « Quelle chose ? » « Je suis allée dans une maison de rendez-vous, un homme m'a violée et il m'a payée pour ça. »

Moi : Pourquoi la Voix a-t-elle eu l'idée de te faire raconter cette histoire ? Inexacte d'ailleurs.

Désidéria : Je ne sais pas, mais peut-être pour obliger Emilio à accepter mon défi et à lui faire faire ce qu'il aurait, autrement, refusé.

Moi : Quelle impression lui a fait ta révélation ?

Désidéria : Il a d'abord eu l'air complètement, mais complètement, stupéfait. Ensuite à la stupéfaction s'est ajoutée une expression qui révélait du trouble et du calcul.

Moi : Calcul ? Trouble ?

Désidéria : L'idée qu'on m'avait violée dans une

maison de rendez-vous l'a certainement troublé mais peut-être qu'en même temps il a calculé dans sa tête que si ce que je venais de lui raconter était vrai, il ne rencontrerait aucune difficulté s'il voulait coucher avec moi. Quelque chose comme une hésitation est venue se mêler à tout ça : et si je lui avais dit une blague...

Moi : Il avait raison, c'était une blague.

Désidéria : Alors il m'a demandé des détails. Par exemple, jusqu'où le membre de cet homme était entré dans mon vagin. Que répondre ? J'ai indiqué des centimètres sur mon index et j'ai ajouté une phrase que j'avais entendu dire par un garçon du lycée : « Jusqu'aux balloches » sans savoir ce qu'elle signifiait. J'imaginais que cela voulait dire « jusqu'au fond ».

Moi : Et Emilio a-t-il eu l'air de te croire ?

Désidéria : Oui. Ensuite il a voulu savoir si cela m'avait fait mal. Il était visiblement troublé ; il était tout rouge et ses yeux brillaient bizarrement derrière les gros verres de ses lunettes. Comme je n'avais pas oublié les harangues de Diomira, j'ai pu répondre que ça m'avait seulement un peu brûlé. Et le sang ? Je lui ai expliqué que le sang avait fait une grosse tache sur la serviette de toilette que ma patronne de la maison de rendez-vous avait eu la précaution d'étendre sur le dessus-de-lit. Une serviette de toilette ? Oui, à la fin elle était tout humide de sang ; du sang j'en avais aussi à l'intérieur des cuisses. A ce moment, les préoccupations d'Emilio ont changé d'objectif : d'une voix empâtée et rendue encore plus lente par sa difficulté d'élocution, il a voulu savoir combien on m'avait donné, si j'avais été payée directement par l'homme ou s'il avait remis l'argent à la patronne. J'ai répondu ce que logiquement il devait attendre que je réponde : que c'était à moi et qu'il avait accompagné sa remise d'un geste très significatif. Quel geste ? Il avait posé ses billets de banque sur mon ventre en disant : « Je te les pose là parce que tu les as bien gagnés et justement avec ça. » Alors en entendant cette phrase, Emilio m'a paru perdre littéralement l'usage de la parole comme si ces mots venaient de donner un coup décisif à son incrédulité. Puis il s'est repris : « Je me trouve donc en face d'une prostituée. »

Moi : Pas très aimable, mais logique. Que lui as-tu répondu ?

Désidéria : Oh, moi, je suis devenue toute rouge mais la Voix m'a aussitôt fait des reproches en disant que je ne devais pas avoir honte du seul acte de courage que j'avais accompli dans ma vie et elle est même allée encore plus loin, puisqu'elle m'a demandé de raconter mon vol à Zermatt. Je lui ai volontiers obéi, mais surtout parce que je désirais changer de sujet : « J'ai fait une fois la putain, mais ce n'est pas tout, j'ai fait aussi la voleuse. Je suis entrée dans une chambre de notre hôtel de Zermatt et j'ai dérobé un poudrier en or massif avec un fermoir de brillants. »

Moi : Ce n'était pas plus vrai que le reste. Ce poudrier n'avait aucune valeur.

Désidéria : C'est vrai, mais je voulais faire croire à Emilio que j'avais dérobé un objet très cher pour la même raison que, quelques minutes avant, j'avais voulu le persuader que je n'étais plus vierge.

Moi : Mais pourquoi ?

Désidéria : Toujours cette question de symbolisme. A présent, pour moi, vol et maison de rendez-vous avaient pris une signification — c'était surtout l'avis de la Voix — de transgression et de désacralisation. Il avait suffi que je pose un pied dans la maison de Diomira et que je vole un objet sans valeur pour que je proclame mon droit d'être considérée comme une prostituée et comme une voleuse. Pour Emilio le sens du symbole n'existant pas, je devais lui faire croire que concrètement, matériellement, j'étais devenue volontairement une prostituée et une voleuse.

Moi : En apprenant que tu étais une prostituée doublée d'une voleuse, quelles ont été les réactions d'Emilio ?

Désidéria : Je voyais qu'il me regardait d'un air à la fois hésitant et effrayé qui le faisait osciller entre deux sentiments opposés.

Moi : Quels sentiments ?

Désidéria : La peur que lui inspirait la voleuse et le désir qu'attisait en lui la prostituée.

Moi : Lequel des deux a-t-il prévalu ?

Désidéria : Le second mais avec quelques réserves : « Je voudrais bien coucher avec toi, mais je t'avertis tout de suite que je ne te paierai pas. Je n'ai pas un sou. J'ai quitté Zermatt avec juste ce qu'il me fallait pour le voyage. »

Moi : Et avare, par-dessus le marché, ton Emilio !

Désidéria : Peut-être. Je crois plutôt qu'il disait la vérité et c'est la Voix qui m'a obligée à lui répondre : « Bon, tu ne me donneras rien, mais en compensation, je veux que nous fassions l'amour dans la chambre de tes parents, dans leur propre lit. »

Moi : Tu voulais le mettre à l'épreuve ?

Désidéria : Qui peut dire ce que je voulais. C'était la Voix qui me dirigeait et je ne comprenais pas bien ce qu'elle voulait. Quant à Emilio, il s'est immédiatement cabré à l'idée d'aller dans la chambre de ses parents et, tout bredouillant, il m'a répondu : « La chambre de mes parents est fermée à clef et je n'ai pas la clef. Allons chez moi ; qu'est-ce que ça peut te faire ? »

Moi : Alors ?

Désidéria : Alors la Voix a décidé de faire passer

Emilio d'une dimension qui avait encore un caractère de réalité, à celle du rêve.

Moi : Du rêve ?

Désidéria : Oui, le rêve de tout homme sur la prostitution universelle.

Moi : Explique-toi.

Désidéria : Sans rien dire, j'ai porté lentement mes mains sur le devant de mon chemisier pour en défaire les boutons et l'ouvrir largement sur mes seins nus. Je ne portais pas de soutien-gorge, je n'en porte, du reste, jamais. Mes seins étaient, et sont encore, ce que je possède de plus parfait. Pourtant leur exhibition ne paraissait pas suffire à faire naître ce rêve dont la Voix voulait qu'Emilio rêvât les yeux ouverts. Alors j'ai pris mon élan pour lui demander, avec un sourire forcé et maladroit : « Ils te plaisent, non ? » en même temps que je tentais un clin d'œil complice mais grotesque. J'ai vu, à ce moment, son visage exprimer l'incrédulité que j'avais cherché à lui inspirer.

Moi : Incrédulité ?

Désidéria : Oui, mais pas cette incrédulité de celui qui ne croit pas mais celle de celui qui s'étonne de voir, de celui qui, croyant rêver, hésite à croire ce qu'il voit. Pense à la situation : jusqu'à cette minute, j'avais été pour lui une quelconque petite jeune fille d'une quinzaine d'années ; tout d'un coup je devenais, sous ses yeux, une infâme putain ; tout en demeurant la même jeune fille de quinze ans. J'étais, en somme, le rêve masculin de la femme sans complexe proche et diverse que dans mon geste — lui montrer mes seins — je venais de lui rendre crédible en même temps qu'invraisemblable dans la réalité. Et il n'a plus résisté. Toujours en balbutiant, il a dit : « D'accord, je vais t'emmener dans la chambre de mes parents mais tu dois me promettre de ne rien toucher. Pour rien au monde je ne voudrais qu'ils sachent qu'en leur absence j'amène des filles à la maison. »

Moi : Il avait peur ?

Désidéria : Oh, il avait peur de tout. En refermant mon corsage, j'ai dit : « Eh bien, allons-y. » Il a ouvert la porte de la cuisine et m'a laissée passer devant lui. Je n'ai pas saisi tout de suite le pourquoi de ce geste, mais lorsque nous nous sommes trouvés au milieu d'un long couloir mal éclairé j'ai compris la vraie raison de tant de cérémonies.

Moi : Et c'était... ?

Désidéria : Qu'Emilio continuait de vivre le rêve dans lequel, exprès, je l'avais engagé : en me faisant avancer de quelques pas devant lui, il a caressé mes fesses comme le font les hommes aux femmes, avec lesquelles ils vont faire l'amour.

Moi : Et toi ?

Désidéria : Oh moi, la Voix n'a même pas eu le temps de m'arrêter, je me suis retournée pour lui flanquer une grosse tape sur la main en criant : « Bas les pattes ! »

Moi : Emilio a-t-il aimé ça ?

Désidéria : Pas du tout, aussi la Voix est venue à son secours en m'ordonnant de lui dire : « Oh, pardon, excuse-moi, mais tu sais, je ne l'ai fait qu'une fois. C'est la deuxième aujourd'hui. Il faut que je m'y habitue. » Il a seulement un peu secoué la tête comme s'il voulait dire : « Cela n'a aucune importance. » Nous étions arrivés devant une porte qu'il a ouverte pour me faire traverser une immense salle à manger : une grande table de marbre en occupait le centre et on avait aligné toutes les chaises, recouvertes de leurs housses d'été, le long des murs. De la salle à manger, nous sommes passés au salon : solennel et plongé dans l'obscurité : tableaux et meubles anciens, fauteuils et canapés eux aussi sous des housses. Finalement, par un étroit corridor, nous avons abouti à la chambre des parents. Même style riche et confortable : grand lit à deux places, recouvert d'un tissu damassé, énorme armoire ancienne en bois sombre sculpté, belle coiffeuse, surmontée d'un miroir ovale, garnie de toutes sortes de flacons. Tout était imposant, massif, solennel. Mon regard s'est tout de suite posé sur les deux oreillers ornés de dentelles qui trônaient à la tête du lit ; il s'est ensuite arrêté sur de monumentales tables de nuit placées de chaque côté du lit. Sur celle de droite, la photographie encadrée du père d'Emilio, sur celle de gauche celle de sa mère. La Voix a alors parlé par ma bouche : « Tu ne peux pas me donner de l'argent puisque tu n'en as pas, mais à la place je vais te demander autre chose. Tu vois ces coussins sur lesquels ton papa et ta maman reposent leur tête la nuit ? Tu vas monter dessus pour y faire tes besoins. Je n'exige pas d'argent mais je te demande de faire comme ton ami Marx : caca et pipi. »

Moi : Mais toi, à quoi pensais-tu pendant que la Voix te faisait dire ces choses ?

Désidéria : J'étais horrifiée mais, surtout, je ne comprenais pas.

Moi : Tu ne comprenais pas quoi ?

Désidéria : Pourquoi je demandais à Emilio une semblable preuve d'amour.

Moi : Mais lui que disait-il ?

Désidéria : Il me suppliait de lui épargner une chose pareille en me donnant une explication de son refus plutôt comique.

Moi : Quelle explication ?

Désidéria : Il a prétexté qu'il avait fait ses besoins, les deux, dans les toilettes du train mais il disait ça d'une façon si drôle, avec une telle candeur que je ne pouvais pas m'empêcher d'éclater de rire intérieurement.

Moi : Intérieurement ?

Désidéria : Mais oui, parce que je ne pouvais pas démentir la Voix en riant aussi inopportunément au milieu de cette sorte de rite de révolte qu'elle avait ordonné. Elle, elle feignait de ne pas voir le comique de la réaction d'Emilio. Je me demande maintenant si elle s'en rendait tout à fait compte. En tout cas, elle m'a commandé de replier mes batteries et demander une autre preuve d'amour, différente, mais tout aussi cruelle.

Moi : Explique-moi ça.

Désidéria : Voilà ce qu'elle m'a obligé de dire à ce pauvre Emilio : « Tu as, dis-tu, épuisé ta réserve de pipi et caca dans le train mais certainement pas celle de salive. A en juger par les postillons que tu m'envoies dans la figure, il t'en reste encore. Alors tu vas cracher sur ces deux phtotographies et après tout ira bien. »

Moi : Impitoyable, ta Voix.

Désidéria : Peut-être que tu trouves ce que je te raconte bizarre mais je crois que c'était la trop grande tension procurée par son désir qui avait ôté à Emilio sa résistance nerveuse. Voilà que je le vois enfouir sa figure dans ses mains et éclater en sanglots. Au milieu d'un flot de larmes il répète qu'il est prêt à m'expliquer tout Marx et le marxisme, à m'aimer tout le restant de sa vie mais que c'est tout ce que je peux lui demander.

Moi : Émouvant, non ?

Désidéria : Oui, très émouvant. Je suis même obligée d'avouer que, d'une certaine façon, et malgré les sarcasmes dont la Voix m'accablait (il n'y a rien à faire, tu seras toujours la même petite bourgeoise imbécile, sentimentale et tout), je donnais, au fond de moi, raison à Emilio. Mais je n'ai pas pu essayer de le lui dire tant la Voix me harcelait sans me laisser un instant de repos ; elle me rappelait ce vent, dur, incessant qui, jour après jour, souffle la tempête sur la mer déjà déchaînée. Et alors je me suis entendue prononcer, mais involontairement et à mon plus grand étonnement : « Tu dis que tu veux faire la révolution et tu n'as même pas le courage de cracher sur une phtoto. C'est ça ta révolution ? » Je parlais appuyée contre le lit et je me voyais dans la glace de la coiffeuse ; je ne me suis presque pas reconnue dans la fille qui se tenait à côté d'Emilio, le regard fixe, un sourire moqueur et haineux sur les lèvres. D'où sortait-elle cette fille ? Qui l'avait substituée à moi sans que je le sache ? La voilà qui s'approche plus près encore d'Emilio. La photographie de la mère d'Emilio est posée sur la table de nuit de son père et on peut lire quelques lignes tendres qui font allusion aux rapports amoureux qui existent entre les époux. Le visage est souriant, la chevelure est bouclée, la dédicace est d'une écriture régulière et classique : « Si en t'endormant tu penses à moi comme je pense à toi, mon amour, nous dormirons bien tous les deux. » La fille haineuse en laquelle, je le comprenais à présent, la Voix m'avait transformée, saisit dans sa main la photo et lit à haute voix, mais très lentement, la dédicace et conclut : « Mon Dieu, comme c'est touchant ! » Elle se met ensuite à houspiller Emilio : « Alors quoi ? Tu y vas ? Crache ! » Alors Emilio m'a regardée de l'air hébété de quelqu'un qui ne sait plus ce qu'il lui arrive, puis, comme un automate dont un mystérieux mécanisme déclenche les gestes, il m'a arraché des mains la photo de sa mère et, en baissant la tête, il a craché dessus. Le jet de salive qui avait d'abord touché le haut de la vitre, s'était mis à couler vers le bas. Il me semblait qu'il souffrait en le regardant glisser. En réalité, je m'étais trompée. Il m'avait donné la preuve d'amour que je lui avais demandée et maintenant il n'était occupé que de la chose promise en échange. Pourtant son désir amoureux paraissait avoir dévié ou en avoir été brisé par l'effort fait pour surmonter la résistance que son amour filial avait créée. Il a alors fait ce qu'il se croyait en droit de faire mais de la manière la plus maladroite, la moins séduisante qu'on puisse imaginer. Debout, les jambes écartées, la photo de sa mère dans une main, le voilà tirant, de l'autre main, la fermeture éclair de sa culotte, l'y introduire pour m'en sortir quelque chose de violacé, de mou, de ridé, de gonflé. Horrifiée et dégoûtée, j'ai interrogé la Voix. D'un ton sans réplique, elle m'a immédiatement répondu : « Ça suffit maintenant. Donne-lui un coup de poing et fiche le camp. »

Moi : Tu as fiché le camp ? Et tu lui as donné un coup de poing ?

Désidéria : Je l'ai poussé dans un coin et j'ai couru ouvrir la porte. Je me rappelais qu'au bout du couloir se trouvait le hall d'entrée de l'appartement. Presque à bout de forces j'ai pu ouvrir la porte et je me suis précipitée dans le magnifique escalier de marbre plongé dans la pénombre. En ce jour férié, tout le *palazzo* paraissait inhabité. Puis j'ai ouvert, difficilement, un des lourds battants de la grande porte et je me suis retrouvée dans la rue.

Moi : Et qu'as-tu fait ?

Désidéria : J'avais dans mon sac environ cent mille lires. C'était ce que j'avais économisé sur l'argent que Viola me donnait chaque mois. J'ai pu aller prendre un taxi et me faire conduire directement à l'aéroport où, comme j'avais déjà pris l'avion avec Viola, je n'eus aucune difficulté pour obtenir un billet et m'embarquer sur un vol à destination de Rome où je finis par arriver, harassée et morte de faim. De la maison, j'ai tout de suite téléphoné à Viola toujours à Zermatt et c'est avec quelque étonnement que je n'ai senti dans son ton ni anxiété, ni soulagement, ni joie. Franchement, je dois dire que malgré l'hostilité que la Voix manifestait à son égard, j'y avais un peu compté. C'est sans doute à cause de ma déception que j'ai volontiers obéi à la Voix pour répondre aux récriminations imprévues qui me venaient de Zermatt.

Moi : Des récriminations ?

Désidéria : Dès qu'elle a entendu que j'étais à Rome, parce que Emilio et moi, nous nous étions disputés et que je ne le reverrai jamais plus, elle n'a pu s'empêcher de me manifester sa désapprobation et son désappointement. Comme je l'avais prévu la bonne mère que parfois elle voulait être avait dû espérer que notre fugue se terminerait en fiançailles. Et je lui enlevais cette illusion. Devenue folle furieuse, elle s'est mise à hurler dans l'appareil : « Et maintenant, qu'est-ce que je vais dire à la mère d'Emilio, moi ? Peux-tu me le dire, toi ? » J'ai pourtant hésité quelques instants avant de prononcer la phrase que la Voix venait de me suggérer pour appliquer notre plan et qui était celle-ci : « Dis-lui que son fils est un impuissant. Dis-lui qu'il a une queue petite, petite petite, rouge et ridée comme la figure d'un nouveau-né. »

Moi : Transgression et désacralisation, n'est-ce pas ? Mais de quoi ?

Désidéria : De la bonne éducation. Ou si tu préfères de ce langage qu'on appelle poli.

Moi : Comment Viola a-t-elle répondu ?

Désidéria : A l'autre bout du fil il n'y a eu d'abord qu'un long silence durant lequel j'ai eu le temps d'imaginer Viola telle que je l'avais souvent observée assise devant une table de jeu, lançant un regard scrutateur sur son adversaire, avant de jeter sa carte. Je n'avais pas l'impression que mes mots orduriers lui avaient fait une impression particulière. Peut-être, mais seulement peut-être, a-t-elle dû se demander, après la nuit où elle s'était laissée entraîner à me caresser — mais exactement comme le font les amoureux dès que quelque chose de nouveau est exprimé par la personne aimée — ce que voulait dire, pour elle et uniquement pour elle, ce recours de ma part à un langage de fille de bordel. Finalement je l'ai entendue me parler tout à fait normalement pour me demander ce que je comptais faire : rester à Rome ou revenir à Zermatt. Je lui ai tout de suite répondu, mais sans douceur : « Je n'ai pas la moindre envie de remonter à Zermatt. Je m'y ennuie trop. » C'est exactement ni plus ni moins ce que je pensais. Mais lorsque la Voix m'a obligée d'ajouter : « Et puis tu dois comprendre qu'après ce qui s'est passé la nuit qui a précédé mon départ, il faudrait que j'aie une chambre pour moi seule », j'ai eu la sensation, bizarre, ambiguë, d'avoir dit quelque chose qui pouvait être pris pour de la coquetterie. De nouveau, un silence a accueilli ma réponse, puis Viola a repris la parole pour me dire qu'il valait peut-être mieux que je reste à Rome, qu'elle descendrait de Zermatt le 20 août, qu'elle irait ensuite à Genève pour un bref séjour y régler quelques affaires qu'elle avait et qu'après elle regagnerait, à son tour, Rome. La conversation s'est terminée par les recommandations d'une mère affectueuse, mais de style conventionnel, à sa fille de quinze ans, seule à la maison. J'ai raccroché le téléphone, je me suis allongée sur mon lit et j'ai demandé à la Voix, d'un ton très sérieux, pourquoi elle m'avait fait dire la phrase où il était question d'une chambre où je désirais dormir seule. Sais-tu ce qu'elle m'a répondu ? « Cette nuit-là, Viola a fait quelque chose dont tu pourras te servir plus tard pour démolir vos rapports mère-fille. Viola rêve d'une famille traditionnelle et d'être liée à toi par un amour maternel. Tu sais, à présent qu'il n'en est rien. Eh bien, ta certitude te servira à te moquer de tous les efforts de Viola. »

Moi : Tu as pu objecter quelque chose ?

Désidéria : Non. Je comprenais que tout dérivait de la logique du plan de transgression et de désacralisation et je me rendais compte que, cet été-là, avait commencé une époque nouvelle de ma vie.

CHAPITRE II

Moi : A présent et selon la métaphore choisie par toi, tu es, comme les Barbares de tes livres de classe, descendue sur Rome mais avec la différence que tu es porteuse de quelque chose dont les Barbares ne disposaient pas, je veux parler de ce plan dit de transgression et de désacralisation que tu dois exploiter systématiquement. Tes années criminelles vont commencer ; alors que se passe-t-il ?

Désidéria : La Voix m'avait expliqué que ces Barbares, païens ou adeptes de quelques sectes hérétiques, ne se privaient jamais de dévaster les églises ainsi que tous les lieux destinés au culte. Elle prétendait que leur façon d'agir pouvait se définir par le mot de désacralisation puisque les endroits auxquels ils s'attaquaient étaient sacrés. Qu'entendait-elle par désacralisation ? Tout simplement que le but de ces païens était moins de brûler et démolir les églises que de les dépouiller définitivement de tout caractère sacré. Avant leur passage, une église était un endroit où l'on entrait tête nue par respect, en marchant sans bruit, en parlant à voix basse, tandis qu'après, la même église était devenue quelquefois un entrepôt quelconque ou rien qu'une construction tenant plus ou moins debout, en tout cas toujours un bâtiment totalement privé de caractère sacré. Personnellement c'est ce qui était arrivé et qui continuerait à arriver tant que je n'aurais pas fini d'appliquer le plan en général, aussi bien que dans mon cas en particulier. Chacune de nos transgressions deviendrait désacralisation et vice versa. Pour te donner un exemple, le vol à l'hôtel de Zermatt n'était pas à proprement parler un vol, c'est-à-dire s'approprier le bien d'autrui à son insu, et pour deux raisons. La première : l'objet — sans valeur — ne justifiait pas mon vol. La seconde : mon intention n'avait pas été de voler cet objet. Alors quelle avait été mon intention ou plutôt celle de la Voix ? D'une part de transgresser la loi interdisant le vol, de l'autre, d'ôter à l'objet volé le caractère, en quelque sorte, sacré que la loi lui confère. Il est évident que ce poudrier, avant d'être un objet était une propriété. En le dérobant, non pas pour me l'approprier, mais pour me prouver à moi-même qu'il n'était qu'un objet, et rien de plus, j'enlevais à ce poudrier, et à tous les objets du monde, l'auréole sacrée à laquelle ils prétendent en tant que propriété. Par ce vol sans importance je désacralisais toutes les propriétés, depuis un poudrier de métal jaune ne valant que quelques centaines de lires jusqu'aux immeubles de plus d'un milliard.

Moi : La Voix t'a vraiment dit tout cela ?

Désidéria : Oui. Plus ou moins.

Moi : Mais toi, étais-tu réellement convaincue que les idées qu'elle proclamait étaient foncièrement vraies ?

Désidéria : Oh, pas tellement. Il me semblait trop commode de voler un objet sans valeur et de proclamer ensuite, comme le faisait la Voix, que grâce au caractère symbolique de mon geste, j'avais « aussi » volé un immeuble d'un milliard de lires. J'avais de plus l'impression que le symbolisme en question ramenait l'expérience à la seule intériorité. En d'autres termes, qu'avec le temps, je privilégierais toujours davantage la vie intérieure par rapport à, disons, la vie extérieure ; avec pour résultat effectif de ne plus vivre.

Moi : Que répondait la Voix à tes objections ?

Désidéria : Rien, comme d'habitude. Elle suivait son idée sans jamais s'intéresser aux miennes.

Moi : Alors tu es rentrée à Rome. Que s'y passe-t-il ?

Désidéria : La Voix me dit, qu'avant toutes choses, je dois désacraliser ce qui est à l'origine de ce qu'on considère généralement comme sacré. Et précisément, la famille.

Moi : Mais tu t'en étais déjà occupée de la famille. En allant dans la maison de rendez-vous, en t'enfuyant avec Emilio, non ?

Désidéria : La Voix était persuadée que j'avais encore pour Viola l'amour d'une fille pour sa mère, que je continuais à la considérer comme ma mère et qu'aussi longtemps que je conserverais ces sentiments je n'aurais pas vraiment désacralisé la famille. Pour y arriver, il fallait, selon la Voix, me servir de l'unique, et parfait moyen que, Viola, sans le vouloir, mettait à ma disposition.

Moi : Et quel était ce moyen ?

Désidéria : Sa passion incestueuse désormais indubitablement déclarée, et incontestable.

Moi : Qu'est-ce que la Voix te conseillait-elle de faire ?

Désidéria : De ne laisser à Viola aucune illusion sur une éventuelle et possible restauration de l'édifice familial, un peu trop branlant, à présent.

Moi : Et comment ?

Désidéria : En lui rappelant, comme chaque fois que cela serait nécessaire la passion amoureuse qu'elle avait pour moi.

Moi : Mais de quelle façon ? En la provoquant, en la flattant, en l'encourageant par des gestes, des regards, des allusions ?

Désidéria : En l'encourageant, oui, mais à la façon de la fille brutale et ingénue qui lui avait téléphoné un jour à Zermatt pour lui dire qu'Emilio avait une queue ridiculement petite, rouge et ridée comme le visage d'un pauvre nouveau-né.

Moi : Oui, mais pourquoi ?

Désidéria : La Voix voulait que je me serve de gros mots pour encourager Viola.

Moi : Je te demande encore pourquoi ?

Désidéria : Parce que les mots obscènes ou grossiers faisaient partie de son plan de transgression et de désacralisation du langage bourgeois. En même temps, ils remettaient en question notre rapport fille-mère et en favorisaient un autre tout différent.

Moi : Alors dis-moi comment tu as fait pour encourager la passion de Viola en te servant d'un langage grossier.

Désidéria : Cela se passe à table, quelques jours après le retour de Viola de Suisse. Tu te rappelles que je t'ai dit que les sentiments de Viola oscillaient perpétuellement entre son goût pour l'érotisme et son amour maternel. Après l'incident de Zermatt, je crois que le balancier avait nettement penché du côté de la famille. Le matin dont je te parle, elle était sortie pour faire des courses dans les magasins et elle m'avait acheté un très joli foulard qu'en arrivant à table je trouvais sur mon assiette à la place de ma serviette. Je le déplie et sans réfléchir, je m'exclame : « Oh, il est drôlement beau ! Il est pour moi ? » Viola qui a suivi tous mes gestes avec émotion me répond mais en parlant d'elle à la troisième personne, signe chez elle de grande tendresse : « Mais oui, tu vois que ta mère ne t'a pas oubliée en faisant ses courses et qu'elle t'a acheté ce joli foulard. » Elle avait l'air sincèrement émue, mais la Voix m'a tout de suite expliqué que son émotion venait du fait qu'elle constatait qu'elle était capable de se comporter en mère normale mais pas d'un sentiment réel, et elle a ajouté : « Donne-lui tout de suite une leçon. Rappelle-lui qu'elle ne pense qu'à faire l'amour avec toi. Mais tu vas le lui rappeler en te servant de mots obscènes. » J'ai donc immédiatement commencé : « Merci bien, mais cesse, je t'en prie de parler de toi comme d'une mère et, par-dessus le marché, à la troisième personne. As-tu déjà oublié comment à Zermatt tu caressais ma chatte ? Pendant que je dormais ? » Mais en m'entendant parler de cette manière je suis devenue cramoisie : il y a tout de même une différence entre dire des saletés avec les copines du lycée et les jeter à la figure de sa mère. Pourtant je me disais aussi que cette rougeur prouvait que la Voix avait raison de penser que, au fond de moi, je n'avais pas encore désacralisé la famille et que je conservais pour Viola des sentiments très filiaux.

Moi : Comment Viola a-t-elle réagi ?

Désidéria : Exactement de la même façon que le jour où au téléphone je lui avais fait la description du pénis d'Emilio. Elle m'a d'abord regardée muette et indécise et, de nouveau, j'ai pensé à sa manière de scruter son partenaire au bridge avant de découvrir son propre jeu. Cette attitude que je connaissais bien et, en somme, inoffensive, m'a rapprochée d'elle et m'a rendu insupportable son silence : j'ai désobéi à la Voix et je lui ai dit : « Pardonne-moi, je n'avais pas l'intention de te blesser. C'était plus fort que moi. Mais pour, dorénavant, éviter des scènes aussi pénibles, je te demande de ne plus me considérer comme ta fille, même pas adoptive, mais comme une invitée ou comme une pensionnaire, de toute façon, comme une étrangère. »

Moi : Et alors ?

Désidéria : Ce que je n'avais pas obtenu avec mes mots grossiers s'est brusquement déclenché à cause du ton affectueux que je venais de prendre. Peut-être parce qu'elle n'y était plus habituée ou peut-être parce qu'elle ne s'y attendait plus. Je l'ai vue se raidir dans son maintien ; le buste très droit, la tête rejetée en arrière, elle pleurait. Elle se tenait droite et elle renversait sa tête en arrière pour que ses larmes ne débordent pas de ses paupières. Pourtant, lourdes et hésitantes, elles descendaient le long de ses maigres joues trop fardées et se perdaient dans son cou. Mais comme elle ne pouvait s'empêcher de céder au vice qu'elle avait de ne jamais vouloir perdre aucune sécrétion émanant de son propre corps, j'en voyais quelques-unes attrapées au passage par l'énorme langue pointue qui avait surgi à temps de sa bouche. Très vite, avant de comprendre que lécher bêtement des larmes ne s'accordait pas du tout au réel chagrin qu'elle éprouvait, elle s'est levée pour sortir. Quelques secondes après je me suis levée à mon tour pour la suivre. J'étais pleinement consciente de désobéir à la Voix, d'agir selon le vieux précepte du respect de la souffrance d'autrui qu'on m'avait inculqué ; pourtant je suis allée directement retrouver Viola qui pleurait ramassée sur elle-même dans le grand fauteuil, au pied de son lit. Je me suis assise sur un des accoudoirs, ma poitrine contre son visage, mes bras passés autour de ses épaules je lui ai demandé pourquoi elle pleurait tant. Elle a ôté le mouchoir qui cachait son visage, puis son regard fixé droit devant elle, elle a dit lentement : « Je ne peux pas te considérer comme une étrangère. Tu es ma fille et je t'aime comme on aime sa fille. Tu es tout pour moi. S'il me fallait te considérer comme une étrangère, je préférerais mourir. » Son ton était sincère mais ses paroles ambiguës. Oui, c'était possible, probable même, que je sois tout pour elle. Mais tout, dans quel sens ? Dans celui d'être une fille tendrement et purement aimée ? ou dans le sens d'être une femme d'autant plus désirable qu'elle joue dans votre vie le rôle de votre véritable enfant ? Comme pour me confirmer dans cette dernière supposition la voilà qui prend la main que j'appuyais sur son épaule pour la porter à ses lèvres. Ce geste me gêne ; je la laisse pourtant faire. Et maintenant la voilà qui renifle, puis qui se frotte les yeux de sa main libre ; de l'autre, elle amène la mienne sur son visage. C'est à ce moment qu'il se passe une chose que, je te le jure, la Voix, qui pourtant la déteste, n'aurait jamais pu imaginer : Elle ne renifle plus, elle cesse de passer sa main sur sa peau. Elle s'immobilise, le regard fixe, la bouche entrouverte. Sa main tient la mienne à mi-hauteur, elle a l'air à la fois attentive et anxieuse. On dirait qu'elle réfléchit ou plutôt non, qu'elle épie la montée en elle de quelque chose qu'elle ne connaît pas encore. Brusquement, la langue épaisse mais pointue qui venait de boire ses larmes réapparaît au bord de ses lèvres ; elle en approche ma main, ou plutôt la paume de ma main comme si elle voulait s'en faire un bâillon et, tout de suite, je sens cette langue qui pénètre entre mes doigts, qui s'enfonce dans le petit espace qui les sépare entre eux. Et c'est le triomphe de la Voix : « Qu'est-ce que je t'avais dit ! Laisse-la faire, nous allons voir la suite. » Alors je me laisse faire. Elle me faisait penser à un chien parce qu'à son plaisir semblait se mêler je ne savais quelle dévotion servile issue de son remords pathétique de m'avoir autrefois trop méprisée et trop détestée.

Puis ma passivité ayant dû l'inquiéter, elle s'est peut-être demandé si mon silence était ma façon de condamner son geste ? Brusquement, elle a repoussé ma main comme s'il s'agissait d'un fruit dont le goût serait redevenu exécrable. Puis elle l'a reprise pour l'examiner de plus près et elle a sorti une de ses phrases particulièrement sottes. « Sais-tu que tu as une ligne de vie extraordinairement longue ? Tu vivras au moins jusqu'à cent ans. » Très sèchement, j'ai répondu : « Si tu veux bien, nous parlerons un autre jour des lignes de ma main. Pour l'instant passons à table. » Elle a abandonné son fauteuil pour me suivre, mi-consolée, mi-honteuse tandis que la Voix s'exclamait : « Eh bien ! qui avait raison ? Toi, comme toujours », ai-je été obligée de répondre.

Moi : As-tu continué à dire des gros mots à Viola ?

Désidéria : Je n'avais plus aucun scrupule à m'en servir.

Moi : Lesquels choisissais-tu de préférence ?

Désidéria : Les plus connus. Les deux, disons fondamentaux et d'abord ceux qui désignent le sexe masculin et le sexe féminin. Ensuite je me substituais aux euphémismes courants le terme obscène équivalent : à la place de « postérieur » « cul », à la place de « faire l'amour » « baiser », à la place de « sodomiser » « enculer », et caetera. A propos de ce dernier mot j'avais dit à Viola, au cours de nos déjeuners, en parlant d'une de ses amies qu'elle devait avoir « le cul en mauvais état à force de se le faire mettre par-derrière par son amant ». Ce jour-là, Viola a protesté : « Je te prie de ne pas parler de cette façon d'une personne que j'aime beaucoup. » Phrase à laquelle la Voix m'avait fait immédiatement répondre : « Tu la défends parce que toi aussi, et pendant je ne sais combien de temps, tu t'es fait enculer par Tibéri. »

Moi : Alors ?

Désidéria : Alors Viola m'a regardée mais sans rien dire, comme d'habitude. Moi, j'ai insisté : « Tu ne me réponds pas parce que tu sais que c'est vrai. » C'est à ce moment que, pour la première fois, elle a fait allusion à ses rapports avec son administrateur-antiquaire-amant, mais d'une certaine manière, à la fois pathétique et étudiée, à mi-chemin entre la mère qui sait s'être mal comportée avec sa fille, qui le reconnaît et désire se faire pardonner, et la lesbienne qui veut rassurer son amie jalouse : « Tu penses toujours à cette fameuse nuit, mais il faut que tu saches que j'avais renvoyé Chantal qui est partie de chez nous le lendemain matin et que j'ai dit immédiatement à Tibéri que désormais tout était fini entre nous et qu'il ne serait plus autre chose que notre administrateur. Je te jure que c'est la pure vérité. Depuis cette malheureuse nuit, c'est-à-dire depuis au moins trois ans il n'y a plus rien eu entre Tibéri et moi. »

Moi : Comment as-tu accueilli cette explication, ou plutôt cette révélation ?

Désidéria : C'est la Voix qui m'a fait dire : « Je m'en fous pas mal de ton Tibéri. » Mais ce n'était pas vrai.

Moi : Pourquoi pas vrai ?

Désidéria : Parce que ce qu'elle venait de dire me faisait toucher du doigt l'intensité de son aspiration à vivre une vie normale familiale. Tibéri avait été son amant durant plusieurs années ; Chantal était la femme dont elle était, à l'époque, amoureuse. Elle n'avait pourtant pas hésité à rompre avec Tibéri et avec Chantal à cause de moi. On ne pouvait pas même dire qu'elle avait fait ça parce qu'elle s'était entichée de moi. A l'époque de ces ruptures j'étais encore ce poulain qui s'était révélé n'être qu'un tocard, cette fille adoptive bouffie, stupide, dont on ne pouvait rien espérer de bon.

Moi : On peut admettre que Chantal ait été licenciée sur-le-champ. Mais Tibéri ? S'il avait continué d'être son homme d'affaires pourquoi aurait-il cessé d'être son amant ? Elle devait le rencontrer hors de chez elle, voilà tout.

Désidéria : Je ne t'ai pas dit que c'était l'annonce de sa rupture avec Tibéri qui m'avait émue mais le ton qu'elle avait pris pour m'en parler. Mais c'est toi qui a raison : Viola n'a rompu ses relations avec Tibéri que trois ans plus tard : ils se voyaient hors de la maison et une autre femme était toujours avec eux.

Moi : Où ça ?

Désidéria : Dans un endroit dont je te parlerai plus tard. Pour l'instant, contente-toi de savoir que le fait qu'elle mentait donnait de la sincérité au ton qu'elle employait pour me mentir.

Moi : Que pensait la Voix de toute cette histoire ?

Désidéria : La Voix n'avait pas de pitié de Viola et disait que je me laissais entraîner par mes sentiments, par ma sensiblerie.

Moi : Tu as continué longtemps à dire tous ces gros mots ou bien as-tu rapidement cessé ?

Désidéria : J'ai cessé. Je les détestais et bien avant de m'en servir pour parler à Viola, ils offensaient ce que la Voix appelle mon côté bourgeois mais qui n'était, tout simplement, que mon horreur de la violence, même s'il ne s'agit que de violence verbale. Alors un jour, j'ai demandé à la Voix s'il était vraiment nécessaire de continuer à employer ce langage ordurier et elle m'a surpris en me répondant que je pouvais cesser puisque je m'étais prouvé et je lui avais prouvé que j'étais capable de transgresser les tabous interdisant les obscénités. Je suis donc revenue à ma façon de parler normale qui sans exclure totalement certains mots, ne se basait pas uniquement sur eux. Je t'avoue que cette décision m'avait prodigieusement soulagée.

Moi : Au fond, tu étais restée une jeune fille « bien élevée ».

Désidéria : Non, j'étais une fille sensible, aussi bien en obéissant à la Voix qu'en lui désobéissant.

Moi : Revenons à votre plan. Quelle transgression-désacralisation as-tu décidé d'affronter après celle du langage ?

Désidéria : Celle de la culture.

Moi : Ah, voilà quelque chose d'important. Mais quelle culture ?

Désidéria : A quinze ans, tu sais, la culture c'est ce qu'on t'enseigne au lycée et ma désacralisation est restée infantile et objective. Il ne m'était jamais venu à l'esprit que la culture pouvait être transgressée et désacralisée par une culture différente ou, comme on dit aujourd'hui, par la contre-culture. Moi, je n'ai fait qu'organiser une sorte de rite scatologique à travers lequel je crus avoir rejeté une fois pour toutes, la culture de tous les temps, de tous les pays, des origines à nos jours.

Moi : Tu as dit rite scatologique ?

Désidéria : Oui, scatologique, excrémentiel. Un après-midi où Viola était sortie, je me trouvais seule à la maison pour faire mes devoirs, j'ai pris *I Promessi Sposi* [1] dans une belle édition, papier Bible, je suis allée dans la salle de bains, j'ai posé mon livre sur le rebord du lavabo, j'ai baissé mon pantalon, je me suis assise sur la lunette des cabinets et j'ai déféqué. Ensuite j'ai installé le livre sur mes genoux, je l'ai ouvert à la page que j'avais précédem-

1. *Les Fiancés*, roman historique d'Alessandro Manzoni, publié en 1842, avec pour sous-titre : *Histoire milanaise du XVIIe siècle, découverte et rédigée par Alessandro Manzoni (N.d.T.).*

ment choisie, j'ai arraché cette page, je me suis essuyé le derrière avec, j'ai examiné un moment la page froissée et souillée, je l'ai jetée au fond de la cuvette sur les excréments et j'ai uriné dessus.

Moi : Pourquoi avais-tu choisi *I Promessi Sposi* ?

Désidéria : Sans doute parce qu'au lycée on attribuait une grande importance à ce roman, mais, peut-être aussi à cause de ce j'avais lu sur la page que j'avais choisie d'arracher.

Moi : Quelle page ?

Désidéria : La dernière, celle où Renzo[1] dit : « J'ai appris à ne pas me mêler aux tumultes, j'ai appris à ne pas prêcher sur la place, j'ai appris à ne pas trop lever le coude », et caetera, et caetera.

Moi : Qui avait choisi cette page ? Toi ou la Voix ?

Désidéria : La Voix, naturellement. Moi, je ne savais pas ce que voulait dire tumultes, place, lever le coude et ce passage me laissait indifférente. La Voix, au contraire, en était irritée. « Torche-toi le cul avec cette page », criait-elle furibarde, « mets-toi bien dans le crâne qu'en te torchant le cul avec cette page, c'est avec toute leur maudite culture que tu te le torches, et de façon définitive, et de façon irréversible. »

Moi : Leur ? Qui ?

Désidéria : Leur, ou, si tu veux, la culture de Viola, celle des gens de notre quartier, du lycée, des professeurs, et caetera.

Moi : Et toi tu avais l'impression que cela était vrai ?

Désidéria : Cela ? Quelle chose ?

Moi : Je veux dire, que cette page des *Promessi sposi* symbolisait vraiment toute la culture des origines à nos jours ?

1. Renzo : Protagoniste du roman de Manzoni. Le fiancé de Lucia *(N.d.T.)*.

Désidéria : Moi, je ne pouvais donner aucun avis. La Voix qui, elle, était extrêmement cultivée, avait l'impression que l'opération symbolique que je viens de te décrire était réussie. Elle s'est même exclamée, au moment où je pressais le bouton et qu'une trombe d'eau tombait sur les *Promessi sposi* : « Je suis sûre que tu te sens mieux, maintenant ! »

Moi : Continuons et parle-moi de la désacralisation suivante.

Désidéria : Il ne se passait pratiquement pas de jours sans que j'en fasse une. La religion, par exemple.

Moi : S'il s'agit de religion, non seulement on peut, mais on doit parler de désacralisation.

Désidéria : Tu te trompes. Ce qui se donne pour sacré, ne l'est pas, pas forcément. Par exemple, j'ai pensé faire un sacrilège beaucoup plus valable et positif en m'essuyant le derrière avec une page du roman de Manzoni qu'en exécutant quelque chose du même genre dans l'église où Viola et moi allions à la messe le dimanche matin.

Moi : Pourquoi ?

Désidéria : J'imagine que c'était parce que la culture me paraissait plus vivante et de plus d'importance que la religion. C'est mon sentiment, mais assez vague et mal motivé.

Moi : Mal motivé ? Je croyais que la Voix, que tu disais omnisciente, pouvait t'expliquer pourquoi à son avis la culture est plus importante et plus vivante que la religion.

Désidéria : La Voix m'expliquait rarement les motifs des désacralisations. Je t'ai dit qu'elle est omnisciente parce qu'elle avait le comportement de quelqu'un qui sait tout, qui a fait toutes les expériences, mais pas parce qu'elle m'expliquait les choses, passait son temps à m'expliquer ses opinions. Elle voulait que j'agisse mais sans savoir pourquoi. Elle disait que la conscience de ce que l'on fait ne doit pas venir avant, mais après l'acte.

Moi : Maintenant décris-moi ton sacrilège.

Désidéria : Oui, mais je parlerai de moi à la troisième personne.

Moi : Pourquoi ?

Désidéria : Parce que ce jour-là j'ai été, mais réellement, une autre personne. Ce sacrilège ne remua rien en moi, ne fit vibrer aucune fibre, même pas dans mon inconscient. Comme un automate j'ai obéi à la Voix. Comme si j'étais absente, comme si mon corps était devenu une sorte de mannequin manipulé de l'extérieur.

Moi : Es-tu sûre que l'emploi de la troisième personne et que durant l'accomplissement du sacrilège tu as eu la sensation d'être un automate, n'indiquent pas l'existence en toi d'un sentiment religieux d'autant plus fort que tu tentais de le repousser et de te le cacher à toi-même ?

Désidéria : Ce dont je suis sûre c'est que tout le sentiment religieux que je pouvais posséder, avait été, comment dire ? réquisitionné, mobilisé, par la Voix. Tu vois, par exemple à l'église, durant la messe, j'étais une étrangère, je ne sentais rien, mais vraiment rien, comme si j'assistais aux rites incompréhensibles d'une religion qui n'avait jamais été la mienne.

Moi : Alors pourquoi parler de désacralisation ?

Désidéria : Parce que la religion dont nous parlons était celle de Viola, à laquelle elle faisait semblant de croire ; elle, et les gens comme elle.

Moi : J'ai compris. Alors maintenant, raconte-moi ce qu'il s'est passé.

Désidéria : Un dimanche matin, une énorme et sinistre automobile noire s'arrête devant l'église des Parioli. Une dame d'une quarantaine d'années, élégante, au visage fatigué mais à l'allure très jeune et une jolie fille de quinze ans, l'air tranquille mais un peu sournois, en pull-over, minijupe, bottes, en descendent. La dame précède de peu la jeune fille. Ensemble, elles traversent la foule endimanchée qui traîne sur la place devant l'église dans laquelle elles entrent toutes deux. La dame trempe ses doigts dans le bénitier et se signe. La jeune fille ne touche pas l'eau bénite et ne se signe pas. La dame se dirige vers une des dernières rangées de bancs et s'assied. La jeune fille s'assied à côté d'elle. La messe suit normalement son cours, mais la jeune fille, pareille à un automate un peu déglingué, fait de drôles de gestes, souvent à l'envers des autres : elle s'assied quand tout le monde se lève ; elle se lève quand tout le monde s'assied ; elle s'agenouille en baissant la tête quand tout le monde est debout le regard fixé sur l'autel. Même son agenouillement pourrait sembler bizarre à un bon observateur. Pourquoi, par exemple, pourquoi se tient-elle les cuisses écartées, les genoux largement séparés, dans une position aussi peu confortable que possible ? Ne lui serait-il pas plus facile de s'agenouiller comme tout le monde, ses deux genoux serrés l'un contre l'autre ? Et pourquoi, au moment de l'élévation, quand la clochette tinte, la jeune fille commence-t-elle à baisser la tête en faisant avec sa bouche un petit bruit qui fait penser à celui que font les mamans pour stimuler leurs bébés qui tardent trop à faire leurs petits besoins ? La dame entend ce bruit et se tourne, un doigt sur les lèvres, du côté de la jeune fille. La jeune fille, imperturbable, continue à siffloter doucement entre ses lèvres, tandis qu'au pied de l'autel, une clochette énergiquement agitée par un enfant de chœur, répand sous la nef des sons aigus et prolongés. Tout de suite après la dernière sonnerie, l'assistance se signe ; toute l'assistance sauf la jeune fille qui passe une main sous sa jupe pour faire on ne sait quoi. Tout le monde se rassied. Toujours agenouillée, la jeune fille donne un coup de coude à la dame. La dame se tourne du côté de la jeune fille, assise maintenant, qui, de la main, indique une petite flaque jaunâtre qui stagne sous son banc. La dame voit la petite flaque et reste éberluée, abasourdie, stupéfaite ; la jeune fille se baisse brusquement, trempe deux doigts dans la petite flaque et se signe. Précipitamment, la dame se lève, saisit la jeune fille par un bras, la force à sortir du banc, parcourt avec elle et presque en courant la travée centrale et la pousse dehors. L'auto est arrêtée près du trottoir. En se tenant par le bras les deux jeunes femmes se précipitent pour réveiller le chauffeur endormi. Elles s'installent à l'intérieur de la voiture qui se met immédiatement en marche.

Moi : C'est un récit à la troisième personne et au temps présent. Qu'est-il arrivé après ? Je préférerais entendre la suite à la première personne et au passé composé.

Désidéria : Rien d'important. L'auto a pris le chemin de la maison et Viola, un instant silencieuse s'est décidée à parler pour dire : « Demain nous irons chez mon psychanalyste. »

Moi : Elle croyait dans la psychanalyse ?

Désidéria : En tant qu'Américaine, elle croyait à tout ce qui était de la science. Elle-même avait été en analyse pendant deux ans.

Moi : Pourquoi ?

Désidéria : Je suppose à cause de cette contradiction qu'elle n'arrivait pas à dominer entre ses tendances érotiques et ses aspirations à mener une vie familiale normale.

Moi : A-t-elle obtenu des résultats ?

Désidéria : Aucun. L'analyste n'a pu réussir ni à

lui faire accepter totalement ses tendances érotiques ni à la rendre totalement à sa vie familiale.

Moi : Qu'as-tu répondu à sa proposition d'aller voir un psychanalyste ?

Désidéria : Personnellement, j'y aurais été plutôt favorable : c'était quelque chose de nouveau. Et puis l'idée de parler de moi et d'en entendre parler, ne me déplaisait pas. Peut-être aussi que j'avais vraiment besoin de me faire soigner. Mais la Voix se déclara absolument hostile à ce projet.

Moi : Pourquoi ?

Désidéria : Parce qu'elle était sûre, du moins je l'imagine, que j'étais une névrosée et elle avait besoin de ma névrose pour me dominer. La psychanalyse aurait pu me guérir en annulant l'influence qu'elle avait sur moi.

Moi : Qu'est-ce qu'elle t'a fait répondre à Viola ?

Désidéria : Je suis restée un moment muette, puis j'ai dit, mais sans regarder Viola, les yeux fixés sur le dos du chauffeur : « Moi, chez ton psychanalyste, tu peux être certaine que je n'irais pas. » Elle m'a regardée, mais de travers ; et sans changer de position, elle a murmuré entre ses dents : « Tu as fait pipi à l'église, tu as fait le signe de croix avec ton pipi, il me semble que c'est plus qu'assez pour penser que dans ta psyché quelque chose ne tourne pas rond. » A mon tour sur le même ton et en profitant d'une embardée qui venait de faire glisser Viola tout contre moi, j'ai murmuré : « Si tu m'emmènes chez ton psychanalyste, je lui raconte ce qui est arrivé à Zermatt. »

Moi : Et alors ?

Désidéria : Alors du menton, elle m'a désigné le dos du chauffeur avant de dire, mais toujours sans hausser le ton : « Fais attention, il pourrait nous entendre, personne ne doit connaître cette chose, il faut qu'elle reste entre nous. » Tout en parlant, elle a tapoté ma main comme pour me recommander d'être bien sage.

Moi : Et toi ?

Désidéria : Moi, pendant quelques instants j'ai été comme folle de rage. Quelle hypocrite ! Comme si entre nous deux il y avait une vieille complicité comme si nous faisions l'amour ensemble, comme si moi je ne voulais pas tenir la chose secrète tandis qu'elle cherchait au contraire à ce que personne ne soit au courant. J'ai tout de suite dit à la Voix que je voulais protester et lui faire comprendre qu'elle devrait avoir honte. Mais la Voix m'a ordonné de me calmer en mettant de nouveau en avant l'idée que tant que Viola se comportait en amante nous ne courions pas le risque qu'elle provoque les difficultés qu'elle soulèverait en se comportant en mère.

Moi : Alors, pour finir, tu n'as pas protesté ?

Désidéria : Non, je me suis mordu les lèvres mais je n'ai rien dit.

Moi : Est-ce que tu croyais que la Voix avait raison ?

Désidéria : Non, je pensais qu'elle avait tort parce que c'était de se considérer comme ma mère que Viola tirait son désir incestueux de faire de moi son amante. Mais, à la psychologie, la Voix ne comprenait rien ; ou plutôt, elle s'imaginait qu'il ne fallait lui accorder aucune importance.

Moi : Et chez ce psychanalyste, vous y êtes allées finalement ?

Désidéria : Non et on n'en a jamais plus parlé. Pas plus, du reste, que d'aller à la messe, dans cette église, le dimanche matin.

CHAPITRE III

Moi : Symboliquement donc, tu as désacralisé la propriété, la culture, la religion, la bonne éducation, la famille, que reste-t-il ? Ce n'est pas suffisant pour toi ?

Désidéria : Non, il reste énormément de choses. On ne se rend pas compte du nombre d'idées que nous respectons sans rime ni raison. Dès que nous y réfléchissons, nous en découvrons une infinité. Pratiquement toute notre vie est un tissu de cultes injustifiés, de tabous sans fondements.

Moi : Je veux bien te croire, mais, à présent dis-moi quelle est la première chose que tu as eu envie, après la religion, de désacraliser ?

Désidéria : L'argent.

Moi : L'argent était sacré pour toi ?

Désidéria : Oh, non, pas pour moi mais pour Viola. La religion, non plus, n'était pas sacrée pour moi. Elle l'était pour les gens des Parioli, mon quartier.

Moi : Quand et comment as-tu compris que Viola considérait l'argent comme quelque chose de sacré ?

Désidéria : Les circonstances n'ont pas manqué

mais je me souviens surtout d'un incident qui a eu lieu un jour où nous étions à table.

Moi : A table ?

Désidéria : Oui. Nous avions une vieille femme de chambre qui m'aimait beaucoup ; elle s'appelait Luigia. Elle était déjà chez nous quand Viola m'avait adoptée. Elle faisait partie de la famille et je la considérais presque comme une parente. Avant il faut que je te dise que Viola avait fait construire sur le toit-terrasse de notre immeuble, au-dessus de notre *attico*[1], un petit *superattico* [2]. Pour elle, ce *superattico* ne représentait qu'un simple investissement de cet argent dont elle ne savait que faire, mais c'était aussi le genre de placement qu'elle préférait parce qu'il lui permettait, durant tout le temps de la construction, d'occuper sa vie généralement oisive, d'une façon qu'elle aimait bien. Pour le studio en question, toujours dans l'idée de renforcer vraiment ses liens maternels ou moins maternels, avec moi, elle m'avait demandé de recevoir les gens qui venaient le visiter et de leur dire, s'ils le désiraient, le prix élevé du loyer. J'avais accepté cette corvée mais surtout sur l'instigation de la Voix qui voulait que je « flirte » toujours un peu avec Viola pour lui faire croire que je n'étais pas totalement insensible à sa passion. Donc, ce soir-là, nous sommes à table et je raconte que l'après-midi trois personnes sont venues visiter le *superattico* mais qu'elles l'ont trouvé trop cher. Comme ça, au cours de la conversation, je donne le prix du loyer exigé par Viola. Mais elle, tout de suite s'est mise à cligner de l'œil du côté de Luigia en train de changer les

1. Appartement avec terrasse placé au sommet d'un immeuble d'habitation mais de proportion moindre que l'étage inférieur *(N.d.T.)*.

2. Studio construit au-dessus de l'*attico* mais plus petit que celui-ci *(N.d.T.)*.

assiettes. Comme moi, je n'avais pas compris cette mimique, j'ai continué à insister sur le montant de la location tandis que Viola se lançait sur un autre sujet, mais de façon si artificieuse, que la Voix s'est senti le devoir de m'avertir sur un ton ironique : « On dirait, ma fille, que cette fois tu viens de commettre une gaffe. » Je n'avais plus qu'à me taire. Luigia étant sortie un moment, Viola a dit : « Tu devrais savoir qu'on ne parle pas d'argent devant les domestiques. » « Mais Luigia n'est pas une domestique, elle est presque de la famille. Et puis pourquoi ne doit-on pas parler d'argent devant les domestiques ? » « Luigia est femme de chambre et il ne faut pas parler d'argent devant elle parce que nous en avons beaucoup et elle, très peu. » « Mais pourquoi ? L'argent est-il tellement sacré qu'on ne puisse même pas dire son nom ? » Tu devines que cette question m'avait été dictée par la Voix pour que Viola confirme elle-même ce qu'elle, la Voix, passait son temps à m'enseigner. Viola a répondu ce qu'on attendait, sur un ton à la fois grave et cynique : « Oui, pour beaucoup de gens, il est sacré. » « Et pour toi aussi, il est sacré ? » Je l'ai vue hésiter avant de me répondre : « Je ne me fais aucune illusion. Qu'est-ce que je serais, moi, sans mon argent ? Oui, sous cet aspect, pour moi aussi, il est sacré. »

Moi : Est-ce la Voix qui a décidé de te faire désacraliser l'argent ?

Désidéria : Non, pas exactement. Comme tu peux l'imaginer, elle s'est servie sans scrupules de la phrase de Viola à propos des domestiques. Elle ne faisait que répéter que Viola était une horrible *signora* des Parioli ; que le petit doigt de Luigia, femme du peuple, valait cent fois plus que toute la personne de Viola grande bourgeoise et milliardaire ; que moi aussi j'étais du peuple, tant par ma naissance que par la prise de conscience qu'elle avait créée et qu'elle entretenait en moi ; et que je devais désacraliser l'argent au plus tôt pour prouver en actes et non en paroles que, non seulement je n'en étais pas esclave mais que mon rêve était de l'enlever à Viola pour le mettre au service du peuple, des gens pauvres et spoliés.

Moi : La Voix parlait de cette manière ?

Désidéria : Oui.

Moi : Mais d'où sortait-elle toutes ces expressions de gauche ?

Désidéria : Est-ce que je ne t'ai pas dit cent fois que la Voix avait fait toutes les expériences et qu'elle était omnisciente ?

Moi : Oui, tu me l'as dit, mais c'est difficile d'y croire. Je veux dire que je ne peux pas croire que toi, tu ne savais rien et que la Voix savait tout.

Désidéria : Que tu y crois ou non, c'est pareil. C'était comme ça et un jour la propagande de la Voix contre Viola a porté ses fruits.

Moi : Ah, oui ? Et comment ?

Désidéria : Un matin, je sors du lycée deux heures plus tôt que d'habitude. Un prof malade n'avait pas pu faire son cours. En arrivant à la maison, je demande au domestique qui m'ouvre la porte où est Viola. Innocemment le domestique me répond qu'elle est dans le studio avec le *dottor* Tibéri.

Moi : Innocemment ?

Désidéria : Oui parce que depuis la nuit où je l'avais surprise en train de se faire sodomiser par Tibéri, elle avait pris soin de ne pas me le faire rencontrer lorsqu'il venait à la maison pour affaires. Elle le voyait aussi lorsqu'elle organisait ses coucheries à trois avec une call-girl d'occasion, une remplaçante de Chantal, dans cet appartement dont je t'ai parlé. Dès qu'elle a entendu le nom de Tibéri, la Voix, sans me donner la moindre explication me fait devenir subitement une personne méchante, agressive, qui se précipite comme une folle du côté du studio.

Moi : Du *studio* ? On étudiait quoi dans ce *studio* ?

Désidéria : C'était Viola qui appelait *studio* une petite pièce qu'on avait meublée à l'anglaise ; bibliothèque en acajou, divan et fauteuils de cuir noir, bureau orné de bronze doré, lampe à abat-jour vert. Elle y recevait les gens qui s'occupaient de ses affaires, les entrepreneurs, les architectes qui construisaient ou restauraient les appartements dans lesquels elle investissait ses revenus et, aussi, Tibéri, des avocats, des agents de change qui géraient ses biens. Bien, je reprends mon histoire. Donc, la Voix me dit d'ouvrir la porte aussi brutalement que je l'avais fait la fameuse nuit où j'avais surpris Viola, Tibéri et Chantal. Peut-être que tu trouveras cela bizarre si je te dis que j'ai ressenti ce jour-là la même impression que j'avais éprouvée autrefois : l'impression de surprendre ma mère et son homme d'affaires en train de faire quelque chose de mal et de défendu.

Moi : Ils faisaient l'amour ?

Désidéria : Mais non et c'est bien pour ça que je viens de te dire que tu allais trouver bizarre mon impression de les avoir surpris en train de faire quelque chose de mal et de honteux.

Moi : Qu'est-ce qu'ils faisaient au juste ?

Désidéria : Ils étaient bien sagement assis l'un en face de l'autre de chaque côté du bureau. Tibéri me tournait le dos. Sur le bureau était posée, ouverte, une de ces petites valises plates que certains appellent baise-en-ville. J'ai tout de suite su qu'elle contenait des petits rouleaux entourés de papier. Près du fauteuil de Viola, un rayonnage de la bibliothèque était soulevé comme un guichet de banque laissant deviner l'intérieur gris, poli, métallique d'un coffre-fort. C'est probablement la vue de ce coffre-fort qui m'a donné l'impression qu'il se passait dans cette pièce quelque chose de mystérieux et de défendu, soit parce que c'était la première fois que je le voyais (je n'avais jamais soupçonné son existence), soit parce que lorsque j'étais entrée si brusquement, Viola avait fait le geste de le cacher, geste resté inachevé quand elle avait compris que ce n'était que moi. Moi, qui venais de voir quelque chose qui se présentait à mes yeux pour la première fois : l'or.

Moi : De l'or ?

Désidéria : Oui, sur le bureau, à côté de la valise, des pièces d'or formaient une sorte de tas jaune et brillant et je me suis dit alors que d'autres pièces devaient être enfermées dans ces rouleaux de papier dont la valise était pleine. Plus tard, j'ai reconstruit la scène qui avait dû se passer : Tibéri défaisant un des rouleaux pour que Viola voie combien de pièces d'or il contenait et lui faisant le compte de la somme qu'elle aurait à payer en échange de l'or.

Moi : Rien de très mal, donc : Viola, comme tous les gens riches d'aujourd'hui et de toujours, investissait sa fortune dans de l'or.

Désidéria : C'était bien mon avis et c'est la Voix qui m'a obligée à me comporter comme si je les avais surpris en train de commettre un acte laid et honteux.

Moi : Pourquoi laid et honteux ?

Désidéria : Juge toi-même. Je suis debout au milieu du *studio* et je m'exclame sur un ton de politesse qui frise l'ironie : « Oh, pardon, pardon, maman ; excuse-moi, je ne savais pas que tu avais du monde ! » Puis avant qu'ils se remettent de leur étonnement, me voilà hurlant de toutes les forces de mes poumons : « Bourgeois, affreux bourgeois, comptez votre or, comptez l'or que vous avez volé au peuple, mais n'oubliez pas qu'un jour nous vous le ferons vomir cet or, et jusqu'à la dernière pièce. »

Moi : Une phrase de meeting. Ou bien quelque chose dans le genre de celles qu'on vaporise sur les murs. D'où l'avais-tu sortie ?

Désidéria : La Voix, bien sûr. Si cela avait dépendu de moi, je ne l'aurais jamais prononcée. D'autant moins que ces petites pièces de monnaie jaunes, brillantes, toutes rondes, toutes propres, je les trouvais jolies, attirantes comme ce qui est précieux.

Moi : Comment Viola et Tibéri ont-ils réagi à ton invective ?

Désidéria : Tibéri s'est contenté de me regarder de bas en haut, d'un œil froid, surpris, étonné et appréciatif.

Moi : Pourquoi appréciatif ? Il appréciait quoi ?

Désidéria : Ma beauté, je pense. Quant à Viola elle semblait toute déconcertée : « Mais voyons, Désidéria, qu'est-ce qu'il te prend ? Ces pièces sont aussi bien à toi qu'à moi. »

Moi : Et toi ?

Désidéria : Oh, moi, toujours houspillée par la Voix, j'ai crié : « Elles ne sont pas à moi puisque je ne suis pas ta fille ; je suis la fille d'une putain à laquelle tu m'as achetée et, peut-être, avec deux ou trois de ce genre de rouleaux. Elles ne sont pas à moi, elles ne seront jamais à moi, et regarde, je crache sur elles. » Et j'ai craché mais ma salive est tombée sur la main que Viola avait posée sur l'or, pour le protéger. Et puis je me suis retournée pour sortir de la pièce, je sentais encore sur moi le lourd regard évaluateur de Tibéri.

Moi : Où es-tu allée ?

Désidéria : Dans ma chambre pour me jeter sur mon lit. J'étais très fâchée contre la Voix et je le lui ai dit : « Je voudrais bien que tu m'expliques pourquoi tu m'as fait faire cette scène ridicule ? »

Moi : Qu'a-t-elle répondu ?

Désidéria : Elle ne m'a pas répondu, se contentant de dire : « Tu fais ce que je te dis de faire sans demander d'explications. »

Moi : Y a-t-il eu une suite immédiate à cette scène ?

Désidéria : Non, pas immédiate. Au fond j'espérais que Viola laisserait tomber Tibéri pour me suivre.

Moi : Tu espérais ?

Désidéria : Oui. Cette scène me causait du remords et de la honte et j'aurais voulu dire à Viola que je n'avais pas voulu la faire, que c'était la Voix qui en était responsable.

Moi : Comment ? Tu aurais parlé de la Voix à Viola ?

Désidéria : Non, bien sûr que non, mais j'aurais voulu qu'elle sache que j'avais fait cette scène, comment dire ? involontairement. Qu'elle était due à une pulsion venant de mon inconscient.

Moi : Commode et opportun, ton inconscient ! Quels ont été les commentaires de la Voix à propos de ton remords et de ta honte ?

Désidéria : Caractéristiques, comme d'habitude : « Tu es une petite putain bourgeoise, sentimentale, sensuelle. Mais oui, je vois bien que tu regrettes d'avoir fait cette scène, que tu voudrais t'excuser auprès de Viola et qu'en même temps, tu espères qu'elle va te gratifier de nouveau de caresses semblables à celles que tu as acceptées durant ton sommeil à Zermatt. »

Moi : Ne m'as-tu pas dit que la Voix t'avait encouragée à faire la coquette avec Viola, ne serait-ce que dans un but contraire ? Que signifiait ce brusque changement d'idées ?

Désidéria : Elle n'avait pas changé d'idée. Lorsque, sur son ordre, je faisais du charme à Viola dans un but, comme tu dis, contraire, elle m'approuvait ;

lorsque que je lui faisais du charme, parce que ça m'amusait, ou poussée par un désir passager, elle disait que j'étais une vicieuse.

Moi : Bon, alors qu'est-ce que tu fais ? Tu attends Viola ?

Désidéria : Je l'ai attendue un moment puis j'ai pensé que si elle décidait de venir, elle ne le ferait pas tout de suite parce qu'elle devait d'abord terminer ses comptes avec Tibéri, puis le renvoyer chez lui : j'en ai ressenti un peu de dépit. Alors je me suis levée, je me suis déshabillée, je suis allée dans la salle de bains, j'ai pris une douche. Je ne prenais jamais ma douche le matin parce que je me levais tôt à cause du lycée (j'étais cette année-là en cinquième), je faisais ma toilette le soir pour pouvoir dormir plus longtemps le matin. Sous la douche bouillante j'ai eu envie de me masturber en pensant à Viola, à Zermatt, à ses caresses pendant que je dormais. C'était la Voix, qui en me reprochant tout à l'heure d'être une petite pute bourgeoise et vicieuse, me les avait rappelées et fait désirer. J'ai enfilé mon peignoir et lentement et gravement je suis revenue dans ma chambre, je me suis étendue sur mon lit, les jambes écartées, mon peignoir dégrafé pour commencer à me caresser en pensant à Viola et à ce qu'elle m'avait fait durant mon sommeil, la nuit de Zermatt.

Moi : Qu'est-ce que tu imaginais qu'elle t'avait fait ?

Désidéria : J'avais toujours pensé à une longue et légère caresse de sa main. Mais après, le souvenir de ma chemise de nuit soigneusement roulée jusqu'au dessus de mon ventre, comme pour préparer autre chose, m'avait fait penser à des caresses buccales.

Moi : En te masturbant en pensant à cette nouvelle interprétation des faits que ressentais-tu ?

Désidéria : Quelque chose de profondément ambigu qui oscillait entre l'idée de profanation et un désir de rébellion.

Moi : Pourquoi de profanation ?

Désidéria : J'avais peur de profaner ce qui restait encore de filial dans mes relations avec Viola.

Moi : Il en restait encore beaucoup ?

Désidéria : Qui sait ? Peut-être.

Moi : Et rébellion ?

Désidéria : Pour une fois, un désir de rébellion contre la Voix qui m'imposait sa volonté.

Moi : A propos de la Voix, comment se comportait-elle devant cette masturbation-là ?

Désidéria : Elle est restée étrangement muette. Elle se disait peut-être que je me décidais enfin — vicieusement et bourgeoisement — à désacraliser la famille.

Moi : Et après ?

Désidéria : Après, comme j'allais arriver à l'orgasme, j'ai balbutié, un peu essoufflée : « Viola, Viola », sans doute pour la première fois de ma vie, parce que d'habitude lorsque je pensais à elle, je l'appelais toujours maman ; et ce « Viola » murmuré comme une invocation s'est mis, comment dire ? à agir : la porte s'est ouverte, Viola est entrée, mais si soudainement que je n'ai pas eu le temps de me couvrir, restant telle que j'étais, allongée sur le dos, jambes écartées et peignoir tout ouvert.

Moi : Qu'a fait Viola ?

Désidéria : Visiblement troublée en comprenant ce que je faisais, elle s'est pourtant dominée et s'est assise au bord de mon lit. Nous nous regardions sans parler. Dans sa main, il y avait deux des rouleaux de pièces d'or que j'avais vu dans le baise-en-ville de Tibéri. Lorsqu'elle s'est décidée à parler on a senti qu'elle faisait un effort pour paraître calme et raisonnable : « Peut-on savoir ce qu'il t'a pris ? Tibéri était stupéfait et m'a demandé si, par hasard, tu n'étais pas devenue folle. »

Moi : Qu'est-ce que tu lui as dit ?

Désidéria : Il s'est passé en moi, à ce moment-là, et sans que je m'explique comment, une chose curieuse : une sorte de fusion entre mes deux moyens de séduction, le destructif, dicté par la Voix, et l'incestueux, qui ne venait que de moi, qui m'a fait répondre à Viola sur un ton à la fois capricieux, pleurnichard, sensuel, un peu lassé : « Et toi qui m'avais affirmé que tu avais rompu avec Tibéri ! J'entre chez toi et je te trouve avec lui... De le voir là, j'avoue que j'en ai perdu la tête. »

Moi : C'était une manière de lui dire que tu étais jalouse de Tibéri ?

Désidéria : Peut-être. En tout cas, c'est ainsi qu'elle l'a pris. D'un ton vif et soulagé, son cou et ses joues rougissant sous l'effet de son ardeur impure, elle a dit : « Mais il ne faut pas penser une chose pareille. C'est la vérité vraie : Tibéri n'est plus rien pour moi depuis au moins trois ans. Je le vois pour nos affaires et c'est tout. Pourquoi ne me crois-tu pas, petite sotte que tu es ? Je l'avais chargé de me procurer des pièces d'or pour investir un peu d'argent et il me les a apportées aujourd'hui. Et juste au moment où il les comptait, comme il devait logiquement le faire, voilà que tu arrives pour nous jouer cette scène ridicule... »

Moi : « Petite sotte que tu es », tiens tiens ? Cela ressemble beaucoup, en paroles évidemment, à une caresse.

Désidéria : Pas seulement en paroles. En parlant elle avait posé sa main sur mon genou et je sentais qu'elle commençait des travaux d'approche pour monter plus haut, mais elle y renonça en ajoutant : « Je te le jure, je n'ai aucun homme et depuis cette fameuse nuit, Tibéri lui-même me dégoûte. »

Moi : C'était faux, du moins d'après ce que tu m'as dit.

Désidéria : Ce n'était certainement pas vrai. Elle mentait mais peut-être, comme cela arrive quelquefois, que c'était vrai. Elle a continué : « Je ne pense pas aux hommes ; maintenant je veux me consacrer uniquement à toi. » Cette phrase ambiguë lui était dictée — mais qui pouvait l'affirmer ? — soit par ses complexes lesbiens et incestueux, soit par son amour maternel, soit, ce qui était plus probable, par l'amalgame des deux. Comme je n'avais pas répondu, elle a continué son discours : « Regarde ce que je t'apporte : deux rouleaux de pièces d'or à l'effigie de la reine Élizabeth. Chaque pièce vaut quarante mille lires et dans chaque rouleau il y a vingt pièces : presque deux millions de lires. Je t'en fais cadeau pour que tu saches que je ne suis pas fâchée de ta scène de tout à l'heure et que je reste ta maman qui t'aime, ta maman qui t'adore. » Et tout en parlant, la voici qui dans un geste autoritaire, hardi, allusif sûrement, dépose ses rouleaux d'or sur mon pubis qu'à cause de son arrivée intempestive, je n'avais pas eu le temps de cacher sous les pans de mon peignoir.

Moi : Qu'as-tu éprouvé devant ce geste que tu viens toi-même de qualifier de hardi et de significatif ?

Désidéria : Un sentiment étrange qui a fait naître en moi une curieuse association d'idées. J'étais frappée par le poids énorme, disproportionné par rapport à leur volume, de ces quarante toutes petites pièces.

Moi : Elles pesaient vraiment lourd ?

Désidéria : Oh, oui, très lourd. Et c'est ce poids qui m'a fait penser au saint patron des automobilistes, saint Christophe dont tu vois souvent les médailles clouées sur leurs boîtes à gants. Saint

Christophe, comme son nom l'indique, porta Jésus enfant sur ses épaules pour lui faire traverser un torrent. On dit qu'au milieu du courant Jésus devint si lourd que Christophe fut sur le point de se noyer. Moi aussi, j'ai ressenti une sensation de poids énorme, insupportable, universel, comme si le poids de tout l'or du monde était condensé dans ces petits rouleaux de sterling. Comme si tout l'or du monde avait été posé sur mon pubis pour me tenter, pour m'acheter et pour — au-delà de la passion lesbienne de Viola — me perdre définitivement.

Moi : Alors qu'est-ce que tu as fait ?

Désidéria : En plein accord, cette fois, avec la Voix, j'ai eu une réaction de petite pédante qui vient de lire un livre sur la mythologie grecque ; très gravement, sans quitter les rouleaux d'or posés sur mon pubis, j'ai demandé à Viola : « Est-ce que tu connais, maman, la légende de Danaé ? » Oui, Danaé que j'avais vue représentée sur un tableau du Correggio. Viola me regarde, muette, sans doute encore troublée par le geste qu'elle vient de faire, elle n'arrive plus à ouvrir la bouche et se contente de secouer la tête en signe de dénégation. Alors je poursuis : « Danaé était une princesse grecque, belle comme le jour, en l'honneur de laquelle Zeus, qui était tombé amoureux d'elle, fut obligé, pour la rencontrer, de se métamorphoser en pluie de pièces d'or. Des pièces d'or toutes pareilles à celles que tu viens de poser sur mon ventre. Comme moi, Danaé était couchée sur le dos ; comme moi, les jambes écartées, comme moi, le sexe découvert. Et Zeus, changé en pièces d'or, pleut sur elle comme en ce moment ces petites pièces pleuvent entre mes jambes. Et sais-tu ce qui arrivera dans neuf mois ? Un beau bébé tout en or et, bien que cela puisse paraître étrange puisque nous nous sommes deux femmes, il sera notre enfant à toi, et à moi. Il sera en or massif, il pèsera très lourd, autant que tout l'or du monde, il aura une tête en or, un corps en or, des yeux, un nez, une bouche, un derrière, un phallus en or, tout, tout, tout en or. Et comme il vaudra très cher — pense un peu, tout l'or du monde ! — pour qu'on ne nous le vole pas, nous le mettrons dans un coffre-fort — plutôt que dans un berceau — et en Suisse, peut-être, où se trouve la plus grosse partie de ton capital. De temps en temps, nous ferons un petit voyage, nous irons à Genève ou à Zurich, nous ferons ouvrir notre coffre, nous serons heureuses de constater que notre bébé a grossi et qu'il est beaucoup plus lourd. Eh bien, qu'en dis-tu, maman ? L'idée d'avoir un enfant de moi tout en or ne t'enchante-t-elle pas ? » J'avais défait un des rouleaux et tout doucement, tout doucement, je faisais couler les pièces entre mes doigts sur mon ventre et entre mes cuisses.

Moi : Et Viola ?

Désidéria : Viola était complètement décontenancée. Elle ne savait pas s'il fallait considérer mon histoire de Danaé comme une avance ou comme le contraire. C'est de ce moment d'angoisse que la Voix a profité pour m'obliger à crier : « Alors, quoi, tu ne comprends pas ? Tu es là à me regarder avec ton air stupide d'Américaine, avec ton cou et tes joues tout rouges et tu ne comprends rien ? Qu'est-ce que tu crois ? Que je t'ai raconté l'histoire de Danaé pour te dire que j'ai envie de faire l'amour avec toi ? Tu le crois, n'est-ce pas ? Eh bien, tu te trompes. Je t'ai parlé de Danaé pour que tu saches que tout l'or du monde ne suffit pas à m'acheter. J'espère que tu auras compris, cette fois. »

Moi : Et elle ?

Désidéria : Elle, elle a eu une réaction si inattendue qu'elle m'a littéralement désarmée.

Moi : Quelle réaction ?

Désidéria : D'un air grave, elle s'est penchée au-dessus de moi, en avançant la main — dans un geste purement maternel — pour ramasser une à une les pièces éparpillées sur mon ventre maigre et concave, avec autant de précaution que si elles se trouvaient sur un précieux plat d'argent et les jeter sur un côté de mon lit. La chose terminée, elle a rapproché les pans de mon peignoir pour m'en recouvrir, puis elle a dit sur un ton presque humble : « Accepte ces pièces comme le cadeau que te fait quelqu'un qui t'aime vraiment beaucoup. Et maintenant, ma chérie, allons dîner, je crois que le dîner est servi. »

Moi : Alors qu'as-tu fait ?

Désidéria : La Voix me harcelait pour que je continue à la harceler, mais sans l'écouter, j'ai répondu que j'allais m'habiller. Alors Viola est sortie sans rien ajouter et moi je me suis très vite habillée pour la rejoindre dans la salle de séjour.

Moi : Ton histoire de pièces d'or s'est terminée là ? Ou a-t-elle eu une suite ?

Désidéria : Elle a eu une suite. Tu te souviens sans doute de la phrase que la Voix m'avait fait crier : « Comptez votre or, votre or volé au peuple. »

Moi : Oui, une phrase de meeting politique comme je crois te l'avoir dit.

Désidéria : Elle était restée dans ma tête et j'ai fini par penser que s'il était vrai — et comment en serait-il autrement puisque la Voix le proclamait ? — que cet or avait été volé au peuple, mon devoir était de le restituer au peuple. Mais là les difficultés surgissaient. En fait de peuple, moi, je ne connaissais que ce qu'on appelle les gens de maison. Chez nous il y avait six domestiques : Luigia, la cuisinière, la femme de chambre de Viola, le valet de chambre, le chauffeur et un jeune à tout faire qui s'occupait de l'entretien des terrasses, qui portait les paquets et aidait le chauffeur à laver nos deux voitures. J'ai réfléchi longtemps et puis j'ai choisi Luigia parce que je l'aimais bien, qu'elle me connaissait et qu'elle me comprendrait. C'est pour ces raisons qu'un jour après avoir mis toutes les pièces d'or dans un sac, je suis allée à la cuisine dire à Luigia que je voulais lui parler en tête-à-tête. Elle est venue avec moi jusque devant la porte de ma chambre, je l'ai fait entrer et après avoir donné un tour de clef prudent, j'ai commencé à murmurer d'un ton mystérieux mais affectueux et engageant : « Ma petite Gigia, je veux te faire un cadeau. » Elle était plantée devant moi, grasse, ronde, pareille à une bonne vieille poule qui aurait couvé des tas de poussins, avec son tablier blanc épinglé sur sa grosse poitrine, ses petites mains courtes, son visage propre et replet de bonne sœur et elle m'a tout de suite demandé : « Un cadeau, Désidéria ? Quel cadeau veux-tu me faire ? » Elle souriait gentiment comme si elle s'attendait à une petite blague de gosse ; alors moi, j'ai immédiatement plongé une main dans mon sac, je l'ai ressortie remplie de pièces et j'ai dit : « Tends ton tablier. » Elle a obéi tout de suite, peut-être croyait-elle que j'allais lui donner des bonbons ou des noix. C'était des pièces d'or que je faisais tomber une à une dans son tablier.

Moi : Qu'est-ce qu'elle a dit en voyant le genre de cadeau que tu lui faisais ?

Désidéria : Rien, d'abord. Trois fois de suite, j'ai enfoncé ma main dans le sac, je l'ai remplie, je l'ai vidée, jusqu'à ce que tout l'or de Viola soit réuni dans le tablier de la cuisinière. Alors j'ai regardé Luigia et j'ai vu briller dans ses yeux une lueur bizarre, inquiète mais qui s'est éteinte assez vite lorsqu'elle m'a demandé : « Tu veux vraiment me faire cadeau de ces belles petites pièces ? » « Oui, je veux qu'elles t'appartiennent. » « Qui te les a données ? » « Aucune importance. Prends-les. » « Qui te les a données, Désidéria ? Si tu ne réponds pas je ne les accepterai pas. » « Bon, ça va. C'est maman. Tu es contente, à présent ? » « Oui, mais je ne peux pas les accepter. » « Mais pourquoi ? » « Parce qu'elles sont à ta mère » « Mais non, elles sont à moi puisque maman m'en a fait cadeau. » « Ta mère te demanderas un jour ou l'autre ce que tu en as fait et qu'est-ce que tu lui répondras ? » « Que je les ai données, oh, et puis, la barbe, tu les prends oui ou non ? » Devant mon obstination, après s'être encore un peu défendue, elle a dit, bon, d'accord, m'a embrassée ; puis elle est sortie.

Moi : Finalement, elle les a acceptées.

Désidéria : Non, attends. Toute la journée je me suis imaginé qu'après les avoir prises, elle les avait cachées, peut-être sous son matelas comme le faisaient autrefois les paysans avares ou économes. Je m'étais trompée. Figure-toi que le soir-même, au moment où j'allais entrer dans mon lit, je vois briller sur mon drap une petite chose ; je soulève l'oreiller ; toutes mes pièces étaient là, petit tas jaune brillant sur la blancheur du lin. Il y avait aussi un bout de papier et l'écriture de Viola : « Luigia m'a remis ces pièces et moi je te les restitue, elles sont à toi. Si tu veux que je les tienne à ta dispositon dans mon coffre, tu n'as qu'à me le dire. Si tu ne me dis rien je comprendrai que tu les as enfin acceptées. Viola. »

Moi : Elle avait signé Viola au lieu de maman.

Désidéria : Naturellement. C'était en tant que Viola ou, si tu veux en femme amoureuse de moi, qu'elle m'avait donné ces pièces et en tant que Viola elle me les a restituées. Mais as-tu compris ce qui s'était passé ?

Moi : Non. Quoi ?

Désidéria : Peut-être par crainte de complications

(par exemple, d'être accusée de vol), peut-être parce qu'elle avait deviné la véritable signification des pièces, Luigia ne les avaient pas acceptées.

Moi : Et la Voix ?

Désidéria : La Voix m'a dit de les garder. Elles pourraient, qui sait ? servir un jour. Alors je les ai fourrées dans un tiroir, au milieu d'un tas de choses inutiles, à côté du couteau avec lequel j'avais tenté d'assassiner Diomira.

Moi : Et après que se passe-t-il ?

Désidéria : La Voix m'a conseillé de laisser aller la vie telle qu'elle se présentait. L'incident Luigia n'avait, du reste, pas été inutile : il avait au moins servi à me faire comprendre que l'argent est sacré, autant pour celui qui en a que pour celui qui n'en a pas. La Voix était d'avis que maintenant il fallait que je trouve le moyen d'enlever à un simple bout de papier ou à un morceau de métal, baptisés du nom d'argent, le caractère sacré qui colle, disons, à leur peau, comme une pellicule invisible.

Moi : Et as-tu trouvé ce moyen ?

Désidéria : Il a fallu quelques jours de réflexion à la Voix pour le trouver, mais il est sorti de cette réflexion une proposition extraordinaire.

Moi : Je t'écoute.

Désidéria : La Voix pensait que j'avais fait une grosse impression sur Tibéri le jour où j'étais entrée chez Viola en hurlant et en couvrant d'injures la bourgeoisie. La Voix se rappelait que pendant que je me répandais en invectives contre Viola, Tibéri, très calme lui, me détaillait de la tête aux pieds avec le regard froid d'un expert en érotisme. Toujours selon la Voix, ce regard avait vu, ou pour mieux dire photographié, la forme de mes seins, mon ventre plat, mes mollets ronds, mes larges épaules, ma taille fine mais surtout, surtout, insistait la Voix, la double, agressive, solide rotondité de mes fesses.

Moi : Pourquoi surtout surtout tes fesses ?

Désidéria : Il n'y avait pas de pourquoi t'aurait répondu la Voix. Je devais tenir compte du fait qu'au moment où, dans un geste rageur, je m'étais retournée pour m'en aller en imprimant une torsion inhabituelle à mon buste et en déplaçant fortement mes hanches, le regard de Tibéri s'était fixé là.

Moi : Où là ?

Désidéria : Sur mes fesses... A cause de mes mouvements, Tibéri en évaluait le volume, la forme, le poids, la dureté des muscles, leur capacité de contraction et de décontraction, la possibilité de les pénétrer.

Moi : Tout ça en un instant ?

Désidéria : C'est ce que disait la Voix. D'autre part, elle ajoutait que je n'avais certainement pas oublié le Tibéri que j'avais entrevu trois ans auparavant, nu, debout derrière Viola à quatre pattes s'apprêtant à sodomiser ma chère mère adoptive. Mon souvenir et son regard prouvaient qu'il n'avait pas changé d'idée sur les rapports sexuels. Forte de cette conviction, je devais donc aller chez lui et le convaincre de prélever pour moi une grosse somme d'argent sur le capital que Viola l'avait charger de gérer. Il devait lui être facile de faire cette chose sans que Viola s'en aperçoive. Ne lui avait-elle pas donné sa procuration et n'avait-elle pas une grande confiance en lui ? Quant à l'argument dont je devais me servir pour menacer Tibéri de scandale, la Voix me l'a brutalement indiqué d'un seul mot.

Moi : Quel mot ?

Désidéria : Cul.

Moi : En somme la Voix voulait que tu séduises Tibéri.

Désidéria : Oui.

Moi : Parce qu'elle avait remarqué qu'il regardait ton postérieur.

Désidéria : Oui.

Moi : Elle établissait un rapport obligatoire de continuité entre le regard de Tibéri sur toi et l'acte de sodomisation dont tu avais été témoin autrefois.

Désidéria : Oui.

Moi : Ne crois-tu pas plutôt que cette image t'avait traumatisée, s'était glissée dans ton inconscient et que, sans que tu t'en doutes, tu désirais que Tibéri te fasse ce que tu lui avais vu faire à Viola ? Et que l'argent que tu voulais lui faire voler pour qu'il te le remette, n'était qu'un prétexte ?

Désidéria : Possible, mais la Voix disait que le plus important était que nous exécutions le plan.

Moi : Toujours ce plan ! Mais que voulait la Voix que tu fasses de l'argent si tu l'obtenais ?

Désidéria : Elle ne se prononçait pas, du moins pour le moment. Elle disait qu'elle m'expliquerait les choses en temps et lieu.

Moi : Mais tu ne sentais pas qu'il y avait quelque chose d'irrationnel dans son projet ? Une fille de quinze ans, même possédant le plus beau derrière du monde, va chez l'homme d'affaires de sa mère et réussit à lui extorquer quelques millions...

Désidéria : Vingt exactement.

Moi : Vingt millions en échange de quelques minutes d'amour ?

Désidéria : Tu sais bien que je n'avais aucune expérience de ces choses. J'étais à la merci de la Voix. La Voix savait tout, elle avait tout connu, elle ne doutait de rien.

Moi : Alors qu'est-ce que tu as fait ? Ou, plutôt, que t'a fait faire la Voix ?

Désidéria : J'ai téléphoné à Tibéri à son magasin en disant tout simplement : « C'est Désidéria qui parle. » A l'autre bout du fil une voix m'a répondu par une exclamation joyeuse, immédiatement corrigée par : « Désidéria ? Mais quel honneur ! Qu'est-ce que je peux faire pour toi ? » Le ton était ironique ; très rapidement je lui ai expliqué qu'il fallait que je lui parle mais que, si cela ne dérangeait pas, je préférais aller à son domicile parce que dans sa boutique il n'était pas possible de s'isoler. Il n'a pas paru surpris par mon souhait, il m'a même semblé qu'il s'y attendait. Presque tout de suite, avec son accent romain traînant et distingué, il m'a dit qu'il m'attendrait le lendemain en début d'après-midi, chez lui.

Moi : Où habitait-il ?

Désidéria : Du côté de Piazza Cavour. Je savais par Viola que dans cet immense appartement occupant tout un étage de l'immeuble, il gardait en dépôt pas mal de meubles qu'il mettait petit à petit en vente dans son magasin situé dans le quartier de Piazza di Spagna. Déjà au courant de ces détails je n'ai pas été étonnée, en suivant la vieille gouvernante qui était venue m'ouvrir la porte, de voir tant de meubles réunis, beaux et anciens, mais ôtant tout caractère intime et privé à l'atmosphère.

Moi : Intime, privé ?

Désidéria : Je veux dire que les meubles que je voyais ici ressemblaient à ceux qu'on voit chez les antiquaires, alignés les uns à côté des autres sans raison apparente sauf, peut-être, celle de mettre en valeur un objet qu'on désire vendre. J'avais l'impression étrange que, du moins en ce qui concernait son appartement, Tibéri n'existait pas comme homme privé puisque même le lit dans lequel il dormait pouvait passer, du jour au lendemain, de sa propre chambre dans celle d'un quelconque acheteur. La gouvernante, une grande femme maigre aux cheveux gris, tout de noir habillée, un peu boiteuse, m'a introduite dans le salon. Après avoir ouvert les persiennes des trois fenêtres, elle est sortie en disant que Tibéri, pour l'instant occupé, me priait de l'attendre quelques minutes. Le salon ressemblait au reste de la maison : grands tableaux sombres, meubles de styles différents ; la même impression de galerie d'exposition plutôt que de salle de séjour intime. Comme je m'ennuyais, je me suis levée pour aller ouvrir une fenêtre et regarder au-dehors. L'appartement était au troisième étage et donnait sur une quelconque rue du quartier des Prati et de ma fenêtre je voyais les fils électriques des tramways, les automobiles alignées sur les parkings, les boutiques, les grandes portes fermées des immeubles et, sur le trottoir d'en face une pompe à essence peinte en rouge et jaune surmontée d'une pancarte sur laquelle on lisait le mot « fermée ». Une petite pluie fine faisait luire les pavés éclairés par la lumière blanche et douce d'un début d'après-midi. Ayant, je crois, un peu perdu conscience en regardant cette rue j'ai entendu, ou j'ai cru entendre, qu'une porte s'ouvrait derrière moi ; je suis pourtant restée dans la même position, penchée sur le rebord de la fenêtre, sans me retourner. Sans me retourner, mais bougeant pourtant légèrement mes fesses, pliant une de mes jambes, étirant l'autre, comme fatiguée par ma position. Pourquoi avais-je eu l'idée de faire ce mouvement ? Je n'en savais rien. Mais quand je me suis décidée à me retourner tout à fait, Tibéri était là debout au milieu du salon. J'étais sûre qu'il était entré depuis un certain temps et qu'il s'était immobilisé à cette place pour me regarder à son aise. Et à cette seconde même, j'ai reconnu la vérité de la remarque de la Voix sur la préférence de Tibéri pour les parties postérieures du corps féminin en même temps que j'étais frappée par la façon dont il s'habillait.

Moi : Comment était-il habillé ?

Désidéria : Complet gris, veston croisé, chemise blanche, cravate sombre, chaussures fines à bout pointu. Est-ce que tu te souviens des films des années 30 ? Probablement sans s'en rendre compte, Tibéri s'habillait comme les acteurs de cinéma de cette époque. Il était irréprochable, dans le sens que donne à ce mot les militaires ou certains fonctionnaires. Il m'avait suffi d'une seconde pour le juger, à cause précisément de ces détails, défavorablement.

Moi : Pourquoi défavorablement ?

Désidéria : Parce que j'avais une tout autre idée de la mode et que j'attribuais une signification particulière au genre d'élégance de Tibéri.

Moi : Quelle signification ?

Désidéria : Aujourd'hui, à des années de distance, je peux te répondre : fasciste. A cette époque-là j'aurais été incapable de te le dire.

Moi : Fasciste ? Tu savais ce qu'était le fascisme ?

Désidéria : Moi, non, mais la Voix, oui, puisqu'elle savait tout. Moi, je me contentais d'avoir mon idée de la mode. Par exemple, le jour dont nous parlons, j'étais habillée à ma façon ; pas à celle de Viola qui était l'équivalent féminin de la manière fasciste de s'habiller de Tibéri.

Moi : Comment Viola s'habillait-elle ?

Désidéria : Avec des robes très chères et sans personnalité des grandes couturières milanaises. On aurait presque pu dire d'elle qu'elle portait un uniforme. L'uniforme des bourgeoises des Parioli.

Moi : Et toi, comment étais-tu habillée ce jour-là ?

Désidéria : J'avais mis un gros pull marron déformé, trop large, et mon pantalon de coton bleu complètement décoloré. Presque tout le monde portait le même mais moi je le trouvais surtout commode. J'étais bien loin de me douter que mes fringues pouvaient être regardées comme l'équivalence vestimentaire d'un manifeste de révolutionnaires.

Moi : Qu'est-ce qui te faisait croire que la manière de t'habiller équivalait à un message de révolte ?

Désidéria : Tibéri. Sans doute pour me cacher la vraie raison qui l'avait fait se planter immobile au milieu de la pièce pour m'observer, il m'a posé une question : « Sais-tu à quoi je pensais en te regardant penchée à la fenêtre ? Eh bien, que dans d'autres temps, je t'aurais prise pour une clocharde mais qu'aujourd'hui je suis obligé de te classer parmi les révolutionnaires... Je me demande si c'est dans ce but que, vous autres, vous vous habillez de cette manière ? »

Moi : Et toi ?

Désidéria : Oh moi, j'ai dit tout simplement : « Qui c'est "vous autres" ? » et sans attendre sa réponse, je suis allée m'asseoir sur un fauteuil, dans l'ombre. Tibéri en a fait autant mais à une certaine distance de moi. Il a retiré de la poche de son pantalon placée au-dessus de ses fesses un porte-cigarettes plat en or, il a fait jouer le déclic du couvercle pour l'ouvrir et me le tendre ; j'ai refusé la cigarette qu'il m'offrait mais lui en a choisi une avant de remettre le porte-cigarettes dans sa poche ; ensuite il a sorti son briquet, en or également, pour allumer sa cigarette, deux fois il a aspiré la fumée pour la rejeter par le nez, sans me quitter des yeux un seul instant. Il s'est enfin mis à parler pour me dire qu'il était content de me voir ; qu'autrefois il ne pouvait me considérer que comme une petite fille ; qu'ensuite, pour des motifs indépendants de sa volonté, il n'avait plus fréquenté notre maison et que c'était pour cette raison qu'il ne m'avait plus vue ; et que maintenant il remarquait que je n'étais plus du tout une enfant, mais, à tous points de vue, une vraie femme. Il s'exprimait lentement de cette manière décontractée et aimable propre à beaucoup de bourgeois romains mais dans sa voix, où l'on reconnaissait quelques inflexions dialectales, il aurait été difficile de déceler la moindre émotion. Tout en discourant il grattait avec l'ongle de son index la semelle de sa chaussure qui, comme il avait croisé la jambe, se trouvait à proximité de sa main. Il avait l'air parfaitement calme bien que son visage, du menton aux pommettes, se fût couvert d'une rougeur qui le faisait ressembler à une lanterne japonaise en papier transparent, éclairée à l'intérieur par une simple bougie. Je remarquais la chose mais sans en comprendre le pourquoi. La Voix, comme toujours, m'a expliqué que Tibéri était troublé par ma présence et qu'il était de mon devoir d'augmenter ce trouble en lui parlant de la fameuse nuit où je l'avais surpris, lui, debout, tout nu, sodomisant Viola à quatre pattes sur son lit. Et moi, comme toujours, j'ai obéi à la Voix en disant d'un ton brusquement beaucoup moins froid : « Tu ne te doutes pas que si je suis devenue femme et, comme tu le dis, à tous points de vue, c'est surtout à cause de toi. » « Tiens, tiens, et comment ? » « Je suis sûre que tu te souviens de cette nuit où je suis entrée sans frapper dans la chambre de maman pour voir toi, Viola et ma gouvernante en train de faire l'amour. Eh bien, cette découverte m'a fait mûrir d'un seul coup. La veille j'étais une petite fille, le lendemain j'étais une femme. »

Moi : Qu'a répondu Tibéri ?

Désidéria : Tout de suite, rien, mais je le trouvais de plus en plus rouge et il ne cessait de me regarder. Enfin il m'a posé une question bizarre : « Tu as été scandalisée parce que nous faisions l'amour ou parce que nous le faisions d'une manière spéciale ? »

Moi : Et toi ?

Désidéria : Ma réponse a été dictée mot après mot par la Voix. Je n'aurais pas voulu les dire, ils me faisaient honte. Pourtant c'est tranquillement, un sourire narquois sur les lèvres, que j'ai dit : « Te rends-tu vraiment compte de ce que représente pour une petite fille de douze ans de voir un homme occupé tout entier à le mettre dans le cul de sa mère ? »

Moi : Oh, là là ! De nouveau des obscénités ! Tu m'avais pourtant dit y avoir renoncé ?

Désidéria : Oui, j'avais tout à fait cessé d'en dire. Mais la Voix avait dû se réserver le droit, dans certains cas particuliers, de m'obliger à m'en servir à nouveau. Et ce jour-là il s'agissait bien d'un cas particulier : je devais provoquer Tibéri et la meilleure façon dont je pouvais le faire, était de lui laisser entendre que j'étais au courant de sa, comment dire ? spécialité en amour.

Moi : Comment a-t-il accepté ces grossièretés ?

Désidéria : Il était devenu si rouge qu'il m'a fait craindre une attaque. Cependant, sans cesser de gratouiller la semelle de sa chaussure avec son ongle, il s'est écrié, mais sans se mettre en colère : « Ah ! c'est donc comme ça, que vous autres, les filles contestataires vous parlez de certaines choses ? » Ce mot de « contestataire » ne m'avait fait aucun effet ; pas plus, du reste, qu'un peu avant celui de « révolutionnaire ». J'ignorais tout de la contestation qui, à l'époque (nous étions en 1968) se répandait un peu partout ; également, comme je te l'avais dit, de la révolution. C'était si vrai que je n'ai pas relevé la phrase de Tibéri et que j'ai poursuivi calme et stupide : « Depuis cette nuit dont je te parle, Viola n'a plus compté pour moi, d'autant moins qu'elle m'avait appris que je n'étais pas sa fille, qu'elle n'était que ma mère adoptive. » Et c'est alors qu'il est arrivé quelque chose d'extraordinaire.

Moi : Qu'est-il arrivé ?

Désidéria : Tibéri a commencé à faire l'amour avec moi.

Moi : Tibéri s'est jeté sur toi ?

Désidéria : Mais non. Bien calé au fond de son fauteuil, il a dit d'un ton lent et bien scandé : « J'ai toujours su que tu n'étais pas la fille de Viola, que tu es une bâtarde, fille d'une putain qui faisait le trottoir. »

Moi : C'est ce que tu appelles faire l'amour ?

Désidéria : Pour Tibéri, oui. Pour lui, cette phrase qu'il voulait injurieuse, équivalait à une initiation à la sodomie. C'était une forme de sadisme verbal. Et, en fait, je n'en ai pas été offensée. A peine si j'ai ressenti l'embarras d'une femme à laquelle un homme déclare soudainement son amour.

Moi : Son amour ?

Désidéria : J'ai compris qu'il ne pouvait aimer que de cette manière et qu'à ce moment, il était absolument certain, qu'il m'aimait.

Moi : Que lui as-tu répondu ?

Désidéria : Rien. J'ai obéi à la Voix qui m'ordonnait de me taire et j'ai attendu, silencieuse et immobile, la suite de sa sodomisation : « Ta mère était une putain qui faisait le trottoir, tu es une putain comme ta mère. Que tu sois une putain, je l'imaginais. Aujourd'hui j'en ai la preuve. Crois-tu que je ne me sois pas aperçu que tu t'étais mise exprès à la fenêtre pour que je regarde ton gros cul de pute consommée ? Et ne va pas me raconter que tu ne m'as pas entendu entrer ? Je t'ai appelée par ton nom, très fort, mais toi en vraie fille de pute que tu es, au lieu de te retourner, tu as joué à remuer tes fesses en faisant semblant de te pencher pour regarder ce qui se passait dans la rue. »

Moi : Alors là, à ton avis, à quel point en était-il de sa sodomisation verbale ?

Désidéria : Disons qu'il m'avait enlevé tous mes vêtements et qu'il contemplait l'objet de son désir.

Moi : Lui as-tu répondu ?

Désidéria : La Voix m'a fait lui répondre d'un air faussement sincère : « Tu te trompes. Je n'ai bougé que pour mieux voir quelque chose en bas, dans la rue. » « Quelle chose ? » « Je ne me souviens pas. Quelque chose qui m'intéressait. » « Mais moi, je le sais ce qui t'intéressait. C'était de me faire regarder ton cul. » « Pourquoi me parles-tu de cette manière ? » « Je te parle de cette manière parce que tu es une pute, fille de pute. Comment parle-t-on aux putains ? Comme ça. » « Au lieu de me répéter sans arrêt que je suis une putain, tu ferais mieux de me demander ce que je suis venue faire chez toi aujourd'hui. » « Sûrement une invention de putain. » « Mais quoi, à ton avis ? » Il n'a pas répondu tout de suite ; puis : « Tu veux me provoquer, n'est-ce pas, Désidéria ? Mais je ne marche pas. Dis-moi ce que tu attends de moi, et finissons-en. »

Moi : Oui, et alors ?

Désidéria : Sa sodomisation verbale en était arrivée au point où je pouvais aborder la question d'argent avec l'espoir d'obtenir ce que je voulais sans être obligée de me soumettre à l'épreuve de la sodomisation physique. Sans préambule, je me suis jetée à l'eau : « Je suis venue te trouver parce que j'ai besoin d'argent. » « Tu as besoin d'argent ? Tiens, tiens, mais je vais t'en donner moi, de l'argent. De combien as-tu besoin ? Cinquante mille lires ? Ça va ? » « Non, j'ai besoin de vingt millions. » Ma réponse dut lui sembler tellement absurde qu'il ne s'est même pas arrêté à la discuter. « Vingt millions ! Mais où vais-je trouver vingt millions ? Si j'avais vingt millions je serais le roi ! » « Mais tu ne débourseras pas un sou. Maman t'a donné sa procuration, n'est-ce pas ? Il te suffit de les prélever sur son compte en banque. Je l'ai vu ce compte. Elle a deux cent vingt millions, si tu en prends vingt, il lui en restera deux cents. » « Je ne savais que tu étais aussi forte en mathématiques. » « Du reste, ces millions sont à moi. Ils font partie de la part d'héritage dont je puis disposer. Je ne ferai que les prendre en anticipation. »

Moi : Tu en savais des choses.

Désidéria : La Voix savait, moi, pas. Elle me suggérait tous les mots et je les répétais.

Moi : Et Tibéri ?

Désidéria : Sans doute pour gagner du temps, il m'a demandé : « Je suis peut-être trop curieux, mais je voudrais bien savoir ce que tu veux en faire de ces vingt millions ? »

Moi : Une question assez sensée, non ?

Désidéria : Oui, mais moi, je me suis sentie brusquement perdue. La Voix, si tu te souviens, m'avait dit qu'elle me ferait savoir, en temps et lieu, à quoi elle destinait les millions de Viola. Et à présent, il fallait que je donne une réponse sans savoir ni à quoi ni à qui allaient servir ces millions, ni ce que je devais faire croire à Tibéri. Tout de suite, je l'ai appelée à mon secours mais je n'en ai eu qu'une réponse assez déroutante : « Dis-lui que tu en as besoin pour faire la révolution. » « Mais c'est impossible de dire ça à Tibéri ! » « Alors, remplace le mot “révolution” par son équivalent chrétien. Dis-lui, pour faire le bien. » J'ai obéi en disant avec une suffisante conviction : « Pour faire le bien. » Mais en même temps j'ai compris que la Voix, avec son astuce didactique, avait fait exprès de me mettre dans l'embarras pour que je prenne l'habitude de considérer la révolution comme un synonyme de bien.

Moi : Comment Tibéri a-t-il accueilli ta réponse ?

Désidéria : Il a simplement continué sa sodomisation verbale.

Moi : Tu veux dire qu'il a recommencé à faire l'amour avec des mots ?

Désidéria : Oui. Très lentement, comme s'il me giflait, en faisant une pause entre une gifle et la suivante, il a commencé ainsi : « Nous sommes fille d'une milliardaire des Parioli mais nous nous habillons comme une clocharde d'un chandail informe et d'un pantalon de coton usé. Habillée, donc, en clocharde, nous nous rendons chez l'administrateur d'une mère milliardaire, nous jouons du cul devant lui, et nous lui demandons, comme s'il s'agissait d'une bonne plaisanterie, la somme de vingt millions de lires. A prélever, bien entendu, sur le compte maternel, grâce à notre cul et grâce à la procuration de notre mère. Mais le bien que tu veux faire, ma petite, je sais ce que c'est et je n'ai pas peur de te le dire. Avec ces millions, tu veux faire le bien en compagnie de je ne sais quel groupe de contestataires ; tu veux financer une soi-disant lutte contre de soi-disant patrons. Ne dis pas le contraire, petite garce, ne dis pas le contraire parce que tout ton harnachement, ton chandail, ton pantalon parlent à ta place. Laissons tomber, mais toi, il faut me démontrer que ces millions tu sais les mériter. »

Moi : Le sens de cette phrase n'est pas clair. Que voulait-il dire ?

Désidéria : Il ne le savait peut-être pas lui-même. Il avait perdu la tête ; il était prêt à payer vingt millions quelques minutes d'amour ; mais en même temps il devait se rendre compte que c'était trop cher ; ou peut-être espérait-il tout obtenir sans rien donner. Pour finir, ce qu'il voulait, il me le fit comprendre sans trop d'explications.

Moi : Mais de quelle façon ?

Désidéria : Je vais te le dire : sans cesser de parler, il se lève, il s'approche de moi et tout d'un coup, comme pris d'une soudaine détermination, il empoigne une grosse mèche de mes cheveux et la tire si fort que les larmes me viennent aux yeux et que je suis obligée de quitter mon fauteuil. Il continue son discours sadique, sorte de succédané verbal de la sodomisation : « Lève-toi, allons, ne dis rien, ne proteste pas, ne murmure rien, espèce de putain, que j'ai vue grandir sous mes yeux et que, comme un crétin que je suis, j'ai cru devoir respecter parce que tu étais la fille de la femme que j'aimais, ne dis pas un mot, sinon je t'étrangle, marche, marche devant moi, va jusqu'à la fenêtre, appuie tes mains sur le rebord, penche-toi en avant, oui, comme ça, penche-toi le plus possible, regarde devant toi, regarde la pompe à essence, elle est belle cette pompe à essence, dis, elle est belle n'est-ce pas ? et maintenant pousse ton cul en arrière, oui, encore, encore, le plus que tu pourras et regarde dehors, oui regarde et continue à pousser ton cul en arrière, oui, oui, voilà comme ça, comme ça. Et maintenant écarte les jambes, ouvre-les le plus possible et regarde la pompe à essence, la si belle pompe à essence, oui, comme ça ; à présent ne bouge plus, penche-toi, très en avant et crie : “A bas la révolution !” »

Moi : Pourquoi à bas la révolution ?

Désidéria : C'est la phrase qu'il a murmuré à mon oreille. Il haletait en me maintenant pliée contre le rebord de la fenêtre ; tout son corps affalé contre moi il essayait de me retirer mon pantalon. De la révolution je ne savais vraiment rien, bien que la Voix prononçât parfois ce mot mais comme si je savais de quoi il s'agissait alors que j'étais dans le noir le plus complet. Je ne savais rien non plus de ces groupes de contestataires que, selon Tibéri j'aurais voulu aider financièrement. J'ignorais tout de la politique tandis que Tibéri semblait convaincu que je connaissais bien ces choses qu'il haïssait et redoutait en se fondant sur le fait que je m'habillais à la manière que tous les garçons et filles de mon âge avaient depuis longtemps adoptée. Pour lui, chandail et pantalon usés représentaient en quelque sorte la bannière de l'armée ennemie et il voulait me la faire renier, comme le sadique qu'il était, en me sodomisant et en me faisant crier au moment crucial « A bas la révolution ». Alors que je me trouvais dans cette affreuse situation : tête en bas, derrière nu en l'air, jambes écartées, pantalon ridiculement tombé sur mes souliers, avec cette main terrible qui m'obligeait à regarder en bas, la rue, avec ce membre qu'il dirigeait de son autre main à la recherche de mon orifice anal, avec ce rebord de fenêtre qui me sciait la poitrine... tout d'un coup, en l'entendant m'intimer l'ordre de crier à bas la révolution, j'ai su, pour la première fois de ma vie, ce que signifiait le mot révolution et j'ai compris aussi que je ne devais pas cette révélation à la Voix qui n'expliquait jamais rien, mais à lui, à ce bourgeois conservateur sadique et terrifié. Oui, c'est à Tibéri que je devais d'apprendre le sens véritable du terme révolution.

Moi : De quelle façon s'y est-il pris ?

Désidéria : En refaisant avec moi une chose qu'il avait faite avec Viola.

Moi : Quelle chose ?

Désidéria : Souviens-toi de la phrase dite à Viola au moment où il allait la pénétrer : « Donne-moi l'Amérique. » A moi il avait demandé de crier « A bas la révolution ». Requêtes identiques. Dans les deux cas, il s'agissait de « le mettre dans le cul » de Viola comme dans le mien. Viola comme moi étions des symboles, Viola de l'Amérique, moi, de la révolution. Ce qui revient à dire qu'en se servant de Viola et de moi, Tibéri voulait « le mettre dans le cul » de l'Amérique et de la Révolution.

Moi : Pourquoi de l'Amérique ?

Désidéria : Parce qu'elle est puissante et parce qu'il ressentait cette puissance comme un défi, comme une provocation.

Moi : Nous revenons au symbolisme tel que l'entendait la voix.

Désidéria : Oui, mais la Voix pensait révolution tandis que Tibéri voyait conservatisme ou, si tu préfères, maintien de l'ordre.

Moi : Et qu'est-il résulté pour toi de cette soudaine illumination ?

Désidéria : Une foudroyante prise de conscience. Je me souviens très bien encore aujourd'hui qu'obligée par Tibéri de rester dans la misérable position et de ne regarder qu'un distributeur d'essence rouge et jaune et l'asphalte mouillée de la chaussée déserte, j'ai brusquement pensé : « Mais alors, je suis donc une révolutionnaire, moi. » Et j'ai interrogé tout de suite la Voix pour savoir ce que je devais faire. A mon grand soulagement elle m'a répondu : « Mais voyons ! Il faut que tu cries : "Vive la révolution". » Alors calmement, comme si je me parlais à moi-même, sans quitter des yeux la pompe à essence et la rue, j'ai dit : « Vive la révolution. »

Moi : Et Tibéri ?

Désidéria : Au moment même où je lâchais ma petite phrase il n'a plus pu se retenir ; son désir fut plus fort que sa haine politique ; sans rien dire, il a mordu le bout de mon oreille, pas tant pour me faire mal que pour m'empêcher de bouger. Et presque tout de suite il a joui mais sans me pénétrer. J'ai senti le flot chaud et visqueux du sperme sur ma peau et j'ai voulu me libérer ; mais lui, tout en resserrant davantage ses dents sur mon morceau d'oreille, il a poussé le sourd grognement d'une bête à laquelle on tente d'arracher une autre bête qu'elle s'apprête à dévorer après l'avoir tuée. Moi je me disais que si je bougeais il était capable de m'arracher l'oreille ; il a donc fallu me résigner à ne plus faire le moindre mouvement, avec lui collé derrière moi, cette main agrippée à mes cheveux pour maintenir ma tête baissée contre le rebord de la fenêtre et les soubresauts de l'éjaculation se succédant rapides et furieux. Ensuite, je l'ai senti se serrer, une dernière fois encore plus près de moi, puis lâcher mon oreille pour murmurer d'une voix haletante : « Oh ma chérie, ne bouge pas, oui, comme ça, je ne t'ai pas eue, mon amour, ne bouge pas oh mon amour, mon amour. »

Moi : Il avait changé de langage, ce n'était plus celui du sadique.

Désidéria : Il avait changé le langage parce qu'il avait changé de sentiment. Il avait été sadique parce qu'il désirait faire l'amour. A présent il était tendre parce qu'il m'était reconnaissant d'avoir pu le faire.

Moi : Et après que s'est-il passé ?

Désidéria : Il s'est éloigné de moi tandis que je restais dans la position où il m'avait mise pour me faire l'amour : au bord de la fenêtre, avec mon pantalon tassé sur mes chaussures, le derrière nu. Un peu après, je me suis essuyée comme je pouvais avec un pan de ma blouse, j'ai baissé les bras pour remonter mon slip et mon pantalon et resserrer ma ceinture. Je ne voulais pas me retourner : il fallait donner à Tibéri le temps de se rajuster. Quand j'ai finalement tourné la tête, Tibéri était au milieu du salon dans l'attitude qu'il avait au début de ma visite. Seule différence : une tache humide au bas de son veston croisé. Pour faire plaisir à la Voix, mais sans réelle conviction j'ai dit : « Maintenant, j'espère que tu vas me les donner mes millions ? »

Moi : Pourquoi dis-tu sans conviction ?

Désidéria : Parce que comme j'avais crié « Vive la révolution », au lieu d'à bas, j'étais sûre qu'il allait me dire que je n'avais pas tenu mes promesses.

Moi : Et tu avais raison ?

Désidéria : Non. Pour une fois, bizarrement, je n'avais pas deviné comment il allait se comporter ce jour-là. En me regardant il avait un air vaguement confus, ou penaud, mais ce n'était peut-être que l'effet de la dépression générale qui suit souvent le coït. Il a fini cependant par me répondre en parlant très lentement : « Je pourrais te dire que tu ne mérites pas un centime puisque tu n'as pas fait ce que je te demandais de faire, mais je préfère te parler franchement : tu exiges une chose de moi que je serais incapable de faire pour qui que ce soit, même pas pour la mère de mes enfants. » « Mais cet argent est à moi. » « Peu importe. Ce que tu me demandes s'appelle voler ; et moi, je préfère manquer à ma parole plutôt que de voler. Un commerçant honorable, tel que je me vante d'être, ne vole pas. » « Alors, tu refuses ? » « Si je pouvais le faire, je le ferais, mais je ne le peux pas. » « Pourtant tu m'avais laissé entendre que tu me donnerais cet argent si je savais te prouver que je le méritais. » « Oh, tu sais, il y a des moments où on dit n'importe quoi. » « Tu es un salaud, une ordure, un lâche. » Il a alors ouvert ses bras dans un geste de résignation : « C'est possible, mais pas un voleur. » « C'est bien, mais dis-toi que tu ne me reverras jamais plus. Tu me dégoûtes. » « Si tu as besoin d'un peu d'argent, je veux dire de mon argent, ni du tien, ni de celui de Viola, je peux t'en donner. »

Moi : Qu'as-tu répondu ?

Désidéria : La Voix me disait de m'en aller en claquant la porte mais je ne l'ai pas écoutée puisque devenue subitement très douce, j'ai demandé à Tibéri : « Combien peux-tu me donner ? »

Moi : Pourquoi cette inhabituelle désobéissance ?

Désidéria : Parce qu'au moment où il refusait de voler pour moi, Tibéri me parut, je ne dis pas sympathique, mais « humain » et me faire payer pour le plaisir qu'il avait pris grâce à moi était une manière de reconnaître son humanité, de la récompenser.

Moi : Pourquoi ces mots, humain, humanité, pourquoi ?

Désidéria : Je pensais que pour un homme, le métier qu'il s'est choisi est la chose pour laquelle il est prêt, si on l'attaque, à toutes les résistances ; en me résistant, puisque je l'attaquais, il prouvait que, sur ce point, il n'était pas différent des autres.

Moi : Il t'a donné de l'argent ?

Désidéria : Oui, il a mis la main à la poche intérieure de son veston pour en tirer une petite liasse de billets : « Voilà un demi-million en billets de cinquante mille ; tu peux les prendre. Ils ne sont ni à Viola ni à toi, mais à moi. »

Moi : Tu les as acceptés ?

Désidéria : Cette fois la Voix a gagné en me faisant crier : « Mais qu'est-ce que tu veux que j'en fasse de ton sale argent ? » en même temps que je prenais la liasse pour arracher la bandelette de papier qui l'entourait et tout jeter par terre.

Moi : Comment Tibéri a-t-il pris ton refus ?

Désidéria : Il paraissait surpris mais ne rien comprendre. Il s'est seulement baissé pour ramasser son argent éparpillé sur le sol, avec des gestes humbles et patients. Ensuite il a réuni les billets pour reconstituer la liasse qu'il a posée devant moi sur la table : « Voilà l'argent que tu m'as demandé.

A présent tu n'en veux plus. Je ne sais pas pourquoi. Prends-le, ne le prends pas, moi, je m'en vais, j'ai affaire. Tu connais le chemin. Si tu veux qu'on se revoit, tu n'as qu'à me téléphoner. *Ciao.* »

Moi : Il est sorti ?

Désidéria : Oui, il est sorti en ayant retrouvé tout son aplomb. Droit, sûr de lui, avec sa grosse tache de sperme au bas de son veston croisé. Il s'est simplement incliné vaguement devant moi pour me saluer et il est sorti du salon.

Moi : Et toi ?

Désidéria : Oh, moi, j'ai pris les billets, je les ai fourrés dans mon sac et j'ai filé. Dès que je me suis retrouvée dans la rue, j'ai levé la tête : Tibéri était appuyé au rebord de cette fenêtre où, quelques moments avant, il m'avait obligée à me pencher pendant qu'il faisait l'amour ; il me regardait. Je lui ai fait un petit signe de la main mais il n'y a pas répondu. Alors je n'avais plus qu'à aller Piazza Cavour pour chercher un taxi.

Moi : Pourquoi t'étais-tu décidée à prendre ces billets ?

Désidéria : Parce que la Voix, comme cela lui arrivait souvent, avait changé d'idée. A son avis, la partie du plan concernant la désacralisation de l'argent était terminée. Je m'étais prouvée et je lui avais démontré que pour moi l'argent ne représentait rien ou était autre chose que de l'argent. Sans scrupule, je pouvais accepter les billets de Tibéri puisque la révolution avait besoin non seulement de vingt millions, non seulement d'un demi-million mais aussi, et pourquoi pas ? de deux mille lires.

Moi : Elle voyait loin et elle était prudente, la Voix.

Désidéria : Comme tous les fanatiques. Arrivée à la maison, j'ai placé les billets de Tibéri dans le tiroir où j'avais caché le couteau dont j'avais menacé

Diomira et les pièces d'or de Viola. Puis je n'y ai plus pensé.

Moi : As-tu revu Tibéri ?

Désidéria : Pendant quelque temps, je n'ai rien su de lui, puis un jour, il m'a téléphoné. Ensuite, il me téléphona souvent. Je lui raccrochais au nez sans répondre. Pourtant une fois, je me souviens qu'il m'appela à un moment où Viola se trouvait dans ma chambre et que pour toute réponse il n'obtint de moi que cette phrase : « Ou vingt ou rien », je faisais, bien entendu, allusion aux vingt millions qu'il refusait de prélever sur le compte de Viola. Comme il se taisait, j'ai simplement raccroché le récepteur. Et à Viola qui voulait savoir qui c'était et ce que signifiait la phrase qu'elle avait entendue, j'ai dit : « C'est un jeu entre un garçon et moi. » Elle insistait pour avoir l'explication de ce jeu, j'ai répété : « C'est un jeu avec un garçon. Ça ne te regarde pas. »

Moi : Tibéri a-t-il continué à te téléphoner ?

Désidéria : Non, il a dû comprendre que le téléphone ne valait rien et il a changé de méthode. Il venait m'attendre en voiture dans la rue où nous habitions. Il savait très exactement l'heure à laquelle je sortais le matin pour aller au lycée et se mettait en faction le long du trottoir, un peu plus bas que chez nous. Je passais toujours par là pour aller prendre mon autobus, alors dès qu'il m'apercevait il avançait sa tête hors de sa portière et criait : « Oh, oh ! Désidéria ! Bonjour Désidéria ! » Moi, en faisant semblant de ne pas l'avoir entendu, je filais tout droit en marchant d'un pas normal. Toujours à son volant, il me suivait lentement et, comme la première fois, il me faisait l'amour avec des mots.

Moi : Mais avec quels mots ?

Désidéria : De sa voix de Romain bien éduqué et vieux jeu, avec son accent traînant et bonasse, il me jetait au visage des mots d'une obscénité incroyable.

Moi : Que te disait-il ?

Désidéria : Oh, je ne sais plus. Mais, tiens, par exemple : « Viens chez moi, putain, connasse, roulure, salope, viens encore une fois me donner ton cul, viens, je le ferai éclater ce cul avec ma grosse pine, je te l'enfonçerai jusqu'à la gorge, viens me trouver, je te mettrai la tête dans les coussins du divan, le cul en l'air et je te l'enfilerai dans le cul, oui, oui, je ferai éclater ton cul avec mon gros chose, fille de pute, pute toi-même, salope, pouffiasse », et caetera, et caetera.

Moi : Sur quel ton disait-il ces mots ?

Désidéria : Son ton était son ton habituel, mais comme sur un bruit de fond de tendresse. Exactement la voix de quelqu'un qui est amoureux. Avec en plus l'urgence, le désespoir, la passion du désir insatisfait et insatisfaisable. On aurait dit un fou ou un obsédé : les traits de son visage restant immobiles et ses gestes ne consistant qu'à pencher sa tête hors de sa portière et à régler la vitesse de la marche de sa voiture sur la mienne. Il me faisait aussi des propositions, comment dire ? d'ordre pratique. Il disait, par exemple : « Retourne chez toi, attends-moi dans l'entrée de la maison. A cette heure-ci, personne ne sort. Nous prendrons l'ascenseur, nous l'arrêterons entre deux étages, alors toi, tu me donnes ton cul, comme une vraie salope que tu es et moi, debout, je te l'enfile, bien à fond, jusqu'aux couilles, je décharge dedans toi et puis je me rajuste, toi tu remontes ton pantalon, nous revenons au rez-de-chaussée, et ni vu ni connu... Allez, viens, nous faisons ça ? Allez, j'ai trois cent mille lires dans ma poche, je te les mets dans la main juste au moment où je t'enfile, allez, va, qu'est-ce que ça peut te faire ? maintenant que ton cul est défoncé, un coup de plus, un coup de moins, quelle importance ? Et toi, tu t'en iras avec trois cent mille lires. »

Moi : Un programme particulièrement bien étudié.

Désidéria : Comme tous les amoureux, il avait fait plusieurs fois en imagination ce qu'il n'était jamais arrivé à faire en réalité.

Moi : Et toi, tu ne lui répondais jamais ? Même pas une fois ?

Désidéria : Oui, une fois la Voix m'a dit : « Essayons de voir s'il se dégonfle. » Alors je me suis brusquement arrêtée sur le bord du trottoir. Il s'est arrêté aussi dans un affreux grincement de frein. Il était encore très tôt, personne ne passait dans notre rue. Après avoir rapidement regardé à droite, puis à gauche, j'ai tiré sur la fermeture éclair cousue sur le côté de ma jupe pour lui montrer le haut de ma cuisse et un morceau de fesse sur lequel j'ai donné une petite tape en disant : « Tu le vois ça ? Apporte-moi vingt millions et ce sera tout à toi. »

Moi : Et lui ?

Désidéria : D'abord il a rougi puis il a esquissé le geste d'ouvrir sa portière pour me faire monter près de lui. Ensuite il a embrayé et il a disparu.

CHAPITRE IV

Moi : Ainsi tu n'es pas arrivée à réaliser l'acte de désacralisation de l'argent : Tibéri s'étant refusé à soustraire vingt millions sur le compte de Viola. Mais peux-tu me dire pourquoi vingt millions plutôt que mille lires ? La Voix ne t'avait-elle pas toujours affirmé que l'acte de désacralisation était symbolique ? Tu prenais un petit billet de mille lires, tu t'en essuyais le derrière comme tu l'avais fait, pour désacraliser la culture, avec une page du roman de Manzoni, et le tour était joué. Qu'as-tu à me répondre ?

Désidéria : La Voix m'a expliqué qu'avec l'argent le symbolisme était impossible. Désacraliser l'argent voulait dire désacraliser une très grosse somme d'argent, beaucoup, beaucoup d'argent et que l'argent était quantitatif et non qualitatif ; que mille lires ce n'était pas encore de l'argent ; que vingt millions commençaient à l'être.

Moi : Alors, selon la Voix de quelle façon pouvait-on désacraliser vingt millions ?

Désidéria : En les mettant au service de la révolution.

Moi : Il me semble qu'à cette époque la Voix parlait souvent de la révolution.

Désidéria : Elle n'avait que ce mot à la bouche.

Moi : Que·disait-elle de la révolution ?

Désidéria : Elle n'en disait rien, elle disait uniquement le mot.

Moi : Le mot révolution ?

Désidéria : Oui.

Moi : Sans s'expliquer davantage ?

Désidéria : Sans s'expliquer du tout.

Moi : Qu'est-ce que c'était ? Une obsession ?

Désidéria : Quelque chose de ce genre. Elle ne faisait que répéter des phrases comme : « Tu dois devenir une révolutionnaire. » « Tu dois faire la révolution. » « L'heure de la révolution a sonné. » Et ainsi de suite. C'était un mot qui agissait en attendant de faire agir.

Moi : Et toi, que pensais-tu de ce mot ?

Désidéria : Je pensais qu'il avait quelque chose d'irrationnel, de fascinant et d'obsessionnel.

Moi : Mais tout de même, la révolution, on ne la fait pas tout seul. De quelle façon et avec qui, la Voix entendait-elle que tu fasses la révolution ?

Désidéria : Le moment est venu de te dire que la Voix s'était mise à employer d'autres mots qu'autrefois elle n'aurait jamais prononcés devant moi, même en sachant que je les connaissais et que j'en savais la signification.

Moi : Quels étaient ces mots ?

Désidéria : Par exemple : camarade, par exemple : groupe.

Moi : Tiens, tiens. Elle te disait ce qu'ils signifiaient ?

Désidéria : Elle ne donnait aucune explication. Pour elle (du moins moi, j'avais cette impression) pour elle, le mot suffisait, ensuite la chose venait de soi, sans explication. En somme le mot était la chose et vice versa.

Moi : Nous avons donc ici trois mots : révolution, camarade, groupe. La Voix les organisait-elle, les agençait-elle les uns par rapport aux autres ?

Désidéria : Mais oui, bien sûr, qu'elle les agençait ; par exemple : pour faire la révolution, je devais, moi, réunir des camarades pour former un groupe révolutionnaire. Mais cet agencement ne résultait pas d'une explication donnée par la Voix ; plutôt du, comment dire ? du désir d'agir qu'elle m'avait insufflé en me disant ces trois mots.

Moi : Du désir ?

Désidéria : Oui, d'un désir mystérieux, ardent ; d'un désir dans le sens de quelque chose d'irrésistible qui ne vient pas du cerveau mais d'ailleurs.

Moi : Et d'où ?

Désidéria : Je ne sais pas, du dedans, d'en bas et pourquoi pas ? du ventre, du sexe ?

Moi : Tu avais le désir de faire la révolution, le désir d'être une camarade, le désir de faire partie d'un groupe ?

Désidéria : Oui, plus ou moins ça. En choisissant ces trois mots, la Voix n'entendait pas s'adresser seulement à mon intelligence mais aussi à une partie de mon corps que je pourrais appeler sexe si le désir s'était localisé uniquement là. C'était un désir diffus répandu par tout le corps, quelque chose de physiologique, de sexuel.

Moi : Diffus ?

Désidéria : La Voix ne cherchait pas à me persuader mais à me faire ressentir.

Moi : Ressentir quoi ?

Désidéria : Ressentir la révolution, ressentir le fait d'être une camarade, ressentir le groupe.

Moi : De quelle façon les ressentais-tu ces choses ?

Désidéria : Je ne sais pas, disons que j'avais eu un coup de foudre pour la révolution.

Moi : Alors maintenant, le plan de désacralisation et de transgression était abandonné. Tu étais passée à l'action, tu faisais la révolution.

Désidéria : Mais non, au contraire, la Voix voulait que j'aille jusqu'au bout. Pour le moment, je devais me contenter de rêver, d'imaginer, de désirer la révolution. Tandis que le plan, il fallait que je le concrétise, que je le matérialise et c'est pourquoi elle décida de me faire désacraliser la vie humaine.

Moi : Qu'est-ce que ça veut dire désacraliser la vie humaine ? Assassiner quelqu'un ?

Désidéria : Oui, ou du moins le tenter sérieusement.

Moi : Et toi, tu as tenté ?

Désidéria : Comme s'il s'agissait d'un acte pouvant avoir des conséquences graves, celle d'aller en prison et d'y rester longtemps, la Voix m'avait permis de ne faire que tenter ; toutefois, très sérieusement, c'est-à-dire comme si j'en avais la réelle intention. En somme, étant donné la gravité du geste, elle me concéda une marge symbolique plus grande que d'habitude.

Moi : Je comprends. Mais quand on sait d'avance qu'un assassinat se limitera aux intentions, comment peut-on parler du sérieux de la tentative ? Ton histoire ressemble à celle d'un acrobate qui exécute un exercice périlleux un filet tendu au-dessous de lui ; aucun spectateur ne croit sa vie en danger et finalement on admire davantage sa virtuosité que son courage.

Désidéria : Ta comparaison est juste, mais comme cela arrive souvent avec les comparaisons, même justes, elle ne tient pas debout. En réalité, moi, je voulais sincèrement tuer. Pour reprendre ta comparaison disons que l'acrobate en question ignorait qu'un filet se trouvait au-dessous de lui.

Moi : Et qui avais-tu choisi comme victime de cette sincère tentative d'homicide ?

Désidéria : Viola.

Moi : Ce qui me paraît plutôt logique.

Désidéria : Logique ?

Moi : Logique, parce que la mort de Viola était le véritable but du programme de transgression et de désacralisation. Ce plan convergeait entièrement sur la suppression physique de ta mère adoptive dont la Voix avait fait le symbole vivant de la haïssable bourgeoisie.

Désidéria : Tu as probablement raison bien que les choses ne se soient pas passées tout à fait ainsi. Moi, je ne voulais pas tuer Viola ; je voulais seulement me prouver que j'en étais capable. Moi, je ne détestais pas Viola, je ne voyais pas en elle le symbole vivant de la bourgeoisie et sais-tu ce qui s'est passé durant ma tentative ? J'ai découvert que la Voix avait raison : Viola « était » la bourgeoisie ; et, chose plus importante encore, j'ai compris qu'elle en était consciente, qu'elle savait.

Moi : Consciente ?

Désidéria : Oui, Viola savait qu'elle était « la bourgeoisie ». C'est cette découverte que j'ai faite à l'occasion de ma tentative de meurtre. Elle en avait conscience, même si par la suite, elle resta inerte, inefficace. A la fin de mon expérience figure-toi, que je me suis retrouvée devant une personne très différente de celle que j'avais toujours imaginée. Une personne qui justifiait la haine de la Voix mais qui pourtant réveillait chez moi l'affection que je lui portais autrefois. Viola était la bourgeoisie, mais le fait qu'elle en soit consciente lui enlevait le caractère de monstre social aliéné, automatique qu'elle avait eu un moment à mes yeux et la rendait, je ne dis pas digne d'amour, mais humaine.

Moi : Nous revoilà à l'humanité, comme pour Tibéri. Et tout ceci parce que tu as tenté, sans y réussir, de l'assassiner ?

Désidéria : Oui.

Moi : Cette tentative de meurtre vous a-t-elle rapprochées l'une de l'autre ?

Désidéria : Pas la tentative mais la sincérité de la tentative.

Moi : Toujours la sincérité.

Désidéria : Tout se passa comme si Viola avait compris que j'avais voulu la tuer, avait pensé que j'avais raison de la tuer, avait, même, désiré que je réussisse à la tuer.

Moi : Bon. Mais comment la Voix a-t-elle pu faire de toi un assassin ?

Désidéria : Par surprise. Sans aucune préparation.

Moi : Par surprise ?

Désidéria : Un soir, comme je rentrai du cinéma où j'étais allée avec une amie, Viola m'annonce que nous sommes invitées à une réception par des gens qui habitent une villa sur la Via Appia. En vitesse, elle m'explique que c'est une invitation « importante » ; que je dois « absolument » y aller ; qu'elle me « donne » cinq minutes pour m'habiller ; que nous « devons » être prêtes dans un quart d'heure au plus tard. Elle raconte tout ça, presque nue, debout devant son miroir ; son dos de jeune fille contraste étrangement avec l'image de femme mûre et lasse qui se reflète dans la glace. Je dis que je n'ai aucune envie d'aller à cette soirée ; que je préfère rester à la maison pour regarder la télévision. Viola court d'un coin à l'autre de sa chambre à la recherche de sa robe, de ses chaussures, de son sac et, en même temps, elle m'explique pourquoi ces gens sont « importants », pourquoi je dois

« absolument » l'accompagner. Elle parle sur un ton dur et dialectique, comme une mère qui se voudrait sévère. Je lui réponds d'un haussement d'épaule en prenant le chemin de la sortie ; alors la voilà qui change d'un seul coup : ce n'est plus la mère américaine absorbée par de précieux devoirs mondains ; c'est une femme qui aime et qui souffre de n'être pas aimée. D'une voix angoissée, brusquement, elle me demande si je ne pourrais pas la mener en voiture au moins jusqu'à la Via Appia et revenir, plus tard, l'y reprendre, parce que c'est samedi, que c'est le jour de sortie du chauffeur et que surtout elle n'aime pas se trouver seule en auto dans ces parages. Elle m'a, en même temps, tendu sa robe pour que je l'aide à la passer. Je dis que c'est d'accord, que je l'accompagnerai et je prends sa robe pour la lui enfiler par la tête. En la tirant vers le bas et en l'aplatissant sur ses flancs et ses cuisses pour la défroisser, et comme elle est très étroite et très collante, j'effleure, inévitablement, son corps du bout de mes doigts. Alors, comme si dans mon intention ce léger contact, dû uniquement au hasard, avait été un geste voulu de caresse, elle murmure tristement : « Pourquoi ne m'aimes-tu plus ? » Je lui réponds froidement que je l'aime, que je l'ai toujours aimée ; elle soupire, se regarde avec coquetterie dans la glace et a ensuite un vrai geste d'amoureuse : elle me prend la main pour la poser sur son cœur et dit : « Tu sens comme il bat ? C'est toi qui en es la cause. » En guise de réponse, je lui demande si elle est prête, elle dit oui, prend son sac, son châle et nous voilà parties. Dans l'ascenseur, elle reste debout devant la porte et, sans se retourner, elle me dit qu'il faudra venir la chercher à une heure. Qui peut savoir pourquoi, inopinément, la Voix me suggère de lui dire quelque chose de provocant, quelque chose qu'elle trouvera flatteur pour l'empêcher de faire pencher la balance du côté de l'amour maternel. Alors, sans hausser le ton, je dis : « Cette robe te va très bien. Elle met en valeur ce que tu as de mieux. » « Et qu'est-ce que j'ai de mieux ? » Très sérieusement, en lui donnant une petite tape sur les fesses, je réponds : « Le cul. Tu le sais très bien. Pourquoi veux-tu qu'on te le répète cent fois ? » Elle hoche la tête : « Tu vois comme tu es ? Peut-être que tu voulais me dire quelque chose de gentil et tu me sors une grossièreté et tu me donnes une tape sur le derrière. » L'ascenseur s'arrête au rez-de-chaussée. Nous voici dans la rue. Notre garage se trouvait juste à côté de la maison, en sous-sol. On y accédait par un plan incliné construit en ciment. Je dis à Viola de m'attendre à côté du portail. Je m'engage dans la descente. Le rideau de fer est baissé, je le remonte. Je suis dans le garage. J'ouvre la portière de notre auto, je m'assieds au volant, j'introduis la clef dans la serrure, je pose un pied sur la pédale de l'accélérateur, le moteur commence à tourner, d'abord dans un grand bruit qui devient un ronron régulier. Je suis en première, la voiture grimpe la pente cimentée et s'arrête sur le terre-plein. Je mets le frein à main, je descends et vais rebaisser le rideau de fer. En faisant ce dernier geste, je lève les yeux et aperçois Viola, dans sa robe du soir, son sac à la main, son châle sur le bras, appuyée contre un des pilastres — précisément celui de gauche — du portail. Immédiatement j'entends la Voix qui me dit : « Monte en ligne droite, jusqu'à un mètre ou deux du portail, ensuite braque complètement à gauche pour accrocher Viola avec ton aile. » Une seconde se passe et c'est de cette seconde que la Voix profite pour m'avertir que si je n'exécute pas cet ordre je ne l'entendrai jamais plus... Je ne dis rien, mais plus morte que vive, je me rassieds dans la voiture, je change de vitesse, j'appuie sur l'accélérateur pour franchir le plan incliné et à environ un mètre du pilastre, je braque complètement à gauche, j'entends le bruit que fait l'aile en effleurant la pierre du pilastre avant de heurter quelque chose de mou, la jambe de Viola. Je m'arrête, je tire le frein à main, je me précipite vers elle.

Moi : Tu l'avais renversée ?

Désidéria : Je l'avais jetée par terre. J'ai eu très peur en la voyant.

Moi : Pourquoi ?

Désidéria : Elle était couchée sur le côté, repliée sur elle-même, la figure contre le bord du trottoir. Il avait plu. Sa joue s'enfonçait dans la boue ; ses yeux étaient ouverts, presque écarquillés, elle gémissait doucement comme une bête de boucherie à l'abattoir. Sa robe de soie noire était tachée de terre, l'aile de la voiture l'avait touchée à la cuisse et là le tissu de sa robe était comme lacéré. Je me suis penchée sur elle pour lui demander comment elle se sentait et si elle était en état de se relever. D'une voix à peine perceptible, elle m'a répondu : « Laisse-moi comme ça un petit moment encore. Je me sens mal. » Je ne l'ai pas touchée, mais j'étais sûre que ce n'était pas vrai qu'elle se sentait mal ; je me suis dit qu'elle restait par terre, le visage dans la boue pour se punir : en ce moment, la mère devait avoir pris le pas sur l'amante. Nous sommes restées un long moment ainsi, l'une debout, l'autre recroquevillée par terre, immobiles, muettes ; moi, la regardant, elle, ne bougeant pas. Finalement elle a dit très très doucement : « On peut y aller maintenant, aide-moi. » Je l'ai prise par un bras et je l'ai aidée à se remettre sur ses pieds. Ensuite, moi la soutenant, elle clopinant ne faisant qu'un pas après l'autre, nous sommes rentrées et nous avons pris l'ascenseur. Dès que la cabine a commencé à monter, je lui ai dit : « Je me demande ce qui est arrivé, maman, la voiture est partie sur la gauche sans que je m'en rende compte. » En levant vers moi ses yeux qui étaient là, dans ce visage bouleversé et à moitié couvert de boue, elle a dit d'une voix qui sortait avec beaucoup de difficultés : « Je ne sais pas quelle était ton intention mais de toute façon tu n'as pas besoin de te justifier. C'est ma faute, je me suis avancée au moment où la voiture est arrivée près du portail. »

Moi : Elle a dit intention ? Alors elle avait compris ?

Désidéria : Oui, probablement mais moi je ne lui ai rien répondu. L'ascenseur s'est arrêté et nous en sommes sorties. Elle marchait très mal ; et moi, j'ai fait mieux que de l'aider à marcher, je l'ai soulevée de terre, un bras passé autour de sa taille ; nous sommes arrivées jusqu'à sa chambre et je l'ai assise sur son lit. Visiblement, elle souffrait. Ensuite je lui ai enlevé sa robe en la lui faisant passer par la tête. Elle se laissait faire, elle obéissait ; je lui ai dit de lever les bras, elle les a levés et j'ai tiré de toutes mes forces pour finir de dégager le tissu de la masse de ses cheveux en désordre. J'ai jeté sa robe sur le dos d'un fauteuil, je me suis agenouillée, je lui ai retiré son collant ; sans que je lui demande rien, c'est elle qui a défait son soutien-gorge. Elle était à présent entièrement nue, assise au bord de son lit. Elle se tenait en chien de fusil sans doute pour cacher les plis de son ventre et ses seins flasques et elle me regardait en dessous avec, me semblait-il, un certain espoir, comme si je ne l'avais pas déshabillée pour l'aider mais pour la caresser. Sèchement, je lui ai dit de s'allonger, je l'ai aidée à soulever ses jambes en prenant l'un après l'autre chacun de ses pieds ; elle s'est laissé faire et s'est étendue sur le dos en se couvrant de son drap. Seule la lampe de chevet était allumée ; je lui ai demandé où elle avait mal ; elle a touché sa cuisse droite ; je lui ai dit de se tourner pour que je puisse mieux voir ; elle a fait ce que je demandais et j'ai vu que du genou à la hanche toute la cuisse était rouge, égratignée, enflammée, comme si de petites veines avaient éclaté sous sa peau demeurée intacte. Viola me regardait avec grande attention pendant que je l'examinais. Puis elle a dit : « Tu vois ce que tu m'as fait ? » et moi, sans desserrer les lèvres, droite à côté du lit, j'ai secoué la tête en signe de dénégation, comme pour dire : « Mais non, voyons, je ne t'ai rien fait ; à peine une égratignure. » Il m'était impossible de parler, puis, soudain, j'ai pris conscience de ce qu'il venait d'arriver ou plutôt de ce que la Voix avait fait pour que cela arrivât et j'ai éprouvé une étrange sensation, comme un immense soulagement devant la fin heureuse d'une épreuve qui aurait pu être fatale.

Moi : Du soulagement ?

Désidéria : Oui, je m'en tirais à bon compte. J'avais désacralisé la vie humaine en désirant sincèrement et sérieusement commettre un meurtre, mais la chance avait fait que je n'avais pas tué. La désacralisation s'était passée en moi, au fond de moi, sans regrets ; mais dans la réalité, elle en était restée symboliquement à une jambe légèrement effleurée par l'aile d'une automobile. Alors j'ai senti monter en moi comme une bouffée de cette tendresse que j'avais autrefois pour ma mère adoptive, mais si subite, si forte que je ne pus m'empêcher d'éclater en sanglots. Et en pleurant j'ai avancé timidement la main pour caresser la longue égratignure qui marquait de rouge la cuisse de Viola et j'ai dit en hoquetant : « Ce ne sera rien, maman. Je vais t'aider à passer une autre robe et puis j'irai m'habiller et nous irons à ta réception. Juste une petite marque de rien du tout. Quelle robe veux-tu mettre ? Dis-le-moi, je vais aller te la chercher. » Je pleurais ; elle, elle me regardait avec attention, ma main qui caressait sa jambe était en train de remonter vers sa hanche ; alors, avec une rapidité surprenante, elle la saisit et maintint immobile avant de me répondre : « Je n'irai pas à cette réception. » « Pourquoi ? » « Parce que, premièrement, je ne suis pas capable de marcher et, deuxièmement, parce que je n'en ai plus envie. » « Pourquoi n'en avoir plus envie ? Tu as tout fait pour être invitée et tu en étais enchantée ; ce sera une soirée très réussie et il y aura beaucoup de monde ; Pourquoi ne veux-tu plus ? Je te jure que, maintenant, moi, j'ai envie d'y aller, attends, je vais sortir ta robe de velours noir qui te va particulièrement bien ; moi, je mettrai ma rouge, celle que tu préfères. Allez, allons-y, je suis certaine que nous nous amuserons beaucoup. » Je disais n'importe quoi ; je parlais uniquement pour la convaincre. Elle m'observait avec une drôle d'expression, gênante, froide, perplexe. Finalement elle a dit : « Mais qu'est-ce que tu crois ? Que je ne me rends pas compte de beaucoup de choses ? » « De quelles choses, maman ? » « Oh, d'une quantité de choses. Par exemple, que ces sortes de réceptions sont ennuyeuses, absurdes, insupportables. Par exemple, quand tout à l'heure, à moitié nue, pressée de m'habiller, je te bousculais, j'étais idiote et ridicule. Par exemple, qu'à ce moment-là tu me regardais comme on regarde une folle, je suis parfaitement consciente de ces choses et de beaucoup d'autres. Je sais tout. Tout, tu entends, tout. » « Mais il n'y a rien à savoir maman. » « Je te dis que je sais tout. Je sais que je suis très peu de chose, que je dois mon apparence d'existence au fait d'avoir un compte en banque ; je sais que je ne serai jamais une bonne mère de famille ni une vraie *signora* bourgeoise ; je sais que ce qui me donne l'illusion de vivre c'est, ma fortune mise à part, de pouvoir faire l'amour chaque fois que j'en ai envie et aussi souvent que je le veux avec des hommes et des femmes. Et pourquoi pas, aussi, avec des animaux ? Enfin, je sais que mon but est de t'amener à vouloir faire l'amour avec moi, que je pense en avoir acquis le droit en t'ayant achetée à ta vraie mère et que personne ne m'ôtera de la tête que tu es un objet qui m'appartient dont je peux me servir pour faire ce qui me plaît le plus au monde. »

Moi : On ne peut plus clair, il me semble. Et toi, comment as-tu accueilli cette espèce de confession ?

Désidéria : En lui posant une question : « Puisque tu sais toutes ces choses et si tu n'es pas contente d'être comme tu es, pourquoi n'essaies-tu pas de changer. »

Moi : Et elle t'a répondu...

Désidéria : Elle m'a répondu d'un air désabusé : « Tu sais très bien qu'il est impossible de se changer. Et puis qui te dit que je ne suis pas contente d'être comme je suis ? »

Moi : Encore une fois, on ne peut plus clair.

Désidéria : Je dois t'avouer qu'elle m'a un peu étonnée. Je l'avais jusque-là considérée comme une sorte de monstre inconscient de sa monstruosité, et voilà que je découvrais une femme pleinement consciente de sa malheureuse situation de femme riche et seule. Consciente, mais incapable de la modifier, si peu que ce soit. Pour confirmer les réflexions que j'étais en train de faire, la flamme lubrique et folle que je connaissais depuis longtemps s'est allumée dans son œil. Sans cesser de maintenir ma main collée sur sa peau, elle a murmuré : « Rapproche-toi, assieds-toi, près du lit. » J'ai obéi tout de suite et elle a lâché ma main pour avancer la sienne dans l'intention de caresser mon visage : « Comme tu es belle, Désidéria. Sais-tu que tu es une des plus belles jeunes filles que j'aie jamais rencontrées dans ma vie ? » Gênée, j'ai baissé tout de suite les yeux : sa main se promenait, grattait de ses ongles les coins tombant de ma bouche, contournait mon menton, descendait doucement le long de mon cou, glissait lentement dans l'échancrure de la robe. Sans brusquerie, j'ai saisi cette main et je l'ai ramenée sur mon épaule. Alors, immédiatement, elle a substitué à la caresse physique la caresse verbale : « Tu es si belle que tout à l'heure, quand j'étais couchée par terre et que tu te tenais debout devant moi en attendant que je revienne de mon malaise, j'ai imaginé que tu étais l'ange de la mort et que j'allais mourir de ta main. J'étais heureuse d'avoir été renversée par une voiture dont tu tenais le volant, toi, toi si prodigieusement belle. »

Moi : Qu'est-ce que c'était ? Une déclaration d'amour ?

Désidéria : Oui, mais compliquée du fait que Viola, comme tu le sais, passait alternativement de l'amour homosexuel à l'amour maternel et, qu'en quelque sorte, elle nourrissait et renforçait le premier avec le second. Sans me laisser le temps de répondre, elle a ajouté : « Toute ma vie, j'ai désiré avoir une famille, une vraie fille, une vraie maison, une vraie éducation à donner, un vrai avenir à vivre avec mon enfant. J'ai follement désiré être une femme comme les autres. Je n'y suis pas parvenue et un jour j'ai compris qu'au fond ces rêves n'avaient aucune importance et que tout m'était égal. A présent, je suis heureuse d'être ici avec toi, ma beauté. La seule chose qui m'intéresse ce serait que tu oublies que je suis ta mère adoptive et que tu te dises qu'il n'existe aucun lien de parenté entre nous deux et que nous pouvons être des amies. Pour me prouver que tu veux bien que nous soyons ces amies-là, laisse-moi te caresser et caresse-moi. Dis-moi que tu veux bien. » Elle a alors repris ma main pour la porter à ses lèvres, la baiser, la frotter contre sa peau, puis séparer des autres mon doigt du milieu, l'introduire dans sa bouche, l'envelopper de sa langue, le sucer en simulant le rapport érotique buccal. Je n'ai rien fait pour retirer mon doigt de sa bouche ; je me suis bornée à dire : « Si cela te fait plaisir maman, caresse-moi, c'est bien normal qu'une mère caresse sa fille, mais pas de cette façon-là. » « Mais pourquoi pas de cette façon-là ? Nous ne sommes pas mère et fille. » « Alors qu'est-ce que nous sommes ? » « Nous sommes des étrangères l'une pour l'autre qui pourraient devenir des amies en oubliant que tu viens de tenter de m'assassiner. » « Mais ce n'est pas vrai, maman. Un accident, je te jure, maman. » « Alors si tu veux me prouver que tu regrettes cet accident et que tu n'as pas voulu me tuer, tu vas m'embrasser ici, ici, ici. » Elle indiquait les endroits qu'elle avait choisis et moi, docilement, je me suis penchée sur elle et j'ai promené les lèvres de son genou jusqu'à sa hanche, tout le long de l'éraflure rouge qui marquait sa cuisse, puis de sa hanche vers son genou. Tu dois te demander pourquoi j'obéissais ainsi à Viola et je te réponds tout de suite que je n'obéissais pas à Viola mais à la Voix qui, pour des motifs mystérieux, voulait que j'encourage la passion incestueuse de Viola. A un certain moment, ayant dû penser qu'elle pouvait me contraindre à une caresse plus hardie, elle a soulevé ma tête en saisissant ma nuque entre ses doigts, comme on le fait avec les petits chats, et a poussé ma bouche contre son pubis dont l'épaisse toison noire se trouvait à la hauteur de mes yeux. D'un grand mouvement de tête je suis arrivée à me libérer de sa prise et en me relevant j'ai dit : « A présent tu vas prendre un peu de whisky. Tu souffres d'un traumatisme. Demain nous ferons venir le docteur. Tu préfères, peut-être que je l'appelle tout de suite ? » « Non, non, pas de médecin et puisque tu refuses de faire ce que je te demande, donne-moi un whisky mais reste à côté de moi pendant que je boirai. » Je suis allée ouvrir le placard où elle gardait son whisky, j'ai pris une bouteille et deux verres et suis revenue vers elle. « Je vais boire avec toi, mais tu sais que le whisky me fait mal » et je ne m'en suis versé qu'un doigt tandis que je remplissais le verre de Viola à demi. Je le lui ai tendu, elle l'a pris et, d'un seul trait, elle l'a vidé. Elle me l'a de nouveau tendu, je l'ai rempli aux trois quarts. Elle a bu, encore plus avidement : son désir de s'enivrer était manifeste. Une troisième fois, j'ai rempli son verre, une troisième fois elle l'a vidé. Ensuite, elle s'est assise dans son lit en calant son dos contre le traversin : elle devait souffrir. Pourtant tout tranquillement, elle m'a proposé : « Et si tu dormais avec moi, cette nuit ? » Proposition à laquelle j'ai répondu en disant qu'à cause de sa jambe blessée, elle aurait besoin de toute la largeur du lit et que moi j'étais obligée de me lever de bonne heure pour aller en classe. Je ne l'avais pas convaincue : « Pourquoi ne veux-tu pas dormir avec moi ? » A Zermatt nous couchions bien dans le même lit, non ? » « Ce n'était pas pareil. » « Pourquoi ? » « A Zermatt nous n'avions qu'une seule chambre. » « Oui, mais notre lit de Zermatt n'était pas très large et, peut-être que tu ne t'en rendais pas compte, il y avait toujours un moment dans la nuit où je te serrais très fort dans mes bras. Je t'entourais de mes bras en retenant mon souffle pour ne pas te réveiller et risquer de perdre un instant de plaisir. Tu redevenais une petite fille et moi une maman qui la serrait contre elle pour la protéger de la peur qu'un mauvais rêve aurait pu lui causer. » « Oui, mais tu sais bien comment tout ça a fini. » « Que veux-tu dire ? »

« Oh, rien de mal puisque nous sommes des étrangères vivant sous le même toit. Une nuit j'ai rêvé que tu me touchais et quand je me suis réveillée, j'ai bien dû constater que tu me touchais réellement. » « Bon, mais aujourd'hui, qui est-ce qui ne veut pas qu'existe entre nous le rapport sain et très beau de mère-fille ? » « Moi, je t'ai dit la vérité et c'est toi qui m'y a obligée en insistant pour que nous dormions ensemble. » « Ce n'est pas ça la vérité. La vérité est tout autre. » « Et quelle est-elle ? » Ses yeux brillaient d'une manière nouvelle, complètement dénuée d'hypocrisie. Son regard exprimait son défi et son désir : « La vérité est que nous sommes mère et fille, mère et fille plus que jamais. Je t'aime comme si je t'avais mise au monde, et peut-être davantage encore, mais voilà que je suis tombée amoureuse de toi non pas comme une étrangère mais comme une mère perverse et indigne qui veut faire l'amour avec sa fille, justement parce qu'elle est sa fille. » « Maintenant ça suffit, je m'en vais, tu as trop bu et tu ne sais plus ce que tu dis. » « Ah, je ne sais pas ce que je dis ? Eh bien, regarde : je vais me caresser devant toi. Regarde-moi, je vais le faire pour toi ; il faut que tu me regardes. » Avec une force à laquelle il m'était impossible de m'attendre elle saisit d'une main mon poignet et de l'autre elle entreprend de se masturber. Je vois sa main se poser à plat sur son pubis puis se mettre à fourrager dedans avec une rapidité et une habileté qui dénotent une longue habitude : vraisemblablement elle y a trouvé ce qu'elle cherchait ; son index s'enfonce entre ses cuisses tandis que son pouce et son médium restent dehors comme pour retarder la violence qui va se déchaîner. Tout a commencé par un mouvement du bras allant de bas en haut, sa main s'enfonçant d'abord jusqu'au poignet, puis se retirant, puis s'enfonçant de nouveau, puis revenant se poser à plat en contact étroit avec le pubis. Viola a un air bizarre, elle a l'air d'avoir peur que je n'arrive à me libérer de son étreinte avant qu'elle n'atteigne l'orgasme. En même temps elle m'épie avec un air suppliant de femme ivre et irresponsable. Son attention se portait à la fois sur l'attente du plaisir qu'elle demandait à la masturbation et la contemplation anxieuse de mon visage. Finalement, presque sans respirer, sentant l'imminence de l'orgasme, elle a dit : « Je suis certaine que tout à l'heure tu voulais me tuer. Eh bien, à présent, tue-moi, oui, tue-moi, je ne suis pas digne de vivre, tue-moi, tue-moi, mon amour, mon amour, mon amour. » Cette sorte d'invocation stupéfiante, mon amour, mon amour, mon amour, je l'avais entendue prononcer par Tibéri au moment où il éjaculait sur moi durant sa tentative de sodomisation. Et c'est ce souvenir qui m'a fait désobéir à la Voix qui aurait voulu m'obliger à assister jusqu'à sa conclusion au plaisir solitaire de Viola. Et c'est poursuivie par son imploration haletante : « Tue-moi, tue-moi, Désidéria », que je me suis enfuie de sa chambre.

CHAPITRE V

Désidéria : Maintenant il faudrait que je te raconte la dernière et suprême, pour moi du moins, désacralisation : celle de l'amour. Mais avant de te parler de cette dernière phase du plan je voudrais te parler de quelque chose qui en est, en quelque sorte, l'introduction.

Moi : L'introduction ?

Désidéria : Oui, parce qu'à la veille de la désacralisation de l'amour, je suis tombée amoureuse et que pour la première fois depuis qu'elle avait fait son apparition dans ma vie, j'ai désobéi sur un point important à la Voix.

Moi : Qu'est-il arrivé ? A peu de chose près comme si un beau jour Jeanne d'Arc avait répondu à sa Voix : « Non, je ne veux plus combattre contre les Anglais, je ne veux plus me battre pour le roi de France, je veux rentrer à la maison et me marier avec un brave petit paysan de chez nous. »

Désidéria : Bien pire. Comme si Jeanne d'Arc s'était amourachée d'un de ses ennemis, d'un soldat anglais, si tu préfères.

Moi : Mais de quelle manière as-tu désobéi à la Voix ?

Désidéria : Je lui ai désobéi deux fois et, si l'on peut dire, deux fois en une. D'abord, et avant tout, en tombant amoureuse d'un garçon de mon quartier, d'un bourgeois.

Moi : Comment la Voix a-t-elle réagi devant ta désobéissance ?

Désidéria : Elle est partie.

Moi : Où est-elle allée ?

Désidéria : Qui peut dire où vont les Voix lorsqu'elles décident de partir ? La mienne était donc partie, et pour de bon. Elle avait exécuté cette menace de m'abandonner qu'elle me faisait chaque fois que je semblais hésiter à me plier à sa volonté. Tu dois te souvenir que ce genre de menaces me remplissait d'une indicible et inexplicable terreur ; il suffisait qu'elle y fasse la moindre allusion pour que j'obéisse et quoi qu'elle pût me demander. Eh bien, un jour, j'ai dominé cette terreur et j'ai désobéi. Alors, elle, elle est partie.

Moi : Comment se traduisait la terreur dont tu parles ?

Désidéria : J'étais terrorisée à l'idée de redevenir ce que j'avais été avant l'apparition de la Voix : un morceau de chair brut quoique doté d'une grande vitalité nerveuse et physiologique.

Moi : Qui était l'homme dont tu étais amoureuse ?

Désidéria : Il s'appelait Giorgio. Il fréquentait le petit bar du quartier où notre groupe se réunissait.

Moi : Quel groupe ?

Désidéria : Un groupe formé par des garçons et des filles de mon âge qui habitaient mon quartier.

Moi : Qu'est-ce que vous faisiez dans ce bar ?

Désidéria : Rien de particulier. On s'y réunissait pour discuter, pour parler de cinéma, pour organiser des sorties, pour aller ensemble à des manifestations sportives.

Moi : Mais tous ces garçons et filles étaient-ils des amis ?

Désidéria : J'avais seulement deux amies qui suivaient les mêmes cours que moi et avec lesquelles je revoyais nos leçons. Pas d'ami garçon. Giorgio a été le premier.

Moi : Et comment était ce Giorgio ?

Désidéria : Comment il était ? A l'époque je le trouvais beau mais à présent je crois que la meilleure définition qu'on pourrait donner de lui serait de dire que sa figure ressemblait à un cul.

Moi : Pourquoi à un cul ?

Désidéria : Parce qu'à mon avis le cul est la partie du corps réunissant deux caractéristiques apparemment contradictoires : la perfection (un derrière est souvent parfaitement rond ou bien parfaitement ovale, parfait de couleur, je veux dire d'une blancheur uniforme, sans défaut, sans irrégularité) et le manque d'expression (un derrière est un visage auquel il manque tout ce que donne l'expression, yeux, nez, bouche et caetera). Oui, oui, le visage de Giorgio était un cul ; quant au reste, il était ce qu'on appelle un beau gosse : blond, yeux bleu clair, cou et épaules d'athlète, torse développé, jambes bien plantées. J'ai surtout gardé le souvenir de ses bras musclés qui me plaisaient énormément à cause du halo qui les enveloppait : l'or de ses poils.

Moi : Étais-tu vraiment amoureuse de lui ?

Désidéria : Aujourd'hui je dirais non ; j'avais eu un coup de foudre, disons, physiologique. Je crois que ma sexualité m'était monté à la tête comme un vin fort et de mauvaise qualité ; elle m'avait fait voir les choses différemment de ce qu'elles étaient. Mais en même temps je sentais renaître au fond de moi mon goût pour ce qui avait été mon idéal masculin avant la Voix. Et c'est ce qu'on pourrait appeler ma régression qui la rendait si furieuse.

Moi : Tu as dit idéal masculin ?

Désidéria : Oui, le type d'homme que je mettais au-dessus de tous les autres.

Moi : Tu pourrais me décrire ce type d'homme ?

Désidéria : Physiquement n'importe quel homme entre vingt et trente ans, sain, robuste, agréable à regarder.

Moi : Sain, robuste, agréable à regarder ? Le sportif idéal, quoi ?

Désidéria : Si tu veux. Mais le physique comptant beaucoup moins pour moi que le caractère.

Moi : Et ce caractère c'était... ?

Désidéria : Des mots sont faits pour signaler que certains produits, avant d'être lancés dans le commerce, ont été soumis à un traitement leur enlevant toute toxicité, en somme qu'on les a rendus inoffensifs.

Moi : Quels sont ces mots ?

Désidéria : Par exemple : décaféiné, dénicotinisé, désinfecté, et caetera.

Moi : Oui, eh bien ?

Désidéria : Eh bien, pour moi, le caractère de l'homme idéal devait être comme ça.

Moi : Quoi ? Désinfecté ?

Désidéria : Oui.

Moi : De quels microbes ? De quels germes ?

Désidéria : Des germes de l'inquiétude, du doute.

Moi : Mais comment arrivais-tu à savoir si ton homme — celui que tu qualifies d'idéal — avait subi un tel traitement ?

Désidéria : Cette manière spéciale de se comporter qu'on appelle la bonne éducation.

Moi : Ce qui veut dire que cet homme n'avait pas des goûts vulgaires, qu'il ne disait pas de gros mots, qu'il...

Désidéria : Pas exactement. Je ne crois pas qu'aujourd'hui la bonne éducation soit ce qu'on nommait autrefois « les bonnes manières ». Aujourd'hui un homme dit bien élevé peut se permettre d'être vulgaire et de dire des grossièretés.

Moi : Alors quelle différence y a-t-il entre la bonne et la mauvaise éducation ?

Désidéria : Tout simplement qu'une personne bien élevée est désinfectée, décaféinée, dénicotinisée tandis que quelqu'un de mal élevé n'est rien de tout cela.

Moi : Nous étions, à l'instant, d'accord pour dire que le fait d'être désinfecté était révélé par la bonne éducation. Et maintenant tu me dis que la bonne éducation est révélée par le fait d'être désinfecté. De quoi s'agit-il ? Du serpent qui se mord la queue ?

Désidéria : Oui. C'est exact.

Moi : Poursuivons. Dis-moi comment s'est passé la disparition de la Voix.

Désidéria : Pas aussi spectaculairement qu'on aurait pu l'imaginer. Un jour, j'ai compris qu'elle n'était plus là et c'est tout.

Moi : Comment as-tu fait ?

Désidéria : Giorgio et moi nous passions notre temps à nous embrasser, à nous caresser, à nous toucher, à faire ce que font tous les amoureux. Moi, comme je te l'ai dit, j'étais à ce moment-là uniquement occupée de sexualité. Mais même dans cet état presque permanent d'excitation, je sentais la présence de la Voix puisque, d'instinct, je faisais certaines réserves mentales : ce n'était pas encore le véritable amour ; l'amour est une chose différente ; c'était l'assouvissement de mes sens. Cette sorte de résurrection de cet ancien idéal masculin dont je viens de te parler, n'était pas encore manifeste en moi. Mais voici qu'un jour je m'aperçois que je ne trouve aucun défaut à Giorgio, qu'il est absolument parfait et à tout point de vue. Giorgio me paraissait tellement parfait que quelquefois il m'arrivait de me dire : « Voyons un peu ; faisons comme s'il n'était pas mon ami, mais un type quelconque ; voyons ? qu'est-ce que je peux dire contre lui, qu'est-ce que je peux lui reprocher ? » Alors je m'apercevais avec stupeur que je n'avais rien à dire contre lui, que je n'avais rien à lui reprocher ; il était bon, intelligent, honnête, travailleur, bien élevé, raisonnable, sincère, loyal. Parfait, absolument parfait. Et je ne cachais pas à la Voix ma conviction que Giorgio était parfait ; mais elle n'écoutait pas ce que je lui disais, elle semblait même vouloir éviter ce sujet ; elle s'évadait ou bien elle se taisait. Mais seulement jusqu'au jour où elle s'est déchaînée sans que je puisse comprendre pourquoi. « Giorgio est parfait, bon, très bien ; mais toi, malheureusement, tu ne l'es pas ; alors pour que vous soyez aussi parfaits l'un que l'autre, moi je m'en irai. Mais oui, parce que ton imperfection est due à ma présence. Lorsque je ne serai plus là, tu deviendras aussi parfaite que Giorgio et vous formerez un couple parfait. » Elle semblait très calme, beaucoup plus que les autres fois où elle m'avait menacée d'abandon ; et mon tort a été de prendre ce calme pour un manque de décision. Je lui ai répondu qu'il n'était pas question de ma perfection mais de celle de Giorgio. Que rien ne l'empêchait de critiquer Giorgio et au lieu de dire qu'elle s'en irait, de me démontrer que je me trompais, de me signaler des défauts que je n'étais pas capable de voir. Je lui serais d'autant plus reconnaissante de tout ça que la perfection de Giorgio m'effrayait presque ; qu'elle me paraissait en quelque sorte, inhumaine. La Voix a répondu à cette exhortation par une phrase sibylline : « Pourquoi devrais-je te signaler les défauts de Giorgio du moment que tu n'es pas capable de les voir toi-même ? » Disons que tout ceci serait arrivé un lundi.

Le lendemain, donc le mardi, pendant que Giorgio et moi étions dans sa voiture en train, comme d'habitude, de nous embrasser, j'ai eu, très nettement, la sensation que la Voix n'était plus là : elle avait exécuté sa menace, elle m'avait abandonnée.

Moi : Comment as-tu pu t'en apercevoir ?

Désidéria : Exactement de la façon dont la Voix l'avait prévu et annoncé : j'ai non seulement compris que Giorgio était parfait mais, et pour la première fois depuis que nous étions ensemble, que je l'étais aussi.

Moi : C'est-à-dire ?

Désidéria : C'est-à-dire que j'ai senti, mais comment t'expliquer ? que nous étions faits l'un pour l'autre. C'est bien comme ça qu'on doit dire, n'est-ce pas ? Et que la perfection de Giorgio était le miroir fidèle dans lequel se reflétait la mienne et vice versa.

Moi : Souffrais-tu de l'absence de la Voix ?

Désidéria : J'en souffrais énormément.

Moi : Alors comment as-tu fait pour accepter à la fois ta souffrance et la conviction d'être parfaite ?

Désidéria : Je sais que cela peut paraître contradictoire mais c'était vrai : je me sentais parfaite ce qui ne m'empêchait pas de souffrir de l'absence de la Voix.

Moi : Quelle sorte de souffrance ressentais-tu ?

Désidéria : Jamais je n'en avais ressenti de pareille : terrible, insupportable, comparable à celle du somnambule qui se retrouve dans un coin de sa chambre, tâtonnant dans le noir, sans reconnaître aucun des objets qui l'entourent, saisi par l'angoisse d'être dans un ailleurs inconnu. Avant la Voix, j'étais malheureuse mais sans m'expliquer la raison de mon état. A présent, au contraire, cette certitude que j'avais de mon malheur assumait l'aspect d'une prise de conscience, mais impuissante et contemplative. Très souvent il m'arrivait, par la pensée, de m'arrêter de vivre, de regarder autour de moi et de me demander avec angoisse : « Qui suis-je ? Où suis-je ? Qui est ce garçon qui est avec moi dans cette voiture ? Qui est cette femme qui est assise en face de moi à table ? » Lorsque la Voix était là ce genre de question aurait été ridicule, je savais très bien qui j'étais, qui était Viola, qui était Giorgio. A présent mes questions résonnaient dans un vide terrifiant qui les répétait à l'infini sans jamais donner de réponse. Ou plutôt la réponse c'était moi qui me la donnais à moi-même : j'étais une holothurie, Viola était une autre holothurie, Giorgio était encore une autre holothurie et, et...

Moi : Toujours les holothuries ?

Désidéria : Oui.

Moi : N'as-tu jamais essayé d'évoquer la Voix ? De l'appeler au secours ?

Désidéria : Mais oui j'ai essayé et comme je me souvenais que je l'avais entendue la première fois pendant que je me masturbais, j'ai tenté plusieurs fois de la faire revenir en utilisant le même moyen. Je me titillais, je me titillais, mais en m'arrêtant de temps en temps pour écouter ; ensuite je recommençais ; un peu, tu sais, comme on fait avec une auto qu'on pousse un moment parce qu'elle refuse de marcher puis qu'on cesse de pousser en espérant entendre le moteur qui s'est remis à tourner, manœuvre inutile, le moteur ne voulant rien savoir. Et en moi, il n'y avait que le silence.

Moi : Quelle sorte de silence ?

Désidéria : Un silence, comment dire ? plein, solide, lourd. Comme si la Voix était ensevelie sous un formidable écroulement de terrain.

Moi : Comment réagissais-tu en face de cette absence et de ce silence ?

Désidéria : Je te l'ai déjà dit, en m'enfonçant de plus en plus dans les jouissances sexuelles. J'étais perpétuellement excitée mais je savais que cette excitation cachait mon désespoir et, de plus en plus souvent, je me posais la question fondamentale qui ne devrait jamais être posée en faisant l'amour.

Moi : Quelle question ?

Désidéria : « Qu'est-ce que je suis en train de faire ? »

Moi : On dirait vraiment que tu n'étais pas amoureuse de ton Giorgio.

Désidéria : Je ne l'étais pas. Mais j'étais arrivée avec lui à cette sorte d'accord qui peut exister entre deux personnes qui s'entendent bien et qui se mirent l'un et l'autre dans la perfection de l'un et de l'autre.

Moi : Excuse-moi si je te pose une question un peu indiscrète : étiez-vous amants, ou bien, fiancés ?

Désidéria : Nous étions fiancés ce qui veut dire que nous faisions tout ou presque tout, sauf le principal. Moi j'avoue que j'aurais volontiers sacrifié ma virginité, mais Giorgio ne voulait pas.

Moi : Pourquoi ?

Désidéria : Il disait qu'il me respectait et ne voulait de rapport complet qu'après le mariage.

Moi : Vous aviez décidé de vous marier ?

Désidéria : Oui, mais quand il aurait passé ses concours.

Moi : Quel genre d'études faisait-il ?

Désidéria : Architecture.

Moi : Giorgio savait-il que tu n'étais pas la fille de Viola ?

Désidéria : Giorgio ne savait rien de moi.

Moi : Tu viens de dire que tu aurais volontiers sacrifié ta virginité. Pourquoi ?

Désidéria : Parce que c'était une des choses que la Voix m'avait toujours recommandé de ne pas faire. Mais aussi pour l'embêter et pour me venger de sa disparition. Puisque Giorgio voulait me voir arriver vierge au mariage, je me défoulais avec les baisers, les caresses, les attouchements. Nous partions en voiture nous cacher dans quelque coin solitaire. Nous nous embrassions et nous nous caressions pendant des heures. Je me rappelle que j'avais toujours un peu mal à mon vagin continuellement humide ; j'aurais voulu faire l'amour jour et nuit mais peut-être aussi pour oublier la Voix qui m'avait oubliée. Giorgio et moi nous ne cessions de discuter sur ce que nous pourrions faire ou ne pas faire. Lui aurait voulu que nous n'allions jamais en dessous de la taille ; moi je voulais absolument arriver aux caresses buccales.

Moi : Mais comment ? Tu voulais qu'il te caresse toi ou que tu le caresses lui ? Ou que vous le fassiez tous les deux ensemble ?

Désidéria : Tu me demandes si je voulais qu'il baise avec sa bouche mon sexe ou bien si je voulais que je baise le sien ou si je voulais que nous le fassions ensemble, l'un baisant l'autre ?

Moi : Oui.

Désidéria : Moi je ne voulais pas qu'il m'embrasse le sexe. Je voulais être la seule à baiser, oui la seule.

Moi : Pourquoi seulement toi ?

Désidéria : Avant, cette idée de faire avec la bouche ce qu'on fait généralement avec son sexe me plaisait beaucoup, mais après, en le faisant, j'ai compris que cette chose qu'on appelle parfois l'érotisme buccal n'était pas un succédané de l'érotisme normal, mais quelque chose d'autre.

Moi : Explique-toi mieux.

Désidéria : Je veux dire que c'était une façon économique et rapide de libérer Giorgio en me servant de ma bouche et d'assouvir son désir en le castrant.

Moi : En le castrant ? Comment as-tu compris cette chose ?

Désidéria : Je l'ai comprise dès la première fois où, après avoir vaincu sa résistance morale j'ai réussi à faire l'amour de cette manière. La première fois la chose s'est passée en voiture. Giorgio voulait et ne voulait pas. Finalement je me suis jetée sur lui comme une furie et avec tant de force qu'il a cessé de résister et qu'il s'est laissé faire. Je me suis baissée, j'ai tiré la languette de la fermeture éclair, j'ai enfoncé ma main dans l'ouverture de son pantalon, dont j'ai retiré, tout ensemble, pénis et testicules. Je me suis penchée encore plus bas et j'ai englouti son membre avec tant d'ardeur que je l'ai senti s'arrêter contre mes amygdales, pendant que ma tête allait et venait en imitant le mouvement du ventre durant le coït. Je me suis froidement demandé si j'aimais vraiment faire ce que j'étais en train de faire et j'ai dû reconnaître que je n'éprouvais aucune sensation appréciable. J'enregistrais méthodiquement que le pénis de Giorgio était gonflé, lisse, rond, chaud ; j'enregistrais et c'était tout. Cependant je continuais à aller et venir avec ma tête, tout mon corps tendu pour atteindre mon but : provoquer l'orgasme, arriver à l'éjaculation. Finalement l'orgasme a été atteint : une grosse bulle de sperme chaud et visqueux a rempli ma bouche et je me suis de nouveau demandé si ça me plaisait ; de nouveau je dus convenir que je n'éprouvais aucune sensation agréable, je dirais même plutôt du dégoût. Sans plus faire aucun mouvement j'ai attendu, la bouche pleine de sperme, la fin des tressaillements et des soubresauts dus à l'orgasme ; ensuite j'ai senti distinctement que le membre n'était plus ni aussi gonflé ni aussi long, qu'il se ramollissait et se raccourcissait ; alors, à ma grande surprise, j'ai éprouvé pour la première fois une espèce d'étrange satisfaction. Je me suis redressée pour m'asseoir, j'ai tiré de mon sac un mouchoir dans lequel j'ai craché le sperme. Pendant que je crachais, j'ai jeté un coup d'œil du côté de Giorgio ; il m'est apparu défait, abandonné sur son siège, la tête en arrière, pâle, épuisé, mou, dégonflé comme son pénis, la bouche entrouverte, les yeux mi-clos. Alors à cause de la joie subite qui m'a envahie de le voir en si piteux état, j'ai compris que, pour moi du moins, le vrai plaisir d'amour consistait à en épier l'effet castrateur sur la personne de mon amant. Oui, je me félicitais de l'avoir castré, même provisoirement ; c'était le seul plaisir que j'avais retiré de l'amour.

Moi : Après ce premier essai as-tu, d'autres fois, éprouvé le même plaisir ?

Désidéria : Oui et de plus en plus souvent ; c'était devenu pour moi une sorte de vice ; je faisais l'amour avec ma bouche et lorsque je me relevais pour cracher le sperme, je m'arrangeais pour avoir le temps de regarder furtivement Giorgio. Et chaque fois j'éprouvais la même étrange et mystérieuse satisfaction de le voir épuisé et anéanti.

Moi : Comment cela s'est-il terminé avec Giorgio ? Vous ne vous êtes pas mariés, n'est-ce pas ? Alors ?

Désidéria : Tout s'est terminé justement à cause, ou plutôt à l'occasion de ce que nous avions pris l'habitude de faire.

Moi : Explique-toi.

Désidéria : Je t'ai dit que Giorgio, pour des raisons d'ordre moral, s'était d'abord refusé à l'amour buccal mais ensuite il y avait pris goût. Nous en étions arrivés à le faire presque tous les jours. Mais nous n'étions pas d'accord sur la conclusion du rapport : moi je voulais cracher le sperme, lui aurait voulu me le faire avaler.

Moi : Pourquoi ?

Désidéria : Il disait que l'amour buccal était un succédané de l'amour normal et que puisque le sperme, dans l'amour normal, est englouti par l'utérus de la femme, en substituant la bouche au vagin, le sperme devait être englouti par l'estomac.

Moi : Tu as fait ce qu'il te demandait ?

Désidéria : Écoute. Un soir après le cinéma, Giorgio me raccompagne à la maison. En cours de route le voilà qui arrête sa voiture près des bosquets du Foro Italico. Je sais ce qu'il veut : immédiatement j'ouvre sa braguette et je passe ma main sous son slip, je saisis son membre et je le mets dans ma bouche. A ce moment précis, j'entends Giorgio qui dit : « Cette fois il faut que tu l'avales sinon on ne fait rien. » Incapable de parler j'acquiesce de la tête mais je sais bien que je n'obéirai pas. Alors je commence avec une ardeur sans doute redoublée par je ne sais quelle mystérieuse colère ; en quelques secondes je provoque l'orgasme ; la bulle de sperme emplit soudainement ma bouche ; je serre mes lèvres autour du pénis pour le débarrasser entièrement de sa semence ; ensuite je me relève et m'apprête à cracher sur le tapis tout ce que j'ai dans la bouche, mais Giorgio était aux aguets : il colle sa main sur ma bouche et crie dans mon oreille : « Avale ! Avale ! » Je fais non de la tête mais il m'est impossible d'ouvrir la bouche pour cracher. D'une voix passionnée il continue : « Si tu m'aimes vraiment, il faut que tu l'avales. » Alors, brusquement, je comprends que je ne peux plus mentir, comme je l'ai fait jusqu'à présent, en lui faisant prendre pour un acte d'amour ce qui, en réalité, était une secrète et systématique volonté de mort. Et alors il me semble que tout d'un coup je vais éclater de bonheur : la Voix que je n'attendais plus crie comme une forcenée : « Vomis-le sur lui ! Vomis-le ! »

Moi : La Voix était revenue ?

Désidéria : Oui, elle était revenue. Elle m'avait

laissée libre de voir par moi-même ce qu'était la prétendue perfection de Giorgio, comme une bonne gouvernante qui sait que la meilleure éducation consiste à être en contact avec le réel. Maintenant elle était de nouveau près de moi.

Moi : Alors qu'est-ce que tu as fait ? Tu as obéi à la Voix ?

Désidéria : Bien sûr. Tout s'est joué en quelques secondes. D'un coup de poing je me suis libérée de Giorgio et presque tout de suite un renvoi de matières a rempli ma bouche : une sorte de magma chaud, acide, un mélange de sperme et d'aliments mal digérés. J'ai desserré mes lèvres et, penchée au-dessus de Giorgio, j'ai déversé tout ce que j'avais sur l'estomac sur son pantalon.

Moi : Alors, lui ?

Désidéria : Lui il a poussé un cri et m'a poussée de côté, il a ouvert sa portière et s'est précipité dehors. Il a couru pour examiner les dégâts à la lumière des phares de l'auto. Son pénis pendait hors de sa braguette, emplâtré de vomi. Son visage exprimait la consternation et la honte. Lorsqu'il a levé la tête il a vu que j'étais installée au volant et mettais le moteur en marche. Il a levé la main, comme pour me dire de l'attendre ; mais il a été obligé de faire un saut en arrière parce que j'avançais, prête à le renverser. Je l'ai presque frôlé avant de filer à toute allure jusque devant la maison de Giorgio qui est, du reste, tout près de la mienne. J'ai arrêté le moteur. J'ai claqué la portière et j'ai filé en courant. Je gardais encore dans ma bouche le goût acide du vomi mais j'étais heureuse : la Voix était revenue ; et moi je m'étais libérée de Giorgio, mon si parfait fiancé.

CHAPITRE VI

Moi : Tu as désobéi à la Voix, tu es tombée amoureuse d'un jeune bourgeois de ton quartier, tu as vomi sur le pantalon de ton jeune bourgeois. Et après que se passe-t-il ?

Désidéria : Il ne se passe rien. Il reste que tout est encore à faire. Je veux dire qu'il s'agissait encore et toujours d'affronter le problème de la désacralisation de l'amour. C'est la Voix qui l'a affronté.

Moi : Comment ?

Désidéria : De la manière la plus simple et la plus directe. Qui sont, à ton avis, les femmes qui, pratiquement et à toutes les heures du jour, désacralisent l'amour ? Les prostituées, non ? Je devais donc me prostituer, ou tenter de me prostituer. Les prostituées se prostituent par nécessité. Moi, au contraire, je me prostituerais pour exécuter le plan de la Voix. Voilà tout.

Moi : Voilà tout ! Bon, alors, qu'as-tu fait ?

Désidéria : J'ai d'abord réfléchi. Ma première idée a été, naturellement, d'aller voir Diomira mais ensuite je me suis dit qu'après la peur que lui avait fait mon couteau, elle devait préférer ne plus entendre parler de moi. Et puis, franchement, retourner dans cette maison de rendez-vous me déplaisait. J'y avais perdu, et pour toujours, mon innocence. Alors j'ai tout simplement décidé de prendre pour modèle les prostituées qui font le trottoir, celles qu'on appelle à Rome les *battone*. C'était une sorte d'attirance de forme obsessive pour un certain aspect de ce genre de prostitution qui me poussait à ce choix.

Moi : Un certain aspect ? Quel aspect ?

Désidéria : Tu vas peut-être me trouver bizarre si je te dis que mon imagination n'avait pas été frappée par ce qu'il y a de traditionnel et de vieux comme le monde dans ce métier : vêtements voyants, jupes trop courtes, techniques particulières d'entôlage. Non, moi j'étais fascinée par les feux que les *battone* allument sur le trottoir en attendant qu'un client les choisissent pour les emmener dans sa voiture. Lorsque je passais, par hasard, sur les boulevards qui leur sont, pour ainsi dire, réservés, il m'arrivait d'apercevoir soit la silhouette d'une femme debout à côté du feu dont les flammes s'agitaient au souffle du vent froid de l'hiver, soit ce qui restait de ce feu ; un petit tas de braises mourant tout seul par terre. Parfois même, pour mieux regarder, il m'arrivait de ralentir trop longtemps et d'être prise moi-même pour une de ces femmes et suivie jusqu'à la maison par un automobiliste obstiné.

Moi : Je voudrais que tu me dises pourquoi ces feux te fascinaient tellement.

Désidéria : Je pensais que les prostituées allumaient ces petits feux pour ne pas geler sur place, mais aussi, et surtout, pour tenir au chaud leur propre sexe. De la même façon qu'il ne convient pas de servir froid un bifteck de viande rouge, la partie de leur corps qu'elles mettaient en vente devait être offerte sinon absolument brûlante de passion, du moins au moins attiédie par une raisonnable apparence de luxure. Autrement, le client, dès le premier contact, s'apercevrait trop bien n'avoir pas acheté une femme entière, comme il l'espérait ou se l'imaginait, mais l'objet inanimé de sa propre concupiscence. D'autre part, ce feu agonisant sur le trottoir désert me faisait rêver les yeux ouverts sur ce qui se passait dans qui sait quelle chambre d'hôtel de troisième ordre, ou dans un modeste appartement, au moment où les braises noircissaient et se transformaient en cendres. Je pensais qu'à cet instant précis, et de la même façon que ce feu, toute illusion amoureuse devait s'éteindre dans le cœur du client obligé de sortir de son portefeuille pour la tendre à une femme froide et exigeante, une somme convenue à l'avance.

Moi : Étranges réflexions, vraiment ! Alors qu'as-tu fini par décider ?

Désidéria : J'ai décidé d'aller me planter un soir sur un des boulevards fréquentés par les *battone* et leurs clients. La Voix m'avait expliqué que je ne serais pas absolument obligée de faire l'amour avec le client ; qu'il suffisait d'allumer le feu, de me laisser accoster et, au besoin, de discuter le prix. Je pouvais en arriver, si le client avait l'air convenable, à monter à côté de lui dans sa voiture ; mais d'en descendre le plus vite possible, sous un prétexte quelconque, sans avoir rien fait. La Voix avait conclu son explication en disant que si je tenais à mener à bout mon expérience je pouvais faire au client ce que j'avais fait si souvent à Giorgio : le castrer par fellation. Il suffisait de demander au client d'arrêter sa bagnole à quelques pas de mon feu, sur le boulevard même : l'affaire serait expédiée en quelques minutes ; et l'argent que j'en récupérerais serait une garantie que l'amour — pour moi du moins — n'avait plus rien de sacré. La Voix insistait, particulièrement, sur le feu qui, à son avis, suffisait à détruire le caractère sacré de l'amour.

Elle disait, sur le ton didactique qu'elle prend parfois, qu'une femme peut très bien attendre au coin d'un boulevard, coucher avec quelqu'un, et même se faire payer, par sensualité, admettons par sensualité aberrante et perverse. Seule la *battona* (la tapineuse comme d'autres disent ailleurs qu'à Rome) qui veut vendre et revendre sa marchandise plusieurs fois par nuit, allume un feu par terre et se tient au-dessus, les jambes écartées pour que la flamme monte et réchauffe ses parties génitales.

Moi : Toujours axée sur le symbolisme la Voix. Pourtant, autrefois, le feu était le symbole de la virginité. Les vestales, vierges par autonomasie, devaient veiller à ce qu'il ne s'éteigne jamais. Et voilà que pour la Voix le feu devient symbole de prostitution.

Désidéria : Je lui ai dit exactement la même chose. Je venais de lire le chapitre de mon histoire romaine qui parle des Vestales. Sais-tu ce qu'elle m'a répondu ?

Moi : Non.

Désidéria : A chaque époque ses Vestales et son feu sacré. A la nôtre, les *battone* et le feu sur leurs trottoirs.

Moi : Raconte-moi la suite.

Désidéria : Voilà. Donc un soir je sors de chez nous, je prends la petite auto de Viola et je file jusqu'au bout du Viale di Tor di Quinto, lieu de prédilection des putains de bas étage. J'avais noté que là où se termine ce *viale* flanqué de gros platanes, il y avait un espace vide sur lequel les putes ne s'installaient jamais, préférant visiblement allumer leurs feux entre les arbres. C'est pour cette raison que je me dirige sans hésiter vers cet endroit que j'avais repéré peu de temps auparavant ; je me range le long d'une haie de sureau et je commence à préparer le feu sacrilège dont j'avais l'intention de me servir pour désacraliser l'amour.

Moi : Pour cette occasion tu t'étais sans doute habillée d'une manière spéciale ?

Désidéria : La Voix m'avait d'abord conseillé de mettre mon pull et mes jeans de tous les jours, puis elle a réfléchi ; mais je me demande encore pourquoi, elle m'a dit de choisir plutôt une robe habillée collante et très courte dans le genre de ce qui semble être depuis des années l'uniforme de l'armée des prostituées. Il y avait un hic : je ne possédais pas de robes habillées. La Voix me les avait interdites. Nous avons donc débattu de la question. Finalement nous avons décidé que je demanderais à Viola de me prêter une de ses robes. J'aurais pu la prendre dans son armoire sans rien lui dire : elle ne s'en serait pas aperçue. Mais l'idée que ma mère adoptive me prêterait la robe que je mettrai pour raccoler des hommes au coin d'un boulevard, faisait partie du caractère iconoclaste et cruel de la Voix.

Moi : Alors pour avoir cette robe, qu'as-tu inventé de dire à Viola ?

Désidéria : Je lui ai dit que je comptais la mettre pour une boum entre copains. Elle m'a paru étonnée mais elle m'a crue. Elle avait du reste l'air enchantée à l'idée de la concession que je faisais aux mœurs des gens de notre classe. Tout de suite elle est allée ouvrir son armoire : « Je vais te prêter ma robe rouge ; elle sera un peu courte pour toi, mais ça ne fait rien ; au contraire, tes jambes sont si jolies que tu peux les montrer. » Je n'ai rien répondu parce que je savais que ce genre de flatteries préludaient presque toujours à des tentatives, plus ou moins maladroites, de caresses. Puis elle a ajouté tout en déplaçant l'énorme quantité de vêtements pendus dans le placard : « Je suis ravie que tu aies enfin compris que les femmes doivent, premièrement, s'habiller en femmes et, deuxièmement, bien s'habiller pour mettre en valeur leur beauté. Parce que, tu sais, la femme pense beaucoup plus à l'homme que le contraire et qu'il n'y a qu'une seule façon d'attirer l'homme : lui mettre sous le nez ce qui lui plaît. Et qu'est-ce qui plaît à l'homme ? Un joli visage mais surtout un beau corps. Et quelle est la meilleure façon de le lui mettre sous le nez, ce corps ? De l'habiller avec ce qui le met en valeur. Un chandail, un blue-jean, c'est excitant, oui, parce qu'ils ne laissent rien voir, mais à la fin ça fatigue, ça trouble les idées. Alors on revient aux vêtements traditionnels. Tiens, la voilà ; passe-la tout de suite, je veux voir comment elle te va. » Elle était, comme prévu, trop courte. Entre parenthèses, Viola profita de la belle occasion de passer ses mains sur moi et je la laissais faire. En se reculant pour mieux voir elle battait des mains pour manifester sa joie, sincère sûrement : « Oh, comme elle te va bien ! Tu as l'air d'une autre fille ! » Puis elle s'est arrêtée, tout d'un coup perplexe : « Attends, il y a quelque chose qui... Ah, mais oui, c'est ton slip. Cette robe est très collante, et ce slip qu'on devine... Tu sais que sans tous ces dessous inutiles le corps est plus libre, il respire mieux », et caetera, et caetera. La Voix ne manqua pas de me faire remarquer qu'il y avait peu de différences entre ces recommandations maternelles et celles d'une maquerelle professionnelle du type Diomira. Sans réfléchir j'ai tout de suite soulevé la robe que je venais d'essayer, j'ai enlevé mon slip que j'ai jeté sur un fauteuil. Viola l'a pris et a enfoui son visage dedans comme pour l'embrasser. Moi, j'ai fait comme si je ne la voyais pas et suis sortie en criant : « *Ciao,* maman, il faut que je m'en aille ! »

Moi : Donc habillée de cette robe rouge tu retournes Viale di Tor di Quinto, tu ranges ta voiture le long d'une haie de sureau, tu sors de ta voiture. Et après ?

Désidéria : Je me suis immédiatement occupée du feu mythique des prostituées. Il y avait près de moi un tas de branchages, d'écorces, de feuilles mortes. J'ai ramassé quelques bouts de bois bien secs, des pages de vieux journaux et j'ai transporté le tout entre deux troncs de platanes. Ensuite je fouille dans mon sac et je m'aperçois que je n'ai ni allumettes ni briquet. Je suis prise d'une colère terrible car il me semble bien te l'avoir fait comprendre, je tiens à ce feu plus qu'à n'importe quel autre élément de l'espèce de rite profanatoire que je suis en train d'accomplir. Sans ce feu, je me sentais tout simplement incapable de faire quoi que ce soit et obligée de tout renvoyer à un autre jour.

Moi : Tu pouvais demander du feu à un passant, non ?

Désidéria : C'est bien ce que je décidais de faire. Il s'en est suivi quelque chose de comique qui, plus tard, a révélé son côté sérieux.

Moi : Explique-toi mieux.

Désidéria : Désespérée (avec en plus la Voix qui m'accablait de reproches : idiote, bonne à rien, tu ne seras jamais qu'une petite imbécile et bourgeoise), je fais quelques pas sur le boulevard et j'arrête la première voiture qui arrive sur moi. Je devais avoir une drôle de touche, avec sur le dos cette robe de Viola qui, en ce lieu et dans ces circonstances, n'avait rien de commun avec les fripes des *battone*. Ce devait être si vrai que, de la portière de la grosse automobile que je venais d'arrêter j'ai vu surgir une tête qui me regardait avec beaucoup plus de curiosité que de convoitise. Il m'avait suffi d'à peine une seconde pour voir — avec une sorte de prémonition — un visage de marbre de statue grecque archaïque, des yeux noirs et brillants d'obsidienne, un nez droit, une bouche aux coins relevés dans un involontaire sourire ; mais, tout de suite, comme si je ne l'avais pas vu, comme si je le considérais comme n'importe qui je l'ai interpellé d'une voix angoissée : « S'il te plaît, aurais-tu des allumettes ? » J'étais épuisée et, pour comble de malheur, j'avais sali ma jupe en transportant mes bouts de bois et mes écorces. L'homme installé au volant m'a regardée un moment à la manière des statues, je veux dire comme sans me voir ; ensuite il a dit avec la voix gutturale, profonde et vibrante de quelqu'un qui éprouvait une émotion soudaine : « Qu'est-ce que tu veux faire avec des allumettes ? » J'ai répondu, impatientée : « Allumer du feu pour me réchauffer. » Alors, lui, toujours avec la même voix de gorge, un peu cassée : « Pour le moment tu n'as pas besoin de feu puisque je t'emmène avec moi. Allez, monte, et ne pense plus aux allumettes. » Je me suis sentie très décontenancée parce que, comme je te l'ai dit, je comptais sur mon feu aussi bien pour sa fonction de désacralisation, que parce que, grâce à son symbolisme, il devait m'épargner des prestations érotiques, inévitables autrement. C'est d'un air assez sot que j'ai répondu : « Mais moi, il faut absolument que j'allume du feu. » « Ce feu tu voulais l'allumer pour te réchauffer en attendant un client, n'est-ce pas ? Le client est arrivé, c'est moi et alors, ou tu n'es pas une putain et dis ce que tu fais ici ou si, au contraire, comme tout permet de le supposer, tu en es une, pourquoi as-tu besoin de faire du feu ? Viens avec moi et ton feu tu l'allumeras tout à l'heure quand je te ramènerai. » C'était un raisonnement indiscutable ; pas ombre d'ironie dans le ton de celui qui venait de parler. Sans dire un mot, et parce que la Voix me l'ordonnait j'ai fait le tour de la voiture et me suis assise à côté de lui. Il s'est un peu penché de côté et a passé un bras devant moi pour refermer la portière. Son pied s'est posé sur l'accélérateur et nous sommes partis lentement. Nous roulions presque au pas d'un homme. Alors il a dit : « Comment t'appelles-tu ? » « Désidéria. » « Moi, je m'appelle Érostrato. Et alors, Désidéria combien prends-tu ? » « Vingt mille. » « Vingt mille où ? » « Comment où ? » « Dans la voiture ou en chambre ? » « Vingt mille dans la voiture. » J'avais complètement perdu la tête ; malgré les suggestions de la Voix, je répondais au hasard, profondément troublée par je ne savais quel pressentiment. « Vingt mille dans la voiture, tu es chère. Et en chambre combien prends-tu ? » « Je prends... le double. » « Tu es vraiment très chère. Et s'il y a une autre personne ? » « Une autre personne ? Quelle personne ? » « Excuse-moi, je voulais dire une autre femme. Combien veux-tu pour faire l'amour avec moi et une autre femme ? » Cette proposition n'a pas paru prendre la Voix au dépourvu ; elle m'a immédiatement fait répondre : « Ce sera encore une fois le double. » Il a réfléchi un instant puis : « Bon. Pour ce soir, je n'ai rien pu prévoir. Pour ce soir il n'y aura que moi. Mais dis-moi, est-ce que tu as l'habitude de venir ici ? » « Oui. » « Un de ces jours je viendrai te chercher et je te présenterai à une de tes collègues qui te plaira certainement et tous les trois nous ferons l'amour. Je te donnerai le double du double. D'accord ? » « Pour moi, ça va. » « Bon. Alors maintenant où allons-nous ? A l'hôtel ? A moins que tu n'aies une chambre près d'ici ? » Nous roulions toujours aussi lentement ; presque au rythme de notre conversation ; j'ai donné ma réponse après quelques secondes de réflexion : « Et si nous allions chez toi ? » « Ce n'est pas possible. » « Pourquoi ? » « Parce que j'habite dans une pension. » « Alors laissons tomber, je n'ai pas de chambre et je ne peux pas aller à l'hôtel parce que je suis mineure. » « Attends. Voilà ce que je te propose : je te donne dix mille lires de plus et tu m'emmènes chez toi. Tu dois bien habiter quelque part, non ? » « Je t'ai dit de laisser tomber. » « Dis-moi si tu as un appartement où tu peux m'emmener. » « J'ai un chez moi où je n'amène pas les hommes. Et maintenant, tu me laisses partir, oui ou non ? » « Allez va, faisons quelque chose, ici, dans la voiture. Nous nous arrêtons dans un coin que je connais bien, je tire en arrière le dossier du siège, tu te laisses baiser et je te raccompagne près de ton feu. Je te donnerai dix mille lires. C'est pas rien dix mille lires pour un baiser même si je ne te le donne pas sur la bouche. » « Écoute-moi bien. Si tu ne me laisses pas sortir je vais me mettre à hurler. Tu vois là-bas cette automobile avec ses petites lampes bleues sur le toit ? C'est la police, je hurle et je te fais arrêter. » Il a compris que je ne plaisantais pas et il a changé de ton. « Bon, bon, je vais te ramener. Elle est à toi la petite bagnole contre la haie ? Ne dis pas non, je t'ai vue quand tu en es sortie tout à l'heure. Mais avant de te lâcher je veux te dire ce que je pense de toi. » « Dis tout ce que tu voudras mais laisse-moi partir. » « Je pense que tu n'es pas une putain, même pas sur les bords. Tu es une fille de bonne famille qui, pour des raisons qui ne me regardent pas, a voulu, une fois, comme ça, faire la putain. Voilà tu es arrivée. Maintenant tu peux t'en aller. »

Moi : Il avait tout compris.

Désidéria : Ce n'était pas difficile. Je n'ai pas dit un mot : mon silence confirmait l'exactitude de ses suppositions. Je me suis dépêchée de sauter sur la chaussée pour courir vers ma voiture. Lui il continuait à rouler toujours aussi lentement à l'allure du promeneur oisif. Moi, j'ai tourné la clef de la mise en marche, le moteur s'est mis à tourner ; alors je suis partie. Je l'ai dépassé, et en regardant dans mon rétroviseur j'ai vu qu'il me suivait en maintenant toujours la même distance entre nous deux. Il est alors arrivé quelque chose que la Voix n'avait pas prévu : moi qui ralentissais volontairement pour lui permettre de me suivre, mais elle, elle s'est immédiatement inquiétée et m'a demandé de rouler plus vite. Eh bien, devine ce que je lui ai répondu ? « Je viens d'avoir une idée. Sais-tu ce que je vais faire à présent ? Je l'emmène à la maison. Viola n'est certainement pas là, et je fais l'amour avec lui dans la chambre de Viola. Et d'un seul coup je vais t'offrir ma désacralisation de l'amour, de la famille, de la maison de famille, de la chambre de la mère, du lit des parents. Qu'est-ce que tu dis de ça ? Tu es contente, j'espère ? »

Moi : Un programme complet. Qu'a dit la Voix ?

Désidéria : Elle n'est pas tombée dans le panneau. Elle a commencé à hurler que je me foutais d'elle ; que ce beau jeune homme à l'air fatal m'avait tapé dans l'œil, qu'il ne s'agissait plus, pour moi, de désacraliser l'amour mais d'un archi-bourgeois coup de foudre. Elle voyait bien que j'avais perdu la tête ; que je me comportais de nouveau comme une archi-vulgaire demoiselle des Parioli ; et elle a ajouté : « Gare à toi si tu n'accélères pas tout de suite pour lui faire perdre ta trace. » Sans hésiter, une chose à ne pas croire, moi je lui ai répondu : « Va-t'en, abandonne-moi si tu veux, mais je ferai ce que j'ai décidé de faire. »

Moi : C'était la deuxième fois que tu te mettais dans le cas d'être abandonnée par la Voix, comme cela était arrivé dans ton histoire avec Giorgio.

Désidéria : Oui mais cette fois je sentais, confusément, qu'Érostrato avec sa pâleur, sa voix tendre et gutturale, son visage et son sourire de statue archaïque était bien différent de Giorgio et aussi de quelqu'un qui valait la peine de désobéir à la Voix.

Moi : La Voix avait raison il me semble : c'était bien un coup de foudre.

Désidéria : La Voix avait tort si par coup de foudre elle entendait le grand amour qui vous tombe subitement dessus. Mais elle avait raison si elle pensait qu'Érostrato m'avait fait une singulière impression.

Moi : Quel genre d'impression ?

Désidéria : Plutôt un pressentiment. Je me disais que la chose entre lui et moi ne se terminerait pas là.

Moi : La chose ? Tu veux dire l'amour ?

Désidéria : J'ai dit la chose. La chose ou si tu préfères le rapport, la rencontre, la relation. Appelle ça comme il te plaira mais surtout pas amour.

Moi : D'accord : la chose. Et elle, alors, la Voix, comment a-t-elle pris ta désobéissance ?

Désidéria : Curieusement, elle n'a pas insisté. Elle n'était pas ravie mais elle s'est contentée de bougonner : Allons-y, montons faire l'amour chez toi, mais que ce soit rapide et sans conséquences. Une passe et rien de plus. » « De quelles conséquences parles-tu ? Et qui a parlé la première de désacralisation de l'amour ? Moi ou toi ? » Durant cet échange d'amabilités mes yeux ne quittaient pas mon rétroviseur : il me suivait de près. En quittant le Viale Tor du Quinto, j'ai traversé le Piazzale Flaminio, j'ai pris le *Lungotevere* jusqu'au pont qui se trouve en face de l'obélisque du Foro Italico, j'ai passé le pont pour aboutir à la montée des Parioli. Lui, il continuait à me suivre et moi je ressentais au fond de moi un trouble profond tout en sachant fort bien qu'il n'était pas causé par l'amour. Je suis arrivée dans ma rue, je me suis rangée et je suis descendue. Il s'est aussi garé, mais plus difficilement à cause de la longueur de son véhicule, il est descendu et il est venu à ma rencontre. Je l'attendais sur le pas de la porte de notre immeuble et je lui ai dit tout de suite : « Montons chez moi. »

Moi : Et lui ?

Désidéria : Lui il m'a demandé avec cette voix profonde, irrésistible : « Pour quoi faire ? » J'ai simplement répondu : « Pour faire ce que font les putains avec les clients. A propos, as-tu de l'argent ? Chez moi, c'est cinquante mille. » Je l'ai alors précédé dans le hall, moi, grande, bottée, lui, petit, habillé de la tête aux pieds comme un jeune bourgeois. Nous avons pris l'ascenseur et pendant que j'en refermais les portes il m'a dit : « Tu y tiens vraiment beaucoup à cette comédie ? Si tu y tiens laisse-moi sortir tout de suite parce que cinquante mille balles, je ne les ai pas sur moi. » « Combien as-tu ? » « Dix mille. » « Une Jaguar et dix mille lires en poche ? Comment aurais-tu fait si j'avais accepté ta proposition de vingt mille, tout à l'heure, sur le boulevard ? » « Je ne te les aurais pas donnés. J'avais compris que tu ne faisais pas ça pour de l'argent. » « C'est vrai, j'ai un autre motif ; mais l'argent, il le faudra tout de même. Écoute, voilà ce qu'on va faire : Je te donnerai les cinquante mille lires ; je te dirai aussi quand et comment tu devras me les remettre. Comme ça on ne pourra pas dire qu'il ne s'agit pas d'une passe. »

Moi : Mais qu'est-ce que tu me racontes là ? Tu lui donnais l'argent avec lequel il te paierait ?

Désidéria : C'était encore une idée de la Voix. Pour avoir l'illusion que je l'avais fait venir à la maison parce que, d'une certaine façon, je me sentais attirée par lui.

Moi : Érostrato ne s'est-il pas montré étonné de la proposition ?

Désidéria : Étonné, non, mais curieux, oui. Sur

un ton indéfinissable, perplexe et complice à la fois, il a dit : « En somme tu tiens absolument à faire une passe. Eh bien, je suis d'accord, allons-y. »

Moi : Qu'arrive-t-il maintenant ?

Désidéria : L'ascenseur s'est arrêté, nous le quittons et je le fais entrer dans l'appartement en disant à voix basse : « Attention, ne fais pas de bruit. Ma mère n'est pas à la maison mais les domestiques sont là. » J'ai ouvert une porte, je l'ai poussé dans un couloir et moi devant lui, nous sommes entrés dans la chambre de Viola. En appuyant sur différents boutons j'ai allumé la lampe de chevet, celle de la coiffeuse, le plafonnier, et je lui ai annoncé : « Ici c'est la chambre de ma mère. » Il me regardait avec insistance, mais pas du tout prêt à se jeter sur moi, à peine intrigué comme s'il était devant quelqu'un se comportant avec extravagance sans raison apparente ; puis il m'a demandé : « Tu n'as pas de chambre à toi ? » « Bien sûr que oui. Mais nous allons faire l'amour ici. » « Et pourquoi ? » J'ai un peu hésité avant de répondre d'un ton évasif : « Parce que, justement, c'est la chambre de ma mère. » « Ah, je comprends. C'est ta mère, cette dame ? » Tout en parlant il regardait la photographie dans son cadre d'argent posé sur la coiffeuse au milieu des flacons et des boîtes de poudre. Sur cette photo que Viola avait demandé à Emilio de prendre pendant nos vacances à Zermatt, nous étions là, toutes les deux, sur une sorte de terre-plein pierreux, appuyées contre un rocher avec pour fond de décor le Cervin. Nous étions en tenue de montagne : grosses chaussures, bas de laine, culottes de zouave, chemises épaisses. La mienne était ouverte sur ma poitrine. Viola, un bras passé autour de ma taille me serrait contre elle. Érostrato a regardé longuement cette photo ; il ne s'était même pas retourné vers moi lorsque je lui avais répondu que cette dame était bien ma mère, et maintenant il demandait : « Mais où est ta mère en ce moment ? » « Oh, ne crains rien, elle est allée à un cocktail et elle ne rentrera pas avant au moins deux heures. » « Mais si, par hasard elle revenait plus tôt, comment justifierais-tu ma présence dans sa chambre ? » « Je ne la justifierais pas, c'est tout. » « Ah, je comprends. Elle est drôlement belle ta mère tu sais. » « Tu trouves ? A mon avis ce qu'elle a de mieux c'est son derrière. On ne le voit malheureusement pas sur cette photo. » Toujours absorbé par sa contemplation, il continuait à me tourner le dos ; j'en profitais pour prendre mon portefeuille dans mon sac ; j'en ai retiré un billet de cinquante mille lires ; puis brusquement, j'ai dit : « Alors, si tu veux, nous pouvons commencer. » Finalement il a daigné se retourner : « Commencer quoi ? » « Ce pour quoi nous sommes venus ici : l'amour. » Je m'attendais vraiment à le voir se jeter sur moi ; je croyais que les clients des prostituées se comportaient toujours ainsi ; mais lui il a dit de sa belle voix grave et vibrante : « Doucement, toi, tu veux, pour une raison que j'ignore, jouer le rôle d'une putain. Alors, laisse-moi de dire tout de suite que les putains ne se comportent pas comme toi. » « Et comment se comportent-elles ? » « Je voudrais d'abord te dire que, sauf nécessité absolue, elles n'amènent jamais le client dans la chambre de leur propre mère : elles ont le culte de la famille, les putains. Bon, n'insistons pas. Dans tous les cas, elles se déshabillent, elles s'allongent sur leur lit, elles s'offrent nues ; en somme, elles cherchent à faire tout ce qu'il faut faire pour exciter un homme. » « Mais moi, je ne veux pas t'exciter, je veux seulement que nous fassions quelque chose, le moins possible, que tu me paies, ou que tu fasses semblant de me payer et que tu t'en ailles. » C'était la Voix qui m'obligeait à parler aussi brutalement ; elle n'avait pas renoncé à son idée de coup de foudre, malgré tout ce que je lui avais dit pour la rassurer. La réponse d'Érostrato a été pour moi assez énigmatique : « Le moins possible, dans notre cas c'est l'équivalent de rien. Alors nous ne faisons rien aujourd'hui. Donnons-nous rendez-vous pour dans deux jours, à la même heure, au même endroit, nous choisirons une putain qui te plaira et nous ferons l'amour à trois. Tu es d'accord ? » C'était la proposition qu'il m'avait déjà faite en voiture et qui m'avait paru étrange ; et alors voilà que tout d'un coup, je me suis souvenue, souvenir qui n'était certainement pas dû au hasard, du spectacle que, avec tous ses détails, toutes ses couleurs, ma mémoire avait enregistré pour toujours : Viola nue à quatre pattes sur son lit ; Chantal nue debout à la tête du lit ; Tibéri nu derrière Viola. L'image s'est alors interposée entre Érostrato et moi comme s'interpose brusquement un énorme camion passant entre deux personnes en train de se regarder sur deux trottoirs opposés ; elle me l'a caché un court instant, avant que la voix furieuse de la Voix ne réussisse à la faire disparaître : « Alors à quoi penses-tu ? Tu rêves ou quoi ? Dis-lui que tu es d'accord et laisse-le partir. » J'ai haussé imperceptiblement les épaules en répondant à Érostrato « Dans deux jours je ne sais pas si je serai libre. En attendant, faisons l'amour, ici. » « Décidément tu y tiens ! Tu veux absolument faire la *battona* ? » « Oui, j'y tiens, même si tu trouves ça complètement fou. Mais ne t'occupe pas de moi. Ou plutôt fais comme si j'étais cette fille de bonne famille que tu t'imagines que je suis. Qu'est-ce que tu ferais avec cette fille ? » « Je ferais l'amour et puis je lui dirais : Présente-moi à ta mère parce qu'après nous pourrions nous revoir sans faire tant d'histoires. » « Bon, d'accord. Faisons comme tu dis. » « Faisons quoi ? »

« Eh bien, ce que tu viens de dire. Nous faisons l'amour, ensuite nous allons au salon, je t'offre un verre, ma mère rentre et je te présente à ma mère. » « Parfait. Tu vois comme nous nous entendons bien ! » « Attends, maintenant écoute-moi : je ferai tout ce que tu voudras. La seule chose que je te demande c'est de ne pas faire l'amour normal parce que je suis vierge et que je veux rester vierge. Et puis, autre chose : quand nous ferons l'amour tu me mettras dans la main ce billet de cinquante mille lires plié en quatre. Ensuite quand nous aurons fini, nous irons au salon et je te présenterai à ma mère. » J'ai prononcé ce petit discours sur ce ton humble et persuasif qu'aurait pris la femme tout doucettement obsessionnée par une mystérieuse perversion qu'Érostrato croyait que j'étais. La Voix continuait à gronder : « Pourquoi lui offrir à boire ? Pourquoi le présenter à ta mère ? » Sèchement je lui ai répondu : « Qu'est-ce que tu veux que j'en sache ? Demande-le-lui. » Pendant ce temps Érostrato s'était approché de moi, passait son bras autour de ma taille, caressait de sa main mon visage avant de la laisser glisser le long de mon cou, s'introduire dans l'encolure de ma robe, palper mes seins, en somme tout ce que fait un homme à une femme — fût-elle une putain — pour la préparer à l'amour. Je le laisse faire, inerte, immobile comme si j'étais devenue une de ces femmes que je prenais pour modèle qui se laisse caresser sans même tenter un simulacre de plaisir, tant son corps tout entier est gelé par la longue attente dans la nuit d'hiver. Et puis voilà qu'il me serre dans ses bras, contre lui, que sa bouche cherche ma bouche. Je le laisse encore faire mais la Voix hurle : « Ne lui rends pas son baiser, les *battone* n'embrassent jamais leur client, malheur à toi si tu veux le lui rendre », mes lèvres demeurent hermétiquement closes sous les siennes. Il arrive, alors, quelque chose d'insolite — je veux dire d'insolite dans cette comédie de la prostitution que nous sommes en train de jouer — lorsque qu'Érostrato me dit : « Faisons l'amour, mais à une condition. » « Laquelle ? » « Je veux qu'après tu me dises pourquoi tu as voulu jouer le rôle de pute et aussi pourquoi tu as voulu que nous fassions l'amour dans la chambre de ta mère. » « Entendu je dirai tout ce que tu voudras. » Alors la Voix s'est de nouveau mise à hurler que ce n'était pas une rencontre entre une prostituée et son client mais entre une jeune fille et son amant ; je l'ai calmée en lui promettant que je ne parlerais ni d'elle ni de notre plan de transgression et de désacralisation. Du reste, la Voix maintenant était impuissante : elle avait voulu que j'exécute son plan jusqu'à ma propre prostitution ; je lui avais obéi ; il ne lui restait plus qu'à accepter que je fasse les choses à ma façon ou plutôt à la façon du client que le hasard avait mis sur mon chemin.

Moi : Pourquoi ? C'était une façon particulière ?

Désidéria : Attends, tu vas voir. Érostrato me caresse, pendant un moment, un peu partout, tout le long de mon corps, debout contre moi, et je le laisse faire. Puis je sens sa main soulever la robe que Viola m'avait prêtée, constater que dessous je suis nue — j'avais suivi, tu te souviens, les conseils de ma mère adoptive — se poser sur mes reins, puis revenir caresser un de mes seins puis l'autre, puis redescendre, s'attarder entre mes cuisses...

Moi : Pourquoi décris-tu si minutieusement tous les gestes de sa main ?

Désidéria : Pour que tu comprennes ma perplexité ou, si tu veux, ma curiosité. Ses allusions insistantes à propos de l'amour à trois m'avaient remis en mémoire la scène à laquelle j'avais assisté, autrefois, sans le vouloir, dans la chambre de Viola. Ce souvenir, joint au goût quasi obsessionnel de Tibéri pour la sodomie, m'obligeait à croire que chaque homme (comme, bien entendu, chaque femme) a son propre langage érotique auquel il ne peut échapper, qu'il ne peut changer en aucun cas, pas plus qu'il n'a la possibilité de changer son idiome de naissance. Je me demandais donc quel langage Érostrato parlait avec moi et de quelle communication précise ses caresses banales et fortuites étaient-elles porteuses.

Moi : Alors que se passe-t-il après ?

Désidéria : J'étais debout contre lui, ma jupe soulevée devant retombait par-derrière sur mes mollets ; je me sentais mal à l'aise ; alors j'ai levé les bras en faisant le geste de vouloir retirer complètement ma robe. Mais il m'arrête et me fait reculer jusqu'au lit où je tombe sur le dos. J'ai peur qu'il n'aie oublié ma recommandation et je dis : « Souviens-toi que je suis vierge et que je veux rester vierge. » Il me répond sans lever la tête : « Sois tranquille. » Rassurée, je penche un peu la tête sur mon épaule et je l'observe avec beaucoup de curiosité pendant qu'il s'occupe activement à me préparer à l'amour avec des gestes rapides mais précis et pleins d'une sorte de dévotion ; on dirait un prêtre qui prépare hâtivement un autel improvisé pour y célébrer un rite.

Moi : Un rite ?

Désidéria : Oui, il s'agissait vraiment d'un rite et je l'ai compris à l'onction des gestes avec lesquels il s'occupait de moi mais surtout au fait, qu'après avoir roulé ma jupe pour libérer mon ventre et mes jambes largement écartées, il s'est agenouillé pour s'absorber, durant un moment qui me sembla interminable, dans une contemplation presque religieuse.

Moi : Une contemplation dis-tu ?

Désidéria : J'ai même cru qu'il allait joindre les mains et se mettre à prier comme un fidèle devant les symboles de sa religion.

Moi : De quelle religion ? Je veux dire en quoi ce que tu appelles religion était différent d'une religion analogue, mettons celle de Tibéri ?

Désidéria : Oh, c'était une religion complètement différente. Avec moi, Tibéri était comme quelqu'un qui se trouve devant une porte close et qui cherche à l'enfoncer pour pénétrer dans la maison, y porter la dévastation et en sortir le plus vite possible. Érostrato, lui, voulait frapper à la porte en espérant qu'on lui ouvrirait, en s'imaginant pouvoir rester dans la maison pour toujours.

Moi : Cette métaphore n'est pas assez claire pour moi. Dis-moi plutôt ce qui arrive réellement.

Désidéria : Il est d'abord resté longtemps en contemplation, puis, comme pris de vertige, le voilà qui, doucement, incline son buste, penche sa tête lentement et tombe sur moi. La lenteur de la chute me trompe sur la nature du vertige qui la provoque. Je m'attends à un contact doux et progressif : soudainement la douceur du début se transforme en fureur ; son front heurte brutalement l'os du pubis avec la rage, la violence de quelqu'un qui sait d'avance que son désir ne pourra pas être exaucé.

Moi : Et ensuite ?

Désidéria : Pratiquement, généralement l'amour buccal ne donne de plaisir physique directement, corporellement qu'à un seul des amants ; l'autre ne jouit que du plaisir qu'il donne à son partenaire. Mais dans notre cas, celui d'Érostrato et de moi, il n'en était pas ainsi et je m'en suis aperçue presque tout de suite. J'ai compris qu'Érostrato ne cherchait pas son propre plaisir, même pas à travers et grâce au mien, mais autre chose que je n'arrivais pas à définir.

Moi : Essaie pourtant de le définir.

Désidéria : Je crois que c'était quelque chose de mystérieux et de douloureux, de désespéré et d'impossible. Érostrato, sans éloigner sa bouche de mon sexe, a commencé à gémir en émettant une sorte d'étrange *lamento*, comme de désir normal et profondément ressenti mais irréalisable. Alors, finalement, j'ai compris.

Moi : Tu as compris quoi ?

Désidéria : J'ai compris qu'il gémissait comme un pauvre type exposé au froid, à la peur, au découragement, à la solitude. Comme un malheureux qui frappe à une porte que personne ne vient ouvrir. Érostrato, lui, voulait pénétrer en moi — pas comme l'aurait fait un amant — mais comme y pénétrerait, ou plutôt non, comme y reviendrait un enfant refusant, à peine né, de vivre. Un enfant qui voudrait réintégrer le ventre maternel en sens inverse, en passant par toute une série de transformations par lesquelles il est passé avant de naître, jusqu'à redevenir embryon, germe, néant. Je te l'ai déjà dit, cette explication du comportement d'Érostrato m'a traversé l'esprit au moment où après avoir heurté mon pubis avec son front comme quelqu'un qui frappe frénétiquement contre une porte, il s'est mis à gémir. Ce n'était pas un gémissement de plaisir, non, c'était une lamentation funèbre et nostalgique, une aspiration désespérée.

Moi : Nostalgique ? Aspiration ? Mais de quoi à quoi ?

Désidéria : Il avait la nostalgie du temps où il vivait dans le ventre de sa mère et il aspirait à y retourner.

Moi : Tu as pensé à toutes ces choses au moment même, ou les as-tu imaginées plus tard ?

Désidéria : Je les ai senties tout de suite, je me les suis expliquées plus tard.

Moi : N'éprouvais-tu pas, à ce moment-là, un plaisir trop intense pour analyser si précisément tes sentiments ?

Désidéria : Mais je n'éprouvais aucun plaisir, ni intense ni autre, parce que j'étais décidée à ne pas l'accepter. Tandis que le plaisir de comprendre Érostrato, ah, oui, ce plaisir-là je l'éprouvais vraiment.

Moi : Mais quel genre de plaisir était-ce exactement ?

Désidéria : Pour une fois, tâche toi aussi de comprendre. Érostrato voulait — mais de toutes ses forces il le voulait — entrer en moi par la très étroite fente de mon vagin, entrer tout dans mon ventre, s'enrouler sur lui-même dans la position du fœtus pour y rester éternellement. En d'autres termes, il voulait fuir le monde dans lequel il avait été projeté puis abandonné par la personne qui aurait dû le protéger et le conserver dans la douceur de son sein. Cette volonté de régression était, en fait, contradictoire, à la fois désespérée et pleine d'espoir. Lui, il savait fort bien qu'il est impossible de régresser jusqu'au néant prénatal ; pourtant, j'ai senti nettement que, tout en étant conscient de cette impossibilité, il gardait le fol espoir qu'un miracle pouvait arriver à l'improviste ; et qu'à l'improviste mon sexe s'ouvrirait suffisamment pour le laisser s'introduire tout entier dans mon ventre pour lui permettre de faire, à l'inverse, par transformations successives et vers la totale obscurité et le néant, le chemin qu'il avait suivi pour naître au jour.

Moi : Une interprétation insolite de la fellation.

Désidéria : Peut-être, mais qui sera confirmée par ce qui va se passer. Juste au moment où je suis sur le point d'avoir l'orgasme, Érostrato glisse dans ma main le billet plié en quatre de cinquante mille lires que je lui avais donné pour qu'il fasse semblant de me payer. Alors, brusquement, je comprends que ce billet, à cause de la tragique volonté de régression de mon amant, s'est transformé instantanément : il ne représente plus le salaire dû à la prostituée pour ses bons offices ; il devient le péage donnant droit au franchissement du seuil du vaste monde ténébreux et protégé dont sa mère l'a expulsé en le mettant au monde.

Moi : Qu'est-ce que cela voulait dire ? A ton avis, s'agissait-il d'un refus de vivre ?

Désidéria : Peut-être, mais je dirai plutôt refus d'exister ; en ce moment il s'adressait à moi pour que je le fasse sortir de l'existence, immédiatement et définitivement. Et lui, peut-être dans l'espoir de se voir exaucer, dans son désir que je l'entende, il s'était mis à redoubler d'efforts : l'orgasme est venu et j'ai hurlé comme une femme qui accouche dans les douleurs. Avec la différence que les femmes donnent, comme on dit, le jour à leur bébé tandis que moi j'avais l'impression de restituer mon fils aux ténèbres ; mes hurlements étaient ceux d'une mère dont l'enfant n'a pas demandé de naître mais de mourir.

Moi : Une sensation lugubre ?

Désidéria : Non, la sensation de quelqu'un auquel on adresse une prière et qui ne demande qu'à l'exaucer.

Moi : Et ensuite ?

Désidéria : Ensuite nous sommes restés un moment sans bouger : moi, étendue sur le dos, les jambes écartées, lui, agenouillé, le visage enfoui dans mon sexe. C'est moi qui ai repris conscience la première ; lui en était, je crois, incapable ; déçu, désolé, de n'avoir pas réussi, malgré d'énormes efforts, à entrer en moi et à y rester tout entier et pour toujours. Je serrais encore dans ma main le billet de banque, j'ai ouvert la main, je l'ai laissé tomber sur le sol. Ensuite j'ai tendu un peu le bras en avant pour repousser en arrière la tête d'Érostrato. Alors lui, comme si ce geste confirmait définitivement mon intention de ne pas faire ce qu'il me demandait, il s'est levé et il est allé s'asseoir sur le tabouret de la coiffeuse. Son menton et le tour de sa bouche restaient rouges de s'être longtemps frottés sur mes poils. Le reste de son visage avait retrouvé son expression inhumaine, et involontairement souriante, de statue archaïque. Quant à moi, je suis allée m'enfermer dans la salle de bains. Je me suis lavée, puis j'ai enfilé une robe de chambre de Viola et je suis revenue dans la chambre. Tel que je l'avais laissé, et devant la coiffeuse, il fumait mais il venait tout juste de se baisser pour ramasser par terre mon billet de cinquante mille et me l'a tendu entre deux doigts : « Tiens, cet argent est à toi. »

Moi : Qu'est-ce que tu as fait ?

Désidéria : La manière dont il me tendait le billet m'a étonnée : à contrecœur, presque par obligation. Sans réfléchir j'ai répondu : « Garde-le, après tout je n'ai pas été capable de te donner ce que tu me demandais. »

Moi : Il l'a pris ?

Désidéria : Il l'a empoché, sans hésitation en disant qu'il l'acceptait sans comprendre pour quel motif je voulais qu'il le prenne.

Moi : Un peu sans gêne, le Monsieur ?

Désidéria : Sans gêne, certainement. Mais c'était sa manière de prolonger, entre nous, un rapport qui aurait dû déjà être terminé. J'ai repris moi-même la conversation en lui répondant : « Tu ne comprends vraiment pas pourquoi je te l'ai donné ? » Il a fait non de la tête mais pas en la secouant de droite à gauche, comme tout le monde, mais de bas en haut et j'ai compris, à cette drôle de manière de nier, qu'il était Sicilien. Alors j'ai repris : « Vraiment, tu ne comprends pas ? C'est pourtant simple ; toi, tu m'as demandé quelque chose que je ne pouvais pas te donner. Tandis que toi tu as fait ce que je te demandais de faire. Et maintenant tu voudrais que je te dise ce que tu voulais de moi ? Tu devrais le savoir puisque tu l'as demandé avec tant d'insistance. Eh bien, je vais te le dire : tu voulais que je te fasse faire à l'envers le chemin que tu avais parcouru avant de naître, pour redevenir ce que tu étais avant de venir au monde ; de redevenir le rien que tu étais, que nous sommes tous, avant d'exister. Tu as compris ? »

Moi : Il avait compris ?

Désidéria : Non et il ne semblait pas en avoir envie. En réalité il avait l'air content d'avoir cinquante mille lires de plus dans sa poche ; pour le reste — il était facile de le deviner à son air à la fois supérieur et intrigué — pour le reste, je crois qu'il me considérait, je ne dirais pas comme une folle, mais comme une fille sérieusement dérangée. Quant à moi, je commençais à me faire, tout doucement, une idée de lui ; ou, plus exactement, des choses que je pouvais lui dire avec la certitude d'être comprise et de celles qu'il était inutile de lui exposer parce qu'il ne pouvait pas les comprendre.

Moi : Quelle idée te faisais-tu de lui à ce moment-là ?

Désidéria : Je crois que sa grosse voiture de luxe, sa façon sobre et élégante de s'habiller m'avaient induite en erreur. Je l'avais pris pour un étudiant ou pour un débutant dans une profession libérale, mais un détail m'a fait revenir sur ces suppositions.

Moi : Quel détail ?

Désidéria : Un détail qui m'est apparu au moment où je lui expliquais que lui, il voulait retourner dans le ventre de sa mère. Visiblement, il ne comprenait pas ce que je lui disais ; sans doute pour se donner une contenance il a porté à ses lèvres la main qui tenait sa cigarette et alors j'ai deviné ce que la désinvolture avec laquelle il avait empoché mes cinquante mille lires aurait dû tout de suite me faire soupçonner.

Moi : Mais comment as-tu deviné ?

Désidéria : En voyant sa main. Lisse, sans nœuds, sans rides, sans poils, avec des doigts courts, fuselés, aux ongles ovales clairs sur la peau mate. L'index et le pouce jaunis par la nicotine ; l'annulaire orné d'une chevalière en or au chaton gravé d'initiales qu'on pouvait prendre pour des armoiries. Oui, c'est en regardant cette main que j'ai compris pourquoi il ne pouvait pas me comprendre.

Moi : Qu'avait-elle de particulier ?

Désidéria : Ce n'était pas la main d'un bourgeois mais bien celle d'un prolétaire superficiellement embourgeoisé et fatalement rendu vulgaire par cet embourgeoisement. Cette main, tout autant que son automobile et la facilité avec laquelle il avait accepté mon argent, suggérait l'idée du type vivant au-dessus de ses moyens grâce à des expédients plus ou moins honnêtes.

Moi : Que veux-tu dire ? Qu'il pouvait être un homme se faisant entretenir par les femmes ?

Désidéria : La Voix en était tout à fait sûre. Mais peut-être me suis-je mal expliquée. De quoi vivait-il, quel métier faisait-il ? Cela n'avait au fond que peu d'importance. Je sentais qu'il ne pouvait pas me comprendre parce qu'il était vulgaire et que sa vulgarité était due à sa nature hybride, ni bourgeoise, ni prolétaire, même si, superficiellement on pouvait la dire l'une et l'autre.

Moi : Qu'est-ce que c'est pour toi la vulgarité ?

Désidéria : Je dirais une forme d'impuissance

intellectuelle, mais l'ignorant ; et avec la prétention de ne pas être impuissant, au contraire.

Moi : Résumons-nous : il ne t'a pas compris parce qu'il était intellectuellement impuissant ; il était impuissant intellectuellement parce qu'il était vulgaire ; il était vulgaire parce qu'il était hybride, ni vraiment bourgeois, ni véritablement prolétaire. C'est bien ça ?

Désidéria : Oui, c'est cela.

Moi : Comment a-t-il réagi lorsque tu as fait allusion à sa façon particulière de pratiquer la fellation ?

Désidéria : Il a d'abord aspiré un peu de fumée qu'il a rejetée par ses narines puis il a dit lentement mais sur un ton curieux, comme s'il hésitait à se montrer soit offensé soit flatté : « Explique-moi ce que signifie régresser dans... comment tu as dit ? » « J'ai dit régresser dans le néant prénatal. » « Oui c'est ça. Qu'as-tu voulu dire exactement ? » Alors je l'ai regardé bien en face et brutalement j'ai répondu : « J'ai voulu dire qu'à ce moment-là tu désirais mourir. » Cette fois il m'a paru plus offensé que flatté : « Je désirais mourir, moi ? Mais c'est faux, j'aime vivre, je veux vivre, qu'est-ce que c'est que cette histoire ? »

Moi : Tu l'avais offensé.

Désidéria : Oui mais surtout parce qu'il ne comprenait pas ; et parce qu'il comprenait que ne pas comprendre était de sa part un signe d'infériorité. J'ai deviné tout ce qui se passait dans sa tête et j'ai agi avec lui comme on agit, en semblables circonstances, avec les personnes inférieures.

Moi : C'est-à-dire ?

Désidéria : J'ai battu en retraite : je n'ai pas insisté pour qu'il comprenne ; je lui ai donné une explication fausse pour ne pas heurter son amour-propre : « Excuse-moi, je ne me suis pas bien expliquée, je n'ai pas dit que, toujours, tu voulais mourir lorsque tu fais l'amour de cette façon ; j'ai seulement dit, qu'à ce moment-là tu le désirais et parce que probablement tu étais trop heureux, que, comme on dit, tu étais heureux à en mourir. C'est clair à présent ? »

Moi : Un beau mensonge. Qu'est-ce qu'il a dit ?

Désidéria : Il l'a très bien pris puisqu'il avait l'air rassuré en disant : « Ah, ça c'est vrai. Pour moi, faire l'amour de cette façon-là, c'est merveilleux. Oui, tu as raison, lorsque j'ai senti que tu allais venir et que ton ventre se soulevait et s'abaissait de plus en plus vite et que tes cuisses serraient si fort ma tête que j'avais l'impression de suffoquer, il m'a semblé que je désirais mourir, ou plutôt, que j'aurais voulu que nous perdions les sens ensemble, au moment précis où tu aurais joui. Mourir ensemble, voilà ce que j'aurais voulu. »

Moi : Au fond, il disait la même chose que tu avais voulu dire toi ?

Désidéria : En partie, oui, mais en partie seulement. A présent il avait repris des forces et il me regardait gentiment. Mais alors la Voix est intervenue : « Fais-le parler de lui. Tu vas pouvoir constater que c'est un type louche, un escroc, un aventurier. »

Moi : Je crois comprendre que la Voix le trouvait antipathique, non ?

Désidéria : Peut-être pas franchement antipathique. Elle avait surtout peur que je m'amourache de lui.

Moi : Tu pensais que cela pouvait t'arriver ?

Désidéria : Absolument pas. Pourtant j'avoue que j'éprouvais pour lui un sentiment affectueux, fraternel.

Moi : Fraternel ?

Désidéria : N'étions-nous pas tous les deux d'origine prolétarienne ? N'étions-nous pas tous les deux, d'une certaine manière, mal embourgeoisés ?

Moi : Oui, mais toi, tu en étais consciente et tu voulais revenir à tes origines, tandis que lui, du moins à ce que j'ai cru comprendre, il reniait son origine prolétarienne, il cherchait à la cacher à lui-même et aux autres.

Désidéria : C'est vrai. C'était aussi l'opinion de la Voix qui ne cessait de me répéter : « Pourquoi perds-tu ton temps avec ce type-là ? Tu l'as payé pour le service qu'il t'a rendu, alors fous-le à la porte. »

Moi : Tu n'étais pas d'accord, toi ?

Désidéria : Tâche de me comprendre. Je n'éprouvais pour lui rien qui puisse ressembler, même de loin à de l'amour. Il m'avait fait jouir, c'est vrai, mais sans abandon ni véritable plaisir. Et pourtant quand j'entendais la Voix me conseiller de le mettre à la porte parce que je l'avais payé et qu'il ne me servait plus à rien, je n'avais aucune envie de lui obéir.

Moi : Pourquoi ?

Désidéria : Je te l'ai dit : parce que j'avais cette curieuse impression de ressemblance entre nous deux.

Moi : Et alors ?

Désidéria : Alors, brusquement, impulsivement je lui ai demandé qui étaient ses parents.

Moi : Pourquoi ?

Désidéria : Parce que c'était une question qui me tourmentait depuis que j'avais appris que je ne n'étais pas la fille de Viola. Moi j'avais tout de suite pris conscience, ou plutôt la Voix m'avait fait prendre conscience, que je n'appartenais pas au monde de Viola. Maintenant, je voulais me rendre compte de ce qu'il pensait.

Moi : Qu'a-t-il répondu au sujet de ses parents ?

Désidéria : J'ai vu qu'il hésitait tandis que moi

j'espérais qu'il allait me dire : « Je suis le fils d'un garçon de bureau et d'une infirmière. »

Moi : C'était la vérité ?

Désidéria : Oui, mais je ne l'ai sue que plus tard.

Moi : Parce qu'il ne l'a pas dit tout de suite ?

Désidéria : Non (sinon je me serais trompée en parlant de vulgarité), mais il a pris son temps avant de me répondre sur un ton de mauvaise humeur : « Qu'est-ce que ça peut te faire de savoir qui sont mes parents ? Eh bien, voilà : mon père est baron, Sicilien, propriétaire foncier : c'est un homme méprisable et bizarre qui n'avait jamais rien fait de bon ni pour lui ni pour autrui ; ma mère est la fille d'un avocat ; elle avait une belle dot ; mon père l'a épousée pour son argent ; bien qu'elle fût plus âgée que lui, il lui a fait quatre enfants ; ensuite il l'a laissée tomber. Maintenant ma mère est une femme âgée qui ne vit que pour sa famille et qui assiste à la messe tous les matins. Tu es contente ? »

Moi : Il t'a donné des détails qui ont l'air de concerner des gens qui existaient réellement.

Désidéria : Ils existaient mais ce n'étaient pas ses parents. Il s'agissait de la meilleure famille de la petite ville de Sicile où son père était garçon de bureau et sa mère infirmière. Les menteurs de l'espèce d'Érostrato ne s'égarent jamais très loin lorsqu'ils mentent. A l'origine de leur mensonge il y a toujours quelque chose de vrai.

Moi : Par exemple ?

Désidéria : Par exemple, pour lui, d'avoir désiré, lorsqu'il était petit, que « ces gens » fussent ses vrais parents.

Moi : Et alors, après ?

Désidéria : Moi j'ai continué à l'interroger et lui a continué à mentir. Je lui ai demandé d'abord : « Tu as fait des études ? Tu as passé des examens ? » « J'ai fait des études à Palerme et j'ai passé mes examens à Rome. » « Dans quelle discipline ? » « Sciences économiques. » « Et à présent que fais-tu ? » « Mon père voudrait que je rentre en Sicile pour l'aider dans l'administration de notre fortune, mais moi je n'ai aucune envie de m'enterrer en province. » « C'est ton père qui t'entretient ? » « Il règle les notes de la pension. » « Pourtant tu as un bahut de luxe, hein ? une Jaguar. » « C'est un vieux modèle ; je l'ai eu d'occasion, presque pour rien. » « En somme, qu'est-ce que tu fais dans la vie ? » « Comment qu'est-ce que je fais ? » « Tu dis que ce que t'envoie ton père ne te suffit pas ; comment gagnes-tu les sous qui te manquent ? » « Je travaille dans le cinéma, je suis scénariste. » « Qu'est-ce que c'est ? » « C'est moi qui écris les textes des films. Tu as des feuilles de papier : d'un côté tu indiques les gestes des acteurs, les mouvements de la caméra ; de l'autre, les dialogues. » « Et tu gagnes beaucoup d'argent ? » « Cela dépend. » « Cela dépend de quoi ? » « De la production : il y a des productions riches et d'autres pauvres. »

Moi : Rien que des mensonges ?

Désidéria : Presque. Mais ces mensonges me permettaient de déceler ce qu'il y avait de vrai en lui ; de savoir ce que, lui, était réellement.

Moi : Pour toi, le mensonge serait vérité ?

Désidéria : Le mensonge n'est pas vérité, mais réalité, oui. Le menteur ment mais il est réel. Et moi, à ce moment-là je n'avais pas envie de savoir la vérité. Je désirais qu'Érostrato soit lui-même : c'est-à-dire réel.

Moi : Pourquoi ?

Désidéria : A cause de la fraternelle pitié que j'avais pour quelqu'un de malheureux qui me ressemblait.

Moi : Que se passe-t-il ensuite ?

Désidéria : Je lui posais encore des questions sur

sa famille, son enfance, son adolescence, ses études. Il me répondait patiemment avec ce calme auquel le ton de sa voix grave et vibrante, l'immobilité de ses pupilles brillantes, le frémissement des ailes de son nez, ajoutaient quelque chose d'authentique et d'émouvant, et je ne pouvais m'empêcher, en face de ce mélange de mensonge et de sincérité, de reconnaître encore une fois qu'il me disait la vérité, ou mieux encore, sa vérité.

Moi : Mais qu'est-ce qui te faisait penser qu'il mentait ? Après tout, tu ne le connaissais que depuis une ou deux heures et tu ignorais tout de lui.

Désidéria : Je pensais qu'il mentait à cause de la vulgarité de la main qu'il portait à ses lèvres en tenant sa cigarette ; je le regardais avec tant d'attention qu'il le remarqua et m'en demanda la raison. Je lui répondis très vite, et la première chose qui m'était passée par la tête : « Je regardais ta bague. » « C'est une personne qui m'aimait bien qui m'en a fait cadeau. » « Fais voir. » Sans rien dire, il l'ôte de son doigt. C'est de l'or massif et très lourd. Sur le chaton deux initiales entrelacées. É. O. qu'il s'est empressé de m'expliquer : Érostrato Occhipinti. Sur la partie intérieure de l'anneau j'ai pu lire : « A Éros, Aurora » et j'ai demandé : « Qui est Aurora ? » « Une personne qui m'aimait, je viens de te le dire. » « Et elle t'appelle Éros. » « Oui, elle disait qu'Érostrato c'était trop long. » « C'est elle qui t'a offert la Jaguar ? » Après m'avoir regardée quelques secondes, il a répondu sèchement : « Non. » Alors j'ai repris : « Si nous continuons à nous voir, moi je t'appellerai Érostrato. Pour Aurora tu étais Éros, sans doute parce que tu avais mérité ce nom. Pour moi, tu es et tu seras toujours Érostrato. » Il a haussé les épaules ; encore une fois il ne comprenait pas ce que je disais et il a fini par me demander ; « Pourquoi as-tu dit mérité ? » « Tu ne sais pas qu'Éros était le dieu de l'amour ? Tu auras dû lui donner l'impression que tu l'aimais. » « Non, moi je ne l'aimais pas, c'était elle qui m'aimait. » « Oh, c'est la même chose, non ? » Un silence a suivi la phrase que je venais de dire ; il fumait en regardant le bout de sa cigarette. Il a repris la parole pour me demander : « A quelle heure ta mère doit-elle rentrer ? » « Je ne sais pas, dans une heure ou deux peut-être. » « En attendant tu peux tenir ta promesse. » « Quelle promesse ? » « M'expliquer pourquoi tu as voulu jouer le rôle d'une pute ; et ensuite pourquoi tu as voulu que nous fassions l'amour ici, dans la chambre de ta mère. » « C'est une histoire longue et compliquée ; pour te l'expliquer il faudrait te raconter toute ma vie. » Il n'a rien répondu mais il était certain que ce qui l'intéressait vraiment ce n'était ni moi, ni les motifs de mon curieux comportement. C'était autre chose dont, pour le moment, je n'avais aucune idée. Il a fini par me répondre : « Puisque ta mère ne rentrera pas avant une heure ou deux tu as le temps de tout me raconter, je pense. »

Moi : Une phrase peu encourageante.

Désidéria : En effet. De mon côté j'étais fatiguée, sans doute à cause de l'intensité de l'expérience à laquelle nous nous étions livrés. Et la Voix en a profité pour revenir à la charge : « Pourquoi irais-tu raconter ta vie à ce petit maquereau ? Dis que tu as fait ce que tu as fait parce que tu es une vicieuse et que l'idée de jouer le rôle d'une *puttana* t'excitait follement. Mets-le à la porte, c'est tout. » J'ai protesté sèchement : « Mais non, je ne suis pas une vicieuse et je ne veux pas que le seul homme qui m'ait inspiré de la tendresse me prenne pour une vicieuse. »

Moi : De la tendresse ?

Désidéria : A la fin de cette journée, c'était une

sorte de tendresse maternelle que je ressentais devant lui.

Moi : Jusqu'à présent c'était d'un sentiment fraternel dont tu parlais.

Désidéria : Quand je pensais à la ressemblance de nos origines c'était l'amour fraternel, mais si je revoyais sa manière de faire l'amour c'était de la tendresse maternelle.

Moi : Et alors ?

Désidéria : Alors j'ai désobéi à la Voix et j'ai dit à Érostrato : « Je suis fatiguée aussi je ne te raconterai que très brièvement pourquoi j'ai fait ce que j'ai fait et après je dormirai. Viens près de moi, allonge-toi sur le lit, prends-moi dans tes bras, j'aurai plus de courage pour parler. »

Moi : Et Érostrato ?

Désidéria : Il avait pris sur la coiffeuse la photo où nous étions Viola et moi et après l'avoir bien regardée il m'a demandé : « Il me semble que nous devrions aller au salon pour boire un verre en attendant que tu puisses me présenter à ta mère ? Qui sait ce qu'elle penserait en nous voyant dans son lit ? » Eh bien, sais-tu quelle impression m'ont fait ses paroles ?

Moi : Non.

Désidéria : Qu'Érostrato craignait moins l'arrivée intempestive de Viola qu'il ne la désirait.

Moi : Qu'est-ce que tu lui as répondu ?

Désidéria : J'ai voulu le mettre à l'épreuve, voir si ma supposition était fondée. Alors j'ai pris un air las et j'ai dit : « Bon, d'accord, allons au salon. » C'est très surprise que je l'ai vu se lever, venir vers moi et que j'ai entendu sa belle voix : « Fais-moi un peu de place », tandis qu'il s'étendait sur le lit, m'entourant de ses bras en ajoutant : « Tu as raison, on est mieux comme ça. Après tout, nous avons le temps, serre-toi contre moi. Oui, voilà, c'est bien ; maintenant dis ce que tu as à dire, je t'écoute. »

Moi : Gentil non ?

Désidéria : Oui, gentil, mais un peu trop.

Moi : Comment trop ?

Désidéria : Que penserais-tu d'un homme qui au moment où il te dit, « je t'écoute » sortirait son membre de son pantalon et me le mettrait dans la main ? Moi, j'étais stupéfaite : « Mais qu'est-ce qui te prend ? » « Ça t'ennuie ? Je me sens mieux près de toi. »

Moi : Et toi, qu'est-ce que tu as fait ?

Désidéria : J'ai serré son membre entre mes doigts comme il me le demandait ; il m'était venu une idée et j'ai voulu voir si elle répondait à la réalité.

Moi : Une idée ? Quelle idée ?

Désidéria : Il m'était venu l'idée que dans l'exhibition de ce membre qui était, entre parenthèses, de proportions extraordinaires, il y avait quelque chose de — comment dire — de professionnel.

Moi : De professionnel ?

Désidéria : Il voulait que je me rende compte qu'il avait été bien fourni par la nature et que, du point de vue professionnel, il lui était possible de satisfaire aux plus folles exigences.

Moi : Que pensais-tu qu'il était ? Un prostitué ?

Désidéria : Disons un prostitué. Mais je n'en étais pas sûre ; je le devinais et je sentais aussi que cette exhibition était beaucoup moins faite en mon honneur qu'en celui de Viola.

Moi : Viola ?

Désidéria : Oui, dans le cas pas absolument improbable où elle rentrerait plus tôt que prévu. Somme toute, je sentais qu'il voulait être « vu » par Viola. Qu'il voulait que Viola voie son membre.

Moi : Alors tu m'as dit que tu serrais ça, ou si tu

préfères, son instrument de travail. Ensuite que se passe-t-il ?

Désidéria : Je lui raconte ma vie.

Moi : Intégralement ?

Désidéria : Oui, je lui ai tout dit ; je ne lui ai caché que l'existence de la Voix. Après je l'ai regretté parce que taire l'existence de la Voix diminuait de beaucoup l'intérêt de mon récit.

Moi : Pourquoi pensais-tu qu'il serait bien qu'Érostrato sache que tu étais en relation avec une Voix ?

Désidéria : C'était à cause de ce sentiment que j'appelais fraternel. Il me semblait que si je lui avais parlé de la Voix j'aurais eu plus d'autorité sur lui.

Moi : Quel genre d'autorité ? Une autorité comme celle que Jeanne d'Arc avait sur le pauvre et indécis roi de France ?

Désidéria : Oui.

Moi : Bon, alors tu racontes ta vie. A quel point de vue te places-tu ?

Désidéria : Au point de vue de la Voix, naturellement. Comment elle avait commencé, comment elle s'était déroulée, comment s'était, peu à peu, affirmée ma révolte contre Viola et son monde.

Moi : Tu lui as dis que tu étais née dans le peuple, que Viola n'était pas ta vraie mère, que tu n'étais que sa fille adoptive ?

Désidéria : J'ai dit que j'étais probablement la fille du mari de Viola et de sa femme de chambre qui était devenue une prostituée et que c'était pour cette raison que Viola m'avait adoptée.

Moi : Tu as dit que tu avais surpris Viola faisant l'amour à trois avec Tibéri et ta gouvernante ?

Désidéria : Oui et j'ai insisté sur le fait que Viola choisissait mes gouvernantes en pensant à elle plus qu'à moi.

Moi : As-tu dit aussi que tu t'étais laissé attirer dans une maison de rendez-vous par Diomira ?

Désidéria : Oui, mais j'ai préféré ne pas lui dire que j'avais appelé « maman » cette bonne femme. C'était parce que la Voix m'avait obligée de faire cette chose ridicule que je ne voulais pas lui parler d'elle.

Moi : Lui as-tu dit qu'après t'avoir détestée à cause de ton obésité, Viola était devenue folle d'amour pour toi le jour où tu t'étais décidée à maigrir ?

Désidéria : Oui et c'est à ce moment qu'Érostrato est sorti du silence pour me demander quelle preuve j'avais de cette passion de Viola pour moi, comment je m'en étais aperçue ; s'il y avait quelque chose entre nous deux. Alors j'ai raconté la nuit de Zermatt et les caresses de Viola.

Moi : Tu as dit que le lendemain de cette nuit, tu avais écrit ton plan de transgression et de désacralisation.

Désidéria : Oui, mais j'ai évité de dire que ce plan m'avait été dicté par la Voix. J'ai raconté que ma santé morale de fille du peuple m'avait poussée à me révolter contre la bourgeoisie et la corruption de Viola et que l'indignation que j'en ressentais m'avait décidée à élaborer un plan systématique de révolte.

Moi : Lui as-tu dit tout ce que tu avais fait pour mettre ce plan à exécution ?

Désidéria : Non, je n'ai pas tout dit parce que je sentais qu'il n'aurait pas compris. Par exemple je n'ai pas dit que pour désacraliser la culture je m'étais torché le derrière avec une page des *Promessi Sposi,* de Manzoni. Ça n'aurait servi à rien. J'étais sûre que, pour lui, la culture n'avait rien de sacré, alors pourquoi lui aurais-je dit que je l'avais désacralisée. Mais je lui ai dit que j'avais tenté d'assassiner Viola, ça oui ; et que Viola l'avait su et que sa passion pour moi s'en était accrue.

Moi : Érostrato a-t-il commenté ton histoire ?

Désidéria : A sa façon.

Moi : Ça veut dire quoi, à sa façon ?

Désidéria : En se servant d'un langage, le seul chez lui, je crois bien, qui n'était ni ambigu, ni mensonger.

Moi : C'est-à-dire ?

Désidéria : Tu sais que pendant que je parlais, je tenais son membre, dès le début en érection, entre mes doigts. Mais lorsque je me suis mise à décrire ma vie d'enfant et mon adoration pour ma mère adoptive, il est devenu brusquement mou, petit, réduit à des proportions, disons, normales ; quand j'en arrive à la scène fatale (pour moi) de la partouze surprise (par moi) en ouvrant la porte de la chambre de Viola le voilà qui se regonfle et se redurcit ; quand je décris la scène en la détaillant : Viola à quatre pattes, Tibéri debout derrière elle, Chantal les contemplant, j'ai beaucoup de mal à le garder dans mon poing fermé tant il se fait volumineux. Ensuite quand je parle longuement de la révélation de Viola m'annonçant que je ne suis pas sa fille, du grand chagrin que j'en ai eu, il revient à sa taille normale. Et le voilà se regonflant et se redurcissant, une autre fois encore, quand je parle de mon aventure chez Diomira, puis se ramollir et rapetisser quand je parle des vacances à Zermatt ; puis se regonfler et se redurcir durant ma description de la première tentative incestueuse de Viola ; et ainsi de suite et ainsi de suite.

Moi : Je ne sais pas si tu te rends compte que ce membre pneumatique se gonflant et se dégonflant dans ta main selon les diverses phrases d'un récit, est on ne peut plus comique ?

Désidéria : Le sexe est comique, ou plutôt non,

on veut qu'il soit comique parce qu'on ne sait pas comment faire pour en parler sérieusement.

Moi : Peut-être. Dis-moi comment tu as terminé ton récit.

Désidéria : Par une pluie de questions d'Érostrato concernant Viola.

Moi : De quel genre de questions ?

Désidéria : Oh, de tous les genres. Mais surtout à propos de l'amour à trois. Et il a même fini par me demander si Viola me l'avait proposé.

Moi : Répète-moi, s'il te plaît, sa phrase exacte.

Désidéria : « Est-ce qu'elle ne t'a jamais fait comprendre qu'elle voulait faire l'amour avec toi et avec un autre homme ? »

Moi : C'était très clair. Qu'as-tu répondu ?

Désidéria : La Voix m'a fait répondre : « Elle doit y avoir pensé mais elle n'a pas encore eu le courage de me le proposer. »

Moi : Alors qu'a-t-il dit ?

Désidéria : D'abord rien. Quelques secondes plus tard : « Et à toi, ça te plairait ? »

Moi : Et tu as répondu...

Désidéria : J'ai dit, mais pour obéir à la Voix : « Il faudrait, avant tout, que je sache si j'aimerais faire l'amour avec Viola. »

Moi : Vous êtes en plein dans le sujet. Comment se déroule, ensuite, votre dialogue ?

Désidéria : C'est lui qui me demande : « Tu as raison. Alors ? Est-ce que ça te plairait ? » Moi je réponds : « A Zermatt, la nuit dont je t'ai parlée, il m'a semblé que ça me plaisait. » « Comment le sais-tu puisque tu dormais ? » « Peut-être que je ne dormais pas mais que je croyais dormir. En tout cas, je sais que je l'ai laissée faire. » « Tu ne m'as pas encore dit si ça te plaisait. » « Mais oui, je te l'ai dit. Cela m'a plu cette nuit-là ; peut-être qu'à présent cela ne me plairait plus, du moins de cette façon. »

« Qu'est-ce que tu veux dire ? » « Je veux dire qu'il faudrait qu'il y ait quelque chose de nouveau. » « Par exemple, qu'entre vous deux, il y ait un homme ? » « Oui, peut-être. » « Pourquoi cela t'a-t-il plu cette nuit-là ? » « Comment le savoir ? Disons que cela m'a plu assez pour que je la laisse faire. » « Dis-moi : cela t'a-t-il plu parce que Viola est une femme ? » « Pas particulièrement. Pourtant si, un peu. » « Ou bien parce que c'était ta mère ? » « Viola n'est pas ma mère. » « Je voulais dire ta mère adoptive. » « Je ne sais pas mais il devait y avoir quelque chose de ça. Je crois plutôt que la raison principale était que Viola me désirait et que lorsque quelqu'un désire énormément quelque chose elle arrive plus facilement à ses fins. » « Tu ne m'as pas encore dit s'il te plairait de faire l'amour à trois, toi, Viola et un homme. » « Il faudrait d'abord que je voie l'homme. » « Réponds-moi franchement : tu penses que c'est moi que je propose ? » « Tout le laisse à penser. » « Eh bien, non. Je te pose cette question uniquement parce que tu es une fille à part et que tu m'intéresses. » « Je t'intéresse ? J'aurais plutôt cru que c'était ma mère qui t'intéressait. » « Vous m'intéressez toutes les deux mais toi, tu m'intéresses davantage parce qu'il y a en toi quelque chose de différent des filles de ton milieu. » « Quoi ? » « Eh bien, ce plan dont tu parles, le fait que tu t'es révoltée contre le monde de ta mère, ta tentative de meurtre contre elle, tout ça n'est pas ordinaire. Tu n'es pas une fille comme les autres. Seulement et il y a un seulement : il ne suffit pas de dire, il faut faire. Tu dis sans arrêt que tu hais la bourgeoisie, tu laisses entendre que tu es capable de faire tout et le reste mais, au fond, tu as fait quoi ? Tu as heurté de l'aile de ta bagnole la jambe de ta mère. Comme action révolutionnaire, c'est peu, non ? »

Moi : Tu l'attendais, toi, ce brusque virage sur la politique ?

Désidéria : Oh, non pas du tout. D'autant moins que la Voix le considérait comme un simple petit marlou. Mais la voilà qui brusquement se met à crier : « Ce garçon commence à m'intéresser. Je me suis peut-être trompée sur son compte. » Érostrato continuait : « La révolution ne se raconte pas, elle se fait. » Je lui pose, humblement, une question : « Mais comment se fait-elle ? » « Oh, je ne saurais pas te dire, il y a trente-six façons de la faire ; par exemple, je connais des mecs qui font partie de groupes révolutionnaires qui agissent d'une façon ou d'une autre. » « Oui, mais moi, je suis jeune, je suis une fille, je ne peux pas faire grand-chose pour le moment. Au lycée où je vais, personne parmi les garçons et les filles, étrangers ou Italiens, ne s'intéresse à la politique. » « Et pourtant, je crois, qu'avec ton goût de la révolte tu pourrais être un élément utile. » « Tu crois vraiment ? » « Ce n'est peut-être qu'une impression superficielle ; nous ne nous connaissons que depuis quelques heures, mais il me semble tout de même que tu pourrais faire autre chose que de... comment as-tu dit ? ah, oui, désacraliser ? » « Oui, désacraliser. Alors, à ton avis, qu'est-ce que je devrais faire ? » « Moi, je fais partie d'un groupe qui vient de se constituer. Je pourrais t'y présenter. Ça te ferait plaisir ? » « Oui, je crois. » « Je sais que quelqu'un de la direction doit arriver bientôt. Un groupe s'est constitué à Milan et c'est moi qui le représente à Rome. Dès qu'arrive notre camarade je te présente et tu te mets d'accord avec lui, et alors tu commenceras à comprendre que faire la révolution c'est autre chose que d'emmerder volontairement ta mère », et caetera et caetera et caetera.

Moi : Pourquoi, et caetera ?

Désidéria : Parce qu'aujourd'hui ce dialogue, qui a eu lieu il y a longtemps, me paraît n'être qu'un tissu de lieux communs.

Moi : De lieux communs ?

Désidéria : Oui dans le genre de ces lieux communs culturels qui précèdent ou suivent l'acte sexuel. Dans notre cas, il s'agissait de lieux communs révolutionnaires.

Moi : Et alors maintenant que pensait la Voix d'Érostrato ?

Désidéria : Elle était au comble de l'exaltation. Elle m'expliquait qu'on pouvait très bien être à la fois un prostitué et un révolutionnaire. Elle en arrivait même à dire — tout en conservant un certain mépris pour Érostrato, qu'elle pourrait l'utiliser d'une façon ou d'une autre, sur le plan politique.

Moi : Comment tout cela s'est-il terminé ?

Désidéria : La Voix m'a ordonné de demander à Érostrato, mais en lui laissant deviner mon anxiété : « Admettons que tu puisses me présenter à ce groupe et que tu arrives à m'y faire accepter, quel genre de choses ferons-nous ? » Et lui, avec la plus grande indifférence, presque négligemment : « Nous ferons de tout. Depuis le hold-up dans les banques jusqu'aux attentats. » A la fois mystérieux et sûr de lui, il me regardait fixement de ses yeux d'obsidienne, son sourire figé sur ses lèvres aux bords retroussés. La Voix, elle véritablement conquise, a laissé échapper une phrase révélatrice de son état d'âme : « Fais le possible et l'impossible pour le retenir chez toi. Même, si c'est nécessaire, faire l'amour à trois, avec lui et Viola. »

Moi : Cette fois, la Voix avait perdu la tête.

Désidéria : C'était compréhensible. Depuis des années, elle et moi ne parlions que de la révolution et voilà que quelqu'un me proposait de la faire, et réellement. Notre enthousiasme était justifié.

Moi : Notre ?

Désidéria : Mais oui parce que moi aussi je partageais l'exaltation de la Voix. Tant et si bien, pleine de gratitude envers Érostrato, et de zèle aussi, je me suis relevée, je me suis assise, je me suis penchée au-dessus de lui, toujours étendu sur le dos, son membre prodigieux, droit levé, et je me suis mise à lui rendre, furieusement, les mêmes caresses que j'avais reçues de lui.

Moi : Est-il arrivé à l'orgasme ?

Désidéria : Non, il m'a arrêtée en serrant très fort ma nuque entre ses doigts pour m'obliger à ouvrir la bouche. Il faisait maintenant presque nuit dans la chambre ; seule la petite lampe à abat-jour rouge était allumée près du lit. Il me serrait la nuque, tandis que moi, bouche ouverte, lèvres humides, je restais comme suspendue au-dessus de ce pénis droit levé auquel la lumière donnait un aspect violacé. Eh bien, tu ne sais pas quel effet il m'a fait ce pénis ?

Moi : Non.

Désidéria : Il était, comment te dire ? il était excessif, oui c'est ça, trop volumineux, trop raide, trop gonflé, trop rouge. Et cet excès, je le traduisais moi par le mot vulgarité : son pénis ressemblait à sa main ; en le regardant, je me suis dit qu'il avait la vulgarité d'un prolétaire ayant mal digéré l'embourgeoisement. Il me donnait l'impression d'un pénis bon pour des filles de la campagne auxquelles Érostrato l'avait soustrait pour le vendre aux femmes de la bourgeoisie. Il a fini par cesser de serrer ma nuque entre ses doigts et il dit : « *Basta,* je ne veux pas décharger » ; il avait employé l'expression populaire « décharger » à la place du terme bourgeois « venir ». Presque un lapsus dans lequel son origine prolétarienne réapparaissait momentanément, et comme par inadvertance.

Moi : Pourquoi t'a-t-il arrêtée avant d'avoir l'orgasme ?

Désidéria : Je me le suis demandé aussi. Plus tard, quand j'ai mieux connu Érostrato, j'ai compris qu'il savait, à volonté, contrôler son membre comme on contrôle l'emploi d'un instrument de travail précieux et délicat. Le récit de mes rapports avec Viola l'avait suffisamment excité pour qu'il me laisse le caresser avec ma bouche ; mais pas suffisamment pour accepter d'arriver jusqu'à l'orgasme.

Moi : Mais pourquoi ce contrôle à ce moment précis ce jour-là ?

Désidéria : Je n'en ai deviné la raison que plus tard, quand Viola est rentrée à la maison. Mais laisse-moi continuer. Voilà ; comme je sentais que j'avais besoin de dormir, je me suis recroquevillée tout contre lui, et presque malgré moi j'ai murmuré en m'assoupissant : « Quand arrivera-t-il, ton camarade de Milan ? » « Bientôt. » « Mais quand ? » « Peut-être dans une quinzaine de jours, peut-être avant. » « Et si nous allions nous deux à Milan, pour que je fasse sa connaissance ? Pourquoi pas demain matin ? » « Impossible. Il faut d'abord que nous nous mettions d'accord avec lui. Et puis nous risquerions de ne pas le rencontrer. » « Pourquoi ? Il voyage beaucoup ? » « Oui, je crois. » « Ton camarade est-il de ceux qui volent de l'argent ou est-il spécialisé dans les attentats ? » « Tu as une curieuse conception de l'action révolutionnaire. Disons qu'il est un de ceux-là. » « Lorsque je ferai partie du groupe, vous me ferez travailler pour la révolution ? » « Naturellement, sinon qu'y ferais-tu ? » « Est-ce que j'aurai un revolver ? Est-ce qu'on me donnera un revolver ? » « Si c'est nécessaire, oui. » « Tu me promets des tas de choses mais après tu ne tiendras pas tes promesses. » « Ce n'est pas vrai, moi je suis un homme qui, lorsqu'il promet, tient ses engagements. » « Oh, là, là, je te connais à présent. Tu me promets de me présenter à ton groupe pour m'obliger à faire l'amour à trois, avec toi et avec Viola. Depuis des heures tu tournes autour de cette idée. Peut-être que Viola te plaît plus que moi : tu n'as fait que regarder sa photo ; peut-être que c'est l'idée de faire l'amour avec une mère et sa fille qui te plaît ; peut-être de voir une mère et sa fille ensemble. Mais Viola n'est pas ma mère ; nous sommes des étrangères l'une pour l'autre. » « Mais qu'est-ce que tu dis ? » « Moi, je suis sûre que toi tu es un prostitué ; mais cela n'a pas d'importance, un prostitué peut être un révolutionnaire. Maintenant écoute-moi bien : je te promets que si tu me présentes à ton groupe, que si tu me fais participer à une action révolutionnaire, nous ferons l'amour à trois », et caetera, et caetera.

Moi : Encore tes et caetera et caetera ! Que signifient-ils maintenant ?

Désidéria : Ils signifient que notre conversation s'est déroulée un peu à la façon d'un dialogue entre une maman et son enfant, elle, racontant un conte de fées, lui, s'assoupissant petit à petit en l'écoutant. Le conte de fées, c'était l'histoire d'un groupe révolutionnaire armé de pistolets et de mitraillettes qui organise des hold-up, des attentats, qui tire, tue et fuit. La maman, c'était Érostrato ; l'enfant qui s'endort, c'était moi. Je crois qu'avant de m'endormir tout à fait j'ai dû répéter encore une fois d'une voix tout embarbouillée : « Si tu me présentes à ton groupe, je te promets de faire l'amour à trois, sinon rien. » Ensuite je ne sais pas ce qui s'est passé. Comme si j'avais pris un puissant somnifère, je suis tombée dans le noir ; Érostrato eut soin de ne pas me sortir de ce sommeil. C'est lui qui m'a raconté quelque temps plus tard sa première rencontre avec Viola.

Moi : Avec qui ?

Désidéria : Avec Viola, oui. Donc, Érostrato qui ne dort pas me regarde dormir toute recroquevillée contre lui : son membre se trouve toujours entre mes doigts serrés. Brusquement il sent que nous ne sommes plus seuls dans la chambre : il y a quelqu'un, il en devine la présence. Alors il lève la tête et dirige son regard du côté où il devine la mystérieuse présence ; au même moment il est aveuglé par l'éclair bref et intense d'un flash. En recouvrant heureusement très vite la vue, il voit Viola debout sur le pas de la porte en train de retirer d'un appareil Polaroïd une photo qu'elle vient de prendre. Érostrato m'a dit qu'il avait eu d'abord très peur que Viola n'ait pris cette photo dans un but de chantage. Mais très vite, en se souvenant de ce que je lui avais raconté au sujet de la passion incestueuse de Viola, il se dit qu'elle a voulu me prendre endormie dans les bras de mon amant, tenant entre mes doigts le membre de celui-ci ; un spectacle inédit et fascinant. Alors, tandis que je continue à dormir, Érostrato et Viola se regardent en silence et se comprennent beaucoup plus intimement qu'ils ne l'auraient fait en se parlant. Cette scène ne dure qu'un instant. Érostrato m'a dit qu'après ce long échange de regards, il fait à Viola un geste plus éloquent que des paroles ; il lui montre la place vide, à côté de moi, comme pour l'inviter à venir l'occuper. Une invitation, en somme, à l'amour à trois ; après avoir vu Viola en train de me photographier, Érostrato sait qu'il peut faire d'elle ce qu'il veut. Viola est tentée mais elle hésite ; elle regarde fixement Érostrato ; puis elle dit non de la tête, tourne le dos et sort. Immédiatement Érostrato se libère de moi et sort derrière elle.

Moi : Et alors que se passe-t-il entre eux ?

Désidéria : Érostrato rattrape Viola dans le passage plein de meubles, de miroirs, de vieilles gravures qui mène à l'antichambre. Viola est effrayée par cette invitation de faire l'amour à trois clairement formulée par Érostrato lui montrant la place vide sur le lit à côté de moi. Qui est cet inconnu qui sait tout ce qui la concerne, jusqu'à ses rêves les moins avouables, jusqu'à sa passion pour moi ? Atterrée devant une intervention peut-être diabolique (Érostrato avec sa pâleur, ses cheveux noirs, ses yeux trop brillants a, en ce moment, quelque chose de démoniaque) Viola reprend son rôle de mère ; mais ne se fiant pas à elle-même, elle décide brusquement de s'en aller. Elle pose son appareil-photo, elle reprend le sac qu'elle avait posé sur une console avant d'entrer dans sa chambre ; elle se met à courir dans l'intention d'arriver le plus vite possible dans l'antichambre. Érostrato la suit et la rejoint. Il l'attrape par les cheveux et d'un coup de genou dans les reins il la force à entrer au salon, la pousse sur le divan, le tête en avant engloutie par des coussins. Ensuite tout se passe avec une violence profanatrice mais complice. Viola indique à son agresseur la façon dont elle préfère être prise ; Érostrato s'exécute immédiatement ; très vite la respiration oppressée de Viola se change en *lamento* régulièrement ponctué ; ensuite Viola hurle pendant un certain moment avant de s'écrouler anéantie sur le divan ; toujours haletante, les yeux volontairement clos, le haut de son corps alourdi par sa jupe retroussée, ses cuisses nues repliées sur elles-mêmes. Érostrato s'assied à côté d'elle en la regardant froidement ; ses yeux se dirigent vers la porte qui donne sur l'antichambre. Alors il s'aperçoit que tandis qu'il la poussait du côté du divan, le sac à main de Viola s'est ouvert et tous les petits objets qu'il contenait sont par terre : porte-clefs, mouchoir, portefeuille, briquet, rouge à lèvres, poudrier. Ces objets répandus sur le sol comme des débris d'armée en déroute confirment Érostrato dans l'idée qu'il vient de remporter une grande et totale victoire. Viola a subi une défaite en tant que mère ; elle va être contrainte, peut-être définitivement, à s'en tenir à son rôle d'amoureuse, sans plus aucune possibilité de choix entre ses deux tendances.

Moi : Et après que se passe-t-il ?

Désidéria : Érostrato m'a dit qu'après un long moment de silence et d'immobilité Viola s'est relevée pour mettre de l'ordre dans ses vêtements. Lui la regardait en fumant. Lorsqu'ils se sont remis à parler, Viola aurait dit : « Il vaudrait mieux que tu t'en ailles, maintenant. » « C'est aussi mon avis. Quand se voit-on ? » Viola aurait eu un moment d'hésitation comme si elle allait lui opposer un refus ; elle n'en a pas eu le courage : « Viens déjeuner demain. » « Est-ce que Désidéria sera là ? » Et Viola aurait répondu : « Oui, je pense. » Sur ce, Érostrato, toujours selon ce qu'il m'a raconté plus tard, serait parti.

Moi : Pourquoi t'es-tu mise à me parler brusquement au conditionnel ?

Désidéria : Parce qu'Érostrato m'a tout le temps menti en me racontant ses rapports avec Viola. L'absurdité de cette invitation à déjeuner en était la preuve.

Moi : Pourquoi ?

Désidéria : Parce qu'Érostrato et Viola sont restés ensemble, au moins pendant deux heures, après avoir fait l'amour, je sais même qu'ils l'ont fait une seconde fois et qu'ensuite ils ont parlé de beaucoup de choses en jetant, comme on dit, les bases de relations plus complexes que celles qui peuvent exister entre une femme et l'homme qui l'a violée.

Moi : Explique-toi.

Désidéria : Érostrato se dirigeait d'instinct vis-à-vis de moi et vis-à-vis de Viola dans trois directions : la première, celle de l'érotisme. La deuxième celle que j'appellerai idéologico-politique. La troisième celle de l'intérêt matériel. Avec moi, il avait pris les deux premières directions. Il venait, avec Viola, de s'avancer résolument sur le troisième chemin.

Moi : Qu'espérait-il ? Se faire entretenir ?

Désidéria : Certainement. Mais je crois qu'il subordonnait l'envie de réussir à se faire entretenir, à autre chose. Ce qu'il désirait c'était, en quelque sorte, de s'enraciner dans la vie de Viola, de se rendre nécessaire, indispensable.

Moi : De quoi ont-ils parlé ce jour-là ? D'affaires ?

Désidéria : Des affaires de Viola.

Moi : Qu'est-il sorti de cette conversation ?

Désidéria : Que Viola était mécontente de Tibéri, qu'elle croyait qu'il se vengeait en tant qu'amant, d'avoir été remercié, en faisant exprès, en tant qu'administrateur de ses biens, de lui faire perdre de l'argent ; qu'une charge administrative donnée à Érostrato serait un moyen efficace de cacher et en même temps de consolider leurs rapports amoureux à leurs débuts. Érostrato a laissé alors sous-entendre qu'il était l'homme qu'il fallait : licencié en économie, ancien employé de banque, ex-administrateur d'une grande propriété en Sicile.

Moi : C'était vrai ?

Désidéria : Pas vrai du tout. Mais Viola, qui désirait donner sa confiance à Érostrato, a cru à ses mensonges.

Moi : Et alors ?

Désidéria : Alors ils se sont mis d'accord pour procéder à un bilan de la fortune de Viola, tout de suite après le déjeuner et encore le jour suivant.

Moi : C'était un peu rapide, il me semble ?

Désidéria : Dans ce genre de choses la rapidité représente pour ainsi dire la substance des choses elles-mêmes. Érostrato n'entendait pas perdre l'occasion de Viola, unique en son genre, et c'est pourquoi il a préféré agir rapidement ; il faut dire que pour Viola, Érostrato était aussi une occasion unique à ne perdre à aucun prix. Pense un peu : un homme qu'elle vient de surprendre dans mes bras se jette sur elle immédiatement après avoir fait l'amour avec moi ; comment ne verrait-elle pas dans cette succession d'événements le schéma, si souvent rêvé, de l'amour à trois ? Et qui plus est de l'amour à trois avec moi et avec son amant ? Dans les rapports entre Érostrato et Viola, la rapidité était liée au fait que tous les deux aspiraient à la même chose, que tous les deux avaient compris qu'ils se trouvaient, en ce moment précis, dans les meilleures conditions pour réaliser leur désir.

Moi : Que se passe-t-il ensuite entre Viola et Érostrato ?

Désidéria : Viola l'accompagne à la porte. Érostrato la salue et sort. Ensuite elle remet de l'ordre dans les coussins du divan, ramasse tous les petits objets tombés de son sac à main ; puis elle va chercher son Polaroïd resté sur la console avec une photo qui sort d'une fente, comme une langue moqueuse. Elle arrache le cliché qu'elle regarde attentivement : il y a moi, Désidéria, endormie, recroquevillée sur moi, avec le membre d'Érostrato dans mon poing fermé ; il y a Érostrato qui tourne son visage vers elle avec dans les yeux son regard de complicité professionnelle, celle qu'elle préfère. C'est une photographie importante, pour ne pas dire historique. Ensuite Viola et son Polaroïd reviennent dans la chambre. Viola s'assied sans bruit devant la coiffeuse et me photographie deux ou trois fois. Un éclair de magnésium finit par me réveiller.

Moi : Comment expliques-tu cette manie de Viola pour le Polaroïd ?

Désidéria : Je pense que c'était quelque chose comme une forme de voyeurisme existentiel, l'idée de surprendre la vie dans ce qu'elle a de plus inutile, de plus naturel. Viola avait toujours aimé faire des photos et elle les réussissait. Le Polaroïd était sa dernière découverte et elle ne cessait de s'en servir. Un jour elle m'a même photographiée nue, allongée sur le dos, les jambes écartées : elle disait que j'avais le plus joli con du monde.

Moi : Et toi tu la laissais faire ?

Désidéria : Moi j'aurais préféré refuser ; j'étais obligée d'obéir à la Voix dont le point de vue, tu le sais, était que je devais faire tout mon possible pour empêcher Viola de revenir à son penchant maternel.

Moi : Qu'a fait Viola pour te convaincre de te laisser photographier dans cette pose ?

Désidéria : Elle a inventé un truc.

Moi : Quelle sorte de truc ?

Désidéria : Elle m'a dit qu'elle avait envie de photographier toutes les parties de mon corps, les unes après les autres, et chacune en particulier, pour faire un album qu'elle intitulerait : Le corps de Désidéria. C'est sous ce prétexte qu'elle est arrivée à obtenir de moi que je la laisse photographier mon sexe sans qu'elle me laisse deviner ce qu'elle avait dans la tête.

Moi : Et qu'est-ce qu'elle avait dans la tête ?

Désidéria : Simplement posséder la photo de mon sexe.

Moi : Et cet album ?

Désidéria : Elle l'a fait mais la photo en question n'y figurait pas. Agrandie, bien encadrée, elle l'avait suspendue dans sa salle de bains, sur le mur en face de la baignoire. Mais moi je lui avais fait observer que si les domestiques voyaient cette photo, ils ne manqueraient pas de faire des suppositions sur les rapports qui pouvaient exister entre nous. Alors elle est allée l'accrocher dans un endroit où elle pouvait la regarder sans que personne ne le sache.

Moi : Dans quel endroit ?

Désidéria : Tu te rappelles que je t'ai parlé un jour de ce coffre-fort caché dans un des panneaux de la bibliothèque de cette pièce qu'elle appelait son *studio*. C'est là, à l'intérieur du panneau qu'elle a collé avec du ruban adhésif la photo agrandie de mon sexe. C'est elle qui me l'a montrée. Un jour, elle a ouvert le panneau en ma présence et elle a dit, sur un ton négligent et vaguement aguicheur en composant les chiffres du coffre : « Tu vois, ça c'est toi ; ce pourrait être n'importe quelle femme, mais moi je sais que c'est toi. » Elle a contemplé cette image avec une expression indéfinissable avant d'ouvrir la porte du coffre dont elle a retiré une liasse de billets de banque ; après avoir de nouveau bloqué cette même porte, elle a posé les bouts de ses doigts sur ses lèvres qui ont esquissé la forme et le bruit d'un baiser et elle a déposé ce baiser sur ma photo en disant en soupirant : « C'est là que je garde tous mes trésors », phrase particulièrement sibylline dont je n'ai pas compris le sens : faisait-elle allusion à son argent ou bien à la photographie ? Peut-être aux deux.

Moi : Bon, alors tu te réveilles et tu vois Viola en train de te photographier. Que fais-tu ?

Désidéria : J'ai d'abord eu un geste enfantin de mauvaise humeur ; je l'ai regardée d'un air furieux et quand je l'ai vue prendre dans ses mains son Polaroïd, je lui ai tiré la langue au moment où l'éclair de magnésium illuminait la chambre. Viola a dit, tout en s'occupant de retirer son cliché de l'appareil : « Ton ami est parti. Comme tu dormais il n'a pas voulu te réveiller et il m'a chargé de te dire ses amitiés. » Je n'ai pas répondu. Je n'avais pas envie de parler, mais j'ai été soudain certaine qu'Érostrato n'avait pas renvoyé au lendemain ce dont il se savait capable aujourd'hui. Mais l'idée que tout de suite après avoir fait l'amour avec moi il l'avait refait avec Viola m'a fait éprouver une sorte de gêne, légère et mystérieuse : encore une fois c'était sa vulgarité qui ressortait sous son avidité ; je ressentais je ne sais quel chagrin d'en redécouvrir une preuve indiscutable. Et ma peine devait être visible puisque Viola, après avoir vainement attendu que je lui réponde, a dit : « Tu es ennuyée de n'avoir pu lui dire adieu, mais tu le reverras demain : je l'ai invité à déjeuner. » « Oh, je regrette mais demain je suis prise, je ne déjeunerai pas à la maison. » « Mais qu'est-ce que tu as ? Tu es vexée ? » « Tu sais bien que toi tu ne peux pas me vexer. » Cette phrase venait de m'échapper : sa banalité a fait immédiatement hurler la Voix qui a dit que toute cette histoire était grotesque ; que j'étais jalouse de Viola ; que je resterais toujours la même petite bourgeoise imbécile, sentimentale et vicieuse, et caetera, et caetera. Mais mon chagrin était tenace et continuait à se voir ; Viola s'est mise en colère : « Peut-être que je ne peux pas te vexer, mais je peux te rendre jalouse, il me semble. De quoi as-tu peur ? Que je te prenne ton ami ? » Et moi j'ai répondu tout aussi brutalement : « Ce n'est pas mon ami. Il ne m'est rien et même, tiens, je t'en fais cadeau, tu es contente, à présent ? » « Je regrette mais je ne te comprends pas, je croyais avoir bien fait en l'invitant et te voilà hors de toi, au comble de la fureur. » « Bon, nous en reparlerons, maintenant il faut que je sorte. » « Non, attends, viens ici, approche-toi, j'ai quelque chose à te dire. » « Je suis là, tu peux parler, je t'écoute. » « Non, approche-toi je dois te dire quelque chose de très simple. » « C'est quoi ? » « Je veux te dire que nous ne devons plus nous considérer comme mère et fille mais comme des amies. » « Cette chose très simple je l'ai entendue cent fois. D'accord, nous sommes des amies, et alors ? » « Alors nous pourrions avoir les rapports qui existent entre deux amies. Je veux dire n'importe quel rapport. » « Oui, mais je te prie de ne pas me serrer aussi fort, tu me fais perdre l'équilibre. » « Dis-moi que tu veux bien être ma meilleure amie ? » « Une amie dans le genre de Chantal ? » « Mais que dis-tu, Désidéria ? » « *Ciao*, maman. Il faut absolument que je m'en aille ; *ciao, ciao.* »

TROISIÈME PARTIE

LE GROUPE ET L'ORGIE

CHAPITRE I

Moi : Le lendemain Érostrato est venu déjeuner chez vous et toi tu n'étais pas là, n'est-ce pas ?

Désidéria : J'étais là.

Moi : Tu avais dit que tu ne voulais pas y être. Tu as changé d'avis au dernier moment alors ?

Désidéria : C'est la Voix qui m'a fait changer d'avis. Elle m'avait dit que mon absence serait la preuve que j'étais jalouse et la confirmerait aussi dans l'idée que j'aimais vraiment Érostrato. C'est pourquoi je suis restée.

Moi : Que s'est-il passé durant le repas ?

Désidéria : Rien de particulier. Érostrato était très sûr de lui. On voyait qu'il ne se trouvait pas pour la première fois dans ce genre de situation. Viola était redevenue *la signora* résidant aux Parioli, la mère affectueuse, d'âge mûr, d'une fille, belle et adulte. Je me suis sauvée à la fin du repas en prétextant des occupations au-dehors.

Moi : Et les jours suivants ?

Désidéria : Eh bien, peu à peu, j'ai vu Érostrato prendre la place de Tibéri. Avant sa rupture avec Viola, Tibéri venait déjeuner à la maison deux ou trois fois par semaine. Érostrato y vint un jour sur deux ; Tibéri s'enfermait dans le *studio* avec Viola pour examiner ses papiers ; Érostrato fit de même. Tibéri et Viola sortaient le soir pour aller au restaurant, au ciné, au théâtre, quelquefois dans une boîte ; Érostrato accompagna Viola dans les mêmes lieux. Une seule différence : à l'époque de Tibéri, j'étais une petite fille qui le soir restait à la maison ; au temps dont je te parle, j'étais une grande fille dont Viola était amoureuse et dont elle exigeait la présence lorsqu'elle sortait avec Érostrato.

Moi : Et toi, tu acceptais de sortir avec eux ?

Désidéria : Forcément. La Voix le voulait et je lui obéissais parce que, finalement, au milieu de toutes nos complications elle était la seule chose demeurant claire et cohérente.

Moi : Mais, dis-moi, où Viola et Érostrato se retrouvaient-ils pour faire l'amour ?

Désidéria : A la charcuterie.

Moi : Quoi ? Quelle charcuterie ?

Désidéria : Érostrato, ironique et légèrement choqué, appelait ainsi un petit appartement qui se trouvait encastré dans les murs d'une charcuterie. Viola l'avait loué tout de suite après la fameuse nuit où je l'avais surprise avec Tibéri et Chantal. Tu te souviens sûrement que Chantal avait été congédiée dès le lendemain, que Tibéri ne paraissait plus chez nous et que Viola m'avait juré qu'elle avait rompu avec lui et qu'elle ne couchait plus avec des femmes. Tout était faux. En réalité elle avait loué cette « charcuterie » où elle continuait à faire l'amour avec Tibéri et une femme quelconque, trouvée par hasard, à laquelle elle confiait le rôle du troisième personnage.

Moi : Quel genre de femmes ?

Désidéria : Putains, call-girls, mannequins, vendeuses, secrétaires, n'importe qui.

Moi : Qui les lui procurait ?

Désidéria : Tibéri, je suppose, la plupart du temps. Pourtant un jour je l'avais vue de mes yeux arrêter sa voiture devant une fille qui faisait le trottoir sur le *Lungotevere,* discuter quelques secondes avec elle et la faire monter à côté d'elle. Et, au moins deux fois, je l'avais entendue téléphoner à une de ces soi-disant « masseuses » des petites annonces pour fixer un rendez-vous en parlant sur le ton dur, exigeant de celle qui paie et en veut pour son argent.

Moi : Érostrato logeait-il toujours dans son ancienne pension ?

Désidéria : Non, il habitait le dernier étage de notre immeuble, le *superattico* comme nous disons.

Moi : Votre *superattico* ?

Désidéria : Je crois t'avoir déjà dit que Viola investissait volontiers ses revenus dans la restauration ou la construction de petits logements de luxe. C'était sa manière de préserver son fric de l'érosion de l'inflation, mais aussi, surtout peut-être, une façon comme une autre de s'occuper et de satisfaire le goût qu'elle avait de dominer tous ceux qu'elle appelait à participer à son intense activité de « bâtisseuse » : architectes, entrepreneurs, maîtres-maçons, menuisiers, ouvriers et artisans de toutes catégories, aussi bien que quantité d'avocats, de banquiers, de notaires et autres. Elle avait fait construire au-dessus de notre appartement un *superattico* composé d'une très grande salle de séjour, d'une petite chambre à coucher, d'une salle de bains, d'une cuisine. Et d'une immense terrasse d'où l'on découvrait tout le panorama de Rome. J'avais aidé à l'installer et à le décorer. Initialement, il devait être loué meublé. Mais un jour à table, en présence d'Érostrato, elle m'informa négligemment que c'était lui qui allait venir l'occuper.

Moi : Pourquoi Viola et Érostrato se rencontraient-ils dans « la charcuterie » s'ils avaient ce *superattico* à leur disposition ?

Désidéria : Viola ayant dû apprendre que ses mœurs étaient connues dans le quartier s'était décidée à ne plus recevoir ses amants chez elle.

Moi : Est-ce qu'elle entretenait Érostrato ?

Désidéria : Tout le laissait supposer. En tout cas elle lui donnait des appointements puisqu'elle en avait fait son secrétaire.

Moi : Et toi, as-tu continué à faire l'amour avec Érostrato ?

Désidéria : Moi ? Non, pourquoi ?

Moi : Tu le détestais.

Désidéria : Pas du tout. Je continuais à éprouver le même chagrin, profond, fraternel de le savoir aussi corrompu.

Moi : La Voix approuvait-elle ton chagrin ?

Désidéria : Elle le désapprouvait, me reprochant d'être toujours la même incorrigible fille sentimentale.

Moi : Évitais-tu de rester seule avec lui, ou non ?

Désidéria : Je cherchais à rester près de lui le plus possible. Il m'avait promis de me présenter à son groupe et la Voix disait que, corrompu ou pas, je ne devais pas le quitter tant qu'il n'aurait pas tenu sa promesse.

Moi : Est-ce que la Voix te disait d'accepter de faire l'amour à trois si c'était la condition qu'il mettait pour te présenter à son groupe ?

Désidéria : Pour elle tous les moyens étaient bons s'ils nous rapprochaient de son but : la révolution.

Moi : Érostrato avait-il essayé de faire de nouveau l'amour avec toi ?

Désidéria : Oui.

Moi : Et comment ?

Désidéria : Surtout, mais cela doit te sembler bizarre, en me parlant de ses rapports avec Viola.

Moi : De quelle façon t'en parlait-il ?

Désidéria : Il me parlait très mal d'elle.

Moi : Comprenais-tu pourquoi ?

Désidéria : J'imagine qu'il pensait qu'un jour ou l'autre, graduellement, nous arriverions certainement à l'amour à trois. Du premier coup il avait su devenir l'amant de Viola ; à présent, je crois qu'il désirait reprendre notre rapport sexuel interrompu lors de notre première rencontre. Il devait se dire que, plus tard, il ferait fusionner ses relations amoureuses avec Viola et ses relations amoureuses avec moi dans l'amour à trois et que le tour serait joué. En attendant il étudiait sans doute le moyen de me présenter ses coucheries avec Viola comme quelque chose de professionnel et de payant et son désir de moi comme quelque chose de sentimental et de gratuit. Tout ce que je te raconte là doit te sembler calculé et prémédité. Pas du tout. Érostrato ne calculait pas ; simplement il vivait avec son instinct naturel une situation qui lui était congénitale.

Moi : Tu veux dire qu'il n'était pas conscient de ce qu'il faisait ?

Désidéria : Pourquoi l'aurait-il été ? Il n'en avait pas besoin. Objectivement c'était un prostitué qui se faisait entretenir par une femme qu'il n'aimait pas, que, probablement, il détestait. En même temps l'amour sans espoir et funèbre qu'il ressentait pour moi s'était objectivement exprimé dans la manière dont il m'avait baisée. Même si son but était d'arriver à faire l'amour à trois, il y avait tellement en lui quelque chose qui ressembait à de l'amour, pour moi et à de la haine pour Viola.

Moi : En deux mots que disait-il ?

Désidéria : Oh, il ne parlait pas beaucoup. Il me semble t'avoir déjà dit qu'il était ce qu'on appelle un laconique. Il me laissait pourtant sous-entendre que Viola lui était indifférente, que son cœur était à moi, que nous étions faits l'un pour l'autre et que nous devrions nous liguer contre Viola.

Moi : Pourquoi contre Viola ?

Désidéria : Oui. Pour le moment nous contenter d'en dire du mal, ensuite de faire l'amour nous deux, sans elle, et ensuite, qui pouvait dire quoi ?

Moi : Mais alors il t'aimait ?

Désidéria : Non, pas vraiment ; il désirait venir frapper à la porte de mon sexe pour retourner dans le néant prénatal, comme la première fois. Il désirait que je ne le considère pas comme un prostitué — ce que je faisais — et que je cesse de le mépriser. On ne peut pas encore appeler cela de l'amour.

Moi : Que disait-il en parlant de Viola ?

Désidéria : Qu'elle était égoïste, dure, avare, moraliste, sotte, ennuyeuse, exigeante. Surtout exigeante.

Moi : Exigeante ? En quoi ?

Désidéria : Érostrato disait qu'elle l'était en tout. Depuis se faire accompagner le soir au restaurant et au théâtre jusqu'aux prestations, disons si tu veux, professionnelles.

Moi : Que reprochait-il à Viola à propos de ces prestations ?

Désidéria : Il n'en parlait pas avec beaucoup de précision ; cette discrétion était, me semble-t-il, plus professionnelle qu'autre chose. J'ai cru comprendre, en tout cas, que Viola exigeait qu'il aille toujours jusqu'au bout de l'acte sexuel ; tandis que lui préférait généralement se ménager et ne pas outrepasser ses possibilités.

Moi : Qu'est-ce que ça veut dire : aller jusqu'au bout dans l'acte sexuel ? Jusqu'où exactement ?

Désidéria : Viola exigeait qu'il arrive à l'orgasme chaque fois qu'il faisait l'amour, c'est-à-dire presque tous les jours. C'était une des raisons qui faisait qu'il me préférait à Viola : la seule fois que nous avions couché ensemble, moi je ne lui avais rien demandé, je veux dire rien qui le concernait physiquement. En somme, le rapport sexuel qu'il aimait le mieux était celui où il pouvait se servir de son membre de façon limitée et incomplète, plutôt pour provoquer le plaisir de la femme que le sien propre. Mis en confiance — ou plutôt par désir de m'inspirer confiance — il a commencé à me faire sur Viola des confidences, les unes drôles, les autres gênantes ; mais toutes, je le répète encore une fois, strictement professionnelles.

Moi : Par exemple ?

Désidéria : Viola lui demandait toujours d'être sodomisée : c'était la forme d'érotisme qu'elle préférait. Mais dans la position qu'obligatoirement elle adoptait, elle ne pouvait pas voir le visage d'Érostrato, qui en profitait pour lui faire des grimaces, même lui tirer la langue pendant qu'il la pénétrait. Il se mettait aussi bien à gémir, à respirer bruyamment tout en restant de bois. Il finissait quelquefois par hurler, par lui planter ses dents dans la nuque, par enfoncer ses ongles dans ses épaules pour lui faire croire qu'il était en train de jouir.

Moi : Viola le croyait-elle ?

Désidéria : Oui et non. Érostrato disait, toujours en parlant en homme de métier, que Viola était constituée de telle façon qu'elle n'éprouvait, devant, rien ou presque rien, tandis que, derrière, beaucoup et plus que beaucoup. A ce propos il m'a raconté que, quelquefois il s'amusait à presser légèrement d'un doigt son orifice anal et qu'immédiatement elle tombait en pâmoison, les yeux révulsés, la bouche ouverte. Il trouvait cela curieux en tant que particularité de cette mystérieuse mécanique qu'est le corps féminin, qu'il connaissait très bien, mais dont il découvrait toujours des aspects insoupçonnables. Il attribuait à cette extraordinaire sensibilité de ses parties érogènes, le fait que Viola ne s'aperçoive pas qu'il n'avait pas d'orgasme. Malheureusement, les jours où elle se rendait compte qu'il se contrôlait, c'étaient des scènes désagréables et ridicules.

Moi : Quel genre de scènes ?

Désidéria : Elle lui intimait l'ordre d'éjaculer en elle parce que cette semence était à elle, qu'elle lui appartenait, qu'elle l'avait même payée d'avance. Érostrato disait qu'il était exaspéré par ces scènes qui l'obligeaient à satisfaire, sans en avoir envie, aux exigences de Viola. Érostrato m'a décrit une de ces scènes avec un réalisme, disons technique, qui ne semblait pas s'accompagner d'un quelconque jugement moral. Il disait qu'un jour où il avait hurlé en feignant l'orgasme avant de s'abattre sur elle haletant et épuisé, elle s'était brusquement retournée pour attraper au passage un pénis sec, gonflé et raide et lui faire remarquer qu'il n'en sortait pas la moindre goutte de liquide même en le pressant très fort ; qu'elle l'avait alors invité à remplir ses devoirs de mâle, d'un ton, bien sûr, autoritaire mais aussi d'une façon complètement burlesque en l'appelant « *my dear boy* » ou « *carino mio* » et en se jetant, une fois de plus, à plat ventre devant lui pour lui offrir ses sublimes fesses. Alors, tandis que le corps comme suspendu au-dessus d'elle, il s'essayait péniblement et à froid de la pénétrer, Érostrato avait vu Viola fermer volontairement les yeux dans l'attente du plaisir toujours nouveau pour elle de la sodomisation ; mais tout en conservant sur son visage l'expression têtue de quelqu'un qui tend l'oreille pour écouter un bruit difficilement perceptible ; et il avait compris qu'elle voulait être sûre qu'il n'allait pas faire semblant, cette fois encore, et qu'il ne refusait pas de se soumettre à son devoir de *boy* entretenu. Finalement, mais fou de rage à l'idée que sa précieuse semence allait se perdre dans l'intestin insatiable de Viola, il avait eu l'orgasme, et, au même moment, vu se peindre sur les traits de Viola (qui suivait, avec l'air particulièrement intéressé et maniaque d'un vieil expert, l'entrée dans son rectum du flot chaud et abondant de l'éjaculation) une expression satisfaite et rassérénée. Et quand il s'était retiré avec son pénis réduit à un misérable petit bout de chair flasque, Érostrato n'avait pas échappé à l'humiliation des compliments de la patronne : « Ah cette fois c'était parfait. Bravo, tu vois que lorsque tu veux tu le fais très bien. »

Moi : Tout à l'heure tu m'as dit que les confidences d'Érostrato pouvaient être soit amusantes soit gênantes. Je suppose que cette description technique d'un coït appartient à la catégorie amusante. Alors, si nous parlions de la seconde.

Désidéria : S'il y eut des confidences gênantes elles furent dues au fait que dans la candeur de sa vulgarité, Érostrato croyait en toute bonne foi que j'étais assez pareille à lui, que je pouvais entendre parler sans dégoût de détails répugnants.

Moi : Par exemple ?

Désidéria : Par exemple, que parfois Viola oubliait de vider ses intestins ; il en résultait que lorsqu'il se retirait après l'orgasme, réel ou feint, il se retrouvait avec un pénis barbouillé de jaune excrémentiel.

Moi : Quel effet te faisaient ces informations ?

Désidéria : Elles me faisaient horreur.

Moi : Disais-tu à Érostrato qu'elles te faisaient horreur ?

Désidéria : C'est là où le bât blesse ; non. Je continuais à avoir pour lui une affection fraternelle et, somme toute, pas très éloignée de la complicité où il rêvait de m'entraîner. Mais dans la catégorie des confidences gênantes, il ne faut pas que j'oublie de te parler d'une certaine anomalie physique dont Viola souffrait et qui, soit dit en passant, pourrait expliquer sa préférence pour le coït anal.

Moi : Une anomalie ?

Désidéria : Oui, Érostrato prétendait que lorsqu'elle se faisait pénétrer de façon normale, les mouvements de plus en plus rapides de son ventre la remplissait d'air, comme si on se servait d'un gros soufflet pour la gonfler ; mais lorsque ses muscles abdominaux se relâchaient après l'orgasme, il sortait d'elle des bruits infects et obscènes semblables à ceux dus aux gaz intestinaux. Érostrato ajoutait que lorsqu'ils faisaient l'amour normal, il avait l'impression que ces flatulences provenant de l'utérus de Viola surgissaient tout exprès pour se moquer de lui ou pour lui rappeler sa condition d'infériorité, sa condition de mercenaire. Chaque fois il espérait que Viola s'excuserait de faire ces choses abominables et ridicules. Jamais elle ne l'avait fait mais continuait à se comporter avec lui comme une patronne qui juge que son domestique doit tout supporter sans avoir droit à aucun égard.

Moi : J'imagine que ces confidences ont dû tout de même modifier les sentiments que tu qualifiais de fraternels et de compatissants ?

Désidéria : Non, au contraire ; elles les ont rendus plus profonds et plus forts.

Moi : Au point de te donner l'envie de coucher avec lui ?

Désidéria : Non, pour moi cette envie de faire l'amour avec lui avait commencé et s'était terminée le jour même de notre première rencontre. Je m'étais servie de lui et je ne désirais pas renouveler l'expérience. Je n'en avais, du reste, pas besoin pour me sentir proche de lui.

Moi : Ce qui veut dire ?

Désidéria : De la façon particulière dont nous nous étions aimés, je n'avais foncièrement retenu que son bouleversant mais inconscient désir de mort. Je n'avais nul besoin de recommencer une autre fois pour m'ancrer dans cette pitié que j'avais ressentie intuitivement pour lui.

Moi : Parlons d'autre chose, veux-tu ? Dis-moi si après t'avoir volé ton amant, Viola avait cessé de te persécuter de ses attentions ?

Désidéria : Plus que jamais elle tournait autour de moi. Mais, tu sais, il n'est pas exact de dire qu'elle m'avait volé mon amant ; en tout cas, elle, elle ne le pensait pas.

Moi : Que pensait-elle ?

Désidéria : Apparemment que j'avais fait un pas en avant vers le but final qui pour elle, comme pour Érostrato, était l'amour à trois. D'autre part, j'avais compris qu'Érostrato lui laissait entendre — pourquoi ? je ne sais pas — que nous couchions ensemble. Pour elle, il était donc normal de se dire qu'elle ne m'avait pas volé mon amant mais qu'elle partageait Érostrato avec moi. Elle espérait même, sans doute, qu'il arriverait qu'au lieu de l'avoir chacune à notre tour, et séparément, nous nous réunirions finalement dans une de ces partouzes à trois qui était ce qu'elle préférait au monde.

Moi : Je ne comprends pas pourquoi tu n'as pas dit à Viola qu'Érostrato mentait.

Désidéria : La Voix ne voulait pas. Et puis, tu sais, Viola ne me parlait jamais ouvertement de ses rapports avec Érostrato. Elle conservait ce qu'on appelle « la forme » : Érostrato était son secrétaire, elle, son employeur. A peu près comme moi j'étais sa fille et elle ma mère.

Moi : Puisque Viola croyait qu'Érostrato était ton amant, comment faisait-elle pour ne pas imaginer que tu étais jalouse d'elle ?

Désidéria : Au contraire. Elle pensait que j'étais heureuse de partager mon homme avec elle.

Moi : Pourquoi ?

Désidéria : Probablement parce qu'elle aurait voulu que ce fût vrai.

Moi : Tu m'as parlé des attentions exagérées qu'elle te prodiguait. Donne-moi un exemple.

Désidéria : Bizarres, ces attentions. Peut-être lui étaient-elles inspirées par le souvenir qu'elle gardait de cette soirée où j'avais essayé de l'écraser avec ma voiture.

Moi : Explique-toi mieux.

Désidéria : Elle désirait que je lui fasse du mal.

Moi : Comment du mal ?

Désidéria : Physiquement.

Moi : Elle était devenue masochiste ?

Désidéria : Non, elle était amoureuse et comme je lui avais prouvé que j'étais plus forte qu'elle, dans sa tête, être, comme tu dis, masochiste, c'était une façon naturelle, de me prouver son amour.

Moi : Qu'est-ce qu'elle te demandait de lui faire ? De la battre ?

Désidéria : Oui.

Moi : Mais comment ?

Désidéria : Je t'ai parlé souvent de son éternelle oscillation entre la tendresse maternelle et son amour incestueux pour moi et je crois que son masochisme y entrait pour une part. Écoute : un jour nous prenons la voiture, elle, Érostrato et moi, pour aller dîner au restaurant. Je prends le volant, Viola s'assied à côté de moi, Érostrato à l'arrière. Brusquement je sens la main de Viola qui se pose sur mon genou puis qui remonte vers le haut de ma cuisse. Je murmure entre mes dents pour qu'Érostrato n'entende pas : « Ne fais pas ça. » Elle retire sa main tout de suite. La soirée s'est ensuite passée sans histoire : restaurant, cinéma, retour à la maison. Tout le monde est allé se coucher, chacun dans sa chambre. J'étais déjà au lit lorsque la porte s'ouvre et Viola entre sans frapper, vêtue d'une longue chemise de nuit blanche. Elle avance, raide comme une somnambule, cheveux défaits, yeux fixes, bras ballants. Je me dis tout de suite qu'elle a l'intention de reprendre les caresses que j'ai interrompues en voiture et, l'air exaspéré, je lui demande ce qu'elle veut, ce qu'il lui arrive ; j'ajoute que moi, j'ai besoin de dormir en paix. Elle n'a pas l'air de m'entendre et avance vers moi en me regardant pendant un long moment. Puis elle dit : « Tout à l'heure, lorsque j'ai voulu te toucher, j'ai compris que si Érostrato n'avait pas été là, tu m'aurais giflée. Je suis venue pour que tu me gifles. Éros n'est pas là, tu dois me gifler. »

Moi : Elle a dit tu dois ?

Désidéria : J'avais aussi remarqué ce « tu dois » et je lui ai répondu : « Personne n'a le droit de me dire tu dois. »

Moi : Alors ?

Désidéria : Alors elle s'est mise à me supplier « Donne-moi une gifle, Désidéria ; tiens, regarde-moi, je m'assieds sur cette chaise et toi tu me gifles. » « En me demandant de te gifler, tu continues à être une mère indigne. Pour toi cette gifle serait l'équivalent d'une caresse. Tu penses peut-être que je ne te connais pas ? » Eh bien, tu ne sais pas ce qu'elle a fait ?

Moi : Non.

Désidéria : Lorsqu'elle a compris que je ne voulais pas, comme elle disait, la punir, elle a changé de méthode. Elle m'a provoquée. La voilà qui se dresse sur ses ergots et qui s'exclame de son accent le plus puritain : « Tu es une menteuse, une insolente ; comment peux-tu te permettre de parler à ta mère de cette façon ? » Suivent quelques phrases du même tonneau, puis, brusquement, un geste stupide et maladroit : elle a levé la main pour me gifler. C'est une gifle « pour rire », retenue par la peur de me faire mal, qui m'effleure à peine le nez et ma joue et qui aurait été totalement inoffensive si un de ses doigts n'avait été orné d'une bague ornée d'un saphir et dont la monture de platine était énorme. Et cette bague devient l'auteur du mal qu'elle aurait voulu m'éviter ; alors, brusquement, et probablement à cause de l'exaspération que m'a causée son insistance, je perds la tête, je saute de mon lit, je me précipite sur elle et je la gifle avec toute la force dont je peux être capable. A l'instant même, je me rends compte que je viens de faire le geste qu'elle me demandait. Et c'est tellement vrai qu'elle prend la main qui vient de la frapper ; elle la porte à ses lèvres, la couvre de baisers, l'inonde de larmes et de salive.

Moi : De larmes ?

Désidéria : Oui, elle pleurait mais peut-être parce que la douleur causée par ma gifle l'y obligeait. La comédie n'a, du reste, duré que quelques instants ; très vite elle s'est relevée et je l'ai vue s'en aller comme frétillante de joie. Juste avant de refermer la porte elle m'a lancé d'un air bizarre un « Dors bien, ma petite fille », presque comme si elle avait voulu, en disant ces mots, se moquer, à la fois d'elle et de moi. Mais moi j'étais bouleversée.

Moi : Pourquoi ?

Désidéria : Parce que pour la première fois de ma vie j'avais frappé Viola violemment. La joue d'une mère, adoptive ou non, n'est pas n'importe quelle joue.

Moi : Y a-t-il eu d'autres incidents du même genre ?

Désidéria : Oui, beaucoup. Je vais t'en raconter un qui te fera comprendre qu'il ne s'agissait pas d'une chose occasionnelle, mais continue et obsessive. Il faut d'abord que je te dise que Viola lisait les quotidiens italiens mais aussi un journal américain auquel elle était abonnée. Alors, écoute : un jour après le déjeuner, Viola me tend le journal qu'elle était en train de lire en disant : « Tiens, lis ça. » Je prends le journal et je lis. C'est un article au sujet d'un crime. Sous prétexte de photographies, un homme avait entraîné un mannequin dans le désert californien aux environs de San Francisco. La pauvre fille avait été attachée de telle façon, qu'après de longues heures d'agonie elle était morte étranglée par elle-même. La police avait arrêté l'assassin et saisi un rouleau de pellicules sur lesquelles le maniaque avait fixé toutes les phases de la mort atroce de la jeune femme. Après avoir lu ces quelques lignes, j'ai dit : « La pauvre, c'est horrible, ce qu'elle a dû souffrir ! » Et Viola : « Elle est restée calme jusqu'à la fin ; les photos en témoignent. Elle a parlé, elle a tenté de convaincre l'homme, elle a cherché à retarder sa mort en mettant ses jambes dans une position qui empêchait la corde de se tendre trop vite. A la fin, elles se sont brusquement débloquées et la femme s'est étranglée elle-même. Pendant ce temps, lui la photographiait en suivant toutes les phases de l'agonie jusqu'à la mort. » Puis elle s'est tue un moment ; elle semblait saisie d'un trouble soudain. Ensuite, à voix basse, l'air hésitant, elle a repris : « Eh bien, moi, j'aimerais bien que, pour nous amuser, nous fassions, toi et moi, la même chose. » Je la regarde, stupéfaite et je vois monter sur son visage cette rougeur malsaine et brûlante qui naît dans son bas-ventre, glisse sur sa poitrine, escalade son cou et couvre son front ; c'était la preuve évidente du brusque réveil de ses sens. Je me mets à rire, un peu méchamment : « Tu as envie que je t'étrangle ? C'est facile avec les mains, tu sais. » « Avec les mains ce ne serait pas un jeu ; ou bien tu m'étranglerais vraiment ou bien tu ne me ferais rien. » « Mais voyons pourquoi désires-tu que je fasse ce que ce maniaque a fait à ce mannequin ? » « Je ne sais pas bien. » « Ce n'est pas une réponse. » « Je voudrais que tu m'attaches et qu'après tu fasses des photos : le jeu consisterait seulement à ça. » « Toujours tes photos ! Mais pourquoi aimes-tu tant photographier et être photographiée ? » « Autrefois on se regardait dans des miroirs mais on n'était jamais naturel. Aujourd'hui nous avons les photos pour nous voir tels que nous sommes réellement. Qu'est-ce qu'il y a de drôle là-dedans ? » « Bon. Alors dis-moi où tu veux que je t'attache. » « Je ne sais pas, moi ; où tu voudras. Ici peut-être ? » « Tu es folle ? Dans la salle de séjour ? Si quelqu'un entrait qu'est-ce qu'il irait s'imaginer. Et puis moi, tu sais, je suis incapable de te ligoter aussi savamment que le raconte ton journal. Tout ce que je peux faire c'est de t'attacher à un pieu, à une colonne, comme saint Sébastien, pour ensuite te photographier. » « Oh, j'ai une idée, tu vas me ligoter à la balustrade du palier du *superattico*. Personne ne vient jamais voir Éros ; lui est sorti et il ne rentrera que très tard. »

Moi : Je me demande vraiment pourquoi tu te prêtais à ce jeu ?

Désidéria : Toujours la Voix et son idée d'empêcher Viola de se réinstaller dans son rôle de mère. Je continue : Viola ravie sort et revient un instant après avec une longue corde de nylon qu'elle avait trouvée je ne sais où. Nous avons alors pris le Polaroïd et nous sommes sorties de l'appartement. De notre palier partait un escalier de bois qui se terminait au *superattico*. Nous sommes montées et là nous avons découvert que, beaucoup mieux que la balustrade, une fenêtre rectangulaire située près de la porte d'Érostrato, ferait notre affaire. Cette fenêtre qui était protégée à l'extérieur par de solides barreaux de fer, s'ouvrait de l'intérieur, mais l'intervalle qui existait entre les barreaux et le châssis permettait d'y glisser facilement une corde. Viola n'aura pas besoin de s'agenouiller ce qu'elle aurait dû faire si nous en étions restées à l'idée de la balustrade. Viola est debout sur le palier, le dos contre la fenêtre, moi je passe la corde entre les barreaux de fer. Viola avait enlevé sa veste et ses bras étaient nus jusqu'aux aisselles ; je lui ai demandé de les étaler sur toute la largeur de la fenêtre ; je les ai alors attachés aux barreaux. Ensuite j'ai passé la corde autour de son cou que j'ai aussi attachée aux barreaux. Ensuite encore j'ai tiré les deux bouts de la corde jusqu'à sa taille et je les ai enroulés deux fois autour de son ventre avant de les faire passer entre ses jambes. Après j'ai terminé par deux nœuds très serrés. Viola prenait part à tout très sérieusement ; elle était visiblement enchantée de me voir jouer si bien le rôle du bourreau ; peut-être espérait-elle que ce jeu m'exciterait autant qu'elle. J'avais fini mon travail ; je fis le geste de m'emparer de l'appareil-photo. Viola m'arrêta immédiatement. « Dans l'article, on dit que l'assassin avant de photographier la fille l'avait embrassée sur la bouche. Il faut que tu fasses, toi aussi, la même chose. » J'ai répondu que le baiser ne faisait pas partie du jeu, du moins pas comme elle en avait parlé jusqu'à présent. Alors elle m'a lancé une phrase d'un sens douteux : « Tu vois bien que tu n'es pas la fille affectueuse que tu prétends être. Tu ne veux même pas faire un baiser à ta mère. » « Bon, ça va. Mais que ce soit un vrai baiser d'une fille à sa mère. » Elle ressemblait à une crucifiée, les bras étendus, ligotés aux barreaux non seulement par les poignets, mais aussi par le cou, la taille, et les flancs. Ses bras ronds, jeunes, montraient leur partie interne, leurs veines bleutées et épaisses ; la corde que j'avais passée plusieurs fois autour de son cou faisait gonfler ses traits et lui donnaient une expression infantile. J'ai été alors brusquement frappée par l'absurdité de ce jeu ; mais la Voix est intervenue tout de suite : « L'érotisme est toujours absurde. Plus tu la pousseras dans cette direction, mieux ce sera. » Elle pleurait exactement de la même façon qu'elle l'avait fait dans la chambre le soir où je l'avais giflée. Ce n'était pas tant de douleur qu'elle pleurait mais de désir exacerbé, inassouvi et, pour cela, douloureux. En essuyant de mes doigts les larmes qui coulaient le long de ses joues, je lui ai demandé : « Pourquoi pleures-tu ? Je te photographie tout de suite et puis je te détache. » « Non, surtout pas de photographies ; desserre vite cette corde, je crois que notre jeu est terminé. » Cette sorte de changement d'idées a rendu la Voix plus furieuse que jamais ; elle pensait qu'au dernier moment Viola avait instinctivement soupçonné un guet-apens et s'est mise à hurler : « Détache-la, si tu veux, mais avant embrasse-la sur les lèvres, oui, fous-lui ta langue dans la bouche, oui, jusqu'au fond, avant de la libérer. » Je n'osais pas désobéir tout à fait à la Voix mais je ne voulais pas que mon baiser soit un baiser d'amoureuse comme elle me l'avait ordonné. J'ai dit à Viola : « Je vais te détacher, mais ne pleure plus ; et puis, tiens, je vais même te faire un baiser » et j'ai rapidement déposé un tout petit baiser sec sur ses lèvres. « Non, non, donne-moi un vrai baiser, donne-moi ta langue. » Mais moi, j'ai fait semblant de ne pas entendre ce qu'elle venait de murmurer tout bas, pour m'occuper activement de défaire les nœuds de la corde. Lorsque mon travail a été terminé, elle s'est éloignée de la fenêtre en frottant ses bras et son cou endoloris et elle a dit : « Nous sommes deux vraies folles » sur un ton de complicité, mais comme si elle se parlait à elle-même.

Moi : Ainsi elle n'a pas voulu que tu la photographies dans cette position de crucifiée devant la fenêtre d'Érostrato. Pourquoi ?

Désidéria : Je suppose que c'est parce qu'à la fin elle a dû se rappeler qu'elle était ma mère adoptive.

Moi : Elle t'a pourtant suppliée de lui donner un baiser qui n'avait rien de filial.

Désidéria : Toujours pour le même motif, mais inverse ; elle s'était presque tout de suite fatiguée de son rôle de mère et voulait reprendre celui d'amante.

CHAPITRE II

Moi : Par ce : « Nous sommes deux folles », Viola a laissé entendre que désormais vous étiez, à peu de choses près, des amies. Mais, d'autre part, tu m'as dit qu'elle ne t'avait encore jamais explicitement proposé l'amour à trois qui, dans son for intérieur, devait être l'expression suprême de votre folie. Te l'a-t-elle, un jour, proposé ? Ou a-t-elle continué à tourner autour ? En somme, je te demande : Étiez-vous « deux folles » ou non ?

Désidéria : Oui, elle me l'a proposé.

Moi : Explicitement ?

Désidéria : On ne peut plus franchement.

Moi : Je dois donc me dire que le problème de l'amour à trois a été finalement posé entre Viola et toi. Comment l'avez-vous résolu ?

Désidéria : Nous ne l'avons pas résolu, mais l'avons vécu.

Moi : Que veux-tu dire ?

Désidéria : Que dans la vie il n'y a pas de problèmes, je veux dire, de choix objectifs et extérieurs ; il y a la vie, seule, que nous, nous ne résolvons pas comme un problème mais que nous vivons comme une expérience quelle qu'en soit l'issue finale.

Moi : Alors je vais dire, si tu préfères, comment as-tu vécu le problème de l'amour à trois ?

Désidéria : C'est Viola qui m'a contrainte à le vivre. Je te raconte : un soir je rentre du ciné où j'étais allée avec des amis. La salle de séjour est encore éclairée. Je m'approche et je découvre Viola assise sur le divan devant la table où se trouvent des objets que je connais bien : la bouteille de whisky et un verre à moitié plein. Je crie bonsoir de loin mais au moment où je vais me retirer, elle lève la main et remue son index de cette manière familière et quelquefois un peu équivoque, qui peut se traduire par une phrase dans le genre de : « Hé là-bas, ma petite jolie, viens par ici, j'ai quelque chose à te dire. » J'ai tout de suite compris qu'elle était ivre et que probablement elle avait trop bu exprès pour dire, ou faire, ce qu'autrement elle n'aurait pas eu le courage de dire ou de faire.

Moi : Elle était donc timide ?

Désidéria : Non, mais tu sais bien qu'elle vivait dans ce perpétuel état d'oscillation entre son rôle de mère et son rôle d'amoureuse. Je crois que l'alcool lui permettait de faire pencher le balancier du côté de la passion incestueuse.

Moi : Oui et alors ?

Désidéria : Alors j'ai fait deux pas vers elle, sans enthousiasme ; mais elle, avec cette indifférence des buveurs, elle m'avait déjà oubliée et remplissait à ras bord son verre presque plein. Puis je l'entends murmurer sans lever la tête : « Pourquoi ne viens-tu pas plus près de moi ? De quoi as-tu peur ? » J'ai fait un autre pas en avant ; j'étais maintenant tout près d'elle ; alors elle s'est tournée vers moi, dans un sursaut de bête sauvage aux aguets dans la savane ; et me voilà prise par le bas de ma jupe, tirée sur le divan, allongée sur le dos, elle sur moi qui, dans un geste d'homme, passe sa main sous mes vêtements et cherche à me déshabiller. D'un seul coup ma jupe est rabattue sur ma figure ; empaquetée, aveuglée, je sens les dents de Viola mordre mon pubis avec une force extraordinaire, mais bizarre, à la fois vorace et contrôlée qui me fait penser à un animal, à un chat, par exemple, lorsqu'il prend son petit pour le transporter en lieu sûr. En réalité, comme je l'ai vite compris, Viola avait moins envie de mordre que de remplir sa bouche de chair et de poils, comme si elle avait eu faim de moi, ou plutôt non, de cette partie de mon corps qui, en ce moment, exacerbait son désir.

Moi : Mais toi que faisais-tu ?

Désidéria : Moi, ma première réaction a été la peur et la surprise, un peu celle qu'on a lorsqu'on glisse par terre sans qu'on s'y attende. Ensuite, mais très vite, j'ai rejeté la jupe qui couvrait ma tête, j'ai envoyé un coup de pied à Viola et je me suis remise sur mes pieds.

Moi : Et Viola ?

Désidéria : Elle a repris sa place sur le divan et, comme si de rien n'était, elle s'est penchée en avant pour reprendre son verre resté sur la table. Le verre en main, tête et yeux baissés, elle a commencé à me parler : « Tu sais qu'il est presque une heure du matin. Je t'attends depuis dix heures. Il y a presque trois heures que je t'attends ici, toute seule. » « Mais, maman, je ne savais pas que tu m'attendais. » « Je t'ai attendue trois heures, mais je t'aurais attendue encore plus longtemps parce qu'il faut absolument que je te parle. » « Alors parle, maman, je t'écoute. » « Entre nous, la situation est devenue impossible. Il faut que ça change. » « De quelle situation parles-tu, maman ? » « Ne fais pas semblant de ne rien comprendre. Tu sais très bien qu'il existe entre nous une situation, comme je viens de te le dire, impossible. Tu le sais aussi bien que moi ; alors pourquoi dis-tu : de quelle situation parles-tu ? » « Je ne te comprends pas, maman. » « Oh, et puis, ne m'appelle plus maman. Nous ne sommes pas mère et fille. Longtemps nous avons été des étrangères mais aujourd'hui nous sommes quelque chose de différent, oh oui, de très différent d'une mère et d'une fille. » « Mais, maman, voyons, qu'est-ce que tu dis ? » « Nous sommes deux amies, deux amantes, que tu l'admettes ou non. Mais comme tu feins de l'ignorer, je tiens, moi, à ce que la situation soit claire et nette. J'y tiens absolument ; absolument, tu entends ? » Elle répétait absolument, absolument, sans lever la tête, comme une femme soûle qu'elle était. J'ai dit d'un air gêné : « Oui, je comprends, ou plutôt non, je ne comprends pas ! » « Avant tout ne m'appelle plus maman ; appelle-moi Violetta. » « Violetta ? » « Oui Violetta. C'est le nom que me donne Éros. Toi aussi tu m'appelleras Violetta. » « Je ne te comprends toujours pas, Viola, oh pardon, Violetta. » « Ah, tu ne me comprends pas ! » « Non, je ne te comprends pas, mais je pense qu'il est tard et qu'il faut aller dormir. » « Non, pas avant que notre situation soit enfin tirée au clair. » « Bon d'accord, clarifions notre situation. Je t'écoute. Parle. » « Je parle moi, qui dit que je ne parle pas ? Je parle et je dis la vérité. Et la vérité est que tu es la putain d'Éros en même temps que tu es ma putain à moi. Alors puisque tu es la putain d'Éros et ma putain je ne vois pas pourquoi tu ne pourrais pas être notre putain à tous les deux. » « Je te prie de m'excuser, Viola, mais je ne comprends vraiment rien. Je ne suis pas la putain d'Éros, je ne suis pas ta putain ; je ne veux être la putain de personne. » « Tu vois bien que j'avais raison : tu ne veux pas reconnaître qu'entre toi et moi il y a de l'amour, très tendre, merveilleux, profond. Et cependant il existe et c'est pourquoi je dis qu'il faut absolument clarifier à fond notre situation. Tout doit être clair entre nous, plus de comédies, plus de grimaces. Tout doit être clair ; toi, Éros et moi nous devons abattre la barrière d'hypocrisie qui nous sépare encore ; tout, tout doit être clair. » Elle disait n'importe quoi, son verre en main sans lever les yeux, comme quelqu'un qui a beaucoup trop bu ; en la regardant j'ai eu pitié d'elle, je lui ai tendu la main, et je lui ai dit gentiment : « Mais tu ne vois pas que tout est clair et qu'il n'y a rien à chercher d'autre. Tu as dit tout à l'heure qu'entre nous deux il y avait quelque chose de très tendre et de très profond. Eh bien, restons-en là et allons dormir. » « Alors tu admets enfin, que tu es ma putain ! » Je lui ai tourné le dos et j'ai quitté le salon en courant.

Moi : Tu es allée dans ta chambre pour dormir ?

Désidéria : Oui, mais je n'ai pas dormi. J'ai passé une grande partie de la nuit éveillée.

Moi : Pourquoi ?

Désidéria : Parce qu'une discussion éclata entre la Voix et moi. La pire de toutes celles que j'avais connues.

Moi : A quel sujet ?

Désidéria : Comme on l'écrivait dans les romans-feuilletons de jadis : un abîme s'est ouvert brusquement devant moi, ou, si tu préfères un terme plus scientifique, un trou noir au fond duquel la Voix voulait me précipiter mais où je refusais de toutes mes forces de tomber.

Moi : Laissons, si tu veux, les métaphores et dis-moi, plus simplement, ce que tu as reproché à la Voix.

Désidéria : De m'avoir amenée, peu à peu, d'abord sous le prétexte de désacralisation, ensuite sous celui de la révolution, à devenir la maîtresse de ma mère et la maîtresse de l'amant de ma mère.

Moi : Ça c'était l'abîme, ou le trou noir ; comment as-tu fait pour ne pas y tomber ?

Désidéria : J'ai d'abord fait appel à ma mémoire pour revoir ce qui venait de se passer entre Viola et moi, ce soir-là. J'étais désespérée ; je me rendais compte que je n'étais plus la fille intègre qui aurait été dans l'impossibilité de comprendre une proposition du genre de celle que j'avais entendue, ni la révolutionnaire avertie et sans préjugés que la Voix aurait voulu que je fus. Mon désespoir venait de la conscience que j'avais de ma faiblesse en face de Viola et de sa passion qui, au lieu de me faire horreur, me troublait et, j'ose à peine le dire, me tentait parfois.

Moi : Elle te tentait ?

Désidéria : J'avais l'impression de sentir encore les dents de Viola mordillant mon pubis ; dans le silence et l'obscurité, cette sensation me semblait n'avoir rien de commun avec la personne qui l'avait réellement provoquée. C'est pourquoi je la jugeais acceptable, innocente. Malheureusement presque tout de suite je revoyais Viola, assise au bord du divan, effondrée, répétant sans arrêt, avec l'obstination d'une soûlarde, que notre situation devait être clarifiée ; je me disais aussi que c'était bien elle qui m'avait mordue, elle, elle ma mère adoptive et que je ne pouvais plus séparer la sensation de morsure de sa personne.

Moi : Quel a été le résultat de cette évocation ?

Désidéria : Une simple phrase à l'adresse de la Voix : « Ça suffit à présent. Je ne veux plus t'écouter. Tu m'as fait avaler trop de conneries, à présent ça suffit. »

Moi : Qu'est-ce que tu appelais des conneries ?

Désidéria : Tout ; son plan de transgression et de

désacralisation dicté à Zermatt avec une incroyable solennité et qui s'était réduit à quelques actes absolument insignifiants ; la révolution, que d'après ce qu'elle disait, je devrais mettre sur pied avec l'avide et jeune amant que Viola entretenait. Tout, quoi. Et j'ai fini en disant : « Au fond je ne suis qu'une petite jeune fille de la bourgeoisie qui ne s'entend pas avec sa mère adoptive. Tu veux que je te dise ce qu'elle devrait faire cette pauvre fille ? Foutre en l'air toutes les conneries qu'une soi-disant Voix lui raconte ; louer un petit appartement deux-pièces-cuisine et s'en aller vivre seule. Voilà. »

Moi : Un discours plein de bon sens. Et comment la Voix a-t-elle réagi ?

Désidéria : Avec calme, lucidité, intelligence. Elle a d'abord redit qu'à son idée son plan avait été juste et nécessaire mais qu'à présent il ne pouvait plus s'en tenir à ne toucher que la sphère privée ; logiquement, il fallait qu'il commence à s'attaquer à la sphère publique. Elle a reconnu, d'autre part, que la situation entre Viola et moi avait atteint son point mort. Il fallait la débloquer au moyen de quelque chose d'exceptionnel et de violent qu'elle a désigné par le terme d'action révolutionnaire. Malheureusement cette action dépendait d'Érostrato, du sérieux de la promesse qu'il m'avait faite au sujet du groupe de Milan. Depuis quelque temps, Érostrato paraissait avoir oublié cette promesse. La Voix disait qu'il fallait que je lui rafraîchisse la mémoire et le contraindre à tenir sa promesse ; en deux mots : le mettre à l'épreuve. Comment ? Alors là, la Voix m'a fait une proposition extraordinaire.

Moi : Une proposition non moins extraordinaire, Viola te l'avait faite. Alors quelle était la proposition extraordinaire de la Voix ?

Désidéria : Toujours aussi calme, toujours aussi raisonnable, elle m'a expliqué que pour mettre sérieusement à l'épreuve Érostrato je devais viser plus haut, ou si tu veux, rendre plus difficile, plus dur ce que je voulais lui demander. Jusqu'ici il ne s'était engagé qu'à me présenter un groupe de Milan ; il fallait maintenant que je l'oblige à organiser une séquestration.

Moi : Une séquestration ?

Désidéria : Oui, une séquestration politique parfaitement réglée et suivant le rituel habituel des enlèvements : prison du peuple, demande de rançon, et caetera, et caetera.

Moi : Et qui était la personne que la Voix pensait séquestrer ?

Désidéria : Viola, naturellement.

Moi : Viola ? Là, ma chère Désidéria, n'espère pas que je vais continuer à te croire.

Désidéria : C'est pourtant la vérité. La Voix a dit exactement ceci : « Nous allons faire une dernière tentative pour qu'Érostrato découvre ses batteries. Proposons-lui d'organiser la séquestration de Viola. »

Moi : Je me suis mal expliqué. Je te crois quand tu me répètes les paroles de la Voix. Mais je ne peux pas m'empêcher de penser qu'une idée de ce genre ne peut venir qu'à une mythomane en proie à un délire lucide mais incontrôlé.

Désidéria : J'ai protesté naturellement ; j'ai dit que c'était de la folie. Que je ne marchais pas. Qu'il ne fallait plus jamais m'en reparler.

Moi : Et pourtant tu as cédé.

Désidéria : Oui.

Moi : Pourquoi, puisque tu disais que c'était de la folie ?

Désidéria : Pour me faire plier, la Voix a eu recours à un moyen exceptionnel, impossible à prévoir.

Moi : Quel moyen ?

Désidéria : Figure-toi qu'elle a provoqué chez moi

quelque chose de comparable aux convulsions d'une possédée.

Moi : D'une possédée du démon ?

Désidéria : Juge toi-même : après avoir, comme je te l'ai dit, repoussé avec véhémence ce projet d'enlèvement et de séquestration, je me retourne dans mon lit, bien décidée à ne plus penser à rien et à dormir. Mais voilà que, brusquement, je suis prise d'une angoisse terrible ; j'envoie mes couvertures en l'air, je jette mon oreiller par terre, j'écarquille les yeux, je prends ma tête dans mes mains, j'écoute. Alors j'entends la Voix qui murmure dans l'obscurité : « Tu es ligotée, tu es dans une trappe, tu es en cage. Il faut te libérer, il faut recouvrer ta liberté, il le faut, à n'importe quel prix. » Ce sont ces mots qui déclenchent ma crise, une crise qui ressemble à de l'épilepsie : convulsions, grincements de dents, contractures dans les bras, dans les jambes ; je me débats férocement, j'ai la sensation de lutter contre quelqu'un ou quelque chose qui veut me retenir prisonnière. Ma chemise me gêne, je la déchire, je suis nue, je griffe ma poitrine et mon ventre, je tire les poils de mon pubis, je m'arrache les cheveux, je frappe mon front contre le bois de mon lit, si fort que je perds connaissance, je tombe, je reste par terre, hébétée, rompue, stupide, dans un demi-sommeil qui dure jusqu'au matin. A l'aube, j'ai dû me recoucher, recroquevillée, nue, sans couvertures, plongée dans une sorte de sommeil léthargique. Ce n'est qu'à midi que je me suis réveillée pour comprendre que, malgré moi, la Voix avait eu raison de ma résistance. Maintenant, il n'était plus question pour moi de quitter la maison pour vivre seule et à ma façon. La séquestration de Viola m'apparaissait non seulement juste mais inévitable. Du reste, un événement qui eut lieu ce matin-là donna pleinement raison à la Voix.

Moi : Quel événement ?

Désidéria : Tu vas voir. Au moment où je suis en train, comme tous les matins de boire mon café à la cuisine, je vois entrer notre *cameriere* qui me dit qu'une jeune fille, qu'il a laissée dans l'antichambre, demande à me parler. Il ajoute qu'elle n'a pas voulu dire son nom. Je me lève pour savoir de quoi il s'agit. Une jeune fille est debout devant la glace qui surmonte une console et je ne la vois que de dos. Elle porte l'uniforme des jeunes de l'époque : pull-over et blue-jean, comme moi. Mais il m'a suffi de jeter un coup d'œil sur elle pour voir que ce sont des imitations de luxe, presque caricaturales, de pull et de jean ordinaires. Son pull noir était tricoté dans une laine légère et brillante de super-choix. Son jean qui monte très haut est tenu par une superbe ceinture de cuir ornée de cuivre. Sur sa fesse gauche un cœur rouge a été brodé. Cette jeune fille a de larges épaules, la taille fine, des hanches rondes, de longues jambes. Je me dis tout d'un coup que j'ai certainement vu ce dos et ces jambes quelque part. Lorsqu'elle se retourne, je sais qui elle est.

Moi : Qui ?

Désidéria : Moi. Mêmes cheveux châtain clair, raides ; même visage allongé de type germanique ; même cou solide et musclé ; même expression sérieuse, presque triste. J'ai tout de suite remarqué qu'elle n'avait pas de soutien-gorge et que, comme moi, elle portait son pull directement sur sa peau et j'ai eu un instant la sensation étrange que la laine de son chandail caressait et durcissait mes bouts de seins, les miens et pas les siens. Lorsqu'elle a parlé je n'ai pas reconnu ma voix ; elle avait l'accent étranger (plus tard j'ai appris qu'elle était Autrichienne). En me tendant la main elle a dit : « Je m'appelle Brigitte. Il aurait mieux valu que je demande à parler à ta mère, mais je préfère ne pas la voir. Toi, tu t'appelles Désidéria, n'est-ce pas ? Bon, alors Désidéria, va dire à ta mère que j'ai oublié mon permis de conduire hier, chez elle. Demande-lui de me prêter la clef de l'appartement. Tu viendras avec moi. Je reprendrai mon permis et après je te raccompagnerai. »

Moi : De quel appartement parlait-elle ?

Désidéria : De celui où Viola et Érostrato donnaient rendez-vous aux call-girls.

Moi : Qu'est-ce que tu as dit à cette jeune fille ?

Désidéria : Je ne lui ai rien dit. Je la regardais. J'étais frappée par sa ressemblance avec moi. Cette ressemblance me troublait comme peut troubler la vision de sa propre image dans un miroir. Elle, elle a dû prendre mon silence pour un sentiment d'hostilité et elle a eu un geste vulgaire d'impatience qui signifiait que je n'avais qu'à obéir. « Allez, dépêche-toi, vas-y. Pourquoi me regardes-tu. Je suis une jeune fille comme toi, qu'est-ce que j'ai de spécial ? » J'étais un peu étonnée : « Oui, oui, bien sûr, tu es une fille comme moi. Je vais tout de suite chercher la clef. » Viola était encore au lit, lisant un journal qu'elle tenait à la hauteur de ses yeux. Sans prendre le temps de souffler, j'ai dit : « Brigitte est là. Elle a oublié son permis dans ton appartement. Donne-moi la clef, je l'accompagne, elle reprend ses papiers et me ramène ici. »

Moi : Qu'est-ce que Viola a répondu ?

Désidéria : Presque rien. Ce jour-là, elle était cent pour cent américaine avec cet air dur et sensuel propre aux puritains, sans ombre de gentillesse italienne. Sans quitter son journal des yeux, elle m'a désigné d'un doigt sa commode : « La clef est dans mon sac et mon sac dans le premier tiroir.

Fais attention c'est la clef avec l'étiquette Via Gaeta. » J'ai ouvert le tiroir de la commode, le sac à main et vu la clef. Viola a ajouté : « Dans mon sac il y a une enveloppe où j'ai mis des photos. Apporte-moi cette enveloppe. » Je lui ai donné l'enveloppe ; elle l'a ouverte et en a extrait quelques clichés qu'elle s'est mise à examiner un à un. Elle en a choisi deux : « Tu les offriras à Brigitte de ma part. Dis-lui que je lui téléphonerai bientôt. » J'ai pris l'enveloppe et dans le couloir j'ai sorti les photos pour les regarder. Sur les deux, on voyait Brigitte et Érostrato, nus toujours, mais pas dans les mêmes positions. Sur la première, Brigitte était à quatre pattes tandis qu'Érostrato debout, la pénétrait par-derrière ; sur la seconde, Brigitte agenouillée faisait l'amour bucco-lingual à Érostrato, debout, là aussi. Sur les deux, on voyait entièrement Brigitte ; d'Érostrato seulement le milieu du corps. J'ai deviné que c'était lui à cause de la main qui tenait la tête de Brigitte collée contre son sexe ; tu te rappelles ce que je t'ai dit de la vulgarité de la main d'Érostrato et de cette bague gravée d'initiales qu'il portait à l'annulaire. Viola m'avait certainement donné exprès ces photos pour que je les regarde et me reconnaisse dans la personne physique de Brigitte mais aussi dans sa fonction de spécialiste de l'amour à trois. J'ai remis les photos dans leur enveloppe et vite regagné l'antichambre où Brigitte m'attendait debout, toujours appuyée contre la console. Elle fumait mais dès qu'elle m'a vue elle a jeté sa cigarette pour l'écraser du bout pointu de sa botte. J'ai ouvert la porte sans rien dire et nous sommes sorties, moi la précédant. Dans la rue, elle m'a dépassée pour rejoindre son auto. Elle marchait à grands pas sur de longues jambes solides et élégantes en mettant dans chacun de ses mouvements une insolente énergie qui donnait une valeur très spéciale à ses muscles fessiers. C'était vraiment une splendide créature dotée au plus haut point de cette beauté dure et sévère que Viola semblait tant admirer en moi. Mais je me rendais compte que cette dureté et cette sévérité qui en moi étaient naturelles et gratuites, devaient être considérées par Brigitte comme des denrées érotiques qu'elle offrait contre de l'argent à ses clients. Elle est montée dans sa petite bagnole, je me suis assise à côté et nous sommes parties. Au bout de quelques minutes je lui ai demandé : « Dans cet appartement, tu y es déjà allée une ou plusieurs fois ? » Quatre doigts levés, elle m'a répondu : « Quatre fois. » « Comment as-tu fait la connaissance de Viola ? » « Par une amie qui me l'a présentée. » « Ton amie va aussi dans cet appartement ? » « Oui, elle y est allée plusieurs fois. » « Comment as-tu fait pour savoir que Viola avait une fille et qu'elle s'appelait Désidéria ? » « C'est elle qui me l'a dit. Elle a dit aussi que je te ressemblais. Elle ne parle que de toi. Mais dis-moi un peu... » « Quoi ? » « Est-ce que par hasard, ta mère ne serait pas un peu amoureuse de toi ? » « Ce n'est pas ma mère, c'est ma mère adoptive. » « Ah, bon, je comprends. Ça peut arriver. Moi, par exemple, j'ai couché avec le mari de ma mère. » « Est-ce qu'à l'appartement tu as rencontré un type qui s'appelle Éros ? » « Oui. » « Tu le trouves sympathique ? » « Ni sympathique, ni antipathique, indifférent. » « Viola m'a donné ces photos. C'est Éros qui est avec toi ? » J'avais posé les photos sur son volant, elle n'y a jeté qu'un rapide coup d'œil : « Oui, c'est lui. Mais moi, j'en ai rien à foutre de ces photos. Garde-les en souvenir. » « En souvenir de quoi ? » « De moi, de mon corps, de mes jambes. Tout à l'heure j'ai remarqué que tu me regardais d'une drôle de manière. Avec les photos, tu pourras continuer. » « Ma mère m'a dit de te dire qu'elle te téléphonerait bientôt. » « Elle peut toujours me téléphoner, jamais elle ne me reverra. » « Pourquoi ? Qu'est-ce qu'elle t'a fait ? » « Il y a d'abord son obsession du Polaroïd. Moi, ça m'est égal d'être photographiée mais il y a pourtant des limites ; et puis elle est brutale, elle m'a battue ; un jour elle voulait que je la gifle, que je me laisse appeler Désidéria, que je lui dise ; oui, maman, non maman. Trop compliqué tout ça pour moi. » Tout en l'écoutant je me demandais ce que j'allais faire de ces photos : les garder ou les déchirer. La Voix est immédiatement intervenue : « Conserve-les, tu pourras t'en servir contre Érostrato. » « Comment ? » « Pour le faire chanter, pour l'obliger à te présenter au groupe. » Toujours le groupe ! J'ai mis les photos dans ma poche juste au moment où Brigitte disait : « Tu sais que tu m'es très sympathique. Tu as quelque chose qui me plaît vraiment. » Je n'ai rien répondu et ni elle ni moi n'avons repris la conversation. Arrivée via Gaeta, Brigitte s'est arrêtée devant une petite porte de bois clair ornée d'une poignée et d'une serrure de cuivre, étincelantes de propreté. A côté de cette porte presque neuve il y avait, baissé jusqu'à terre et retenu au sol par un gros cadenas, un vieux rideau de fer rouillé et poussiéreux. Brigitte tenant la clef dans sa main, debout, sans bouger m'a brusquement interpellée d'un certain ton amical auquel je ne m'attendais pas : « Tu veux monter avec moi ? » J'ai trouvé que c'était une curieuse manière de manifester l'amitié et j'ai répondu sans enthousiasme : « Mais oui, pourquoi pas ? Je n'ai jamais vu cet appartement. » Elle me regardait de ses yeux bleu pâle et transparents : « Tu sais que c'est vrai que tu me plais. C'est peut-être parce que nous nous ressemblons. Allez, montons, nous ferons l'amour, je ne te prendrai pas cher, le moins possible. Dépêchons-nous. Je suis attendue ailleurs. » Cette proposition m'a frappée par sa spontanéité totalement inconsciente et je me suis dit que beauté et inconscience faisaient de Brigitte une sorte de très bel animal pas très différent d'un pur-sang ou d'un magnifique chien de race. Aussi je lui ai répondu sur le ton de regret d'un connaisseur se trouvant à court d'argent : « Pas aujourd'hui ; mais peut-être une autre fois. » « Comme tu voudras », a-t-elle répondu en sautant sur la chaussée, pour traverser la rue et disparaître derrière la petite porte de bois clair. Je restais assise à ma place, un peu étonnée, en n'ayant devant les yeux qu'une rue étroite, longue, quelques boutiques d'aspect modeste, quelques misérables immeubles et plus loin, une sorte d'atelier devant lequel un homme en combinaison bleu clair s'affairait autour du capot levé d'une automobile. Je devais somnoler un peu lorsqu'un cri de la Voix m'a fait sursauter : « Euréka ! J'ai trouvé l'endroit où nous cacherons Viola après son enlèvement. » « Et où est cet endroit ? » « Mais ici, dans l'appartement loué pour y faire ses orgies. » « Tu es folle, je crois. » « Non, je ne suis pas folle ; il y a une logique en tout ceci. Nous transformerons une immonde garçonnière bourgeoise en prison du peuple, nous purifierons cet appartement, nous le reconsacrerons. » « Ah, voilà ! il y a donc aussi pour toi des choses sacrées. » « Oui, tout ce qui touche à la révolution est sacré. Cet appartement est un bordel ; si Viola y est séquestrée nous le consacrerons en tant que demeure humaine. » Elle a encore continué longtemps sur ce ton mi-exalté, mi-professoral et ce qu'elle nommait « la logique » avait l'air de lui monter à la tête comme un vin trop fort. Enfin la porte s'ouvre et Brigitte sort de la maison. Elle remonte en voiture, referme la portière, met le moteur en marche et me demande si je veux qu'elle fasse un détour pour me raccompagner chez moi.

Elle me tend la clef d'un air indifférent en ayant l'air de dire : « Bon, ça va, avant même de commencer tout a été fini entre nous deux. » Je ne parle toujours pas mais depuis quelques minutes une idée bizarre et folle passe dans ma tête : Brigitte me ressemble : elle est prête à faire pour de l'argent ce que je ne me sens pas capable de faire pour n'importe quoi ; pourquoi ne pas lui proposer de prendre ma place à la maison, hors de la maison avec Viola, avec Érostrato, avec Tibéri, et *tutti quanti* ? Avec elle, tous mes doutes disparaîtraient ; la révolution serait définitivement enterrée ; l'amour à trois ne serait plus un problème ; la séquestration de Viola resterait une idée fumeuse ; la Voix s'en irait définitivement, qui sait où, là-bas, peut-être, au bout de la rue, dans un tourbillon de poussière et de vieux papiers emportés par le vent. C'est elle qui m'a ramenée à la réalité à la façon d'un de ces officiers loyaux qui ramènent les soldats fuyards en première ligne : « Ne te fais aucune illusion, ma petite. Tu es ce que tu es, tu ne te transformeras pas en une autre. Peut-être que chez Diomira, ce fameux matin, tu aurais pu devenir une Brigitte.... mais tu m'as choisie, moi, et une fois pour toutes ; à présent il ne te reste plus qu'à avancer à côté de moi sur la route que tu as prise ce jour-là, même si tu as peur. » Ce discours de la Voix n'ayant pris qu'un instant de mon attention j'ai pu répondre immédiatement à Brigitte que j'avais affaire dans ce quartier-ci et qu'elle pouvait me laisser.

Moi : La Voix t'a donc fait accepter l'idée de la séquestration de Viola comme la seule chose qui te restait à faire ?

Désidéria : En quelque sorte, oui.

Moi : Il te semblait normal de séquestrer ta mère adoptive ?

Désidéria : A moi, non. C'était la Voix qui trouvait la chose normale.

Moi : A propos, en admettant que la séquestration se passe comme vous l'espériez et que Viola paie sa rançon, qu'est-ce que la Voix comptait faire de l'argent qu'elle obtiendrait ?

Désidéria : Je crois qu'elle pensait que cet argent servirait à financer le groupe révolutionnaire d'Érostrato, ou d'autres groupes du même genre.

Moi : Mais était-il sûr qu'Érostrato faisait partie d'un groupe ? et que le groupe existait vraiment ?

Désidéria : Non ce n'était pas sûr du tout. Pour en être sûre j'ai téléphoné un matin à Érostrato pour lui dire que j'avais besoin de lui parler, mais ni chez moi ni chez lui. Nous avons alors fixé un rendez-vous à midi, Villa Borghese où j'allais quelquefois promener mon chien.

CHAPITRE III

Moi : Tu avais un chien de race ?

Désidéria : Non, c'était un affreux bâtard que j'avais trouvé au chenil municipal de Porta Portese. C'est la Voix qui avait voulu que je choisisse un bâtard comme pour lancer un défi à tous ces chiens de race que de beaux messieurs toujours admirablement habillés regardent courir sur les pelouses à l'heure de la promenade. J'avais baptisé mon bâtard Bico et j'avais fini par l'aimer beaucoup.

Moi : Pourquoi Bico ?

Désidéria : A cause de bicolore. Le pelage de cette espèce de chien-loup était de deux couleurs différentes : sur le devant très foncé, sur l'arrière très clair.

Moi : Alors tu fais monter ce chien dans ta voiture et vous voilà partis pour la Villa Borghese. Ensuite que se passe-t-il ?

Désidéria : J'ai garé près de la palissade, sous les arbres et tout de suite Bico a filé en vitesse du côté des pelouses. J'ai enjambé les barres de bois et je l'ai suivi, sa laisse à la main. J'ai tout de suite reconnu Érostrato qui venait à ma rencontre ; j'ai observé sa façon de marcher et j'ai alors noté une particularité qui dans son aspect physique m'avait échappé.

Moi : Quelle particularité ?

Désidéria : Les jambes étaient arquées comme celles de certains Japonais que leurs mères ont portés à cheval sur leurs épaules lorsqu'ils étaient petits. Comme ses mains, comme son pénis, ses jambes tordues lui donnaient un je ne savais pas quoi de vulgaire. Ce qui ne m'empêchait pas, ce jour-là comme toujours, d'éprouver pour lui ce sentiment de solidarité, de fraternité de la fille du peuple pour un garçon du peuple. Et puis, pendant que je le regardais, la phrase stupide que Viola m'avait répétée obstinément un de ces derniers soirs, m'est revenue à l'esprit : « Nous devons absolument clarifier notre situation » ; et je me suis dit que je devais absolument moi aussi clarifier mes rapports avec Érostrato, non pas en parlant comme une femme ivre d'alcool, mais comme quelqu'un de raisonnable. Oui, il fallait mettre Érostrato à l'épreuve en me servant de ce moyen drastique qu'est la séquestration ; mais surtout je devais lui fournir l'occasion, la dernière, de se libérer du mensonge dont il se faisait une sorte de bâche de protection. J'ai pensé ces choses et tout en sachant que la Voix me désapprouvait j'en ai été émue et soulagée.

Moi : La Voix te désapprouvait ?

Désidéria : Oui, puisqu'elle ne considérait Érostrato que comme un moyen pour aboutir à ses fins. Tout le reste n'était que sentimentalité inutile.

Moi : Qu'a dit Érostrato quand vous vous êtes rencontrés ?

Désidéria : J'étais debout sur un petit monticule couvert de feuilles mortes jaunes et rousses entassées. Nous étions à la mi-décembre, presque la fin de l'automne. Érostrato montait en dérapant sur l'herbe glissante. Dès qu'il m'a rejointe au sommet de mon petit monticule, il a dit de sa voix la plus profonde et la plus chaude : « Figure-toi que ce matin quand je t'ai entendue au bout du fil j'ai été si heureux que je me suis surpris en train de chanter en me rasant. » Cette façon de parler, et quoi qu'il dise, sur ce même ton pathétique m'a énervée et j'ai pris une voix très sèche pour lui répondre : « Il faut que je te parle et c'est pour ça que je t'ai demandé de me rejoindre ici. Il ne s'agit pas d'un rendez-vous quelconque mais de quelque chose de très précis. » « De très précis ? Ça veut dire quoi ? » « Ça veut dire que je ne peux plus attendre. » « Attendre quoi ? » « Bico revenait au galop, un bout de bois dans la gueule pour que nous jouions à son jeu favori. J'ai pris le bout de bois et je l'ai lancé aussi loin que j'ai pu en reprenant : « Attendre que ton camarade milanais vienne à Rome. Mais je pense : au fond, que nous importe ce camarade ? Nous pouvons commencer à agir, nous, seuls ; quand il arrivera il sera content de voir que nous ne restons pas les bras croisés. » « Mais agir de quelle façon ? » « Comme toi, tu le dis tout le temps : au niveau révolutionnaire. » J'avais prononcé cette phrase sur un ton ironique mais il avait fait semblant de ne pas le remarquer. « Au niveau révolutionnaire nous pouvons agir, c'est évident, en l'absence de notre camarade. Mais il faut d'abord que tu m'expliques en quoi consisterait notre action. » « Est-ce que tu connais une call-girl autrichienne du nom de Brigitte ? » Pendant que je parlais Érostrato laissait errer son regard sur les grands espaces verts où les chiens couraient dans tous les sens et où leurs maîtres se promenaient lentement, allant, venant, revenant le long des sentiers envahis par la brume, sous les arbres aux branches dépouillées et tendues dans toutes les directions dans des gestes de désespoir et d'appels au secours. Puis il s'est décidé à me répondre : « Oui, je la connais ; et alors ? » « Alors hier elle est venue à la maison et elle a demandé à voir Viola. Elle a dit qu'elle avait oublié son permis de conduire à l'appartement de via Gaeta où toi, Viola et elle, vous étiez rencontrés la veille. Je me suis fait donner la clef par Viola et je suis montée en voiture à côté d'elle et ensemble nous sommes allées chercher ses papiers. Alors pendant que je l'attendais dans la rue il m'est venu une idée. » « Quelle idée ? » « Tu sais que Viola me poursuit pour que je prenne la place de Brigitte via Gaeta. Inutile de protester, c'est comme ça. Eh bien, l'action que je propose consisterait en ceci : nous allons tous les trois via Gaeta et dès que nous sommes là nous sautons sur Viola, nous la ligotons, nous la bouclons dans une pièce, nous écrivons à sa famille, c'est-à-dire moi, et nous demandons une énorme rançon. Moi je reçois la lettre et je la porte à Tibéri qui a la procuration de Viola. Tibéri va chercher l'argent à la banque et me le remet. Lorsque le camarade de Milan arrive à Rome nous lui donnons cet argent en guise de contribution financière à la vie du groupe. Après on verra. » « Et Viola ? » « Viola rentre chez elle où moi, ou si tu préfères sa famille, l'accueille à bras ouverts. » « Et si elle nous dénonce ? » « Sois tranquille, elle ne nous dénoncera pas. D'abord, elle ne saura rien et ensuite, même si elle savait, elle ne nous dénoncerait pas. Elle ne m'a pas dénoncée quand j'ai tenté de l'assassiner et, à plus forte raison, elle ne me dénoncera pas davantage pour quelques millions volés. » Il se tait, les mains enfoncées dans les poches de sa grosse veste ; il recommence à ne s'intéresser qu'aux pelouses mouillées, qu'aux chiens, qu'aux maîtres des chiens. Bico revient avec son bout de branche dans la gueule ; je le lui arrache, je le lance et je dis d'un ton détaché : « Mais toi, tu y gagneras, je te donnerai, mettons, dix pour cent de la somme que nous tirerons de la rançon. » Une fois encore, il ne dit rien ; puis, brusquement, il m'a l'air de prendre une décision et le voilà qui part en courant. La Voix a hurlé : « Tu vois comme il fuit ! C'est un lâche, un menteur. Le groupe n'existe pas, rien n'existe sauf son énorme bite et l'argent qu'elle lui rapporte. Mais dis-lui la vérité en face. Dis-la-lui. » Cette fois les exhortations de la Voix ne m'ont pas laissée indifférente. Érostrato ne me précédait que de quelques pas, j'ai couru pour le rejoindre et j'ai commencé à lui parler très vite et avec une chaleur extraordinaire. Il a pressé le pas comme quelqu'un qui cherche à se mettre à l'abri d'une trombe d'eau subite ; je me suis mise à courir à côté de lui. Nous devions former un drôle de couple, lui, petit, marchant aussi vite qu'il peut, les mains enfoncées dans les poches de sa veste, et moi grande, plus grande que lui, en chandail et jean courant et lui parlant sans arrêt ; et mon chien qui, croyant à un jeu, saute autour de nous en aboyant de plaisir.

Moi : Vous deviez, en effet, former un couple bizarre. Mais je voudrais bien savoir ce que tu lui disais.

Désidéria : A peu près ceci : « Lâche, menteur, j'étais venue avec l'intention d'être sincère et j'espérais que tu le serais aussi avec moi. Moi je ne t'aime pas, même si le jour de notre première rencontre nous avons fait l'amour ; je ne t'aime pas et je ne t'aimerai jamais ; mais j'ai pour toi de l'affection, un peu ce qu'éprouve une sœur pour son frère. Et sais-tu pourquoi ? Parce que je suis une enfant trouvée, une bâtarde, une enfant du peuple vendue par sa propre mère à une bourgeoise des Parioli, introduite de force et sans son consentement dans une bourgeoiseie de merde et que je sais que toi aussi, écoute bien ce que je te dis, malgré tous les bobards que tu m'as racontés, je sais que tu es, comme moi, un prolétaire, un fils du peuple enfoncé jusqu'aux yeux dans la gadoue bourgeoise. Mais la différence entre toi et moi c'est que, moi, tout ça, non seulement je le sais mais je l'accepte, tandis que toi tu ne l'acceptes pas et qu'à force de ne pas l'accepter tu arrives presque à te faire croire à toi-même que tu l'ignores. J'étais venue ici aujourd'hui pour qu'entre nous deux il y ait la vérité, seulement la vérité avec son courage et sa lumière. Et qu'est-ce que j'ai trouvé devant moi ? Un lâche qui ne parle pas, qui ne répond pas, qui fuit comme un rat d'égout chassé de son trou. Oui, tu es un menteur ; je ne peux pas le prouver, mais j'en suis certaine : tu n'es pas le fils d'un baron sicilien propriétaire foncier, tu n'es pas licencié en sciences politiques ; ton père ne t'envoie pas d'argent pour te faire vivre à Rome. Rien n'est vrai. Tu es un enfant du peuple mais tu en as honte, l'envie qui te dévore de passer pour un bourgeois a fait de toi un être vulgaire, un individu louche, un bon à rien. Au lieu de te révolter tu t'es adapté, tu as menti à toi et aux autres, tu t'es vendu, tu t'es prostitué. Tu es pourri jusqu'aux os, jusqu'à la moelle des os ; tu es une merde et tu veux n'être qu'une merde. Quant au groupe, à l'action révolutionnaire, à toutes tes autres balivernes, c'est clair comme le jour, tu les as inventées pour m'embobiner, pour me convaincre de participer à tes partouzes qu'adore cette Viola dont tu es le larbin, le gigolo, le mac. Tu voudrais peut-être que je te dise comment je fais pour être aussi sûre que tu n'es qu'un lâche, un menteur, une merde ? Eh bien je te réponds que je le sais parce que j'ai su ce que tu étais depuis notre première rencontre ; j'ai pénétré ton secret comme si ton cœur était transparent, comme si je lisais dans ta pensée. Quel est ce secret ? Ce secret c'est que tu as tout de même une conscience enfouie sous un monceau de merde et c'est à cause d'elle que tu sais être corrompu jusqu'à la moelle, que tu désires mourir, ne plus exister, redevenir ce que tu étais avant ta naissance, un fœtus, en embryon, un rien. Sais-tu comment j'ai compris tout cela ? Je l'ai compris à la façon dont le jour de notre rencontre tu m'as fait l'amour avec ta bouche. Moi, étendue sur le dos, mes jambes écartées ; toi agenouillé devant moi pour baiser mon sexe ; j'ai senti que tu ne recherchais pas ton plaisir mais que, tout simplement, tu voulais mourir, oui, mourir dans mon ventre qui, à ce moment-là, était le ventre de ta mère, que tu voulais refaire à l'envers le chemin que tu avais emprunté en venant au monde, te pelotonner en moi dans la position du fœtus, les bras croisés, les yeux clos, et puis régresser, toujours plus loin, plus loin, redevenir l'embryon, le minuscule caillot de matière agglutinée, le rien. Oui, c'est cela que tu me demandais mais en sachant demander l'impossible ; tu gémissais lamentablement, si désespérément que tu m'as émue ; je sentais toute ton horreur de la vie et ton désir obsédant de mort. Tu m'as émue et tu m'as inspiré le sentiment fraternel qui m'a poussé à venir ici aujourd'hui pour te proposer la séquestration de Viola. Cette séquestration, c'est ta dernière chance de sortir de la merde, d'être un homme, de refuser la nostalgie du néant, d'aimer la vie. Si nous organisons ensemble l'enlèvement de Viola, même si ton groupe n'existe pas — comme je le crois vraiment — tu seras sauvé. Mais si tu rejettes ma proposition tu seras perdu sans rémission et tu continueras à frapper éternellement aux portes du néant entre les cuisses de femmes, à tenter l'impossible, sans que personne ne t'ouvre, et, puisque personne ne t'ouvrira, tu continueras jusqu'au bout à n'être qu'un lâche, un menteur, un être vulgaire, un maquereau. »

Moi : Tu as osé lui dire tout ça ?

Désidéria : Et bien d'autres choses encore. Lui, il pressait de plus en plus le pas pour se protéger de l'orage ; moi, je le suivais sans difficulté grâce à la longueur de mes jambes. C'est comme ça que, lui courant et se taisant, moi courant et parlant, Bico sautillant et aboyant, nous avons traversé les grands prés humides et le brouillard et qu'en laissant derrière nous chiens de luxe et propriétaires de chiens de luxe, nous sommes remontés jusqu'à la palissade du terrain de courses. Érostrato avait laissé là sa grosse Jaguar sale et maculée de poussière et il s'est précipité sur la portière pour l'ouvrir et s'installer au volant. Mais moi, plus rapide, j'ai fait le tour du capot et d'un bond je me suis assise à côté de lui. En claquant la portière, j'ai commencé à l'engueuler : « Mais réponds-moi, parle, dis que je me trompe, que tout est faux, jure que tu es le fils d'un baron sicilien, que tu es licencié en Sciences économiques, que tu es un vrai révolutionnaire, que le groupe existe, que tu ne veux pas mourir, que tu aimes la vie, dis n'importe quoi, mais parle. »

Moi : Alors il a parlé ?

Désidéria : Alors il s'est passé quelque chose de terrible, du moins pour moi. Il m'a répondu de manière à me laisser entendre qu'il prenait mes paroles au sérieux, qu'il comprenait l'angoisse qu'il y devinait, le sentiment fraternel qui les avait inspirées. Mais en l'écoutant, moi j'étais sûre, sûre, qu'il ne me comprenait pas et qu'il ne me comprendrait jamais.

Moi : Explique-toi.

Désidéria : Je voudrais essayer de te décrire la

scène. D'une part, moi, émue, sincère, véhémente, au fond tendre et passionnée ; d'autre part lui, précis, froid, maître de lui et... totalement incompréhensif, comme quelqu'un qui s'imaginant entendre un étranger dans sa langue lui répond avec des mots qui prouvent qu'il n'a rien compris du tout.

Moi : Mais il a tout de même dit quelque chose ?

Désidéria : Il s'est brusquement décidé. Il a allumé une cigarette, il a porté à sa bouche son horrible main et ses doigts jaunis par la nicotine puis il a dit : « Maintenant je vais te répondre méthodiquement : Premièrement, je ne désire pas mourir, je ne veux pas retourner dans le ventre maternel, je ne sais rien du néant prénatal, je n'ai pas l'intention d'y régresser, j'aime la vie, j'aime vivre, je veux vivre. Deuxièmement, je m'en excuse, mais je ne peux que confirmer ce que je t'ai dit de mes origines : je suis le fils d'un baron sicilien propriétaire foncier et de la fille d'un avocat. Troisièmement : le groupe révolutionnaire de Milan existe, il a un nom, un programme et je fais moi-même partie de ce groupe. Quatrièmement : je n'ai rien contre l'idée d'une éventuelle séquestration de Viola mais je pense que nous ne pouvons pas agir seuls et sans consulter les camarades de Milan. Cinquièmement : mon camarade doit arriver dans une semaine, dix jours au maximum. »

Moi : Des mensonges encore ?

Désidéria : C'est bien là la question. Certaines choses étaient des mensonges, par exemple, ce qu'il disait à propos de sa famille ; d'autres étaient vraies, mais vraies uniquement pour lui, comme celles où il niait son inconscient désir de mort ; d'autres, des demi-vérités comme lorsqu'il disait qu'il n'avait rien contre la séquestration de Viola. Enfin, il y avait des vérités faussement objectives, comme lorsqu'il affirmait que le groupe de Milan existait et que son camarade arriverait dans une dizaine de jours. Oui, peut-être que le groupe existait et que son camarade viendrait à Rome mais cela ne prouvait pas que lui était un révolutionnaire. Et, qui sait ? l'existence du groupe et l'arrivée de son camarade étaient peut-être en rapport avec son aspiration à être ce qu'il n'était pas. Après tout, quelle importance avait la vérité ? Ce qui m'importait en ce moment ce n'était pas qu'il dise des vérités fondées sur le réel mais qu'il en ait fait des vérités à force de mensonges.

Moi : Je t'ai déjà entendue dire ça.

Désidéria : Je le dirai toujours. Effectivement après qu'il m'ait répondu de cette manière, je veux dire en confirmant de nouveau tous ses mensonges, j'ai compris que le sentiment que j'avais pour lui était normal et ne pouvait être différent.

Moi : Quel sentiment ?

Désidéria : Le sentiment incompréhensible, déchirant, d'une confraternité impuissante, d'une pitié passive.

Moi : Ainsi cette rencontre à la Villa Borghese n'a servi à rien. Tout en est resté au même point.

Désidéria : A moi, elle n'a servi à rien ; pas à la Voix. Maintenant elle savait que le groupe existait, que le camarade allait arriver et que son idée de séquestration était, dans les grandes lignes, acceptée. Quant au reste, elle s'en foutait. Sais-tu ce qu'elle a dit à propos de mes remarques sur le comportement d'Érostrato et sur mes réflexions au sujet des différences entre vérité et réalité ? « Tu es incorrigible ; quand tu ne tombes pas dans la sentimentalité tu fais quelque chose de pire, tu deviens psychologue. »

Moi : Enfin ! Dis-moi ce que tu as répondu à Érostrato ?

Désidéria : Rien. Je n'ai pas répondu. Je me suis contentée de dire : « Si les choses sont comme tu dis, et je n'ai aucune raison d'en douter, attendons l'arrivée du camarade milanais. »

Moi : Qu'est-ce qu'il a dit ?

Désidéria : Il m'a posé une question surprenante : « Alors en attendant, qu'est-ce que je dois dire à Viola ? »

Moi : Surprenante, c'est vrai. Qu'est-ce que tu lui as répondu ?

Désidéria : Je lui ai répondu qu'il n'y avait rien à lui dire et j'ai ajouté : « Je me demande ce que Viola vient faire dans nos histoires ? »

Moi : Il t'a dit... ?

Désidéria : « Viola sait que tu as demandé à me voir. Elle était chez moi quand tu as téléphoné. J'avais tout de suite compris que tu voulais me parler du groupe de Milan, mais je lui ai fait croire qu'il s'agissait d'elle et de l'appartement de via Gaeta. Maintenant je suis sûr qu'elle m'attend et que je lui dise oui ou non. » Tu vois ? Viola attendait que je dise oui ou non à l'amour à trois. J'ai alors pensé qu'il existait un parallélisme entre Viola et moi, dans nos rapports avec Érostrato. Toutes deux, nous voulions tirer Érostrato chacune de notre côté vers quelque chose qui comptait beaucoup ; autant pour l'une que pour l'autre. Pour Viola, c'était la débauche, pour moi, le groupe. Érostrato, au milieu, semblait donner raison tantôt à l'une, tantôt à l'autre.

Moi : Je dirais volontiers qu'il donnait surtout raison à Viola.

Désidéria : Non, pas entièrement. Primo, il ne l'aimait pas, peut-être même qu'il la haïssait. Ensuite, le fait que le groupe existait prouvait, au moins théoriquement, que c'était à moi qu'il donnait raison. J'ai eu, du reste, confirmation de ma supposition sur le parallélisme existant entre Viola et moi dans nos rapports avec Érostrato. Lorsqu'il m'a demandé ce qu'il devait dire de ma part à Viola, j'ai répondu presque instinctivement : « Toi, qu'est-ce que tu en penses ? » Il s'est alors passé quelque chose d'imprévu. Après quelques secondes de silence, il m'a répondu : « Tu penses que je voudrais que tu me dises oui. Tu te trompes. Que tu répondes oui ou non, ça m'est égal. Tu me connais mal ; je ne suis pas celui que tu crois. »

Moi : Imprévu, c'est exact.

Désidéria : Il a ajouté : « Tu crois que je suis venu à ton rendez-vous pour moucharder. Encore une fois, tu te trompes. Moi, comme toi, je suis venu pour être sincère, pour te dire certaines choses qui comptent beaucoup pour moi et que je ne t'ai jamais dites. »

Moi : Tu as dû être étonnée, non ?

Désidéria : Oui et j'ai même espéré qu'il allait enfin se dépouiller de l'image mensongère qu'il m'avait offerte jusqu'à présent. Je me méfiais quand même et c'est avec quelques réticences que j'ai demandé : « Et quelles sont ces choses que tu m'as cachées et dont tu veux parler aujourd'hui ? » Il a pris le temps de rejeter la fumée de sa cigarette avant de prononcer : « A mon avis ton idée d'enlever Viola et de la séquestrer pour lui voler son fric est démentielle. Tu remarqueras que je ne l'ai pas rejetée et que je l'ai même acceptée tout de suite. Et sais-tu pourquoi ? Parce que moi, je pense exactement comme toi au sujet de Viola. » « C'est-à-dire ? » Au lieu de répondre à ma question il s'est retourné pour prendre un livre sur le siège arrière. « Pour te faire comprendre ce que je pense de Viola je t'ai apporté ce bouquin. » C'était un album de photos de Cartier-Bresson sur la Chine et la révolution. Je le connaissais parfaitement. Viola l'avait acheté deux ans auparavant et il était resté sur la table du salon jusqu'au jour où il avait disparu.

Aujourd'hui, le revoyant entre les mains d'Érostrato, je n'ai pas pu m'empêcher de m'écrier : « Mais ce livre est à nous ! » « Oui, je l'ai pris et je l'ai emporté chez moi pour le regarder. Une de ces photos m'a énormément frappé et je voudrais te la montrer. » J'ai ouvert l'album et lui, de sa main gauche — la droite tenant la cigarette — s'est mis à feuilleter le livre qui était sur mes genoux jusqu'à ce qu'il ait trouvé ce qu'il cherchait. La photo en question avait été prise la veille de l'entrée des troupes communistes dans Shangaï et on y voyait une file de Chinois marchant serrés les uns contre les autres, le visage crispé, des papiers, des livrets de Caisse d'Épargne serrés sur leur poitrine, pressés d'arriver le plus vite possible aux guichets d'une banque pour retirer leur argent avant l'occupation de la ville par les troupes de Mao. J'ai levé un regard interrogatif sur Érostrato : « Ce sont des bourgeois chinois qui vont retirer leur argent avant l'arriver de Mao. » « Alors ? » « Alors ? c'est tout simplement ce que je voudrais voir à Rome. » « Tu voudrais voir quoi à Rome ? » « Une file de bourgeois se battant pour retirer leur fric des banques et au milieu d'eux, Viola, serrant sur sa poitrine, un livret de Caisse d'Épargne pendant que les soldats de la révolution commenceraient à s'installer dans la ville. » « Et c'est pour me dire ça que tu m'as apporté l'album de Cartier-Bresson ? » « Oui, pour que tu comprennes que je pense comme toi. » « Je voudrais bien que tu me dises ce que tu penses vraiment. » Il a un peu réfléchi avant de me répondre : « Cette photographie m'a révélé beaucoup de choses. Ce jour où Mao est entré dans Shangaï a été, comment dire ? la ligne de démarcation entre deux époques. Avant ce jour, qu'est-ce qui comptait ? Le capitalisme, la bourgeoisie, les banques, les gens comme Viola. Après, tout a changé ; il n'y a plus eu ni capitalisme, ni bourgeoisie, ni banques, ni gens comme Viola. Et moi je rêve de voir se lever ce jour-là. » Il ne me regardait pas moi, mais son pare-brise, avec une attention extraordinaire ; et moi, qui étais beaucoup plus jeune que lui et beaucoup plus inexpérimentée, je me suis sentie comme une mère devant son petit garçon en train d'exprimer, avec des mots enfantins et approximatifs, un concept embrouillé.

Moi : Tu te sentais supérieure à lui ?

Désidéria : Comme toujours puisque je le comprenais et que lui ne me comprenait pas.

Moi : Mais t'es-tu vraiment demandé pourquoi tu le comprenais et que lui ne te comprenait pas ?

Désidéria : Bien sûr. Moi je le comprenais et lui ne me comprenait pas parce que moi, j'avais la Voix et lui non.

Moi : Qui te disait qu'il n'avait pas lui aussi sa Voix, bien à lui, personnelle ?

Désidéria : C'était le fait qu'il ne me comprenait pas qui me le disait.

Moi : Bon : le serpent qui se mord la queue. Alors que lui as-tu dit sur le ton d'une mère indulgente et tendre qui interroge son petit garçon ?

Désidéria : « De quel côté seras-tu, toi, le jour où Viola se battra pour son argent ? Contre la révolution ou contre Viola ? » « Du côté de la révolution. » « Mais tu n'as pas peur qu'on t'accuse d'être un bourgeois, un capitaliste et qu'on te mette en prison, si Rome était occupée par une armée révolutionnaire ? » « Moi, un bourgeois, un capitaliste ? Qu'est-ce que c'est que ces conneries ? » « Enfin peut-être pas vraiment un bourgeois ni un capitaliste mais un bonhomme qui se faisait entretenir par une bourgeoise et une capitaliste. »

Moi : Je ne savais pas que vous parliez aussi franchement Érostrato et toi et, même du fait qu'il se faisait entretenir par Viola.

Désidéria : Oui, nous étions très francs sur toutes sortes de choses. Je l'avais vu si souvent, soit à la maison, soit au restaurant recevoir de l'argent qu'il ne pouvait prétendre me faire accepter l'invention du secrétaire particulier de Madame. Et puis notre franchise faisait partie maintenant de notre jeu de complicité à l'égard de Viola et contre Viola. Pour le mettre à l'aise, un jour je lui avais dit : « Toi et moi, on se ressemble, nous sommes les deux entretenus de Viola ; toi, en qualité d'amant, moi en tant que fille. »

Moi : N'a-t-il pas été un peu déconcerté en entendant tes prévisions sur son arrestation par les communistes ?

Désidéria : En tout cas, il n'a pas protesté ; je me demande même s'il n'a pas, en quelque sorte, admis mon point de vue, puisqu'il m'a répondu : « Je ne m'en irai certainement pas avec Viola. Je resterai à Rome. Peut-être qu'on me jugera, peut-être qu'on me mettra en prison ; mais je serais quand même content : la révolution serait là et les gens comme Viola seraient supprimés. »

Moi : Il en voulait vraiment beaucoup à Viola ?

Désidéria : Oui et non. Lorsque je lui ai posé la question : « Mais pourquoi tiens-tu tellement à voir Viola mêlée à tous ces gens qui se battent pour arriver les premiers aux guichets des banques ? » Il m'a répondu : « Je ne sais pas. Je suppose qu'il y a des jours où je la déteste parce qu'elle est riche, égoïste, qu'elle n'aime rien en dehors de son fric. Et alors j'oublie qu'elle a aussi des qualités et que quelquefois, il m'est arrivé de l'aimer ; je voudrais savoir qu'elle est partie, qu'elle s'est enfuie avec ses bijoux, ses fourrures, son or, et pour toujours. Quand elle serait partie, la révolution pourrait éclater, tout serait nouveau et le monde enfin respirerait. »

Moi : Pour lui, qu'est-ce qu'elle représentait, Viola ? La bourgeoisie ?

Désidéria : Oui, je crois. Si tu veux l'équivalent féminin du capitaliste des caricatures des journaux de la fin du XIXe siècle, en haut-de-forme, gilet blanc, habit noir, diamant au petit doigt. J'étais curieuse de savoir ce qu'il allait répondre à ma question : « Mais, en somme, toi, tu l'aimes Viola, ou tu la détestes ? » « Il y a des moments où je l'aime. Mais pas lorsqu'elle me fait des cadeaux ou qu'elle me donne de l'argent ; non, quand elle se met à pleurer sur mon épaule en disant qu'elle n'en peut plus et qu'elle voudrait mourir. Mais quelquefois je la hais. Tiens l'autre jour, par exemple, elle était sous moi, moi sur elle, de ses deux mains elle tenait ses fesses grandes ouvertes pour se le faire mieux mettre, oui, eh bien, je te jure que j'ai eu la tentation d'attraper le bougeoir en bronze qui était sur la table de chevet pour le lui casser sur la tête. Elle ne se serait aperçue de rien puisqu'elle avait fermé les yeux et enfoncé sa figure dans son oreiller. » Comme suffoqué par l'émotion, il a cessé quelques instants de parler. Puis il a repris : « Mais finalement, j'ai pitié d'elle parce qu'elle est malheureuse. La principale raison de sa tristesse, c'est toi. Avec moi, elle fait l'amour ; mais toi, elle t'aime et c'est parce que tu la repousses qu'elle est malheureuse. A cause de moi, elle ne pleure jamais. Mais quand elle parle de toi, ses yeux se remplissent de larmes et elle pleure. » « Elle ne t'a jamais dit pourquoi elle pleurait en parlant de moi ? » « Elle ne me l'a pas dit, mais, moi, je le sais. » « Alors, dis-le-moi. » « Elle pleure d'exaspération. Elle pleure comme quelqu'un qui désire à tout prix une chose qu'on ne lui donne pas. Si tu veux, le motif est égoïste mais les larmes sont sincères, à ces moments-là elle me fait véritablement pitié. » Il a paru se plonger un moment dans ses réflexions puis il a repris la parole mais cette fois sur son ton professionnel. « Tout à l'heure tu m'as demandé ce que je voudrais pouvoir dire de ta part à Viola. Moi je ne te demande pas de me dire oui ou non. Mais elle est si malheureuse, elle en a tellement envie qu'il suffirait que je dise que tu ne peux pas répondre tout de suite, que tu veux t'habituer à l'idée. » « Quelle idée ? Celle de prendre la place de call-girl à l'appartement de via Gaeta ? » « Tout simplement l'idée que vous n'êtes pas mère et fille, mais des amies et peut-être, pourquoi pas ? demain quelque chose de plus ? »

Moi : Dis-moi comment s'est terminé votre rendez-vous à la Villa Borghese ?

Désidéria : Comme n'importe quelle fille qui s'est un peu trop attardée à bavarder avec un de ses amis, j'ai regardé ma montre et je me suis exclamée : « Oh, comme il est tard ! Et Viola qui m'a demandé de l'accompagner à je ne sais quelle ambassade où nous sommes invitées à déjeuner ! » J'ai sauté rapidement de la voiture en criant : « *Ciao, ciao.* » Mon chien qui m'attendait sous un arbre s'est précipité sur moi en aboyant ; j'ai couru vers ma voiture et j'ai filé. A la maison, Viola, habillée de pied en cap m'attendait avec impatience, je me suis changée et nous sommes parties ensemble.

Moi : Est-ce que tu as su comment Viola avait accueilli l'idée que tu voulais « t'habituer à l'idée » ?

Désidéria : Je ne peux pas te répondre parce que je n'ai pas voulu avoir l'air d'enquêter sur ce qu'avait pu lui raconter Érostrato. Lui mentait continuellement ; et moi, je le savais. On pouvait lui avoir dit que je voulais « m'habituer à l'idée » ; comme il pouvait lui avoir dit que je m'étais déjà habituée à l'idée que j'étais prête à aller avec lui et Viola à l'appartement de via Gaeta. De toute façon, j'étais sûre qu'il avait parlé parce que, ce soir-là, au restaurant, Viola m'avait fait un signe allusif de gratitude. Et lorsque Érostrato s'était levé pour aller régler l'addition, elle m'avait caressé la main en disant : « Merci pour ce qu'Éros m'a dit de ta part. » J'aurais voulu lui demander ce qu'avait dit exactement Érostrato, mais la Voix qui généralement voulait que je traite Viola plus en amoureuse de moi qu'en mère, m'a suggéré une phrase sybilline qui masquait un hypocrite souci de plaire : « Ne me remercie pas ; tu sais bien que je t'aime. » Une phrase normale d'une fille à sa mère mais qui, dans le contexte dans lequel elle était insérée pouvait passer pour amoureuse. Attends, maintenant, je vais te raconter un rêve que j'avais fait cette nuit-là.

Moi : Un rêve qui regardait Viola ?

Désidéria : Oui, écoute. J'ai l'impression d'être dans « la charcuterie » de via Gaeta. Je suis sur un lit, allongée sur le dos, les mains réunies sous ma nuque et j'attends l'arrivée de Viola et d'Érostrato ; j'ai accepté de faire l'amour à trois, je suis prête à le faire parce que je suis convaincue que désormais c'est inévitable. Pendant que j'attends, je regarde autour de moi et je vois que le fond de la pièce est occupé par un grand divan noir ; et que sur ce divan un corps nu de couleur rose vif est étendu ; sur le fond noir ce rose est assez joli à voir bien que plutôt obscène. Je saute de mon lit, je m'approche et je reconnais Viola ; elle est nue, entourée d'une corde qui part de son cou, barre sa poitrine, serre ses poignets, tourne autour de ses jambes et de ses chevilles. Viola ne peut pas parler à cause d'un bâillon fait de ruban adhésif collé sur ses lèvres ; mais, pour elle, parlent bâillon et corde ; tout est clair : Érostrato et moi l'avons attirée, sous le prétexte de faire l'amour à trois, dans l'appartement de via Gaeta ; nous l'avons agressée et ligotée ; et maintenant moi je suis là pour la surveiller. La preuve c'est qu'une mitraillette est posée sur un siège près de moi : une mitraillette de vrai guérillero. Mais il me semble qu'il manque quelque chose à ce tableau presque parfait de geôle politique ; et c'est le sentiment de haine que je devrais ressentir vis-à-vis de Viola. Non seulement je ne la hais pas mais j'éprouve un sentiment opposé. Quel sentiment ? C'est un trouble équivoque et profond auquel viennent s'ajouter ma qualité de guérillera, le fait que je suis la fille de la femme que je surveille et enfin ma connaissance de la passion incestueuse que cette femme a pour moi. Je regarde ce corps ligoté et bâillonné ; ensuite, après avoir jeté un coup d'œil tout autour de moi pour savoir si personne ne m'espionne, je me décide. Je me penche au-dessus de Viola, je lui arrache, tout doucement, pour ne pas lui faire mal, son bâillon de ruban adhésif, je colle mes lèvres aux siennes et je lui donne un baiser passionné. Le baiser dure ; il est si voluptueux que je perds la notion du temps ; puis, brusquement, j'éprouve la sensation désagréable de la présence derrière moi de quelqu'un qui me regarde. Je me retourne et je vois ma mitraillette dans les mains d'une silhouette d'homme qui la dirige sur moi. Qui est cet homme ? Quelqu'un dont je ne vois pas la tête cachée dans l'ombre ; mais je suis certaine que c'est celui qu'on appelle « le camarade de Milan » dont Érostrato m'a annoncé la prochaine arrivée. J'ai terriblement peur, je sais qu'il est prêt à tirer pour me tuer ; l'heure de ma mort est arrivée, je le sais ; je pousse un long gémissement... et je me réveille.

Moi : Un rêve facile à expliquer.

Désidéria : Oui, très facile. Mais la Voix me fait remarquer que ce n'est qu'un rêve. Elle veut dire que dans la vie je n'agis pas mais que je me contente, avec beaucoup de précisions et pas mal d'ambiguïté, de rêver.

Moi : Qu'est-ce qu'elle voulait dire, la Voix ?

Désidéria : Qu'il était temps que j'agisse, que j'avais le devoir d'agir.

CHAPITRE IV

Moi : Raconte-moi maintenant ce qui s'est passé durant la semaine, on peut dire décisive, qui se place entre ton rendez-vous avec Érostrato à la Villa Borghese et l'arrivée du camarade de Milan.

Désidéria : Figure-toi que le lendemain de cette rencontre, Tibéri me téléphone un matin, très tôt, je dormais encore, pour me demander de venir chez lui parce qu'il a quelque chose d'important à me dire.

Moi : Tu le voyais quelquefois Tibéri ? Récemment encore ?

Désidéria : Depuis quelque temps il avait disparu de ma vie ; à la maison on ne le voyait pour ainsi dire plus. Quand Viola avait besoin de le consulter pour ses affaires, elle allait soit chez lui soit à son magasin d'antiquaire. Quelquefois, mais de plus en plus rarement, il m'attendait dans sa voiture et me suivait pas à pas le long du trottoir pour me débiter de sa voix calme d'homme du monde, les pires obscénités. Mais je voyais bien qu'il se livrait à ce jeu beaucoup plus pour sa satisfaction personnelle que dans l'espoir que je finirais par l'entendre.

Moi : Pourtant ce jour-là tu as accepté son invitation ?

Désidéria : Oui, parce qu'au téléphone, il m'avait rassurée en disant qu'il s'agissait de questions intéressant surtout Viola. Je lui ai alors répondu que je serai chez lui cet après-midi même.

Moi : Il t'attendait chez lui ou à son magasin ?

Désidéria : Au magasin.

Moi : Dans quel quartier ?

Désidéria : Il avait installé son affaire dans un vieux palais tout près de la Piazza di Spagna.

Moi : Il était connu, comme antiquaire ?

Désidéria : Oui, un des plus connus de Rome.

Moi : Alors pourquoi s'occupait-il de gérer la fortune de Viola ?

Désidéria : Le mari de Viola avait été son associé ; lui, était devenu l'amant de Viola ; après la mort du mari, il s'occupait de l'héritage de la veuve, sa maîtresse, qui avait investi pas mal d'argent dans l'affaire des meubles anciens.

Moi : Donc tu arrives Piazza di Spagna et tu te rends directement chez Tibéri. Que se passe-t-il ensuite ?

Désidéria : Je grimpe deux étages en empruntant un grand escalier de marbre blanc aux décors dorés. J'arrive devant une ravissante porte de style empire, blanc et or. Je sonne et un vieil employé vient m'ouvrir ; il me connaît et me laisse tout de suite entrer.

Moi : Cet employé te connaissait ? Tu venais donc souvent ?

Désidéria : Autrefois, oui, assez souvent. Viola me chargeait d'apporter certains papiers à Tibéri, je faisais un peu office de garçon de course. Il arrivait que je m'arrête pour bavarder.

Moi : Quel âge avais-tu quand tu faisais, comme tu dis, le garçon de course ?

Désidéria : Treize ou quatorze ans.

Moi : Et lui n'avait jamais rien fait pour te faire comprendre que tu lui plaisais ?

Désidéria : Non. Peut-être parce qu'à l'époque je m'habillais encore en hippy comme une quelconque petite bourgeoise ; mes blue-jeans et mes pulls ne lui avaient pas fait penser que j'étais une dangereuse révolutionnaire qu'il fallait mâter en la sodomisant.

Moi : Bon, alors l'employé t'a ouvert la porte ; qu'est-ce que tu vois ?

Désidéria : Une longue galerie, un sol brillant comme un miroir. D'un côté de grandes fenêtres voilées de rideaux blancs, de l'autre des files de meubles exposés pour la vente. Au début de la galerie, j'aperçois Tibéri accompagnant un couple âgé, des clients certainement : un monsieur obèse, rubicond, cheveux blancs, boudiné dans un pardessus bleu foncé et une dame rubiconde, cheveux blancs, ronde comme une barrique montée sur de toutes petites jambes maigres. Tibéri lui, ressemble comme toujours à un acteur de cinéma des années 30 : veston gris croisé, chemise blanche, cravate sombre, chaussures noires. Les vieux époux avancent lentement en s'arrêtant devant un meuble ou un autre qui, peut-être, leur plaît ; alors Tibéri s'arrête et donne des explications. Je regarde un moment la scène puis je décide de parcourir toute la galerie depuis la porte par laquelle je suis entrée jusqu'à celle à l'autre bout qui donne sur une pièce qui sert de bureau à Tibéri. Au moment où je le croise je lui fais un petit clin d'œil auquel il répond par un signe de tête qui m'indique que je dois entrer dans son bureau et l'attendre.

Moi : Tu peux me décrire le bureau de Tibéri ?

Désidéria : Il était très petit ; l'extrémité de la galerie isolée par une cloison. Il y avait une table de style empire qui devait faire partie des objets à vendre, un grand divan et deux fauteuils de cuir clair ; je me suis assise sur ce divan et, machinalement, j'ai jeté un regard autour de moi, sans m'arrêter sur rien de particulier. Sur la grande table j'ai tout de suite remarqué que n'y traînait aucun papier, sauf une mince chemise verte cartonnée. Dans un coin il y avait un vieux coffre-fort qui ressemblait à un réfrigérateur et de l'autre un classeur de bureau en acier où j'ai pensé que Tibéri devant ranger ses papiers d'affaires. Mais mes yeux revenant sans cesse vers la chemise de carton vert, j'ai fini par me lever pour aller l'ouvrir et m'asseoir à la table de Tibéri. Elle ne contenait que quelques pages dactylographiées. Sur la première j'ai vu : « Objet : rapport sur Occhipinti Érostrato. » Alors je me suis mise à lire.

Moi : Qu'est-ce que tu as lu ?

Désidéria : Je ne vais pas te le dire tout de suite. Pour comprendre ce qui s'est passé ce jour-là entre Tibéri et moi je crois qu'il vaut mieux que tu saches les choses telles que Tibéri me les présentera lui-même et au fur et à mesure où elles entreront dans mon récit. Mais je peux, cependant, te dire deux choses : la première, c'est qu'il s'agissait d'un rapport des carabiniers sur Érostrato, avec toute sa vie racontée du point de vue, disons, judiciaire, de son adolescence à ce jour. La seconde, c'est que ce rapport, bien qu'il parlât de beaucoup de choses que j'ignorais, me donna l'impression que je savais tout depuis longtemps.

Moi : Que veux-tu dire ?

Désidéria : Je veux dire que j'avais eu depuis toujours l'intuition de ce qui était le caractère d'Érostrato.

Moi : C'est-à-dire ?

Désidéria : De la même façon que moi j'étais

partagée entre moi-même et la Voix ; de la même façon que Viola oscillait entre le rôle de mère et le rôle d'amoureuse, Érostrato était écartelé entre les exigences du mensonge et celles de la vérité, entre la réalité de sa corruption et ses aspirations révolutionnaires. Écartelé est peut-être un terme impropre. Il serait plus juste de dire : équilibré.

Moi : J'ai compris. Alors que se passe-t-il à présent ?

Désidéria : Scrupuleusement, j'ai lu le rapport des carabiniers de la première à la dernière ligne. Ensuite j'ai replacé la chemise verte sur le bureau de Tibéri et suis revenue m'asseoir sur le divan. Après cinq minutes Tibéri est arrivé.

Moi : Dans quel état d'esprit t'avait laissée cette lecture ?

Désidéria : Dans l'état d'esprit du spectateur qui connaît la pièce qu'il regarde et qui sait d'avance ce que le comédien dira ou fera.

Moi : Rien d'autre ?

Désidéria : Oui, j'étais en train de m'apercevoir que mes sentiments envers Érostrato étaient modifiés par cette lecture.

Moi : C'est-à-dire ?

Désidéria : C'est-à-dire que je reconnaissais que son mécanisme équilibrant paraissait être plus fort que moi, je veux dire plus fort que le sentiment de solidarité fraternelle éprouvé par moi pour lui lors de notre première rencontre. J'étais découragée et je pensais que seul un miracle pouvait le sauver.

Moi : Le sauver de quoi ?

Désidéria : De lui-même, du mécanisme.

Moi : Parle-moi de Tibéri.

Désidéria : Il entre et tout de suite il prend une attitude protocolaire ; il a l'air d'un monsieur qui reçoit quelqu'un dans son bureau pour parler de questions de bureau. « Bonjour, Désidéria, excuse-moi de t'avoir fait attendre mais il y avait ces gens ennuyeux et lents, mais sérieux ; ils ont tout de même fini par se décider. Comment vas-tu ? Je suis content de te voir. » Il s'asseoit derrière son bureau, met ses lunettes, considère un moment, mais sans la toucher, la chemise de carton vert, puis lève les yeux sur moi et me dit, comme à titre d'information : « Ceci est un rapport des carabiniers sur cet Occhipinti Érostrato avec lequel, ta mère et toi avaient dernièrement noué des relations, semble-t-il, plutôt complexes. Si entre Occhipinti, ta mère et toi il n'y avait que des relations, mettons, sentimentales, il ne me serait jamais venu à l'esprit de m'occuper de votre ami. Mais de certaines phrases échappées à ta mère j'ai compris qu'il n'en est pas ainsi. Il y a aussi entre vous des rapports d'ordre économique et c'est en qualité de gérant de la fortune de ta mère que j'ai senti que je devais intervenir. Je suis allé voir un général des carabiniers, un de mes bons amis, pour lui demander de faire pour moi une petite enquête sur Occhipinti. Le résultat de l'enquête ce sont les pages que j'ai sous les yeux. Je ne te les lirai pas, ce serait trop long. Je t'en résumerai les passages principaux. » De nouveau il a baissé son regard sur le dossier en question ; il avait l'air de réfléchir ; puis il a levé la tête pour me regarder et dire : « Je t'avertis que je suis décidé à informer ta mère du contenu de ce rapport et ceci parce que, au fond, c'est elle qui est, en premier lieu, concernée. Toi aussi, bien entendu, mais, je l'espère, indirectement. »

Moi : Que voulait-il dire ?

Désidéria : En d'autres mots, qu'il souhaitait que je ne me fasse pas baiser, moi aussi, par Érostrato.

Moi : Parlons des points principaux du rapport.

Désidéria : Ils étaient nombreux, on aurait même pu dire que le rapport ne formait qu'un tout important. Tibéri, par moments lisant seulement des yeux, par moments à haute voix, résumait pour moi ce qu'il pensait : « C'est par ta mère que m'étaient parvenues les informations qu'Occhipinti fournissait sur lui-même. Donc Occhipinti, selon Occhipinti, serait le fils d'un propriétaire foncier et d'une mère, fille elle-même d'un avocat ; de leur mariage seraient nés deux garçons et deux filles. Notre, disons, héros aurait été élevé à Palerme dans un collège religieux fréquenté par les fils de la haute-bourgeoisie ; il se serait ensuite inscrit à la faculté des Sciences économiques à l'Université de Palerme dont il serait sorti avec un diplôme décerné à l'unanimité. Après ses examens, il aurait administré, sous le contrôle de son père, une propriété (deux mille hectares) et ensuite, toujours avec le consentement de son père qui aurait accepté de l'entretenir jusqu'à ce qu'il puisse le faire lui-même, il serait venu s'installer à Rome où il travaille dans le cinéma en tant que scénariste. Comme je te l'ai dit c'est l'histoire d'Occhipinti par Occhipinti. Les carabiniers font du personnage un portrait très différent. D'après eux, Occhipinti est le fils unique d'un garçon de bureau et d'une infirmière et vit dans une bourgade de Sicile occidentale chez ses parents. Le baron et son épouse, fille d'avocat, existent réellement ; ils ont quatre enfants ; c'est la meilleure famille du pays. Occhipinti ne fait pas ses études dans le collège de prêtres réservé aux jeunes gens de la bourgeoisie mais va à l'école élémentaire municipale ; il passe sa *maturità* puis abandonne les études. Il est alors engagé en qualité de teneur de livres, ou quelque chose du même genre, par le baron. Ici, nous rencontrons le premier épisode financier-sentimentalo-politique d'une série de faits qui jalonnent avec régularité la vie d'Occhipinti. Le baron, vieux et en mauvaise santé, habite le plus souvent Palerme : la baronne, beaucoup plus jeune que son époux, se passionne pour l'occultisme : elle fréquente des extra-lucides, des astrologues, des sorciers, elle organise des séances de spiritisme, elle fait parler les morts. Occhipinti, on ne sait pourquoi, possède quelques connaissances en la matière ; il aide la baronne dans ses travaux métapsychiques et, naturellement, il devient son amant. La baronne vit à la campagne avec une seule de ses filles — l'autre et les deux garçons sont à Palerme auprès de leur père — Occhipinti devient aussi l'amant de la jeune fille, mais on ne dit pas si c'est à l'insu ou non, de sa mère. Tout se passe sans incidents notables, entre séances de spiritisme, amours et activités d'ordre économique, car la baronne a élevé Occhipinti du rang de scribouillard à celui de secrétaire particulier, jusqu'au jour où le baron, averti par une bonne âme, tombe inopinément chez lui, chasse Occhipinti et le dénonce pour appropriation illicite. Cependant, et assez mystérieusement (mais c'est un mystère que je t'expliquerai bientôt), l'action judiciaire n'a pas de suite, le baron retire sa plainte, Occhipinti sain et sauf, quitte sa petite ville natale et gagne ce que les Siciliens appellent « le Continent ». Un an après nous retrouvons Occhipinti à Pérouse où il noue des liens sentimentaux avec une veuve d'un certain âge, mère d'une fille unique. La veuve est pieuse et Occhipinti fait sa connaissance par l'intermédiaire de l'église, c'est-à-dire d'un prêtre qui fait de lui son sous-ordre pour surveiller une vingtaine de moutards confiés à la paroisse. Occhipinti est aidé dans ce nouveau rôle par la fille de la veuve, une petite maîtresse d'école qui enseigne aux enfants les rudiments de la religion. Occhipinti devient, très rapidement, l'amant de la petite maîtresse d'école et profite de l'occasion pour mettre son nez dans les affaires de la veuve, gérante d'un magasin d'articles de ménage à Pérouse. Tout semble aller bien jusqu'au moment où brusquement tout tourne mal : la fille tente de se suicider avec des barbituriques ; la veuve chasse Occhipinti et le dénonce à cause d'une commande de casseroles en aluminium jamais arrivée au magasin bien que payée par elle en temps voulu. Une fois encore, Occhipinti s'en sort ; la dénonciation est classée. Occhipinti quitte Pérouse pour Rome. Six mois ont passé et nous retrouvons Occhipinti dans sa situation habituelle et proprement typique. Décor : la Rome des promoteurs, des spéculateurs sur les terrains à bâtir ; une mère et sa fille : Aurora Zendrini, ex-star des années 30, épouse d'un promoteur, et sa fille Emmanuela ; idéologie : fasciste. Grâce à leur communauté d'idées politiques, Occhipinti devint d'abord l'ami des deux fils d'Aurora ; les deux frères le présentent à leur mère et à leur sœur ; cette fois l'ordre habituel est inverti ; Occhipinti devient d'abord l'amant de la sœur, ensuite celui de la mère à laquelle il promet un rôle dans un film dont il a écrit le sujet. C'est à cette époque qu'il se met à fréquenter un groupe d'extrême-droite, qu'il prononce des discours et prend part à des manifestations. Puis, comme d'habitude, c'est l'écroulement. Les fils découvrent que le film dans lequel Aurora devait faire sa rentrée après dix ans d'abscence de la scène n'existe pas ; qu'Occhipinti couche avec leur sœur et avec leur mère ; qu'une voiture de luxe, une Jaguar, est passée sans raison valable des mains de leur mère dans celles d'Occhipinti. Et l'histoire recommence : renvoi d'Occhipinti, dénonciation, classement du dossier. » Tibéri pose alors ses papiers sur son bureau, me regarde et dit : « Alors ? Qu'est-ce que tu dis de ce que je t'apprends de beau sur votre ami ? »

Moi : Eh oui ! Qu'est-ce que tu lui as répondu ?

Désidéria : La Voix me conseillait de « couvrir » Érostrato, de répondre qu'il s'agissait d'inventions de la police parce qu'Érostrato était de gauche. Naturellement la Voix savait fort bien que le rapport des carabiniers disait vrai mais ceci lui est égal : le camarade de Milan était sur le point d'arriver à Rome ; Érostrato avait accepté l'idée de la séquestration de Viola ; je devais rester, à n'importe quel prix, du côté d'Érostrato. J'ai obéi à la Voix mais non sans ambiguïté. Je dis : « Je savais tout ça depuis longtemps. » « Comment ? » « Érostrato m'avait tout raconté le jour de notre première rencontre. » « Ah ! bon, c'est lui qui t'a parlé, mais je suis sûr qu'il ne t'a pas tout dit. » « Tout ? » « Que le mystère de la mise aux archives des dénonciations cache une vérité très simple. » « Quelle vérité ? » « Que déjà à l'époque où il vit en Sicile, Occhipinti est un indicateur de la police, un dénonciateur régulièrement appointé. » Là j'ai eu un peu le souffle coupé puis, courageusement, j'ai dit : « Ça aussi je le savais, ça aussi il me l'a dit. Mais il ne fait plus ce métier depuis au moins un an. » « Oui, mais sais-tu pourquoi ? Parce que la police l'a licencié à cause de son peu de rendement. Lui n'aurait pas demandé mieux que de continuer à faire le mouchard. » « C'était tout ce que tu voulais me dire ? » « Oui, rien d'autre, mais il me semble que ça suffit, non ? » Je n'avais pas envie de répondre et je me suis levée.

Moi : Dans le rapport que tu avais lu y avait-il tout ce que Tibéri venait de te raconter ?

Désidéria : Oui tout, il n'avait rien ajouté, rien retiré.

Moi : Même le fait qu'Érostrato, déjà lorsqu'il habitait en Sicile, était un indicateur de la police.

Désidéria : Oui.

Moi : Mais toi que pensais-tu en entendant parler Tibéri de toutes ces choses ?

Désidéria : Je pensais que je les connaissais depuis longtemps, depuis très longtemps, bien avant d'avoir lu le rapport des carabiniers. Mais je me suis arrêtée sur deux points précis de l'enquête.

Moi : Quels points précis ?

Désidéria : Le premier était qu'on y retrouvait toujours deux femmes, une mère et sa fille ; qu'on y retrouvait toujours aussi une justification idéologique (occultisme, catholicisme, fascisme et, dernièrement, dans mon cas, ultra-gauche); enfin, qu'il n'y manquait jamais quelque magouille financière (l'appropriation illicite en Sicile, l'affaire des casseroles à Pérouse, la Jaguar des Zendrini, les appointements de secrétaire avec Viola). La seconde chose qui me frappait c'était qu'il avait cessé d'être indicateur depuis un an. Quelques mois à peine avant notre rencontre.

Moi : A ton avis qu'est-ce que cela signifiait ?

Désidéria : Peut-être qu'il avait été vraiment licencié à cause de son mauvais rendement. Mais, peut-être aussi, qu'il avait commencé à prendre conscience de la réalité de sa situation. Et cette supposition me faisait espérer en lui.

Moi : Que pensait la Voix de ces hypothèses ?

Désidéria : La Voix s'en foutait. La psychologie des profondeurs n'était pas son rayon.

Moi : Alors comment vous êtes-vous quittés, Tibéri et toi ?

Désidéria : Très vite. Il me paraissait très déconcerté ; on voyait qu'il ne savait que dire ni que faire. Mais il me regardait toujours avec la même envie de moi, son visage pâle de samouraï plus rouge que jamais. Je lui ai dit sèchement : « *Ciao* » en lui tendant ma main dont il s'est saisie pour la porter à ses lèvres d'un geste démodé et galant. « Un de ces matins je viendrai t'attendre devant chez toi. » « Pour me dire quoi ? Que je suis une putain et que je dois t'offrir mon cul ? » Il ne me paraissait pas étonné en m'entendant dire des mots obscènes que la Voix venait de me souffler. Il a dit, curieusement réticent : « Non, autre chose, mais avant de t'en parler, je veux encore réfléchir. » « Réfléchis autant que tu voudras. » J'ai ouvert la petite porte du fond pour me retrouver, toute surprise, dans le grand escalier.

CHAPITRE V

Moi : Que se passe-t-il maintenant ? Et d'abord, as-tu parlé à Érostrato du rapport des carabiniers ?

Désidéria : Oui, le jour même. Il était invité à déjeuner chez nous, Viola n'était pas encore rentrée et il l'attendait au salon en lisant le journal. Je lui ai tout dit.

Moi : Alors ?

Désidéria : Il m'a écouté sans broncher, de son même air impassible ; ensuite il m'a fourni une explication de petit délinquant de bas étage.

Moi : C'est-à-dire ?

Désidéria : En parlant sur un ton hésitant, évasif, hypocrite et en choisissant soigneusement tous ses mots, il a dit que, pour des raisons diverses sur lesquelles il était inutile de s'appesantir, Tibéri lui en voulait ; que dans la police il avait beaucoup d'ennemis ; que, tout compte fait, il était la victime d'une machination ; et la suite du même acabit. Il a, tout de même, fini par admettre qu'il y avait « quelque chose » de vrai dans le rapport des carabiniers, mais qu'il s'agissait d'affaires sans importance « d'erreurs de jeunesse ». J'ai alors cherché à le serrer de plus près en lui posant des questions précises sur son passé. Il m'écoutait avec attention, sans qu'un seul muscle de son visage ne bouge, sans que son regard fixe et terne ne dévie un instant. Peut-être que sous le coup d'une émotion passagère ses narines ont frémi quand de sa voix profonde et vibrante il a prononcé cette phrase : « Je n'ai pas l'intention de te répondre aujourd'hui. J'ai déjà dit ce que j'avais à dire. Tu n'obtiendras pas un mot de plus de moi. »

Moi : Et sa révolte contre la bourgeoisie ? Et son aspiration à une palingénésie totale balayant tout, lui compris ? Et la photographie de l'album de Cartier-Bresson ?

Désidéria : Rien. Oubliées, effacées. C'est ce moment-là que la Voix a choisi pour me dire de ne pas insister pour vérifier la véracité du rapport. Il s'agissait maintenant d'attendre une dizaine de jours l'arrivée du Milanais ; on verrait alors si Érostrato pouvait nous être encore utile. Comme d'habitude, j'ai obéi. C'est pourquoi, dans l'attente du camarade de Milan, nous avons repris notre vie normale.

Moi : Comment était votre vie normale ?

Désidéria : Comment elle était ? Elle n'était pas.

Moi : Que veux-tu dire ?

Désidéria : Qu'elle n'était ni normale, ni anormale. Ce n'était pas une vie.

Moi : Je ne comprends pas bien.

Désidéria : Je veux dire que ce n'était pas une vie parce qu'elle me paraissait provisoire de A à Z dans cette attente du camarade, de l'action, ou si tu préfères, de la séquestration de Viola.

Moi : Mais vous faisiez tout de même bien quelque chose ?

Désidéria : Rien de particulier. Érostrato déjeunait chez nous tous les jours. Il descendait de son *superattico* où il travaillait toute la matinée à son soi-disant scénario pour le cinéma, il s'installait sur le divan et lisait les journaux. Moi, un peu plus tard j'arrivais du lycée ; je disais à peine bonjour à Érostrato et je me plongeais dans la lecture d'un journal quelconque dont je venais de m'emparer. Viola était la dernière à faire son entrée. Elle sortait tous les matins pour faire des courses ou pour ses affaires. En passant la tête à la porte du salon, elle nous saluait d'un cordial : « Bonjour, les enfants », elle allait ensuite dans sa chambre se débarrasser de son manteau puis faisait un tour à la cuisine pour voir si tout marchait bien, puis revenait au salon pour se verser un whisky qu'elle prenait en guise d'apéritif et se mettait à bavarder avec nous, de tout et de rien, comme on dit. C'était l'instant de la journée où elle devenait vraiment mère, vraiment *signora* des Parioli, maîtresse de maison, citoyenne des États-Unis. Elle soutenait ce rôle assez longtemps mais au fur et à mesure que l'heure tournait elle le jouait plus mollement et avec de moins en moins de conviction. Le soir, il lui semblait tout naturel d'en sortir pour entrer dans celui de la lesbienne incestueuse.

Moi : Et pendant le repas que se passait-il ?

Désidéria : Rien de spécial. Nous parlions peu mais pas parce qu'il y avait une quelconque gêne entre nous ; généralement, du reste, les personnes d'une même famille peuvent très bien rester ensemble sans avoir besoin de se parler. Quelqu'un qui nous aurait observé à travers les carreaux d'une fenêtre aurait certainement pensé qu'il voyait une mère, un fils, une fille ; ou bien une mère, sa fille et son gendre. Un groupe familial des plus normaux.

Moi : Comment se terminait votre repas ?

Désidéria : Comme tous les repas du monde. Nous quittions la table pour aller prendre le café, toujours dans le même coin du salon. Après le café, je me levais, sans rien dire, et j'allais m'enfermer dans ma chambre pour travailler (je devais passer à la fin de l'année mon examen de *maturità*), ou pour lire. Je sortais parfois rejoindre une amie et préparer avec elle un cours quelconque. Je ne revoyais Viola et Érostrato que dans la soirée.

Moi : Eux, que faisaient-ils, l'après-midi ?

Désidéria : Je ne sais pas. Je ne me l'étais jamais demandé. Rien de particulier, je suppose. Sauf les jours où ils allaient à l'appartement faire l'amour avec une call-girl.

Moi : C'était l'après-midi qu'ils faisaient l'amour à trois ?

Désidéria : Oui, jamais la nuit, qui m'était consacrée. Du reste, les call-girls, comme tous les gens qui exercent régulièrement un vrai métier, travaillent généralement du matin au soir, en réservant la nuit à leur vie privée.

Moi : Crois-tu que durant ces « dix jours de vie ni normale ni anormale », Érostrato et Viola soient allés faire l'amour via Gaeta ?

Désidéria : Certainement au moins une fois.

Moi : Comment as-tu fait pour le savoir ?

Désidéria : Au cours d'un repas je l'ai compris à cause d'une marque ronde et rouge sur le cou de Viola qui ne pouvait provenir que d'un baiser accompagné d'une succion prolongée ; de ses traits dévastés, de son visage qui gardait encore une sorte d'ardeur ; mais aussi des cernes noirs, dus aux excès érotiques, qui entouraient ses yeux et démentaient leur expression distante et autoritaire.

Moi : Tu viens de me dire que vers la fin de la journée Viola jouait de plus en plus mal son rôle de mère de famille et que la nuit venue elle l'abandonnait pour entrer volontairement dans celui de la nymphomane déchaînée. Peux-tu me donner un exemple de ce, comme tu dis, déchaînement érotique ?

Désidéria : Oui. Justement à l'époque dont nous parlons il se passa une chose qui devrait t'intéresser. Mais pour comprendre ce qui arriva la nuit il faut savoir ce qui eut lieu à l'heure du déjeuner.

Moi : Je suppose que durant ce déjeuner Viola avait joué son rôle d'Américaine puritaine dont elle ne se défaisait qu'à la fin de la journée ?

Désidéria : Naturellement. Mais as-tu jamais pensé à ce que peut être le moralisme puritain appliqué aux complications de l'érotisme ? Enfin ! Voilà l'histoire. Je rentre du lycée, je trouve Érostrato au salon, plongé dans son journal ; je lui dis bonjour, je prends à mon tour un journal et je me mets à lire ; Viola arrive. Elle répond sèchement à mon bonjour mais elle ne s'assied pas ; restée sur le pas de la porte elle fait signe à Érostrato de sortir pour lui parler. Érostrato se lève pour rejoindre Viola dans l'antichambre ; il laisse la porte du salon ouverte. Je tends l'oreille, je les entends parler un peu vite ; la petite parlotte se transforme en discussion, plutôt vive ; le ton de la voix de Viola monte, bien qu'elle ne parle pas fort ; celle d'Érostrato est basse mais réticente. Finalement ils reviennent, Viola les traits tendus par la colère, Érostrato, comme toujours, impassible. Nous nous mettons à table, Viola refuse le premier plat, immobile, muette, raide, parfaite image de la sévérité puritaine. Le *cameriere* sort et Viola dit tout de suite : « Maintenant rends-moi cet argent puisqu'il ne sert plus à rien. » Érostrato, sans répondre tire de la poche intérieure de son veston quelques billets de banque pliés en quatre. Viola ne prend pas les billets, fixe Érostrato avec des yeux que la colère rend noirs (ils étaient réellement brun-vert) et dit lentement d'un ton méprisant : « Garde-les. Après tout tu t'es donné du mal, garde-les comme pourboire. » Érostrato ne dit rien et remet les billets dans sa poche.

Viola reprend : « Ta spécialité, selon le rapport des carabiniers, serait une mère et sa fille. Une mère et sa fille en Sicile, avec escroqueries et séances de spiritisme. Une mère et sa fille à Pérouse, avec escroqueries et sacristie. Une mère et sa fille à Rome, avec escroqueries et fascisme. Mais aujourd'hui les choses ne vont plus aussi bien pour toi. La mère, tu l'as trouvée, mais la fille, non. Ou plutôt la fille est là, c'est Désidéria, mais Désidéria c'est quelqu'un, c'est une femme qui sait ce qu'elle veut et ce qu'elle ne veut pas et parmi les choses qu'elle ne veut pas faire c'est faire la troisième femme avec moi et avec toi. Je sais bien que de temps en temps Désidéria te demande quelques services parce que tu connais ton métier et que la nature t'a gâté ; mais ceci ne veut pas dire que tu sois arrivé à lui faire accepter l'amour à trois. Je viens de te le dire, Désidéria c'est quelqu'un, rien à faire, ou plutôt, il ne te reste qu'à me trouver *una bella ragazza* qui fasse avec nous ce que Désidéria ne veut pas faire et, vraisemblablement, ne voudra jamais faire. Mais toi tu n'es qu'un gigolo de deux sous — même si les sous tu sais les bouffer et en quelle quantité ! — qui ne sait pas donner un coup de fil, qui n'est pas capable de proposer une bonne prime, de passer sous la table quelques billets. Je t'avais dit que je voulais quelque chose de spécial, je t'avais donné l'argent et toi, cette chose, tu avais le devoir de me la trouver à n'importe quel prix. Et voilà que tu te présentes devant moi, tout honteux pour me dire que Brigitte n'a pas voulu, qu'elle t'a jeté l'argent à la figure, et autres absurdités et mensonges du même genre. Je ne te crois pas. Brigitte est une fille qui se vend, qui est en vente, du matin au soir comme une viande avec son prix en évidence, à l'étal d'un boucher. Si elle a refusé c'est que tu n'as pas su t'y prendre. Et tu ne vas pas me raconter qu'elle n'a pas voulu parce que je lui ai donné une gifle ; tu sais très bien que cette gifle était incluse dans le prix et qu'elle était payée d'avance. Non, tu n'as pas voulu t'arranger avec Brigitte parce qu'elle te méprise et te l'a fait comprendre — peut-être même qu'elle te l'a dit —, que ta précieuse sensibilité en souffre et que tu préfères ne plus avoir affaire avec elle. Mais moi, je m'en fous de ta sensibilité, moi je voulais voir Brigitte ce soir même, à tout prix, je t'avais donné l'argent qu'il fallait et toi tu n'as pas voulu arranger la rencontre parce que tu hais Brigitte. Et que m'importent à moi, vos histoires ? Moi je t'achète et j'achète Brigitte ; c'est mon droit puisque tous les deux vous êtes à vendre et maintenant que j'ai payé vous devez faire ce que je veux moi, toi, le maquereau et elle, la putain ! »

Moi : Une scène de premier ordre, on ne peut pas dire le contraire. Qu'est-ce qu'a répondu Érostrato ?

Désidéria : Il n'a rien répondu. Il a attendu la fin du discours de Viola, puis il s'est levé et il est sorti.

Moi : Qu'est-ce qu'il y avait de vrai dans tout ce que Viola a raconté ? Qu'était-il arrivé réellement ?

Désidéria : Tu le sais bien : il est évident qu'Érostrato procurait à Viola la troisième femme des rencontres de la via Gaeta. La dernière en date était Brigitte, la call-girl qui me ressemblait. C'était justement parce qu'elle me ressemblait que Viola s'était entichée d'elle. Durant leur dernière séance Viola avait, sous un prétexte quelconque, giflé Brigitte ; mais Brigitte, bien que Viola lui eut remis par l'entremise d'Érostrato, une grosse somme d'argent (je crois cinq billets de cent mille pliés en quatre) n'avait rien voulu entendre.

Moi : Parlons de la journée en question. Que s'est-il passé ?

Désidéria : Rien de particulier. Moi, je suis allée travailler chez une amie. Quand je suis rentrée j'ai trouvé Viola et Érostrato assis au salon. Viola qui était déjà habillée pour sortir m'a dit de me dépêcher, qu'il était tard, qu'il fallait partir tout de suite pour le restaurant si nous voulions ne pas manquer le film. A sa voix hésitante et pâteuse j'ai compris qu'elle avait trop bu. La bouteille de whisky était sur la table devant elle ; elle tenait son verre dans sa main et après m'avoir dit de me dépêcher elle l'a levé en clignant de l'œil du côté d'Érostrato comme si elle buvait à sa santé. Logiquement je me suis dit qu'ils s'étaient réconciliés et, sans faire de commentaire, j'ai couru jusqu'à ma chambre pour me changer.

Moi : Bon. Alors vous partez tous les trois ensemble. Que se passe-t-il au restaurant ?

Désidéria : Tu ferais mieux de me dire ce qui s'est passé en voiture, parce que, ce soir-là nous ne sommes pas arrivés jusqu'au restaurant. Donc, nous sortons de la maison et nous montons dans l'auto d'Érostrato. Lui s'installe au volant, moi je m'assieds à côté de lui et Viola s'installe derrière nous. A peine la voiture était-elle en marche que Viola s'est penchée en avant pour mettre son bras autour du cou d'Érostrato et l'embrasser dans le creux de l'oreille, Érostrato a murmuré entre ses dents : « Reste tranquille tu m'empêches de conduire. On va se casser la gueule contre un arbre. » Alors elle, complètement soûle, s'est mise à crier : « Je m'en fous, je t'ai offert cette voiture, elle coûte dix millions, j'ai bien le droit de t'embrasser. »

Moi : Il n'avait plus la vieille Jaguar que lui avait donnée Aurora Zendrini ?

Désidéria : Non, ce soir-là nous roulions dans une Mercédès en rodage qu'il avait inaugurée deux jours avant. Il a répondu : « Mais oui, tu as le droit de m'embrasser, mais pas en voiture. Un accident est vite arrivé. » Pendant un moment elle n'a rien dit, elle boudait, recroquevillée sur elle-même ; puis elle a recommencé : « Arrête-toi ! je veux m'asseoir devant, vous m'avez reléguée à l'arrière, je veux être devant moi aussi. » On s'est arrêté ; Viola est descendue, elle a ouvert la portière pour se jeter sur moi sans me laisser le temps de sortir pour lui faire place ; intentionnellement, elle a frotté longuement son corps contre le mien avant de se glisser entre Érostrato et moi. On est reparti et alors a commencé entre elle et Érostrato une scène d'agression sexuelle de sa part à elle et de résistance exaspérée, de sa part à lui. Ivre, mais pourtant précise dans ses gestes, précision qui témoignait d'une certaine habitude, elle a commencé, d'une seule main et sans le regarder, à lui caresser le bas ventre, mais toute droite à sa place, les yeux fixés sur le pare-brise, pendant qu'Érostrato, tenant son volant d'une seule main, s'occupait de l'autre de se débarrasser des entreprises de Viola. Le jeu a duré quelque temps, jusqu'au moment où elle a dû juger avoir réussi à provoquer, disons techniquement, l'érection du membre d'Érostrato. On est alors passé au deuxième acte : Viola avait décidé d'ouvrir la fermeture Éclair, Érostrato s'y opposait. Soit qu'elle ait été assez habile (ses deux mains étaient, à présent, au travail) soit que l'excitation d'Érostrato fût à son comble, elle a réussi à tirer suffisamment la languette de la fermeture. Je l'observais du coin de l'œil et je l'ai vue, avec des gestes furtifs, gourmands, pleins de délicatesse et de respect, introduire sa main dans l'ouverture du pantalon, fouiller un peu et, en regardant en l'air, comme si elle cherchait à reconstruire, en imagination ou grâce à sa mémoire, la position exacte des génitales, extraire précautionneusement tout le paquet de chair vive et gonflée. Puis une scène extraordinaire d'admiration et de dévotion quasi religieuse, qui n'avait presque plus rien d'érotique, a suivi. Le membre d'Érostrato se dressait tout droit sous le volant ; Viola le caressait vite et légèrement, l'effleurait du bout des doigts, comme fascinée, en même temps qu'elle disait : « Est-ce qu'il n'est pas beau ? Est-ce que ce n'est pas la plus belle chose qu'on puisse voir ? Est-ce que ce n'est pas l'incarnation vivante de la beauté du monde ? » Ses yeux brillaient, sa main tournait autour du membre comme si elle avait voulu lui donner une forme, avec des gestes de potier qui donne une forme à un vase. A la fin, elle l'a serré entre deux doigts réunis en anneau pour le plaisir de le voir se gonfler et tout de suite après elle a porté sa main à ses narines pour en respirer avidement l'odeur. Cette odeur du sexe, pour elle délicieuse et enivrante, a eu raison de ce qui lui restait de respect d'elle-même : la voilà se jeter de côté avec la décision folle de quelqu'un qui se jette d'un tremplin trop haut et se mettre à lever et à baisser la tête au-dessus du ventre d'Érostrato. J'ai cru un moment que, oubliant comme d'habitude ma présence, elle voulait continuer jusqu'à l'orgasme. Je m'étais trompée : il s'agissait d'une espèce de préparation en vue de quelque chose de plus compliqué et d'inédit. Son mouvement de tête ne se répète que deux ou trois fois ; elle se relève brusquement, se tourne vers moi ; j'ai à peine le temps d'entrevoir le visage de Viola éclairé par les lampadaires de la rue avant qu'elle ne m'agrippe par les cheveux, pour me tirer vers elle ou plutôt vers Érostrato. Elle hurle : « C'est à ton tour, maintenant. Tu boiras ma salive et je boirai la tienne, toutes les deux nous boirons sa semence et il y aura alors entre nous un lien plus solide que n'importe quel autre, pour toujours, et nous serons unis tous les trois pour la vie et tous les trois nous adorerons ensemble la beauté du monde. » Elle dit ça et beaucoup d'autres choses semblables ; elle me tient toujours par les cheveux et m'entraîne vers le membre d'Érostrato toujours dressé dans l'ombre du volant. D'un coup de poing je me libère et me rassieds ; échevelée, furieuse, je crie : « Érostrato, arrête, arrête ! » Il s'exécute et la voiture s'arrête brusquement. Alors, au fond de moi-même émerveillée, je vois Érostrato bousculer Viola, la saisir par les cheveux, ouvrir sa portière. Une scène terrifiante, d'une violence inouïe s'est déroulée sous mes yeux. Érostrato cherchait à tirer Viola hors de la voiture ; Viola s'y opposait de toutes ses forces en le suppliant : « Non, non, pas ça, je te jure que je ne le ferais plus, non, non, lâche-moi, je t'en prie, lâche-moi. » Moi je regardais mais toujours immobile. Viola me faisait pitié mais la Voix m'interdisait d'intervenir. Finalement Érostrato a sauté sur le trottoir d'où il a essayé d'extraire Viola hors de la voiture en la tirant par un bras. Elle, elle continuait à se débattre, les deux mains accrochées au volant. Alors la Voix m'a dit : « Allez, aide Érostrato à sortir de sa voiture cette chienne. » Comme un automate, je me jette moi aussi sur Viola, je la saisis par où je peux, je la pousse vers la portière ; Érostrato redouble d'efforts ; la moitié du corps de Viola est à présent dehors ; je vois venir le moment où elle s'écrasera sur le trottoir. Mais voilà que tout d'un coup elle pousse un cri aigu, si affreux qu'il me fait geler le sang dans les veines ; au-dessus d'elle, nos regards se croisent ; Érostrato dit : « Elle ne veut pas sortir de là. Alors c'est nous qui nous en irons. Viens, Désidéria, partons. » Ces quelques mots nous ont calmés. Alors je suis sortie de la voiture et Érostrato m'a pris par la main. Nous avons marché en direction des publicités lumineuses, blanches et violettes d'une proche avenue commerçante, en laissant dans le noir de la ruelle la voiture de Viola. Nous avons marché en silence ; la main d'Érostrato qui serrait la mienne m'émouvait. J'avais de nouveau l'impression que, d'une façon ou d'une autre, je pourrais atteindre mon but : le sauver de lui-même. Nous n'avons pas marché longtemps : un taxi stationnait, nous l'avons pris. Érostrato a donné notre adresse au chauffeur. A la maison, arrivés en ascenseur sur le palier du dernier étage, Érostrato m'a dit, en désignant l'escalier conduisant au *superattico* : « Tu ne veux pas monter ? » J'ai hésité parce que je n'étais jamais allée chez lui, mais Érostrato a ajouté : « Il faut que je te montre quelque chose. » Je n'ai pas répondu, je l'ai suivi dans l'escalier et nous sommes entrés ensemble dans son petit appartement. Je me suis assise sur le canapé en face de la cheminée ; Érostrato est allé à la bibliothèque, a choisi un livre, l'a feuilleté pendant quelques secondes puis me l'a présenté tout ouvert en m'indiquant du doigt un paragraphe. Avant de lire, j'ai jeté un coup d'œil sur la couverture et, à mon grand étonnement, j'ai vu que ce livre était la Bible. J'ai commencé alors à lire : « Jéhu entra en Israël. Or Jézabel ayant appris sa venue se peignit les yeux en noir, couvrit sa tête d'ornements et se pencha à sa fenêtre pour voir Jéhu qui entrait par la porte et dit : "Peut-il y avoir de paix pour Zambri qui a tué son maître ?" Jéhu leva les yeux vers la fenêtre et demanda : "Qui est cette femme ?" Et deux ou trois eunuques s'inclinèrent devant lui, et lui leur dit : "Jetez-la en bas." Et eux la jetèrent en bas et le mur fut couvert de sang et les sabots des chevaux la piétinèrent. Comme il fut entré pour manger et boire, il dit : "Allez auprès de cette malheureuse et ensevelissez-la parce qu'elle est la fille du roi." En allant pour l'ensevelir ils ne trouvèrent que sa tête, ses pieds et les extrémités de ses mains. Et Jéhu dit : "Dans le champ de Jezraël les chiens mangeront les chairs de Jézabel et les chairs de Jézabel seront comme la fiente sur la surface du sol dans le champ de Jezraël. Ainsi tous ceux qui passeront devront dire : C'est là ce qui était cette Jézabel ! » J'ai lu ce passage et après j'ai dit : « Dois-je continuer ? » « Non, c'est suffisant. Sais-tu pourquoi je t'ai fait lire l'épisode de Jézabel ? Parce que, pour moi, Jézabel c'est Viola et la mort de Jézabel est celle que, quelquefois, je souhaite à Viola un jour. » « Quel jour ? Par exemple ce soir quand tu as tenté de la jeter sur le trottoir ? » « Oui. » « Je ne comprends pas. Tu viens à mon rendez-vous de la Villa Borghese en m'apportant les photos de Cartier-Bresson sur la Chine et maintenant tu me fais lire la Bible. Peux-tu me dire de quoi tu essaies de me convaincre ? » « Que je ne suis pas celui que tu crois et que je pense comme toi. » « Mais moi je ne crois à rien, ou plutôt si, je crois une chose. » « Quelle chose ? » « Qu'à ta manière, tu es une sorte de moraliste. » « Un moraliste, qu'est-ce que c'est ? » « Le moraliste est un homme qui se hait lui-même dans les autres, qui se condamne lui-même dans les autres, qui se suicide lui-même dans les autres. Et qui se pardonne à lui-même parce qu'il ne pardonne pas aux autres. La vérité c'est que tu voudrais mourir, retourner dans le néant ; mais tu n'en es pas conscient et alors tu veux tuer Viola. Peut-être en la jetant par la fenêtre et en la faisant dévorer par les chiens. » « Ah, nous y sommes ! Toi et tes sempiternelles conneries. Ce n'est pas vrai que je me déteste, ce n'est pas vrai que je déteste les autres, mais ce qui est vrai c'est que, tout simplement, Viola me donne quelquefois envie de la tuer. » « Bon, ça va, comme tu voudras, ne te mets pas en colère, mais dis-moi plutôt comment il se fait que tu lises la Bible. » « Je la lisais déjà quand j'étais petit. C'était un des rares bouquins qu'on avait à la maison. » « Mais qu'est-ce qui te poussait à la lire ?« Il a un peu attendu avant de répondre : « Enfant, j'étais très pieux. Je priais, j'implorais Dieu, j'étais bien avec le curé de la paroisse, j'ai même quelquefois servi la messe. » « Et puis tu as perdu la foi ? Comment ? » « Je ne m'en suis même pas aperçu. Je me suis intéressé à autre chose. » « A l'occultisme, par exemple ? » « Oui, à l'occultisme. » « Et puis, de nouveau à la religion, et puis au fascisme et, à présent, au communisme. A partir de quand es-tu devenu indicateur de police ? » « Je t'ai déjà dit que je préfère ne pas parler de mon passé. » « Oh, avec moi, tu sais bien que tu peux parler de tout. Alors ? » « J'ai commencé à entrer en contrat avec la police à l'âge de seize ans. Peut-être ne me croiras-tu pas mais je ne suis pas devenu indicateur pour des motifs intéressés. » « Par idéal probablement ! » « Tu te fous de moi mais c'est pourtant vrai. Depuis que j'étais tout petit j'étais pour l'ordre, la morale, l'autorité. Je détestais cette mafia, si puissante en Sicile qui me semblait être à la base du désordre. Je passais des heures à imaginer la meilleure façon d'exterminer les *mafiosi*. Je me disais que si je devenais ministre ou chef de la police, je rassemblerais tous les *mafiosi* dans une cour, et qu'avec une mitrailleuse je tirerais sur eux pour qu'ils disparaissent tous en même temps. Après j'enverrais dire aux familles qu'elles viennent chercher leurs morts. La mafia serait enfin liquidée. Comme je croyais que la police était contre la mafia j'étais heureux de collaborer avec elle. » « La police était vraiment contre la mafia ? » « Tu parles ! Mais non, elle ne l'était pas. Quelquefois, quand elle ne pouvait pas faire autrement elle prenait quelques petits poissons. Les gros, elle les laissait tranquilles. C'est la police qui m'a renvoyé le jour où elle a compris que je n'étais pas d'une grande utilité pour elle. »

Moi : Comment cette soirée s'est-elle terminée ?

Désidéria : De manière tout à fait inattendue. Nous avons entendu une clef tourner dans la serrure de la porte d'entrée et nous avons vu Viola arriver, tranquille, sereine, sûre d'elle-même. D'un ton détaché elle a dit : « Tiens, vous voilà ! Je vous ai cherché en bas mais comme je ne vous ai pas vus j'ai cru que vous aviez pris la fuite ensemble. Si toutefois vous pensez à une fugue, partons tous les trois. Vous voulez bien de moi ? » Que répondre ? C'était là notre Jézabel défenestrée et dévorée par les chiens ? Sans nous laisser le temps d'ouvrir la bouche elle s'est installée sur le canapé en disant : « Écoutez-moi, mes enfants, je veux vous faire une proposition ; l'Italie m'ennuie et me fait peur : trop de désordres, trop de grèves, trop de terrorisme, trop de séquestrations. Alors je vous propose de partir avec moi pour faire le tour du monde. » Un long silence a suivi ces paroles. Je me suis finalement risquée : « Le tour du monde en combien de temps ? » « C'est un projet que j'ai depuis longtemps ; il y a un moment que je l'étudie et je me suis fait préparer par une agence un programme détaillé ; mon but étant de quitter l'Italie pour deux, trois, cinq ans, notre voyage durera le plus longtemps possible. L'argent n'est pas un problème pour moi. J'ai un compte en Suisse dans une banque. Nous partons et nous nous arrêtons dans le premier pays qui nous plaît. Nous repartons, nous arrivons dans un autre pays et s'il nous intéresse, nous nous y arrêtons, et ainsi de suite. J'ai ici toute une liste. Écoutez : Grèce, Turquie, Égypte, Syrie, Iran, Afghanistan, Inde, Népal, Birmanie (la Birmanie, ce n'est pas très sûr), Thaïlande, Malaisie ; peut-être la Chine communiste, Hong Kong, le Japon, les Philippines, Hawaï, la Polynésie, l'Australie, les États-Unis, le Mexique et, pour finir, l'Europe. Il y a aussi l'Afrique, l'Amérique du Sud. Nous pourrons aller partout où nous voudrons. » Elle a récité sa litanie géographique sur un ton décontracté comme si elle avait eu sous les yeux une mappemonde sur trépied qu'elle faisait tourner négligemment du bout des doigts. Mais ayant sans doute trouvé sa liste incomplète, elle a repris : « Il existe des endroits merveilleux : Bali, Tahiti, les Seychelles, où on vit dans la nature avec la mer, le soleil, les plages, les palmiers. Je suis sûre que là nous serons heureux. Nous vivrons nus, nous ne lirons pas les journaux, nous n'écouterons pas la radio, nous ne regarderons pas la télévision. Nous serons dehors toute la journée, nous dormirons dans une hutte. C'est une bonne idée, non ? Moi, je ne fais qu'y penser. »

Moi : Le Paradis terrestre.

Désidéria : Oui, même s'il est offert par une agence de tourisme.

Moi : Et alors vous deux que lui avez-vous répondu ?

Désidéria : Moi j'ai dit tout de suite qu'il fallait que j'y pense, que j'avais mon examen à présenter et que pour quelque temps encore je ne pourrais pas m'absenter. Érostrato, lui, n'a pas ouvert la bouche. Alors, brusquement, je me suis levée en disant que j'avais sommeil et que j'allais me coucher ; mais Viola a protesté : « Mais tu n'as pas dîné, Désidéria ; dînons tout de suite ; sortons et allons au restaurant ou si tu veux restons dîner à la maison. » Je lui ai répondu que je n'avais pas faim et je suis partie.

CHAPITRE VI

Moi : Je dirais volontiers qu'à partir de maintenant les choses vont se précipiter. Est-ce que je me trompe ?

Désidéria : Non, tu ne te trompes pas.

Moi : Tous les personnages de ton histoire marchent vers le dénouement. Viola veut partir pour son tour du monde. Érostrato annonce l'arrivée du camarade de Milan. Toi, ou plutôt la Voix vous voulez rester à Rome et préparer la séquestration de ta mère adoptive. A propos, qu'a dit la Voix du projet du tour du monde ?

Désidéria : Elle a dit que Viola devait avoir eu vent, d'une façon ou d'une autre, du danger qui la menaçait.

Moi : En somme, toi tu as le choix entre l'amour à trois ou la séquestration.

Désidéria : Oui, entre l'orgie et le groupe.

Moi : Tu parles souvent de l'orgie et du groupe. Explique-moi ce que ces mots signifiaient pour toi. Mais tu donnes aussi l'impression de mettre sur le même plan orgie et groupe. Est-ce vrai ?

Désidéria : Non, ce n'est pas vrai. La Voix me faisait aussi ce reproche. Je considérais orgie et groupe comme deux choses différentes, tandis que pour la Voix le groupe était le contraire de l'orgie, exactement comme on dit que le bien est le contraire du mal. Moi je n'étais pas de cet avis.

Moi : Que pensais-tu ?

Désidéria : Comme d'habitude je ne pensais rien, je sentais. Je sentais qu'au-delà de l'orgie s'étendait tout un monde auquel l'orgie servait d'introduction.

Moi : Un monde ? Quel monde ?

Désidéria : Le monde de l'érotisme. Écoute-moi et comprends-moi : il ne s'agissait pas seulement de faire l'amour à trois mais de transformer mon corps en creuset alchimique dans lequel le feu du désir aurait fait fusionner toutes les valeurs dont j'avais vécu et en aurait créé d'autres.

Moi : Lesquelles ?

Désidéria : Ce qu'on sent ne se définit pas ; on peut seulement dire que cela existe. Tu me demandes quelles valeurs ? Évidemment des valeurs différentes de celles qui comptaient pour la Voix, à en juger par sa réaction furibarde.

Moi : Les valeurs de la Voix, qu'est-ce que c'était ?

Désidéria : Celles du groupe.

Moi : Mais le groupe qu'est-ce que c'était ?

Désidéria : Le rêve d'une communauté héroïque.

Moi : Héroïque ?

Désidéria : Oui, héroïque. Mais, curieusement, moi je sentais cet héroïsme comme quelque chose allant de pair avec la défaite. Je veux dire que l'acte héroïque était héroïque non seulement parce qu'il était dangereux mais aussi parce qu'il était voué à l'échec.

Moi : Ce qui veut dire ?

Désidéria : Ce qui veut dire que l'héroïsme d'un groupe révolutionnaire consistait à faire la révolution tout en sachant très bien que la révolution ne changerait pas le monde.

Moi : Tandis que l'orgie, elle, ne se proposait pas de changer le monde. C'est bien ça ?

Désidéria : L'orgie se proposait d'en sortir.

Moi : Il me semble qu'après ce préambule sur la différence entre l'orgie et le groupe, il serait bon de parler du camarade de Milan, dont l'arrivée avait été annoncée par Érostrato. Ce camarade de Milan n'était-il pas, pour toi, à cette époque, un personnage en quelque sorte mystérieusement emblématique ?

Désidéria : Mais oui. Comment l'as-tu deviné ? Je disais à part moi : « Le camarade de Milan » et le son même de ces mots me faisait rêver. Je le voyais comme quelqu'un d'important, de fatal, de souverainement autoritaire ; mais je n'arrivais pas à lui donner un visage. J'étais comme si j'avais attendu l'homme de ma vie, sans savoir ni qui il était ni comment il était.

Moi : L'homme de ta vie ?

Désidéria : Je croyais qu'on disait comme ça, non ? C'était peut-être la Voix qui avait entouré ces mots d'une sorte d'aura quasi mystique. Mais, pour une fois, j'étais d'accord avec la Voix parce que je me souvenais qu'elle m'avait fait promettre de conserver ma virginité jusqu'au jour où je rencontrerais un homme digne d'elle. Eh bien, moi j'espérais ; j'espérais vraiment que le camarade de Milan serait cet homme.

Moi : A-t-il tout de même fini par arriver ?

Désidéria : Oui et Érostrato et moi sommes allés l'attendre à la gare.

Moi : Comment Érostrato se comporta-t-il ce jour-là ?

Désidéria : Comme toujours. Aussi calme que d'habitude.

Moi : Il ne te semblait pas bizarre qu'il soit

toujours aussi tranquille après que tu lui eus dit que tu savais qu'il avait été un indicateur de police ?

Désidéria : Il avait confiance en moi, c'était évident et il avait raison. Du reste, il était toujours calme, sans doute à cause de son manque d'imagination mais peut-être aussi parce qu'il était toujours prêt à affronter la découverte d'un de ses mensonges en se servant d'un mensonge plus énorme que le premier.

Moi : Crois-tu que le groupe de Milan savait qu'Érostrato avait été indicateur ?

Désidéria : Je le lui avais demandé et il m'avait répondu non en ajoutant, comme d'habitude, qu'il s'agissait de choses du passé, d'erreurs de jeunesse, qui n'avaient aucune importance pour le groupe.

Moi : Bon. Alors vous allez à la gare, le train arrive, que se passe-t-il ?

Désidéria : C'est d'abord dans ma tête qu'il s'est passé quelque chose. Tu ne sais pas ce que j'ai pensé en voyant s'avancer sur nous les deux énormes yeux lumineux de la locomotive : « Un train ! Comme dans un roman du XIXᵉ siècle ! Aujourd'hui la révolution se fait en sautant d'un avion dans un autre, d'un aéroport à l'autre. Un train ! Quelle sorte de révolution préparons-nous ? »

Moi : Tu ne croyais pas en ton mythique « camarade de Milan » ?

Désidéria : Je faisais de l'ironie, justement parce que j'y croyais plus que jamais, parce que pour moi ce moment était le moment le plus extraordinaire de ma vie, celui où j'allais finalement rencontrer, osons le dire avec les mots du Cantique des Cantiques, « mon époux ». C'était tellement vrai que dès que le train s'est arrêté, au milieu des jets de vapeur, des sifflets, des battements de portières, en entendant Érostrato me dire : « Le voilà », j'ai couru les bras tendus vers quelqu'un qui venait vers nous et que j'étais sûre de reconnaître.

Moi : Comment était cet homme ?

Désidéria : Le sosie, en plus jeune, d'Humphrey Bogart dans le film *Casablanca*. Je me suis élancée vers lui, il m'a souri et j'ai senti qu'il y avait je ne sais quoi d'irréel dans ce sourire puisque moi je ne l'avais jamais vu « le camarade de Milan » et que lui ne m'avait jamais vue non plus. Puis tout à coup une jeune femme blonde a surgi, s'est jetée dans les bras de l'homme. Alors, terriblement déçue j'ai compris que ce n'était pas lui.

Moi : Mais ton fameux « camarade de Milan », lui, comment était-il ?

Désidéria : Le mot camarade associé au mot Milan m'avait fait imaginer un personnage, après tout, assez plausible : beaucoup d'hommes à Milan sont grands, minces, bruns, avec un visage aux traits marqués comme ceux de Bogart. Le vrai « camarade de Milan » n'avait, physiquement, absolument rien de Bogart.

Moi : Mais, enfin, comment était-il ?

Désidéria : Il venait vers nous, il a salué Érostrato et celui-ci nous a présentés l'un à l'autre. Après, quand nous nous sommes dirigés vers la sortie, j'ai pu mieux le regarder. Il était jeune, une trentaine d'années, pas très grand mais costaud avec la tête presque enfouie dans des épaules larges, musclées, rembourrées un peu comme celles des rugbymen américains. Son teint était pâle, décoloré ; ses yeux bleu clair étaient presque cachés par ses paupières ; son nez était droit, court et si maigre qu'il donnait l'impression d'un cartilage à peine recouvert de peau ; sa bouche aux lèvres épaisses mais comme écrasées, était bizarrement dessinée. Ce qui m'étonnait c'était de voir qu'à l'encontre de ses contemporains qui portaient tous — mais surtout les gauchistes — cheveux longs et barbe, il était rasé et portait ses cheveux aussi courts que les Allemands sous Hitler. Il avait de petites mains, de petits pieds, un long buste, des jambes courtes, des bras courts. J'ai aussi remarqué qu'il était habillé de neuf, mais un prêt-à-porter de mauvaise qualité : blouson de cuir, non, de simili-cuir, pantalon moutarde, chaussures de para. Le blouson était trop court, le pantalon trop étroit et trop tendu sur des fesses dures et saillantes. De la poche-revolver de ce pantalon sortait à demi un long carnet dans le genre de ceux dont on se sert pour noter des adresses ou des rendez-vous. Il portait en bandoulière une grosse sacoche sur laquelle il gardait en permanence une main protectrice. Le dernier coup de pinceau c'est lui-même qui l'a donné en saluant Érostrato.

Moi : Qu'est-ce qu'il a dit ?

Désidéria : Il a dit : « *Ciao, terrone*[1]. »

Moi : Pourquoi ces deux mots t'ont-ils paru significatifs ?

Désidéria : C'était la dernière chose que j'aurais mis dans la bouche d'un révolutionnaire. Ce mot « *terrone* » me faisait penser à quelque chose de provincial, de régional, de municipal, l'absolu contraire de l'esprit révolutionnaire. Et puis il y avait que sous ce mot se cachait une sorte d'affirmation de supériorité ; bienveillante ? ce n'était pas certain ; j'ai vite compris qu'il n'y avait rien de sympathique dans ce « *Ciao, terrone* » ; seulement un automatisme de langage.

Moi : Continue ton histoire.

1. Terrone : nom que les Italiens du nord donnent à ceux du sud pour se moquer d'eux. Probablement dérivé de *terra matta*, allusion malveillante aux tremblements de terre très fréquents dans les régions méridionales de la Péninsule *(N.d.T.)*.

Désidéria : Nous sommes sortis de la gare, nous sommes montés en voiture, Érostrato a pris le volant. Quinto (c'est sous ce nom qu'Érostrato me l'avait présenté) à côté d'Érostrato et moi derrière. Dès le debut, Quinto (mais sans que je sache pourquoi) écarta Érostrato de la conversation comme pour s'isoler avec moi. Érostrato, muet, conduisait, tout pareil à un chauffeur de taxi, et nous deux, Quinto et moi, nous parlions comme si nous étions seuls.

Moi : Et qu'est-ce que vous vous disiez tous les deux ?

Désidéria : C'était une sorte d'interrogatoire. C'était Quinto qui interrogeait et moi qui répondais : « Tu vis seule ? » « Non, avec ma mère. » « Et ton père ? » « Mon père est mort. » « Que faisait ton père ? » « Il était promoteur immobilier. » « Il construisait des immeubles de luxe ? » « Oui, on peut dire de luxe. » « Est-ce qu'il spéculait sur les terrains ? » « Je ne sais pas mais c'est probable. » « Vous devez être très riches ? » « Ma mère est riche, moi je n'ai rien. » « On dit ça, le riche c'est toujours l'autre. Où habites-tu ? » « Aux Parioli. » « Le quartier des P.-D.G . Et toi, qu'est-ce que tu fais ? » « Ce que tu vois : je vais à la gare attendre le camarade de Milan. » « Qui serait moi, si j'ai bien compris. Mais toi, qui es-tu ? La maîtresse d'Érostrato ? » « Non. » « Comment non ? » « J'ai dit non. » « Ah bon, alors tu as un ami ? » « Non. » « Encore non ? Tu dois pourtant baiser, tu n'es pas, que je sache, une bonne sœur ? » « Qui te dit que je ne suis pas une bonne sœur ? » « Toi ? avec la tête que tu as et cette ligne ! Je suis pas né d'hier, moi, tu sais. » « Moi, oui. Je peux même te dire précisément quand je suis née ; c'était il y a quatre ans. » Je voulais lui dire que j'étais vraiment venue au monde au moment où la Voix avait commencé à me parler ; mais lui a interprété ma phrase autrement. « Toi, tu serais une gosse de quatre ans, avec des nichons pareils ? En tout cas, tu n'as pas perdu ton temps », et caetera, et caetera.

Moi : Et pendant ce temps que disait Érostrato ?

Désidéria : Rien, absolument rien. Nous avions traversé la moitié de la ville et comme je voyais que nous nous dirigions du côté des Parioli j'ai demandé à Érostrato : « Mais où allons-nous ? » Il m'a répondu curieusement sur le ton du chauffeur qui répond à une question posée par son patron : « Nous allons via Archimede. » « Via Archimede ? Mais où ? » « A la maison. Chez moi. Il vaut mieux que Quinto, pendant son séjour à Rome, habite là. » Je n'avais rien à répondre et c'est Quinto qui m'a demandé : « Tu connais l'appartement d'Érostrato ? » sur le ton imbécile de quelqu'un de pas très futé ; et moi j'ai répondu presque sans y penser : « Bien sûr que je le connais. Il est au-dessus de notre appartement. C'est ma mère qui est sa propriétaire. » « Et tu y vas souvent ? » « J'y suis allée pour la première fois hier, Érostrato voulait me montrer un livre. » « Quel livre ? » « La Bible. » « Et ta mère y va souvent ? » « Demande-le à Érostrato. Moi je n'en sais rien. » « Ah, je commence à comprendre ; ta mère et Érostrato se voient là ? » « Je t'ai déjà dit de le demander à Érostrato. » « Toi, ou tu es jalouse de ta mère ou tu es furieuse que je vienne habiter dans la même maison que vous ? » « Je ne suis pas jalouse, et je ne suis pas furieuse. » « Pourtant à ta façon de me parler, je sens que je te suis antipathique. » « Mais non, au contraire, il y a je ne sais combien de temps que je t'attends. Le camarade de Milan ! Tu étais pour moi une véritable obsession. Demande à Érostrato si ce n'est pas vrai. » « Hé, *terrone*, c'est vrai ce qu'elle dit ? » Érostrato sans se retourner vers nous a confirmé : « Oui, c'est vrai. »

Moi : Est-ce que c'était encore vrai maintenant que tu l'avais vu et que tu l'avais trouvé si différent de ce que tu imaginais ?

Désidéria : C'était vrai dans le sens que mon obsession avait changé en sens contraire. Tant que je ne l'avais pas vu, je l'avais idéalisé obsessionnellement ; à présent il m'inspirait une répugnance, elle aussi obsessionnelle ; je ne le quittais pas des yeux en cherchant pourquoi il me répugnait. Je ne donnais pas de réponse mais ma répugnance persistait.

Moi : Tu ne m'as pas encore dit ce que la Voix pensait de Quinto.

Désidéria : La Voix ne pensait pas comme moi. Elle disait : « Il sera ce qu'il sera, mais la chose est authentique. »

Moi : Qu'entendait-elle par « la chose » ?

Désidéria : La révolution, je suppose. L'esprit révolutionnaire.

Moi : Bon. Alors vous arrivez via Archimede. Qu'est-ce que vous faites ?

Désidéria : Attends, je n'ai pas fini. Nous n'arrivons pas encore via Archimede. Nous sommes toujours dans la voiture d'Érostrato et nous traversons la partie boisée de Valle Giulia. Je suis assise à l'arrière et je me penche pour parler à Quinto, assis sur le siège avant, qui se tourne vers moi pour me répondre. Érostrato lui, conduit imperturbablement. Quinto laisse tomber son bras contre mes genoux. Nous avons traversé une zone très éclairée et maintenant nous roulons sur une allée ombragée par des arbres touffus aux branches basses ; il fait sombre. Quinto a un mouvement brusque du bras, un vrai levier qui s'insère entre mes jambes pour les séparer. Instinctivement je les rapproche pour arrêter son geste : mais la Voix m'ordonne : « Ouvre tes jambes, laisse-le faire. Tu veux tout faire rater ? »

« Mais il se comporte comme n'importe quel fils à papa bourgeois. » « Il se comporte comme n'importe quel homme ! » « Et pourquoi ne devrais-je pas me défendre ? » Elle a réfléchi un instant puis elle m'a répondu : « Parce que c'est ton homme », phrase apparemment simple qui était en réalité ambiguë et mystérieuse. Je l'ai donc laissé faire pour obéir à la Voix. Sa main, qui n'était plus retenue par rien, est remontée plus haut, s'est insérée entre mon slip et mon pubis : un de ses doigts s'est introduit dans mon vagin. C'est exactement ce moment que Quinto et Érostrato ont choisi pour entamer une discussion politique.

Moi : A laquelle ils t'ont priée, je suppose, de participer ?

Désidéria : Oh, non. J'étais comme paralysée par la caresse de Quinto et dans l'impossibilité de parler.

Moi : Qu'éprouvais-tu ?

Désidéria : Le trouble affreux d'une femme qui subit malgré elle un plaisir répugnant et odieux.

Moi : A propos de quoi Érostrato et Quinto discutaient-ils ?

Désidéria : Toujours à cause de cette sensation ignoble de volupté je ne suivais pas bien leur conversation. Ils parlaient politique, c'est certain. Certainement aussi Quinto faisait exprès d'asticoter Érostrato.

Moi : Asticoter ? Qu'est-ce que ça veut dire ?

Désidéria : Ça veut dire que Quinto interrompait sans cesse Érostrato pour lui faire remarquer des erreurs de terminologie politique, pour le corriger, pour lui donner le mot exact ou celui que, lui, considérait comme exact.

Moi : Tu viens de dire terminologie politique, mais laquelle ?

Désidéria : Celle de la gauche extraparlementaire.

La différence qui existait entre Érostrato et Quinto était que ce dernier semblait avoir appris à parler dans ce langage-là, tandis qu'Érostrato s'efforçait de dire les choses dans un langage normal ; s'il fallait absolument adopter le langage politique, il le mettait entre guillemets presque comme s'il s'agissait d'une traduction de langue étrangère. Cette connaissance des termes employés par la gauche conférait à Quinto une supériorité qu'Érostrato ressentait comme une preuve de son infériorité.

Moi : Donne-moi un exemple.

Désidéria : Oh, je ne sais plus très bien... par exemple, à un moment la discussion a commencé à rouler sur le comportement de certains groupes du Nord qui faisaient brusquement irruption dans les supermarchés pour prendre ce qui leur plaisait et s'en aller sans payer. Érostrato a dit : « Assaut contre les commerçants. » Tout de suite Quinto l'a contré : « Expropriation prolétarienne. » Ensuite Érostrato en parlant des lieux où on tient séquestrés des hommes politiques, a dit : « Appartement », Quinto a rectifié : « Prison populaire » et quand Érostrato a fait allusion à un dirigeant de la Fiat en l'appelant adjoint à la direction, Quinto a dit : « Larbin de la multinationale. » Et ainsi de suite.

Moi : Érostrato se laissait-il marcher sur les pieds sans protester ?

Désidéria : Il me donnait l'impression que Quinto en avait le droit. D'autre part, Quinto ne mettait aucun accent d'antagonisme particulier dans ses propos ; il parlait plutôt comme un maître d'école qui corrige, par devoir, les erreurs d'un élève.

Moi : Tu te souviens vraiment de toutes les répliques qu'ils échangèrent à ce moment-là.

Désidéria : Oui parce qu'en même temps il y avait ce plaisir honteux que la Voix m'obligeait à supporter et de ce fait chaque réplique de Quinto prenait, malgré moi, un caractère érotique, mais d'un érotisme que je refusais, que j'aurais, même, voulu ignorer.

Moi : Je ne comprends pas.

Désidéria : Je pense que Quinto se servait de sa supériorité politique pour rendre facile et habile son agression sexuelle. Et vice versa.

Moi : Comment tout cela s'est-il terminé ?

Désidéria : Très mal. Du moins pour moi. Moi je voulais, mais en même temps, je ne voulais pas l'orgasme. Maintenant nous arrivons via Archimede, maintenant nous sommes devant la maison ; la discussion entre les deux garçons s'arrête. Quinto retire sa main, Érostrato gare sa voiture. Nous descendons, nous entrons dans le hall de la maison, nous pénétrons dans l'ascenseur. Je ressentais encore en moi le spasme rageur d'un plaisir refusé et désiré et l'humiliante frustration de l'inachevé. Je me sentais si énervée, si lasse, que, à peine entrée dans l'ascenseur, j'ai fermé les yeux et lorsque Érostrato m'a demandé ce que j'avais j'ai répondu d'un ton furieux : « J'ai que dans la voiture, Quinto a passé son temps à me masturber, voilà ce que j'ai. » J'ai déduit du silence qui a suivi qu'ils devaient se regarder tous les deux d'un air surpris, sans jalousie, mais complices dans leur façon de me considérer comme à moitié folle. L'ascenseur s'est arrêté, nous en sommes sortis ; Érostrato a dit qu'il allait installer Quinto au *superattico*. Sans dire un mot, j'ai ouvert la porte de notre appartement et je lui ai claqué la porte au nez. En courant je suis arrivée jusqu'à ma chambre. Folle de rage, je me suis jetée à plat ventre sur mon lit.

Moi : Tu t'es endormie ?

Désidéria : J'aurais voulu dormir mais j'étais trop agitée, partagée entre le dégoût de ce plaisir haïssable et le besoin d'avoir l'orgasme que je n'avais pas eu. Alors la Voix m'a conseillé de me masturber pour arriver par moi-même à l'orgasme et me calmer. Elle a ajouté qu'il fallait que je pense à Quinto en me masturbant : c'était « mon homme », c'était lui qui avait pris l'initiative des caresses et c'était à lui que je devais penser quand je jouirais. Je détestais la Voix, à ce moment, et vraiment du fond du cœur ; pourtant je lui ai obéi. J'ai placé ma main sur mon sexe, j'ai fermé les yeux et j'ai pensé à Quinto.

Moi : De quelle façon y pensais-tu ?

Désidéria : Dans le même sentiment d'horreur et d'attirance avec lequel j'avais subi en auto ses caresses. J'ai concentré ma pensée sur sa bouche et j'ai commencé à titiller mon clitoris.

Moi : Pourquoi sa bouche ?

Désidéria : Parce que pendant qu'il me masturbait j'avais été frappée par son sourire, un sourire étrange, prétentieux, victorieux. Presque immédiatement j'ai eu l'orgasme ; au même moment j'ai entendu : « Bravo, bravo, continue, une seule fois ne suffit pas, il faut recommencer fais-le encore, deux fois, trois fois. » Viola, les bras croisés debout au pied de mon lit, me regardait. Je me suis redressée pour m'asseoir. Tout en remettant de l'ordre dans mes vêtements j'ai dit que je venais de rentrer et que je m'étais assoupie en attendant de sortir pour aller au restaurant avec elle et Érostrato. C'était la première chose qui m'était venue à l'esprit dans le trouble de la surpise. Viola m'a tout de suite répondu : « Non, nous n'irons pas au restaurant, si tu veux nous dînerons ici, mais si tu préfères nous pouvons très bien aller au restaurant, mais nous deux, sans Érostrato. » Il m'était difficile de ne pas comprendre qu'il s'était passé quelque chose ; les disputes devenaient fréquentes entre elle et Érostrato et je trouvais ça assommant. « Qu'est-ce qu'il y a encore avec Érostrato ? » Et elle, comme si elle s'attendait à cette question, s'est assise au bord de mon lit et en me regardant fixement, elle m'a répondu d'un ton solennel : « Entre Érostrato et moi, tout est fini. » « Ah bon ! c'est une phrase que j'ai entendue cent fois. » « Aujourd'hui, c'est vraiment fini. Après le déjeuner, nous avons eu une explication. Je ne crois pas que tu saches que depuis quelque temps il insistait pour que je lui donne ma procuration, et que je la retire à Tibéri. Depuis que Tibéri m'avait fait lire le rapport des carabiniers sur Éros, j'avais décidé de garder les yeux ouverts pour observer très attentivement comment il se comportait avec moi. Il m'est absolument égal qu'un homme soit fasciste ou communiste ou n'importe quoi ; il m'est égal aussi que cet homme fasse la cour à ma fille ; mais je ne peux pas supporter l'idée qu'on ne pense qu'à mon argent, qu'on fasse semblant de m'aimer uniquement par intérêt. Peut-être que s'il n'avait pas autant insisté sur la question procuration, je serais passée sur beaucoup de ses défauts. C'est cette insistance qui m'a décidée. Je suis comme ça, moi : j'accumule, j'accumule, sans même m'en rendre compte et puis, d'un seul coup, j'explose. Brusquement j'ai vidé mon sac. Je lui ai dit que non seulement je n'avais aucunement l'intention de lui donner ma procuration mais qu'il pouvait se considérer comme congédié en tant que secrétaire, amant, et autre, que je ne voulais plus le voir, que tout était fini entre nous. Et qu'il devait me libérer le *superattico* le plus tôt possible. »

Moi : La procuration ? Mais je croyais qu'Érostrato et toi étiez d'accord pour que Tibéri la conserve afin d'être en mesure de payer la rançon de Viola, après sa séquestration ?

Désidéria : Oui et c'est pourquoi la surprise m'avait cloué le bec. Ce que je trouvais étonnant ce n'était pas qu'Érostrato ait eu cette idée à propos de la procuration, mais qu'il ne m'en ait rien dit. Et voilà que j'apprenais que cette « insistance », comme disait Viola, n'était pas récente. Viola a repris : « Après lui avoir notifié son licenciement, je suis sortie, je suis venue ici, je voulais te parler mais tu n'étais pas là ; alors je me suis mise à réfléchir toute seule sur la situation qui s'est créée entre nous deux et, à la fin, j'ai pris un certain nombre de décisions. » « De décisions ? » « Oui, ma chère, des décisions, ou si tu veux, des mesures. La première est que je vais rendre à Tibéri toute ma confiance. C'est un fidèle ami et un excellent administrateur. La deuxième est que dorénavant nous serons vraiment mère et fille, seulement mère et fille. Par la faute d'Érostrato, dernièrement, nous nous sommes un peu trop laissées aller ; nous nous sommes comportées comme des amies et, peut-être, quelque chose de plus que des amies. Eh bien, tout ceci doit être terminé. La troisième est que dans une dizaine de jours tu auras dix-neuf ans. Pour bien marquer qu'à partir d'aujourd'hui et pour toujours tout est changé, je compte donner une réception pour cet anniversaire. J'inviterai tous les gens que depuis quelque temps, surtout à cause d'Érostrato, j'ai trop négligés. Ma quatrième décision te regarde personnellement : je veux qu'à partir d'aujourd'hui tu te conduises avec moi comme une fille gentille et affectueuse, et que tu redeviennes ce que tu étais il y a deux ou trois ans, avant que tu ne te mettes à fréquenter ces gens impossibles.

Moi : A qui faisait-elle allusion ?

Désidéria : Aux filles et aux garçons que je voyais au lycée et ailleurs.

Moi : Ces filles et ces garçons connaissaient Érostrato ?

Désidéria : Non, c'étaient deux choses distinctes.

Érostrato avait été, jusqu'à l'arrivée de Quinto, la révolution. Mes copains, eux, représentaient ce que plus tard on appellera la contestation.

Moi : Qu'as-tu répondu à Viola ?

Désidéria : « Moi, je ne connais pas de gens impossibles, je ne comprends pas de qui tu veux parler. »

Moi : Alors, elle ?

Désidéria : Elle a secoué la tête en disant : « Tu sais très bien de qui je parle. Je parle de Camillo de Ranzo, de Livia, de Gianni, de Serena, de Giulio. » Tous mes amis du lycée ou du quartier. Jusqu'à quinze ans je ne voyais que des jeunes dans le genre de mon ex-fiancé Giorgio. Après j'avais changé de milieu. Avant, mes amis étaient des gosses de riches apolitiques, c'est-à-dire de droite. Après j'avais des amis de condition modeste, plus ou moins politisés, c'est-à-dire de gauche. Tout ceci n'avait pas échappé à Viola qui avait un sens aigu des différences de classes et, naturellement, elle n'était pas contente, tout en feignant de ne s'apercevoir de rien. Mais ce jour-là, à cause de la restauration qu'elle s'était mise en tête de réaliser, elle me disait tout ce qu'elle avait sur le cœur.

Moi : La restauration ?

Désidéria : C'est par ce mot que la Voix a tout de suite désigné l'ensemble des « mesures » que Viola venait de décider de prendre. Mais tu ne sais pas comment j'ai compris qu'elle avait opté pour cette restauration ?

Moi : Non, comment ?

Désidéria : A cause d'un détail concernant son physique.

Moi : Explique-toi.

Désidéria : Comme je te l'ai déjà fait remarquer Viola oscillait perpétuellement entre le rôle de mère et celui de lesbienne ; entre la permissivité et la répressivité. D'une certaine façon cette oscillation se doublait d'une oscillation analogue entre ses deux nationalités, l'italienne et l'américaine. Fille de parents italiens mais américaine de naissance et d'éducation, Viola était italienne lorsqu'elle choisissait le rôle d'amoureuse et américaine lorsqu'elle choisissait le rôle de mère. Il existait quelque chose dont l'usage qu'elle en faisait me permettait de comprendre dans quelle direction elle s'était lancée sur sa balançoire existentielle. Je crois même que si elle avait voulu me cacher ses brusques changements d'état d'âme, la présence ou l'absence de cette chose aurait parlé pour elle.

Moi : Quelle chose ? Quel objet ?

Désidéria : Tout simplement une gaine élastique, une ceinture de marque américaine dans laquelle, certainement instinctivement et sans idée préconçue, elle glissait son ventre et ses flancs toutes les fois que dans son esprit la tendance répressive dominait. Cette gaine supprimait radicalement son derrière qui, comme je te l'ai déjà dit plusieurs fois, était la partie de son corps la plus belle, la plus jeune, et, de plus, celle dont elle se servait, de préférence aux autres, pour faire l'amour. Lorsque sa tendance permissive dominait la gaine disparaissait et son corps respirait libre et heureux, et ses fesses impétueuses se permettaient des mouvements provocants, bien que quelquefois involontaires.

Moi : Le jour dont tu parles, Viola portait-elle sa gaine ?

Désidéria : Mais oui, bien sûr, et je ne pouvais m'empêcher de la regarder pendant tout le temps où elle me parlait de ce que j'ai appelé sa restauration.

Moi : Comment le savais-tu ?

Désidéria : Parce que Viola avait mis une jupe style 1950, ou peut-être d'une époque encore plus vieille, étroite mais fendue à partir des genoux pour laisser voir ses jambes. Sans gaine cette jupe étroite aurait moulé ses formes tandis qu'avec elle, son corps ressemblait à un espèce de long tuyau ou à un cylindre de métal ou de plastique. Figure-toi que lorsqu'en approchant de moi, elle a heurté le dossier d'une chaise, j'ai été étonnée de ne pas entendre le choc qu'aurait dû faire un objet de métal contre du bois.

Moi : Rien que ça !

Désidéria : Je disais donc qu'elle s'est approchée de moi en gardant ses mains dans les poches de sa jupe, pour reprendre d'une voix froide, calme, articulée, où perçait curieusement son accent anglo-saxon : « Il faut absolument que tu renonces à fréquenter ces espèces de clochards ridicules et bons à rien. Tu dois recommencer à voir les filles et les garçons de ton milieu, de ta classe. Quand je te vois avec ces types, j'ai envie de vomir. Je me demande si c'est là le résultat de tant d'efforts pour te faire donner la meilleure éducation qu'il soit possible d'avoir en Italie en la payant. »

Moi : Qu'est-ce que tu as répondu ?

Désidéria : Rien. Je la regardais, je l'observais, je notais encore d'autres choses qui confirmaient ce que la gaine m'avait déjà dit dans son langage muet : la dureté, l'hostilité d'un regard comme de quelqu'un qui a pris une décision définitive et qui s'irrite à l'avance à l'idée qu'elle puisse être repoussée ; le refroidissement, le relâchement des traits de ce visage qui dans ses fureurs érotiques rougissaient, se réchauffaient comme soutenus par la flamme impure de la passion, devenaient à présent flasques, pâles, d'une pâleur opaque réhaussée par les plaques rouges dues à la funeste habitude qu'elle avait de se gratter ou de se presser ses boutons. Et le ton de sa voix distant, volontairement nonchalant, un ton plutôt de classe moyenne américaine que de bourgeoisie romaine avec des inflexions nettement anglo-saxonnes, comme je l'ai déjà dit.

Moi : Et alors ?

Désidéria : Alors ? Eh bien alors j'ai été obligée d'écouter la Voix qui criait, hors d'elle-même : « Une vraie restauration des valeurs bourgeoises. Voilà ce que ton imbécile de mère adoptive cherche à faire. Une réception en l'honneur de tes dix-neuf ans ! Mais à quelle époque se croit-elle ? En 1930 peut-être ? Il faut absolument que tu démolisses ce monument de crétinerie bourgeoise et tu sais très bien ce qui te reste à faire : lui proposer l'amour à trois. Tu vas voir comment il va s'écrouler le monument ! » « Mais elle a dit qu'elle avait congédié Érostrato. » « Elle a rêvé qu'elle le congédiait. » « L'amour à trois ? mais quand ? mais où ? » « Aujourd'hui, demain, le plus tôt possible. Chez Érostrato, via Gaeta, où tu voudras. Et tout de suite après la séquestration. Et si la séquestration ne suffit pas tu la tues. » « Je la tue ? » « Est-ce que tu n'as pas déjà tenté de la tuer ? Mais cette fois la tentative doit réussir et je te garantis qu'elle réussira. »

Moi : Elle ne marchait plus la Voix, elle galopait !

Désidéria : Oui, elle galopait, c'est le mot. Ce qui avait été autrefois une tentative symbolique de meurtre, était en train de devenir un vrai meurtre.

Moi : Qu'as-tu répondu à la Voix ?

Désidéria : Rien. J'étais d'accord avec elle sur la question de la restauration. Pour le reste, je ne voulais pas y penser. J'ai levé les yeux pour regarder Viola et, finalement, j'ai dit : « Je crois comprendre que tu comptes inviter à ta réception d'anniversaire tous ceux que, à ton avis, je devrais fréquenter à partir de maintenant, je parie que tu as déjà fait ta liste d'invités. Montre-la-moi. »

Moi : Comment savais-tu qu'elle avait déjà fait cette liste ?

Désidéria : Je la connaissais assez pour savoir qu'elle devait avoir fait depuis longtemps ce projet de réception pour mes dix-neuf ans. Elle m'a tendu immédiatement la feuille de papier pliée en quatre qui dépassait de la poche de sa jupe ; je l'ai prise et en commençant à la parcourir je me suis dit que la Voix avait raison en parlant de restauration : ils étaient tous là, tous.

Moi : Tous, qui ?

Désidéria : Tous ceux que j'avais détestés à partir du jour où la Voix s'était manifestée en moi : les riches, les importants de mon quartier, ces *signori* et ces *signore* bien habillés que je voyais le dimanche matin à la messe de l'église de Piazza Ungheria. Et les enfants de ces gens-là, mes anciens copains de bar, de cinéma, de clubs sportifs. Oui, ils étaient tous là, alignés sur la liste de Viola : généraux et amiraux, présidents et directeurs généraux, promoteurs immobiliers et banquiers, entrepreneurs et agents de change. Tous ceux que la Voix me montrait du doigt comme ennemis à éviter et à haïr. Je continuais à parcourir la liste mais en même temps j'écoutais la Voix, frémissante, qui commentait : « Viola a fait une liste de fascistes, oui, oui, de fascistes. Et en donnant cette fête elle se propose de te faire entrer solennellement et définitivement dans les rangs du fascisme ! »

Moi : Tu m'avais raconté que quelques années auparavant aucun invité n'était venu à une réception du même genre. Que s'était-il passé ? La situation de Viola avait-elle changé entre-temps ?

Désidéria : La réception dont tu parles remontait aux débuts de la vie mondaine de Viola à Rome. Depuis elle s'était fait accepter par la même société qui l'avait rejetée.

Moi : Alors tu constates que sur la liste ils y sont tous. Que fais-tu ?

Désidéria : Mon premier geste aurait été de déchirer le papier et de lui jeter à la figure. Mais la Voix m'a fait remarquer que mon but devait être de foutre en l'air non seulement la réception mais surtout la restauration dont cette réception n'était qu'un des aspects et probablement pas le plus important. J'ai donc obéi, une fois de plus, et en levant les yeux vers Viola, j'ai dit : « J'aimerais garder cette liste pour voir si je n'ai pas quelques noms à ajouter. Mais dis-moi plutôt ce que tu as. Tu me parais toute changée. »

Moi : Brusque changement de ton et de sujet. Qu'est-ce qu'elle a dit ?

Désidéria : Elle a répété, un peu vexée, je crois : « Changée ? Changée en quoi ? » « Je ne sais pas, attends, tourne-toi, retourne-toi ; ah, je comprends : Tu as mis cette gaine américaine qui te va si mal. » « Qui me va mal ? Mais non. Elle me mincit. » « Tourne-toi, encore ; mais tu ne vois pas que tu ressembles à un tuyau, à un cylindre. » « Qu'est-ce que tu dis ? Un tuyau ? Moi je dis qu'elle me va bien. » « Elle te va très mal. Tu as un corps de fille de vingt ans et le plus beau derrière du monde. Et ce que tu as de plus beau tu le supprimes en portant cette horrible gaine. Tu sais ce qu'elle dit ta gaine : Je suis une femme mûre, une femme sévère, je suis une femme qui a renoncé à l'amour ! Et ton derrière, qu'est-ce qu'il dit, lui : Je suis jeune, je suis belle, je veux jouir de la vie, je veux être admirée, caressée, aimée. » J'avais prononcé ces phrases d'un ton presque affectueux, non seulement parce que la Voix me l'avait ordonné mais aussi parce qu'il ne m'était pas difficile de le prendre : j'avais beaucoup aimé Viola et maintenant, sur ordre, je pouvais toujours faire semblant de l'aimer. Mon calcul se révéla payant. J'ai vu Viola me regarder tentée, émue ; puis, presque instinctivement regarder sa propre image dans la glace de l'armoire. Elle a dit tout doucement : « Tout le monde veut être aimé ; mais il faut savoir le dire avec sa bouche et pas avec son derrière. » Alors la Voix est intervenue : « Dis-lui quelque chose de grossier, brise une fois pour toute sa résistance. » Pour obéir, comme toujours, j'ai fait un effort pour articuler : « Mais ton derrière dit une chose qu'il est difficile de dire avec la bouche. » « Quelle chose ? » « Mets-le-moi dans le cul. » J'ai vu une soudaine rougeur monter de son cou à ses joues et je n'ai pas douté un seul instant d'avoir, comme disait la Voix, brisé sa résistance. Elle s'est exclamée, presque sincèrement : « Mais, Désidéria, qu'est-ce que tu dis ? Tu oublies que tu parles à ta mère. » « Tu sais très bien que je ne suis pas ta fille, que tu n'es pas ma mère, que nous sommes des étrangères, peut-être des amies et peut-être si tu le désires encore deux femmes qui s'aiment. » « Qu'est-ce que tu dis ? Tu es folle ? » « Oui, deux amantes, ici, ou encore mieux via Gaeta. Avec Éros naturellement. Aujourd'hui, demain, quand tu voudras. Mais viens ici, laisse-moi enlever cette horrible gaine. »

Moi : Tu lui as donc fait comprendre que tu étais prête à faire l'amour à trois. Pourquoi ?

Désidéria : Parce que la Voix le voulait.

Moi : Et comment a-t-elle réagi ?

Désidéria : Comment réagit l'arbre à la foudre qui le frappe ? En s'abattant sur le sol, tout entier, avec son feuillage et ses branches écrasés dans la boue et ses racines en l'air. Mes paroles ont fait sur Viola l'effet de la foudre qui tombe sur l'arbre. En silence elle s'est approchée de moi, en me regardant dans les yeux ; et moi, dans mon imagination, je l'ai vue comme l'arbre frappé par la foudre, jetée à terre, incapable de se relever. Alors je me suis penchée sur elle, j'ai soulevé sa jupe, j'ai cherché le bord supérieur de sa gaine en passant la paume de ma main sur la surface lisse et tendue du tissu élastique ; quand j'ai senti le bord plus épais que le reste j'ai tiré cette chose étroite et collante ; elle résistait, j'ai redoublé d'énergie, elle a commencé à glisser le long de son ventre ; j'ai fait un essai plus vigoureux et j'ai senti ses fesses exploser, véritablement, joyeusement, avec toute la force de leur rotondité comprimée, pour retrouver en un seul instant leur forme naturelle. La gaine devenant plus légère et plus facile à manipuler je l'ai baissée des cuisses aux genoux et des genoux jusqu'aux tibias ; obéissante comme une petite fille que sa mère met au lit, Viola est sortie de sa gaine d'abord avec un pied puis avec l'autre. J'ai pris la gaine et je l'ai lancée à la tête du lit avec le geste cruel et satisfait du soldat qui lance loin de lui l'armure de son ennemi vaincu. Ensuite j'ai murmuré entre mes dents : « Maintenant tourne-toi. » Elle a obéi. J'ai tiré sa jupe pour qu'elle colle à ses hanches sans faire de plis et j'ai dit en feignant le contentement : « Maintenant, oui, c'est bien. Nous avons libéré le plus beau derrière du monde, nous lui avons enlevé le bâillon. Il peut parler autant qu'il veut. » Viola n'a rien dit ; muette sans bouger ; sans doute s'attendait-elle à ce que je la renverse sur le lit et que je me jette sur elle. J'ai fait semblant de ne pas m'en apercevoir, je me suis levée et j'ai dit négligemment : « Veux-tu te mettre d'accord avec Érostrato pour que nous nous trouvions tous les trois ensemble via Gaeta ? » J'ai vu qu'elle me regardait les yeux écarquillés d'étonnement et qu'en même temps, croyant probablement que je ne m'en apercevais pas, elle a passé la main sur son front : en réalité elle se faisait un tout petit signe de croix entre les deux yeux, comme le font certaines personnes en montant dans un avion ou en entrant dans la mer pour se baigner. Puis elle a balbutié : « Veux-tu que nous y allions demain ? » « Oui, d'accord, demain. » « A six heures ? » « Pour moi six heures, c'est très bien. » « Tu veux que nous nous retrouvions ici tous les trois ? » « Non, je préfère que nous allions chacun de notre côté. Et maintenant, va-t'en, j'ai affaire. A propos... » « Dis-moi. » « A propos, il est bien entendu que tu jettes au panier ta liste d'invités et que tu ne t'occupes plus de ton absurde réception. » « Mais Désidéria... » Je me suis rapidement approchée d'elle et je l'ai embrassée sur la bouche, légèrement en glissant une seconde ma langue entre ses lèvres. Elle a tenté de me retenir, de prolonger le baiser mais j'ai fait un saut en arrière en disant : « Alors pour la réception nous sommes d'accord. » « Oui, mon amour. » Elle est sortie de ma chambre presque à reculons comme sort un esclave devant son maître.

Moi : Et toi ?

Désidéria : Moi je suis allée dans la salle de bains, j'ai craché dans le lavabo, je me suis rincée la bouche avec du dentifrice pour enlever à ma bouche le goût de celle de Viola. Chaque amour a son goût. L'amour incestueux a aussi le sien.

CHAPITRE VII

Désidéria : Cette nuit-là Quinto avait couché chez Érostrato et ensemble ils étaient sortis très tôt, tellement tôt que lorsque j'ai téléphoné d'une cabine du Piazzale Flaminio (je n'avais pas voulu appeler de la maison, je savais que Viola et les domestiques écoutaient mes coups de fil), un peu avant d'entrer au lycée, personne n'avait répondu ; ils étaient donc déjà sortis. Ma déception provoqua chez la Voix, je me demandais pourquoi, un accès de colère contre mes études : « Comment, tu es sur le point d'enlever ta mère adoptive pour la séquestrer et, si c'est nécessaire, l'assassiner, et tu t'en vas bien gentiment t'asseoir sur un banc de ton école écouter un absurde et ridicule cours sur Racine. Mais qu'est-ce que tu es ? Un monstre d'inconscience ? Une aliénée totale ? Une démente ? » J'ai été très frappée de m'entendre traiter de démente alors que j'avais toujours cru représenter la raison et que la part de folie comportant, en autres, l'idée du plan de transgression et de désacralisation, lui revenait. Aussi je me suis pas laissé faire : « La démente c'est toi. Moi je dois passer mon examen de *maturità* et je ne peux absolument pas me permettre, et pour aucun motif, de manquer un seul cours. » « Ton examen de *maturità,* le vrai, celui qui compte, tu le passeras aujourd'hui via Gaeta. » « Peut-être, mais ce matin je vais au lycée. » « Pour y faire quoi ? » « Suivre un cours sur Racine. » « Tu es folle, folle, folle... » Elle s'étranglait encore en hurlant que j'étais folle que j'avais déjà dépassé la porte de mon lycée. Je suis allée suivre mes cours, je suis ressortie et j'étais chez nous à l'heure habituelle. Je me sentais calme et tranquille, figée, comme suspendue, silencieuse et un peu hébétée, dans une immense solitude. Je suis allée dans ma chambre pour me donner un coup de peigne et je suis passée au salon. Érostrato y était déjà, lisant, comme d'habitude, les journaux. La Voix, qui bouillait d'impatience, m'a fait tout de suite poser ma question : « As-tu parlé à Quinto ? » « De quoi ? » « De via Gaeta. » « De via Gaeta ? » « Oui, de l'opération d'expropriation prolétarienne de via Gaeta. » « De quelle expropriation parles-tu ? » « De la sé-ques-tra-tion de Viola. Tu as compris maintenant ? » « Ah oui, je lui en ai dit deux mots. » « Et qu'est-ce qu'il t'a répondu ? » Il m'a alors regardée mais comme s'il ne me reconnaissait pas ou ne comprenait pas ma question ; puis il a dit : « Quinto est contre. Il pense, comme moi, que ce serait dément. » « Et pourquoi dément ? » « Parce que ces choses-là ne se font pas de cette manière, un point c'est tout. » « Alors moi je serais démente ? » « Non, pourquoi ? » « Parce que quelqu'un qui fait des propositions démentes ne peut-être qu'un dément. » « Mais, enfin, qu'est-ce que tu as ? Tu as l'air hors de toi. » C'était vrai : la Voix en s'entendant traiter de démente après avoir dit la même chose que moi, était entrée dans une colère terrible. Je regardais Érostrato, avec des yeux qui étaient les miens mais dont le regard était celui de la Voix, fulgurant, assassin. En me lançant un coup d'œil un peu de travers, Érostrato, devenu plus conciliant, a ajouté : « Quinto et moi avons décidé d'aller aujourd'hui faire un tour vers trois heures via Gaeta pour nous rendre compte de ce qu'on peut faire. » « J'irai avec vous. » « Pour quoi faire ? Pour le moment c'est une chose entre Quinto et moi. Du reste, il me semble que nous avons rendez-vous avec Viola à six heures et aussi via Gaeta. Il vaut mieux que nous nous retrouvions à six heures. » Je l'ai regardé haineusement ; la fureur de la Voix devait être si visible sur mon visage que de nouveau il m'a paru très effrayé et qu'il a ajouté : « Je me demande vraiment ce que tu as ce matin. » J'ai explosé, je ne pouvais plus me retenir : « J'ai que Quinto et toi vous vous êtes mis d'accord cette nuit pour me considérer comme une folle dont il faut se méfier, tout juste bonne pour faire l'amour avec vous. J'ai que tu veux que j'aille via Gaeta à six heures pour faire l'amour à trois avec Viola et avec toi, pour prendre la place de Brigitte, pour me faire photographier comme elle à quatre pattes pendant que toi tu me le mets par-derrière. J'ai que vous ne voulez pas de moi dans le groupe, que vous voulez me voir devenir la putain de ma mère adoptive. J'ai que... » Je me suis brusquement interrompue : Viola venait de faire son apparition à la porte du salon en criant d'une voix suraiguë : « Hello ! les enfants, mettez-vous à table, c'est servi, j'arrive tout de suite. » Subitement nous l'avons vue disparaître comme un *burattino* qui, tout gesticulant, passe un instant sur le devant de la scène de son petit théâtre et puis s'en va, tiré en arrière par le marionnettiste. Encore écumante de rage je me suis levée pour aller m'asseoir à table. Érostrato qui me suivait a dit avant de s'asseoir : « Bon, ça va. Viens avec nous à trois heures visiter l'appartement. Nous retrouverons Quinto au bar, ici, en bas. » « Je viendrai mais écoute-moi bien. Si vous renoncez à la séquestration je montrerai à Quinto tes photos avec Brigitte. C'est Viola qui me les a données. Il saura que tu es un maquereau et il te fera chasser par le groupe. » Après une seconde de réflexion il m'a répondu sentencieusement : « Nous faisons la révolution contre le capitalisme mais non contre l'amour. » « Alors, je lui dirai que tu es un indic. J'espère au moins, que la révolution contre la police vous la ferez, non ? » Cette fois il m'a répondu d'un ton calme mais menaçant : « A ta place je ne lui dirais pas ça. » La Voix a tout de suite hurlé : « Avant d'être indic, il a sûrement été *mafioso*. Il vient de parler sur le ton des *mafiosi*, précis, exact, indiscutable, irréfutable. » C'est à ce moment que Viola nous a rejoints.

Moi : Et après qu'est-il arrivé ?

Désidéria : Érostrato n'a pas dit un mot durant tout le temps du déjeuner. Viola bavardait, disons plutôt qu'elle monologuait d'une manière volubile, visiblement heureuse, sans remords ni réserve devant la perspective de notre prochaine rencontre à six heures, via Gaeta. Elle avait complètement oublié la peur qui, la veille au soir, l'avait presque obligée à faire son signe de croix ; et je ne pouvais m'empêcher de me rappeler, en la regardant, le célèbre vers de Racine : « C'est Vénus tout entière à sa proie attachée » sur lequel, le matin, notre prof de français s'était particulièrement attardé. Par moments, cependant, le désir semblait l'emporter sur le bonheur et alors elle interrompait son joyeux monologue et me lançait un regard lourd, plein d'anxiété et de trouble qu'obstinément j'essayais d'éviter. Immobile, le menton appuyé sur mes mains croisées, les yeux ailleurs, j'oubliais de manger mais j'écoutais la Voix. Qu'est-ce que je n'ai pas entendu durant cette atroce demi-heure ! « Tu n'es et tu ne seras jamais qu'une petite putain bourgeoise, bavarde, lâche, décadente... »

Moi : Décadente ?

Désidéria : Oui, décadente était devenu depuis quelque temps son épithète préférée lorsqu'elle m'invectivait.

Moi : Qu'est-ce qu'elle voulait dire par décadente ?

Désidéria : Qu'il me manquait la sincérité prolétarienne, que j'étais irrémédiablement bourgeoise, torve, velléitaire, que je mélangeais érotisme et révolution. En somme : décadente qui est un mot français.

Moi : Que disait-elle d'autre ?

Désidéria : Qu'Érostrato n'était qu'un vulgaire *mafioso* et un maquereau et que son prétendu désir de révolution servait de couverture à la corruption dans laquelle il nageait comme un poisson dans son élément naturel. De Quinto, la Voix disait que c'était un bureaucrate du terrorisme, un bourgeois de la révolution. Lui et Érostrato étaient différents l'un de l'autre et ne se ressemblaient que sur un point : leur façon de me considérer comme une démente, de m'exclure du groupe, de me confiner dans mon rôle de putain *pariolina,* et caetera. Et tandis que la Voix parlait, nous en étions arrivés au dessert. Elle a repris la parole pour me lancer un ordre, je dirais plutôt une intimation terrifiante : « Tu te souviens de cette nuit où tu as eu une crise d'épilepsie ? C'était horrible, non ? Alors écoute-moi bien : ou bien tu réussis aujourd'hui à enfermer sous clef ta mère via Gaeta, ou bien toute ta vie tu resteras ce que tu as été cette nuit-là. » « Mais qu'est-ce que j'étais ? » « Une obsédée, une possédée du démon, une vraie démente. »

Moi : Je me rappelle un temps où la Voix menaçait de t'abandonner, de ne plus te parler, de te rendre à ton état premier d'objet sexuel, d'holothurie, et à présent il s'agissait d'une menace inverse : ne plus jamais te lâcher, te précipiter dans la folie et dans la mort comme les pourceaux de l'Évangile dans lesquels les démons avaient cherché refuge. Pourquoi ce changement ?

Désidéria : Je l'ignore. Ce que je sais c'est qu'à cause de la peur effroyable qui m'avait envahie, je me suis fait très mal en serrant trop fort ma tête entre mes doigts.

Moi : Comment s'est terminé ce déjeuner ?

Désidéria : Par un toast.

Moi : Non ?

Désidéria : Si. Dans sa joie, Viola avait acheté un gâteau chez un pâtissier du quartier. Voilà qu'arrivent le *cameriere* et le gâteau. Nous nous servons et je remarque qu'à côté des verres de tous les jours, pour le vin et pour l'eau, on a mis des flûtes. Le *cameriere* s'installe un peu à part sur une petite table et commence à travailler autour de la bouteille de champagne. Le bouchon saute et le vin est versé dans nos verres. Viola dit d'un air innocent : « Je me demande pourquoi cette idée de gâteau et de champagne m'est venue. Nous n'avons rien de spécial à fêter, et pourtant on ne peut pas m'enlever de la tête que nous devons absolument aujourd'hui porter un toast. Je propose que chacun de nous boive à la réussite de ce qui, en ce moment, lui tient le plus à cœur. Mais personne ne doit dire ce qu'est la chose à laquelle il tient particulièrement, d'accord ? »

Moi : Viola devait penser au rendez-vous de via Gaeta.

Désidéria : Certainement.

Moi : Et toi, à sa séquestration.

Désidéria : Oui — ou plutôt c'était la Voix qui y pensait.

Moi : Et Érostrato à quoi pensait-il ?

Désidéria : Je suppose, alternativement et sans pouvoir se décider, un moment à la séquestration, un moment à notre prochaine rencontre à trois.

Moi : Et le toast ?

Désidéria : Il a été à la fois ambigu et féroce. Presque comme si tandis que d'une main nous levions notre verre, nous tenions de l'autre un couteau sous la table pour nous égorger mutuellement. Nous avons choqué ensemble les flûtes en disant : « Éros », « Érostrato », « Désidéria », « Viola », « Maman ». Viola a immédiatement vidé son verre et l'a fait aussitôt remplir de nouveau. Moi, j'ai à peine trempé mes lèvres, j'ai éteint ma cigarette dans la crème du gâteau et je me suis levée en disant : « Alors, à tout à l'heure. A six heures. » Érostrato pris à l'improviste, a posé sa flûte à moitié pleine sur la nappe et s'est levé en hâte pour me suivre.

Moi : Et Quinto vous attendait au bar ?

Désidéria : Oui, assis à une petite table il écrivait je ne sais quoi dans un petit carnet noir. Tous les trois ensemble nous sommes montés dans la voiture d'Érostrato. Cette fois j'étais devant et Quinto derrière. Dès le commencement j'ai compris, ou plutôt j'ai senti, mais très précisément, que si le jour de son arrivée Quinto avait exclu Érostrato de la conversation, aujourd'hui c'était moi qui était exclue du dialogue qui venait de s'établir entre Érostrato et lui.

Moi : De quelle façon as-tu eu cette sorte d'intuition ?

Désidéria : Anxieuse, furieuse, la Voix m'a fait tout de suite attaquer la question de la séquestration de Viola : « Dis-moi un peu, Érostrato t'a-t-il parlé de notre projet ? » « De quel projet ? » « De la séquestration de ma mère adoptive. » « Ah, oui, ton projet de lui faire son affaire ? » « Tu dois dire “votre” projet. C’est aussi bien celui d’Érostrato que le mien. Nous l’avons décidé ensemble. » « Nous en reparlerons après notre visite à l’appartement. De quel genre d’appartement s’agit-il ? » La Voix était exaspérée : « Tu vois qu’ils se sont mis d’accord derrière ton dos. Érostrato a dit à Quinto que tu es une folle qui déteste sa mère adoptive qui, sous prétexte de politique, veut lui donner une bonne leçon pour se venger des torts dont elle s’imagine avoir souffert. Et Quinto a cru Érostrato. La preuve de ce que je dis c’est qu’Érostrato n’a rien dit de l’appartement bien qu’ils aient eu toute le nuit pour en parler. Tu ne te rends pas compte qu’ils te mènent par le bout du nez ? Tu ne te rends pas compte que cette visite est une comédie pour te faire rester tranquille ! » Je lui ai demandé de se calmer mais elle a poursuivi : « Et toi tu es d’accord avec eux pour tout foutre en l’air. » C’était la première fois que la Voix m’accusait de tomber d’accord avec quelqu’un contre elle. Tu peux imaginer dans quel état de rage elle était !

Moi : Comment la conversation entre Quinto et Érostrato s’est-elle poursuivie ?

Désidéria : Érostrato semblait, oh, légèrement, gêné. Tout en conduisant et en toussaillant il a répondu à Quinto : « C’est un appartement un peu spécial ; d’une certaine façon il semblerait fait exprès pour notre entreprise. » « Pourquoi ? » « Parce qu’il est secret. » « Secret ? » « Je veux dire qu’il se présente de telle sorte qu’il est difficile de savoir ce qu’il s’y passe. S’il est habité ? Par qui ? Et caetera. » « Mais actuellement à quoi sert-il ? » « A des rencontres avec des femmes, à y aller faire l’amour. C’est, somme toute, ce qu’on appelle une garçonnière. » « J’ai déjà entendu ce mot. Mais a qui appartient-il ? » « A quelqu’un que je connais. Cette personne nous le louerait si tu étais d'accord. » « Et qui est cette personne ? » « Un... vieux. » « Ah oui ! et il venait là pour faire l'amour avec des femmes ! » J'écoutais, le cœur plein d'angoisse. Ce vieux, c'était Viola ; Érostrato me parlait à moi, à travers Quinto. Après quelques instants de silence Quinto a repris : « Peu importe mais ça m'amuse de visiter une garçonnière, au moins pour voir ce que c'est. Du reste, je vais te dire, pour faire l'amour, une garçonnière c'est sûrement plus confortable qu'une bagnole où tu n'arrives jamais à le mettre sans faire des acrobaties, ou un bout de pré dans la périphérie, couvert de vieux bidons, de boîtes de conserve et de merde. » Érostrato n'a rien dit. Moi, je me suis exclamée : « Mais ces garçonnières ce sont des endroits ignobles, ce sont des bordels privés, des serres chaudes pour la prostitution. » « Ne dis pas de mal des putains, toi. Qu'est-ce que nous ferions, nous les hommes, sans les putains. On n'a pas toujours envie de se chercher une petite amie ! Moi, quand je sens que la soupe risque de déborder, je m'en vais sur un boulevard que je sais, je me choisis une brave garce qui fait le trottoir et je décharge. Malheureusement il faut le faire en voiture, en plus, avec un préservatif et tu ne sens plus rien. C'est pour ça que je dis que ces, comment déjà ? ah oui, ces garçonnières me seraient parfois bien utiles. » « Tu es marié ? » « Marié, moi ? Non, mais dis, tu as regardé ce qu'il y a à l'intérieur de l'enveloppe de paie d'un ouvrier ? Et tu sais ce que coûte la vie ? Je veux dire la vie d'une famille ? Mais toi, avec une mère assez riche pour être séquestrée, qu'est-ce que tu peux savoir de tout ça ? Non, la famille c'est pour les patrons. Eux, ils en ont pour élever des mômes. Nous autres prolétaires on en a juste ce qu'il faut pour se payer une pute de trottoir le samedi. »

Moi : Tu devrais être contente puisque Quinto excluait Érostrato pour dialoguer avec toi.

Désidéria : Ah, oui, ça tu peux dire qu'il dialoguait. J'étais assise à côté d'Érostrato et Quinto était derrière, à la place que j'occupais la veille. Lorsque j'ai vu qu'il continuait à bavarder avec Érostrato et qu'il m'écartait de la conversation, je me suis retournée, j'ai laissé pendre mon bras et j'ai fait avec mes doigts le geste qu'on fait à un chat ou à un chien qu'on appelle près de soi. Quinto a vu mon geste, l'a compris et s'est approché en appuyant ses coudes sur le dossier de mon siège. J'ai alors passé mon bras entre ses jambes et j'ai saisi son membre. C'est à partir de là qu'il a commencé à me parler.

Moi : Pourquoi as-tu fait ça ?

Désidéria : Moi je ne voulais pas ; c'est la Voix qui me l'avait ordonné. Elle m'a dit : « Retourne-toi, attrape-le-lui. » « Mais pourquoi ? Tu sais bien que Quinto me fait horreur. » « Parce qu'ils se sont mis tous les deux d'accord contre toi il faut que tu fasses tout ton possible pour te mettre d'accord avec Quinto contre Érostrato. » « Ni l'un ni l'autre ne m'intéressent. » « Quinto est un révolutionnaire et Érostrato ne l'est pas. Tu dois faire sa conquête à n'importe quel prix. » « Un révolutionnaire, lui ? Tu me fais rire. C'est un bourgeois. Un bourgeois comme Tibéri. » « Si tu appelles un bourgeois un homme d'ordre, c'est un bourgeois, mais c'est un bourgeois qui veut changer le monde tandis que les bourgeois comme Tibéri veulent qu'il reste tel qu'il est. »

Moi : Cynique la Voix, non ?

Désidéria : La Voix n'était pas cynique ; elle voulait la révolution.

Moi : Oui, mais à tout prix.

Désidéria : La révolution on la veut à tout prix ou on ne la veut pas du tout.

Moi : Bon. Raconte-moi plutôt comment s'est terminée ta contre-offensive à base de masturbation.

Désidéria : Tout s'est terminé au moment où Érostrato dit tout d'un coup du bout des lèvres : « Nous sommes arrivés. Alors j'ai ramené ma main vers moi et Quinto, s'est rejeté en arrière. La voiture s'est rapprochée du trottoir et s'est arrêtée.

Moi : Et alors ?

Désidéria : Nous sommes sortis tous les trois de la voiture ; Érostrato s'est avancé vers la petite porte toute neuve située à côté du rideau de fer rouillé et poussiéreux de l'ex-charcuterie. Il a ouvert la porte et nous sommes entrés. Érostrato a refermé la porte et pendant un moment nous sommes restés dans le noir. Il a allumé l'électricité en disant : « Derrière le rideau de fer qui est à côté de cette porte, il y avait autrefois une charcuterie. Les murs de ce local étant très hauts, on a pu le diviser pour en faire deux pièces basses, une au rez-de-chaussée, l'autre au premier. On a conservé le rideau de fer pour dissimuler l'existence de l'appartement. Les pièces n'ont pas de vraies fenêtres ; elles reçoivent le jour par deux longues fentes horizontales qui correspondent à l'endroit où se trouvait autrefois l'enseigne de la charcuterie. La fente de la pièce du rez-de-chaussée se trouve au niveau du plafond et celle du premier, au niveau du sol. Le rideau de fer ne fonctionne plus. Derrière lui on a élevé un mur de briques. Maintenant regardez bien cette petite porte et ce petit escalier ; la première donne dans la pièce du rez-de-chaussée qui est arrangée en studio ; le second conduit à l'étage où se trouve la chambre à coucher. Allons d'abord voir le studio. »

Moi : Pourquoi Érostrato était-il aussi méticuleux dans ses descriptions puisqu'il ne voulait pas entendre parler de séquestration — c'est toi qui m'a dit ça — et qu'il était arrivé à convaincre Quinto de ta folie ?

Désidéria : Toujours cette ambiguïté, ambiguïté d'une certaine façon sincère et peut-être même douloureuse pour lui. Il ne voulait pas cette séquestration mais en même temps il aimait se comporter comme s'il l'avait voulue.

Moi : Comment était meublée la pièce qui servait de studio ?

Désidéria : Elle avait cet aspect un peu sévère qui plaît généralement aux hommes de profession libérale. Il y avait une grande cheminée de briques dont le bandeau de traversin portait une inscription latine. Il y avait un bureau de style baroque, une lampe de bronze dont l'abat-jour en parchemin était orné, lui aussi, de phrases en latin. Il y avait des deux côtés de la cheminée des bibliothèques pleines de livres reliés en cuir rouge, vert et brun gravé de motifs et de lettres dorés. Il y avait devant la cheminée deux canapés jumeaux en velours côtelé vert bouteille. Sur le tissu de damas, également vert, tendu sur les murs étaient accrochés quelques grands tableaux dont la peinture avait noirci.

Moi : Des faux, sans doute, achetés chez des brocanteurs ?

Désidéria : Mais non, tous ces meubles étaient beaux, anciens, authentiques. J'ai tout de suite reconnu le goût de Tibéri. C'était probablement lui qui avait arrangé cette maison.

Moi : Et Quinto ? Qu'est-ce qu'il disait ?

Désidéria : Je crois qu'il était intimidé et incrédule. Il a dit : « Mais qu'est-ce que pouvait bien faire ce vieux dans ce studio ? Il étudiait quoi ? »

Moi : Érostrato lui a répondu ?

Désidéria : Il a répondu en décrivant toujours aussi minutieusement la façon dont Viola procédait avec les call-girls qu'elle faisait venir dans cet appartement pour faire l'amour à trois. De sa belle voix de gorge où se mêlait le ton impersonnel de la pure information à l'émotion complice, il a dit : « Non, il ne venait pas ici pour étudier mais pour y recevoir des filles, avant de monter avec elles dans la chambre à coucher. » « Tu as dit des filles ? Combien étaient-elles ? Plusieurs ? » « Oui, deux. » « Mais qu'est-ce qu'il faisait ? Il choisissait la mieux et renvoyait l'autre ? » « Non, il les gardait toutes les deux. » « Mais pour quoi faire ? » « Pour faire l'amour. » « Avec les deux ? » « Oui. » Là, Quinto a commencé à remuer les lèvres, comme s'il voulait poser une autre question, mais il n'a rien dit, se rendant probablement compte qu'il avait déjà montré une curiosité excessive. Érostrato a poursuivi son discours en disant que le vieux était toujours là une heure avant l'arrivée des call-girls. En les attendant il cherchait à se dominer, à conserver son air respectable, même un peu trop fier ; mais à mesure que le temps passait il arrivait de moins en moins à calmer une anxiété dévorante. Au début il essayait de rester tranquillement assis devant le feu, un illustré et un verre de whisky à portée de sa main. Le feu crépitait, un disque de musique classique tournait. Quiconque aurait vu le vieux à ce moment se serait dit qu'il se reposait calme, détendu, sans souci, à la fin de sa journée de travail. Mais ce n'était pas ça du tout. Le vieux se servait à boire de plus en plus souvent, feuilletait rageusement sans le regarder son journal illustré. A la fin, n'arrivant plus à dominer son inquiétude, il faisait n'importe quoi pourvu que ce soit quelque chose : il montait au premier pour voir si la chambre était en ordre ; il prenait un chiffon et enlevait la poussière avec des gestes de maniaque, il redescendait attiser le feu, remettait des bûches, réglait les éclairages, changeait le disque du phono ; et mille et mille autres choses. Le temps ne passait pas assez vite ; il ne cessait de consulter sa montre-bracelet ; il allait et venait pareil aux animaux du zoo à l'heure des repas, avec la même impatience famélique, la même frénétique monotonie. Il lui arrivait même, soit d'aller ouvrir la porte de la rue pour jeter un regard dehors, soit de regarder à travers la fente horizontale qui servait de fenêtre pour épier ce qui se passait sur le trottoir d'en face. Quelquefois l'heure du rendez-vous passait sans qu'on voie les call-girls. Alors le vieux, n'en pouvant plus, se levait pour aller se coller au téléphone, appeler le numéro de l'appartement des filles, demander depuis combien de temps elles étaient sorties, si elles venaient ensemble ou séparément, si elles avaient pris leur voiture ou l'autobus et cent autres choses qui, directement ou indirectement, pouvaient avoir provoqué le retard. Finalement le coup de sonnette tant attendu résonnait ; le vieux s'examinait un moment dans la glace et puis, assumant de nouveau son air apparemment distant, allait ouvrir la porte. Les deux call-girls entraient dans le studio, en regardant autour d'elles, à la fois désinvoltes et gênées ; elles étaient habituées à faire ce genre de visites mais elles ne savaient pas encore à qui elles allaient avoir affaire. D'un air hypocrite et sérieux le vieux les invitait à s'asseoir sur le canapé en face de lui. Les jeunes filles qui s'attendaient à un accueil un peu pressé, même impoli et grossier, semblaient stupéfaites en voyant que le vieux, au lieu de se jeter sur elles, commençait à leur poser le genre de questions que font les dames de la bonne société aux femmes de chambre qui se présentent pour entrer à leur service. Quel âge avaient-elles, où étaient-elles nées, où habitaient-elles, que faisaient leurs parents, et caetera. Mais lorsque le vieux, toujours sur le même ton pontifiant, passait aux questions relatives à leurs imminentes prestations érotiques, elles comprenaient que l'air distant et supérieur était voulu et surtout calculé pour en faire un excitant supplémentaire. Les suppositions des filles étaient, du reste, vite confirmées par le changement qu'elles constataient dans le comportement du vieux qui avait été jusque-là digne et froid. Et voilà que soudainement il leur demandait si elles avaient déjà fait l'amour à trois : en posant la question il avait rougi et le ton de sa voix n'était plus aussi ferme. Et à mesure qu'il décrivait avec plus de détails les particularités de ses préférences érotiques, il semblait ne plus pouvoir contrôler sa propre émotion ; il recourait à des mots dont la vigueur n'était plus atténuée par un ton objectif ; son élocution se faisait hésitante et beaucoup plus lente ; il avait des sortes de bouffées de chaleur et il s'agitait sur son siège de façon inquiétante. Les call-girls mises à leur aise par cette sorte de déroute d'un farouche quant-à-soi, lui répondaient franchement, en employant elles aussi le vocabulaire ordurier des bordels, riaient en échangeant des clins d'œil et des mots à double sens. Et brusquement, autre changement de programme : le vieux annonçait qu'il allait chercher son appareil-photo ; elles, elles n'auraient rien d'autre à faire qu'à découvrir les parties de leurs corps qu'il indiquerait au fur et à mesure ; pour pouvoir les photographier autant qu'il le voudrait, il était prêt à payer un supplément. Maintenant son ton était redevenu relativement calme et froid ; on aurait dit que l'appareil-photo et sa technicité remplaçaient, chez le vieux, sa capacité de raisonnement en ce moment perturbée ; qu'il mettait une distance entre son désir et le corps des jeunes femmes. Mais ce n'était pas vrai, du moins pas tout à fait vrai. En réalité le vieux incorporait l'appareil-photo dans le jeu érotique, il devenait un élément indispensable des deux phases de l'amour à trois. Dans la première phase, l'appareil-photo servait à faire se déshabiller les call-girls sans, pour ainsi dire, qu'elles s'en rendent compte puisqu'elles dénudaient en riant tantôt une partie de leur anatomie, tantôt l'autre en suivant les déplacements de l'objectif ; dans la seconde phase, qui se jouait dans la chambre à coucher du premier étage, l'appareil-photo était utilisé pour demander aux call-girls — maintenant complètement nues — de se mettre dans les différentes positions que le vieux inventait et leur suggérait successivement. En somme, au premier acte, l'appareil-photo prenait l'aspect d'un objet de bonne compagnie imitant la dame interrogeant une femme de chambre avant de l'engager, avec en plus, la technicité des photographes des revues érotiques. Mais au second acte, cette technicité ne suffisait plus, elle était infirmée par la participation du vieux, désormais débarrassé de ces inhibitions, qui se faisait photographier par une des filles tandis qu'il faisait l'amour avec l'autre ou qui, carrément, jetait l'appareil devenu inutile pour se livrer franchement, et sans le prétexte d'une photographie, au rapport érotique compliqué et acrobatique de l'amour à trois.

Moi : Sais-tu pourquoi Érostrato s'est cru obligé de décrire avec tant de minutie ce qui se passait via Gaeta entre lui, Viola et les call-girls qu'ils invitaient ?

Désidéria : Je suppose que c'était une pulsion inconsciente d'auto-punition sado-masochiste. Comme les call-girls, Érostrato se prostituait. Dans les call-girls, il se voyait lui, et dans le vieux, Viola. Ainsi d'un côté il se haïssait lui-même, de l'autre, Viola. Mais le résultat pour lui, n'était pas comme pour moi la révolte positive et active. Les deux haines d'Érostrato s'équilibraient et engendraient son apparente impassibilité qui, en réalité, n'était qu'une forme d'impuissance à agir, à sortir de la situation dans laquelle il était piégé.

Moi : Et Quinto ? A-t-il commenté le discours d'Érostrato ?

Désidéria : Un peu inquiet, un peu jaloux, il a demandé : « Mais toi, comment fais-tu pour savoir tout ça ? » A quoi Érostrato a répondu en disant qu'il connaissait une de ces call-girls et que c'était elle qui l'avait mis au courant.

Moi : Et après que s'est-il passé ?

Désidéria : Eh bien après Quinto a dit sur un ton de sincérité vraie, certainement provoquée par l'agitation de ses sens : « Peut-être que vous trouverez ça bizarre mais, pour moi, l'injustice réside beaucoup plus dans des faits de ce genre que, par exemple, dans la culture. Tout le monde, au fond, peut se cultiver ; pour acheter des bouquins on arrive toujours à épargner de l'argent. Tandis que les putains de luxe, dans un appartement comme celui-ci, ce sont les patrons qui peuvent se les envoyer et on peut rien y faire. Qui sait combien elles coûtent au vieux, ces filles ? » « Jamais moins de cent mille lires ; souvent deux, trois cent mille ; quelquefois un demi-million. Tout dépend de la qualité. » « Tu vois ! La paie d'un directeur d'usine. » Tout en continuant la conversation nous avons quitté le studio et en grimpant le petit escalier conduisant à l'étage j'ai eu la preuve que j'avais réussi à tirer Quinto de mon côté, comme le désirait la Voix, et à le dresser contre Érostrato.

Moi : Comment ?

Désidéria : Nous montons l'escalier : en premier Érostrato, ensuite moi, ensuite Quinto. Quinto passe brusquement sa main sous mon chandail, constate que je ne porte rien dessous, arrive à prendre un de mes seins et le caresse. Je me retourne pour lui faire comprendre de rester tranquille ; il fixe ses yeux brillants dans les miens, ramène sa main vers lui et fait les cornes en direction d'Érostrato.

Moi : Et toi ?

Désidéria : Pour la première fois j'ai eu le terrible pressentiment de ce qui allait arriver.

Moi : Qu'est-ce qui allait arriver ?

Désidéria : Attends, laisse-moi parler. Nous arrivons sur un petit palier devant une porte fermée. Érostrato l'ouvre et nous entrons dans un étroit corridor tapissé de glaces ; il y en a partout, au plafond, sur les murs, sur le sol. En voyant mon image, cent fois renvoyée par tous ces miroirs, j'ai eu une sorte de tournement de tête. Érostrato nous précédait et ouvrait les portes : une salle de bains, une petite cuisine, une espèce de placard d'où partait un petit escalier en colimaçon qui aboutissait dans une cour donnant sur une rue parallèle à la via Gaeta. Érostrato nous a expliqué : « C'est une sortie de secours qui serait très utile au cas où on voudrait transformer l'appartement en prison du peuple. » Mais Quinto a demandé : « Mais où est la chambre à coucher ? » « Attends », a répondu Érostrato, « tu vas la voir comme la voyait le vieux. Le vieux qui, entre parenthèses, est ce qu'on appelle un voyeur aimait bien regarder en cachette les filles faire l'amour. » En faisant sûrement allusion à une habitude de Viola, il a appuyé le doigt sur un relief en cuivre du cadre d'un des miroirs ; un petit guichet s'est entrouvert nous révélant la présence d'un de ces judas qu'on pose souvent sur les portes d'entrée des appartements. Sur l'invitation d'Érostrato, Quinto a mis son œil au judas et s'est exclamé d'admiration : « Ah ! pas mal ! Une vraie chambre pour faire l'amour ! » Érostrato m'a demandé si je voulais regarder aussi mais j'ai refusé d'un signe de tête ; je souffrais d'une sorte de malaise qui m'empêchait de parler ; alors il a ouvert une porte en trompe l'œil et il nous a fait entrer dans la chambre.

Moi : Alors, comment était-elle ?

Désidéria : Ici aussi j'ai tout de suite reconnu l'auteur de l'aménagement : Tibéri, spécialiste des XVIe et XVIIe siècles italiens, provençaux, espagnols. La moquette était rouge foncé, les murs tendus de damas rouge clair. Il y avait un lit à baldaquin aux colonnes torses, très haut ; il y avait une armoire à bossages ; il y avait des sièges en cuir de Cordoue ; il y avait un grand lutrin baroque avec une Bible ouverte, ou, peut-être, un missel. Il y avait une cheminée dont le manteau était orné de carreaux de faïence ; sur une vieille poutre s'alignaient des pots de cuivre et d'étain. Le jour venait de la fente horizontale à fleur de sol ; la même qui dans le studio se trouvait au plafond. Quinto a dit : « Alors c'est sur ce lit que le vieux faisait l'amour avec ses call-girls de luxe ? » sur un ton définitif dans lequel la réprobation du moralisateur se mêlait à l'envie d'être l'égal du vieux. Inspirée par la Voix, mais à la façon dont un acteur est inspiré quand l'auteur de la comédie lui suggère ses répliques, j'ai brusquement demandé à Quinto : « Ça te plairait, hein, de faire comme le vieux, au moins une fois dans ta vie ? » Je devais avoir mis dans mon ton je ne sais quoi d'aguichant ou de provocant car il m'a tout de suite répondu : « Moi je pense que tous ont droit à tout. Les patrons sautent les filles d'un demi-million dans les garçonnières, pourquoi les prolétaires n'auraient pas le droit de sauter les mêmes filles dans les mêmes garçonnières ? C'est facile à comprendre ce que je dis, non ? Mais toi, dis un peu, ça te plairait pas de faire, une fois en passant, la call-girl ? » Je suis restée un peu déconcertée par cette question parce que je ne m'attendais pas à cette allusion, sans malice de la part de Quinto, du rôle de *battona* que j'avais joué dans le scénario élaboré, un jour, par la Voix. Je n'ai pas eu le temps de lui répondre parce qu'Érostrato est soudainement intervenu entre nous avec l'étrange agressivité d'un homme qui voit un de ses amis se permettre des privautés excessives avec sa maîtresse.

Moi : Mais tu n'étais pas la maîtresse d'Érostrato ?

Désidéria : Absolument pas, c'est pour ça que j'ai dit étrange agressivité.

Moi : Qu'est-ce qu'il a dit au juste, Érostrato ?

Désidéria : Il a dit entre ses dents mais en regardant Quinto droit dans les yeux : « Doucement, toi. Dis-moi plutôt si tu aimerais mettre ton œil au judas pour regarder la fille se faire sauter par le patron. Le patron faisait ça, lui. Comme prolétaire tu devrais revendiquer le droit de faire aussi le voyeur, non ? »

Moi : C'est vrai qu'il était agressif. Qu'est-ce que lui a répondu Quinto ?

Désidéria : Il n'a pas répondu tout de suite. Puis il a dit : « Eh ben, *terrone,* qu'est-ce qu'il te prend ; s'il y a un voyeur ici, je crois bien que c'est toi. » « Réponds. Ça te plairait oui ou non ? » « Oui, le voyeur c'est toi et c'est tellement vrai que Désidéria et moi on va faire l'amour sur ce lit et que toi tu nous regarderas à travers le judas. » « A ta place, je ne parlerai pas comme ça. » « Je parle comme je veux ; si toi tu veux, pendant que tu nous regarderas, personne ne t'empêchera de te masturber. » « Un camarade ne parle pas de cette manière à un camarade. » « Je n'ai pas de leçon à recevoir de toi, *terrone !* Et maintenant fous le camp, hors d'ici, tu as compris. Sors d'ici et va dans le corridor nous regarder. »

Moi : Qu'est-ce qu'il a dit, ou plutôt qu'est-ce qu'il a fait, Érostrato ?

Désidéria : Je crois t'avoir dit que Quinto portait un blouson de cuir court qui ne lui arrivait qu'à la taille. Érostrato et lui se parlaient près de la porte ; moi j'étais debout à côté du lit. Quinto a passé sa main à l'intérieur de son blouson puis tiré son bras en arrière. Mais je n'ai compris qu'il avait pris le pistolet qu'il braquait maintenant sur Érostrato qu'à l'instant où celui-ci, calme et impassible comme toujours, a commencé à reculer vers la porte en disant : « Bon, bon, mais pour baiser il faut être deux. On pourrait peut-être demander à Désidéria si elle en a envie. » Quinto s'est retourné vers moi, mais pas assez pour que je puisse voir son pistolet, en disant : « Désidéria en a envie. Dis-le-lui, Désidéria pour qu'il s'en aille faire le voyeur et qu'il nous foute la paix. » J'étais sur le point de crier : « Non, non, je ne veux pas. » Mais la Voix n'était pas de cet avis : « Tu dois faire ce que veut Quinto. Sinon tu nous perds tous les deux. Lui et moi. » « Même si je dois perdre ma virginité ? » « Même si tu dois perdre ta virginité. » Alors j'ai levé les yeux et répondu d'une voix claire : « J'ai choisi. Je reste ici avec Quinto et toi tu t'en vas. » Érostrato m'a regardée pendant un moment qui m'a paru interminable, puis il a dit : « C'est bon, je m'en vais. Quinto sait où me trouver. *Ciao,* Désidéria. » Il est sorti. Quinto a remis son pistolet dans la poche de son blouson puis il est allé donner un tour de clef à la porte.

Moi : Ainsi le moment suprême de ta vie est arrivé, tu vas perdre ta virginité.

Désidéria : Oui, ce moment est arrivé.

Moi : Si la Voix ne l'avait pas exigé je crois bien bien que tu ne te serais pas donnée à Quinto.

Désidéria : Oh, non.

Moi : Il ne te plaisait pas ?

Désidéria : C'est peu de dire qu'il ne me plaisait pas. Il me faisait horreur...

Moi : Pourquoi horreur ?

Désidéria : Parce qu'inexplicablement, obscurément, je sentais qu'il était un assassin.

Moi : Un assassin ?

Désidéria : Oui et je le sentais comme on sent qu'un animal est féroce. A tel point, qu'en venant, en voiture, j'avais regardé son pouce de la main gauche.

Moi : Son pouce ? Pourquoi le pouce ?

Désidéria : Dans un livre sur la chiromancie j'avais lu que les assassins ont le pouce en forme de bille, c'est-à-dire que la dernière phalange de ce doigt est arrondie. Et Quinto l'avait. Cette supposition venait de m'être confirmée par la façon dont il avait conclu sa discussion avec Érostrato.

Moi : Alors que se passe-t-il dans la chambre où le vieux « patron » s'envoyait des call-girls à cinq cent mille lires ?

Désidéria : Étant donné les circonstances il ne s'est rien passé de vraiment extraordinaire. Je me rendais bien compte que c'était un moment important et, en quelque sorte, fatal. Quant à Quinto et on le voyait très bien, il considérait ce qui allait se passer comme quelque chose d'ordinaire mais surtout de normal : une camarade de Rome plaisait à un camarade de Milan et vice versa : qu'y avait-il de bizarre à ce qu'ils couchent ensemble ?

Moi : En effet.

Désidéria : Tout se passe donc comme on aurait pu raisonnablement le prévoir. Quinto enlève son blouson et le suspend soigneusement au dossier d'un fauteuil, ensuite il vient vers moi, prend mes seins dans ses mains, me pousse, me fait tomber en arrière sur le lit. Maintenant il pèse de tout son corps sur moi ; il commence à me déshabiller très vite mais en enlevant seulement ce qui pourrait gêner le rapport sexuel, c'est dire le peu d'importance qu'il attribue au rapport lui-même. Il remonte ma minijupe au-dessus de mon ventre, abaisse mon slip sur mes jambes ; au moment où il semble décidé à me l'enlever complètement je vois qu'il y renonce en rencontrant la difficulté des bottes. La Voix m'ordonne brutalement : « Allez, vite, enlève tes bottes. » Je m'exécute rapidement. Maintenant je suis nue de la taille aux talons ; j'obéis à la Voix qui me dicte tous mes gestes. Autant que je le peux j'écarte mes jambes ; et lui se jette au milieu, en tenant dans la main le membre, qu'entre-temps, non sans difficulté à cause de son érection, il a extrait de son pantalon trop étroit. Il se met un peu sur le côté, anxieux, attentif, cherchant avec son membre la fente de mon vagin puis l'ayant trouvée, il imprime à tout son corps une poussée en avant et me pénètre. J'ai éprouvé une douleur brève, aiguë, comme produite par une lame effilée ; en même temps, désormais sûr d'être bien dedans, il s'est jeté sur moi et s'est mis à faire aller et venir sans arrêt son corps sur le mien ; en même temps, il pelotait mes seins, il couvrait mes joues et mon cou de baisers. Finalement il m'a fourré dans la bouche une grosse langue rapeuse, une langue, je ne pouvais m'empêcher de le penser, vraiment prolétarienne, transmise de père en fils comme l'ankylose dorsale du paysan ou la fixité du regard de l'ouvrier spécialiste de la chaîne de montage.

Moi : A ce moment précis, tu as véritablement pensé à ça ?

Désidéria : Mais oui. La Voix s'en est même étonnée, puis fâchée : « Comment, au moment où tu sacrifies ta virginité à la révolution, tu penses à de pareilles choses ? qui, en outre, me révèlent que tu restes irrémédiablement attachée aux préjugés sur les castes sociales. »

Moi : Qu'as-tu dit ?

Désidéria : Rien, je n'ai pas répondu. Tu ne sais pas ce que j'avais l'impression d'être ? Oh, pas du tout la révolutionnaire dont parlait la Voix, mais une pauvre fille qui, à la fin d'un long et triste dimanche passé à traîner dans les rues ou les jardins publics se laisse violer, plus par lassitude que par amour, par un compagnon de hasard sur un sinistre pré de la périphérie.

Moi : Quinto est-il arrivé à l'orgasme ?

Désidéria : Oui je crois, parce qu'il resté en moi sans bouger, son visage écrasé contre le mien. Il a poussé une sorte de grognement suivi d'un profond soupir et puis plus rien.

Moi : Tu n'as pas eu peur de te trouver enceinte ?

Désidéria : J'y ai pensé mais, au fond, cela m'était égal.

Moi : Et après ?

Désidéria : Nous nous sommes assoupis dans les bras l'un de l'autre, lui son menton sur mon épaule, moi mon menton sur la sienne. Quinto, endormi le premier, s'est mis à ronfler ; moi j'ai fait un rêve : j'ai l'impression d'être aux confins d'une vaste plaine, je suis debout, immobile, je tiens par la main un homme dont je ne vois pas le visage parce qu'en réalité, je nous vois, moi et mon compagnon, de dos, deux silhouettes noires au bord d'un abysse de lumière. C'est l'aube et nous attendons, dans l'extase, que le soleil se lève et nous inonde de sa bénéfique lumière. Le soleil apparaît, rouge sang mais couvert d'étranges veines plus claires comme s'il était fait d'une matière fluide, liquide, et que cette matière soit contenue dans une pellicule transparente comme l'intérieur d'un œuf. Mon compagnon et moi continuons à regarder, dans l'extase, l'horizon. Dans notre attitude on sent la dévotion, l'admiration, l'attente, l'espérance. Le soleil-œuf monte, toujours aussi rouge, toujours de cette consistance molle et brillante, il monte inondant la terre d'une extraordinaire lumière pourpre et brusquement... il se rompt. Oui, il se rompt comme se rompt un jaune d'œuf qui n'est pas du jour, comme on dit dans le langage quotidien ; il se rompt et de sa cassure sort à flots quelque chose de liquide et de rouge que je ne tarde pas à reconnaître : du sang. Le soleil est inépuisable, on n'a pas idée de la quantité de sang qu'il contient, très vite l'immense plaine est inondée de sang et ce sang comme la marée des océans avance vers nous, se déroule lentement comme un interminable tapis liquide. Alors je me rends compte du danger qui nous menace ; sans me retourner, je dis à mon compagnon qu'il faut fuir pour ne pas être engloutis ; puis je me tourne vers lui et alors avec un sentiment de frustration et de déception, je découvre qu'il n'est plus là et que je suis seule. A ce moment je me suis réveillée. Quinto était toujours là et il ne dormait plus. Son corps soulevé au-dessus du mien allongé sur le dos, il regardait, d'un air très étonné, sa main tâchée de sang. Je m'attendais à ce qu'il dise : « Tiens, tu étais vierge ? », mais non, il n'a pas dit cette petite phrase, il a gueulé : « Nom de Dieu ! Tu pouvais me le dire que tu avais tes affaires. » Il recommençait à jurer : « Nom de Dieu ! » J'étais prise à l'improviste puisque la Voix m'avait ordonné de ne pas lui révéler la vérité. Je n'ai pu que balbutier : « Je ne savais pas. Quelquefois j'ai de petites hémorragies. Ce doit être une petite hémorragie. » « Nom de Dieu ! et mon pantalon qui est taché de sang ! Qu'est-ce que je vais faire ? Un pantalon tout neuf que je mettais pour la première fois. Nom de Dieu ! qu'est-ce que je vais faire maintenant avec cette saloperie de sang sur mon pantalon ? Tu sais que tu es une vraie ordure de ne pas m'avoir averti ? » Il y avait dans sa voix la fureur du petit-bourgeois méticuleux et avare qui devant des dégâts commis sur un objet lui appartenant perd la tête et libère rageusement tous ses sentiments de frustration. Et encore une fois la même pensée m'a traversé l'esprit : « Comme tout est différent de ce que j'avais imaginé » et je n'ai pu m'empêcher de dire à Quinto : « Que d'histoires pour une petite tache de sang ! Alors quoi, c'est avec ton pantalon que tu fais la révolution ? » Ma petite phrase, pourtant à peine ironique, avait dû le blesser comme si j'avais passé ma main sur la plaie de son inconscient sentiment de culpabilité ; brusquement s'est déchaînée en lui une fureur aveugle, la fureur qui projette sur autrui la haine qu'on ressent pour soi-même. Et le voilà qui me gifle, vlan et vlan, d'abord sur une joue puis sur l'autre : « Comment oses-tu parler de révolution, toi, toi qui viens à l'instant même, là, de cocufier ton homme, salope, putain, bourgeoise ! Sois tranquille, la révolution nous la ferons et contre toi. » Il s'est levé et en tenant son pantalon des deux mains ; en bafouillant confusément qu'il allait dans la salle de bains pour laver la tache de sang, il est sorti de la chambre.

Moi : Tu restes donc seule. Que fais-tu ?

Désidéria : Je sentais sur mes joues l'épaisse brûlure des gifles et l'autre aiguë, comme si un rasoir avait entaillé mon sexe. Je me suis machinalement relevée pour m'asseoir sur le lit et j'ai regardé autour de moi. Tout de suite mes yeux se sont posés sur le blouson que Quinto avait accroché au dossier d'un fauteuil en entrant tout à l'heure. Je me suis un peu penchée et je l'ai palpé, mais très vite, j'ai senti le pistolet dans la poche intérieure ;

qui sait pourquoi voulais-je être certaine qu'il s'y trouvait encore. Puis j'ai baissé les yeux et j'ai aperçu sur la moquette le carnet noir, long et étroit qu'au moment de notre rencontre à la gare j'avais vu dépasser de la poche revolver du pantalon de Quinto. Il devait être sorti de la poche pendant que nous faisions l'amour. Je l'ai ramassé, je l'ai ouvert, je l'ai feuilleté, prise d'une curiosité subite. Ce que j'ai vu tout de suite m'a donné envie de l'examiner de plus près.

Moi : Qu'y avait-il dans ce carnet ?

Désidéria : J'ai d'abord été frappée par la calligraphie qui n'était pas une calligraphie.

Moi : Que veux-tu dire ?

Désidéria : Tout le carnet, du commencement à la fin, était écrit en caractères d'imprimerie, comme ceux que tu fais à la poste pour envoyer un télégramme. D'ailleurs ce carnet était très très ordinaire. Chaque jour était inscrite l'addition des dépenses ; les mêmes choses revenaient assez souvent. D'abord le restaurant. D'après ce qu'on lisait, Quinto prenait un seul de ses repas au restaurant ; pour l'autre il se contentait de la maison. Les relevés étaient minutieux, rien n'était oublié. Par exemple : *pastasciutta al sugo,* escalope milanaise, salade, pomme, café, *un quarto vino rosso.* Figure-toi qu'il y avait aussi des estimations à propos de la qualité des repas : bon, médiocre, mauvais, très mauvais. Sous la nomenclature des plats d'un des repas, il avait écrit, toujours en caractères d'imprimerie : aujourd'hui j'ai mangé de la merde.

Moi : Pas mal.

Désidéria : Naturellement rien des autres dépenses n'était oublié : vêtements, cigarettes, objets de toilette, cinéma, taxis, auto. Il y avait aussi les prostituées, ces fameuses *battone* dont il faisait l'éloge.

Moi : Les prostituées ? Pourquoi ?

Désidéria : Il les désignait par trois lettres : PUT. Parfois il n'y avait que leur nom mais sur d'autres pages, à côté des trois lettres, des jugements sur leurs qualités professionnelles. Par exemple : Bien ; ne vaut rien ; vieille ; parfaite et caetera et caetera. De l'une il disait : magnifique pipe ; et d'une autre : la revoir pour l'enculage.

Moi : Mais c'était quoi ce carnet ? Son journal ?

Désidéria : Pas tout à fait mais presque.

Moi : En dehors des putains, y avait-il autre chose ?

Désidéria : Non, rien d'autre.

Moi : Même pas des numéros de téléphone ?

Désidéria : Non, mais plus tard j'ai su qu'il s'agissait d'une règle à laquelle tout le monde devait se plier lorsqu'on faisait partie d'un groupe : ne jamais porter sur soi adresses, numéros de téléphone, noms et autres choses semblables. C'est à ce moment-là que j'ai eu de nouveau l'impression que Quinto m'avait donnée dès le début.

Moi : Quelle impression ?

Désidéria : Qu'il était un assassin.

Moi : Pourquoi ?

Désidéria : A cause de son comportement de petit-bourgeois ordonné, méticuleux, avare mais aussi à cause de l'idée qu'il se faisait d'être un révolutionnaire ; je sentais dans tout ceci une contradiction qu'il me semblait pouvoir expliquer d'une seule manière ; c'était que par tempérament et par vocation Quinto était un assassin.

Moi : Qu'est-ce que la Voix a dit de ce carnet ?

Désidéria : Elle s'en moquait éperdument. Pour elle, Quinto était un révolutionnaire qu'il ne fallait pas que je laisse échapper. Imagine ce qu'elle m'a dit : « Tu dois lier à ton destin celui de cet homme, l'associer à la séquestration de Viola, aller vivre avec lui et devenir sa maîtresse. »

Moi : Qu'est-ce que tu lui as répondu ?

Désidéria : J'ai répondu que Quinto me dégoûtait parce que j'étais sûre qu'il était un assassin. Tu ne sais pas ce qu'elle m'a dit en ricanant ? « Peut-être qu'il est un assassin. Tu as peut-être oublié que le temps des assassins est arrivé. »

Moi : Une assoiffée de sang, ta Voix !

Désidéria : Je le croirais volontiers. C'est à ce moment que Quinto est revenu.

Moi : Il t'a vue avec son carnet en main ?

Désidéria : Oui et j'ai fait exprès de le garder bien ouvert en lui disant d'un air indifférent : « Il est intéressant ce carnet. »

Moi : Et lui ?

Désidéria : Il avait lavé son pantalon où on voyait une tache humide mais aucune trace de sang. Il semblait plus calme maintenant qu'il était rassuré sur l'état de son vêtement. Il a dit : « Rends-le-moi », mais sans violence, d'un air de tous les jours. J'ai pensé que lui avait fait disparaître mon sang mais que moi je le sentais, ce même sang, couler de mon sexe et engluer l'intérieur de mes cuisses que je serrais aussi fort que possible. En m'efforçant de donner un peu de tonus à ma voix, j'ai dit : « Et aujourd'hui, qu'est-ce que tu vas écrire sur ton carnet ? Désidéria, pas mal, malheureusement, les cardinales ? Mais si c'est ça que tu as envie d'écrire, je t'avertis que ce ne serait pas exact. Tu sais ce qu'il faudrait écrire ? Désidéria, catastrophe, vierge, pantalon souillé. »

Moi : Tu n'as dit que la vérité, après tout.

Désidéria : C'est la Voix qui m'a imposé de la dire mais après m'avoir expliqué qu'elle ne savait pas très bien s'il convenait ou non, de la dire.

Moi : La Voix avait donc quelquefois des doutes ?

Désidéria : Oui, elle en avait mais toujours sur le côté pratique des choses comme, par exemple, dans ce cas de la révélation de ma virginité : valait-il mieux en parler ou ne pas en parler ? La Voix raisonnait ainsi, mais à ma place : si je ne le lui dis pas, il me laissera rapidement tomber. Si je le lui dis, comme c'est un petit-bourgeois, deux probabilités : qu'il me laisse tomber comme la charogne qu'il est ; ou bien, s'il est sentimental comme tous les petits-bourgeois, qu'il se sente dans l'obligation de « réparer ». Après m'avoir exposé ses doutes, la Voix a fini par décider qu'il valait mieux le lui dire.

Moi : Comment Quinto a-t-il pris ta révélation ?

Désidéria : Il a dit la phrase que j'attendais. Après m'avoir regardée l'air un peu décontenancé, mais pas tellement au fond, il m'a demandé : « Alors ce serait moi le premier ? »

Moi : Et toi ?

Désidéria : Moi je dis : « Je crois bien que oui » ; mais il ne paraissait pas tout à fait convaincu. Je l'ai compris à son regard soupçonneux. Il m'a demandé : « Dis-moi, toi, est-ce que, par hasard, tu ne me raconterais pas ça pour me mettre le grappin dessus ? » Avant que la Voix n'ait eu le temps de m'ordonner de me taire, j'ai répondu d'un ton méprisant : « Non mais des fois, avec une mère riche à milliards, moi, je devrais avoir envie de mettre le grappin comme tu dis, sur un type qui ne possède qu'une paire de pantalon. » Évidemment, pour lui, une paire de pantalon c'était important, d'une manière ou d'une autre : il m'a regardé de travers aussi je me suis dépêchée d'obéir à la Voix qui me demandait d'ajouter : « Mais peut-être que tu as raison. J'ai eu l'intention de te mettre le grappin dessus mais pas de la façon que tu imagines. » J'éprouvais, à présent, le besoin frénétique d'aller à la salle de bains pour me laver ; mais la Voix ne l'entendait pas ainsi. Elle préférait que je reste à discuter de l'avenir avec l'homme qui venait de me violer, et je lui ai obéi : « Je sais que tu es en train de penser à qui sait quoi, mais ne crains rien : moi, je ne te demande pas de m'épouser. Je ne te demande que de m'emmener avec toi à Milan, de me présenter à ton groupe et de me faire participer à n'importe quelle action que vous avez dans l'idée d'entreprendre. Mais aussi de collaborer à notre projet, celui d'Érostrato et de moi, de séquestration de ma mère adoptive. » Ce n'était pas rien ce que je venais de lui demander, mais j'ai compris tout de suite que l'idée de m'entendre lui demander de m'épouser lui faisait beaucoup plus peur que mon désir de participer à une action révolutionnaire, parce qu'il m'a répondu d'un ton calme : « De votre projet, nous reparlerons. Mais qui t'empêche de venir à Milan ? Viens, si tu veux. » « Mais je ferai partie de votre groupe ? » « C'est une chose qui ne dépend pas de moi. » « De qui, alors ? » « Je peux seulement te dire qu'elle ne dépend pas de moi. » Alors, entre l'urgence de me laver et l'insistance de la Voix, j'ai perdu le contrôle de mes nerfs ; j'ai sauté à bas de mon lit, j'ai relevé ma jupe et j'ai montré à Quinto mon slip plein de sang en criant : « Tiens, regarde, ça c'est mon sang, je l'ai versé pour toi, pour vous, et toi, tu es là, à soupeser le pour et le contre... Tu es un monstre ! » J'ai tout de suite compris que c'était absurde ce que je venais de dire ; mais, dans cette absurdité, tout ce que je souffrais en ce moment venait de s'exprimer : la révolte planifiée par la Voix qui ne débouchait sur rien ; la perte de ma virginité que, durant des années, j'avais considérée comme le symbole de la révolte ; mes désillusions ; mon désespoir. Apparemment, mon ton avait fait plus d'effet que mes paroles sur Quinto. Il a dit lentement, un peu gêné : « Moi, je te comprends et j'apprécie tes sentiments révolutionnaires. Mais il faut me donner le temps de réfléchir. »

Moi : T'a-t-il paru sincère ?

Désidéria : Non, pas du tout. Il était évident que la phrase absurde que je venais de dire n'avait servi qu'à le convaincre définitivement que j'étais une folle qu'il ne fallait pas prendre au sérieux mais calmer et rassurer avec des mots. Mais comme à présent il m'était impossible de résister au besoin de me laver, j'ai hurlé mon impatience : « Bon, réfléchis, réfléchis tant que tu voudras, mais moi je vais me laver, je me sens toute gluante », et je suis sortie. Je me suis enfermée à clef, j'ai ôté mon slip et je l'ai jeté dans le seau à ordures ; à cheval sur le bidet de porcelaine dans une position incommode et, étant données les circonstances, en quelque sorte mortifiante parce qu'elle me rendait pleinement consciente de la normalité humble et modeste de ce que tu as appelé le moment suprême de ma vie. J'ai ouvert le robinet et me suis lavée jusqu'à ce que l'eau, rouge au début, puis rose, devienne transparente et incolore. Ensuite je me suis levée pour m'essuyer vigoureusement, j'ai pris dans la petite pharmacie un peu de coton dont j'ai fait un tampon que j'ai enfoncé dans mon vagin ; mais en même temps j'écoutais la Voix qui parlant sans arrêt me donnait l'impression d'entendre une de ces radios de taxis dont on se demande toujours si les chauffeurs les écoutent vraiment ou s'ils les laissent ouvertes pour meubler leur solitude.

Moi : Que disait la Voix ?

Désidéria : Elle était hors d'elle à l'idée que j'avais donné pour rien ma virginité. Elle aussi pensait que Quinto me prenait pour une folle. A son avis, je ne devais plus parler à Quinto de m'emmener avec lui à Milan, mais l'obliger à « réparer ». Mais « réparer » cela voulait dire collaborer à la séquestration de

Viola. En somme la Voix, révolution à part, se conduisait comme n'importe quelle mère sicilienne ou calabraise dont la fille a été violée. Quinto m'avait « déshonorée », il devait réparer.

Moi : Et toi ?

Désidéria : Moi je voulais aller à Milan. Contrairement à la Voix, j'étais tentée de croire au sérieux de Quinto. Peut-être que la tendance atavique de toute femme de s'attacher à son premier homme, à l'initiateur, agissait sur moi.

Moi : Donc tu as fini de te laver, tu sors de la salle de bains, tu rentres dans la chambre, que se passe-t-il maintenant ? Quinto se révèle-t-il un petit bougeois sentimental ou une charogne, selon ton expression ?

Désidéria : Ni l'un ni l'autre. Peut-être trouveras-tu cela étrange, mais de toute cette vulgarité, de tant de brutalité, venait tout d'un coup de naître un homme pratique, partagé entre la sympathie et la méfiance. Quelque chose de médiocre et de très normal.

Moi : C'est-à-dire ?

Désidéria : Voilà : en entrant dans la chambre je le trouve assis sur le lit, comme plongé dans de profondes réflexions ; je m'approche et je dis : « Alors, tu as réfléchi ? » Il lève la tête, m'indique un siège et commence : « Mets-toi là et écoute-moi bien : Érostrato qui te connaît mieux que moi dit que tu es une exaltée avec quelque chose là », il touche sa tempe du bout du doigt, « qui ne fonctionne pas bien. C'est possible ou plutôt c'est certain, mais ceci ne change en rien au fait que tu étais vierge : que j'ai été le premier ; que tu me plais ; qu'il y a en toi quelque chose qui m'intéresse. Je ne sais pas encore quoi, peut-être l'idée que tu es une fille de la bourgeoisie et que, malgré ça, tu penses comme nous. J'ai donc réfléchi et je te dis ceci : d'accord, tu viens avec moi à Milan et nous essayons de vivre ensemble. Naturellement il faudra que tu renonces aux sous de ta mère. Tu vivras avec moi et avec ma mère qui habite avec moi. Tu devras te contenter de ce que me donne l'organisation. Alors : c'est oui ou non. Si c'est oui, nous partons tous les deux, disons, demain matin. Si c'est non, *ciao*, et je rentre seul à Milan. »

Moi : Finalement il s'agissait bel et bien de « réparation ».

Désidéria : Eh oui ! Mais tu remarqueras qu'il n'a jamais dit un mot sur la séquestration de Viola, à Rome, ni sur le groupe, à Milan. Il s'agissait, tu vois, d'une réparation partielle. La Voix s'est mise à hurler : « Ah, nous y sommes, il persiste à te prendre pour une folle. Pas assez folle pourtant pour avoir envie de coucher avec toi, mais suffisamment pour t'écarter des affaires sérieuses : en somme le rapport bourgeois traditionnel entre un homme et une femme. »

Moi : Elle était féministe la Voix ?

Désidéria : Tu sais bien qu'elle était tout. J'ai répondu tout de suite à Quinto : « Je te remercie, mais avant de partir pour Milan, nous devons jeter les bases de notre projet, le mien et celui d'Érostrato, ici à Rome. »

Moi : Et lui ?

Désidéria : Lui il m'a demandé sèchement avec un air déjà hostile : « Mais quel projet ? » La Voix a voulu que je lui donne une réponse brutale : « Tu sais très bien quel projet : séquestrer cette vieille truie qu'est ma mère adoptive, pour lui faire cracher une grosse partie de son fric. » L'effet de ma phrase, contrairement aux calculs de la Voix, a été nul. Quinto m'a répondu sans enthousiasme, comme quelqu'un qui se réveille d'un long sommeil : « Ah oui ! ce projet ! Nous en avons parlé, Érostrato et moi cette nuit, mais pour le moment ce n'est pas possible. » « Pourquoi pas possible ? » « Parce que tu voudrais te servir de cet appartement et qu'à mon avis il ne convient pas. » « Qu'est-ce qui ne va pas dans cet appartement, alors qu'il semble fait exprès. » « Il ne nous convient pas parce que c'est un bordel. Une maison de la révolution ne doit pas être installée dans un bordel. Ce serait contraire à nos règlements. » « Et quels sont vos règlements ? » « Notre règlement veut que la maison où nous habitons, où nous nous réunissons, où nous préparons nos actions, soit prolétaire. » « C'est-à-dire ? » « Tout simplement qu'elle ne doit pas être un bordel. » « Mais dis-moi au moins comment elle doit être ! » « Tu n'as jamais vu la maison d'un ouvrier dont l'épouse est une brave ménagère ? Va en voir une. La maison d'un prolétaire est modeste, simple, pauvre même, mais propre comme le visage d'une honnête femme. Cet appartement, celui où nous sommes, a le visage d'une putain. » « Mais tu ne te rends pas compte qu'en la transformant en maison prolétaire nous la purifions ? En quelque sorte nous la re-consacrons comme on consacre une seconde fois une église où sont passés des soldats qui l'ont souillée ? » « Tu aurais peut-être raison, je ne dis pas non. Mais nous avons un règlement et nous devons l'observer. Cherchez avec Érostrato un autre appartement, après nous verrons, nous discuterons. »

Moi : Qu'as-tu répondu ? Ou plutôt que répond la Voix ?

Désidéria : La Voix a hurlé : « Il continue à te considérer comme une folle. Il veut t'emmener à Milan, te garder à sa disposition comme putain chez sa mère et quand il aura assez de toi, il te laissera tomber. Mais toi il faut absolument que tu te l'attaches sérieusement, que tu brises son amitié pour Érostrato et que tu tires de ton côté. Tu possèdes un moyen infaillible et tu dois t'en servir. »

Moi : De quel moyen s'agissait-il ?

Désidéria : « Tu dois révéler à Quinto tout ce que tu as appris sur Érostrato en lisant le rapport des carabiniers. Et, avant tout, qu'il est un indicateur de la police. »

Moi : Terrible la Voix ! Mais Érostrato avait été indicateur, il ne l'était plus.

Désidéria : C'est bien ce que je lui ai rappelé. Elle m'a répondu : « Espion une fois, espion toujours. »

Moi : Et alors ?

Désidéria : Alors, comme d'habitude, j'ai obéi et j'ai dit à Quinto : « Bon, eh bien, cet appartement, nous le chercherons ensemble toi et moi, mais sans Érostrato. » « Pourquoi ? » « Tout simplement parce qu'Érostrato est un indic. »

Moi : Comme ça ?

Désidéria : Oui, comme ça. Alors, il me regarde stupéfait, mais vraiment stupéfait et fait : « Mais qu'est-ce que tu dis ? » « La vérité. C'est un maquereau, un fasciste, un indicateur de la police. »

Moi : La délation pure et simple. Comment a-t-il réagi ?

Désidéria : Avec un sérieux bureaucratique. Sans hâte il s'est levé, s'est emparé d'une chaise qu'il a enfourchée à l'envers et il m'a dit : « Mets-toi là », en me désignant le lit où il était lui-même assis un instant avant comme pour signifier qu'à présent il devenait l'accusateur, l'inquisiteur et moi l'accusée. Il a repris : « Cette information est très grave ; il faut l'évaluer, la soupeser. Tu dois comprendre que tu ne peux affirmer une chose pareille sans en apporter les preuves. » J'étais frappée par la transformation qui venait de s'opérer en lui. Quelques minutes avant c'était un petit-bourgeois préoccupé de l'état de son pantalon ; et maintenant il s'était mis à ressembler à, comment dire ? à un commissaire du peuple, à un colonel des services secrets, à un personnage, entre un militaire et un politique. La lumière qui nous parvenait de la fente parallèle au sol, laissait la chambre dans la pénombre. Alors Quinto s'est levé pour tourner la petite lampe de la table de chevet de façon qu'elle éclaire en plein mon visage. Puis il est allé se rasseoir à califourchon sur sa chaise, les bras croisés sur le dossier en prenant soin de laisser son propre visage dans l'ombre.

Moi : Qu'est-ce que c'était ? Un interrogatoire du troisième degré ?

Désidéria : En quelque sorte, oui. Mais surtout une certaine manière de se comporter.

Moi : De se comporter dis-tu ? Mais alors, selon toi, Quinto était un comédien ?

Désidéria : Non, il était ce qu'il était convaincu d'être : un révolutionnaire ; mais il savait, d'instinct, que pour être révolutionnaire il faut d'abord se comporter en révolutionnaire.

Moi : Mais cet interrogatoire, c'était de la frime ou bien un vrai ?

Désidéria : Et comment, vrai !

Moi : Qu'est-ce qu'il t'a demandé ?

Désidéria : Pratiquement tout. Pour commencer comment je faisais pour savoir qu'Érostrato était fasciste et indicateur de police. Alors je lui raconte, ou plutôt la Voix m'a fait raconter (elle avait pris la direction dès le premier moment parce que, disait-elle, elle ne se fiait pas à moi et craignait que je ne sois pas assez dure au sujet d'Érostrato) toute l'histoire des relations entre Érostrato et Viola, en taisant complètement la façon dont je l'avais rencontré et le fait que nous avions fait l'amour ensemble. Pour le reste je n'ai rien caché ; j'ai dit que j'avais amené Érostrato à la maison et qu'immédiatement il avait eu des rapports avec Viola. Que Viola était ma mère adoptive, qu'elle était amoureuse de moi et qu'après être devenue la maîtresse d'Érostrato elle avait insisté pour que je fasse, avec elle et Érostrato, l'amour à trois. Que Viola avant l'arrivée d'Érostrato, avait eu un autre amant, Tibéri, qui était aussi son homme d'affaires. Qu'elle et Érostrato payaient des call-girls et qu'ils faisaient l'amour à trois dans l'appartement où nous nous trouvions. Qu'Érostrato avait en grande partie supplanté Tibéri comme amant mais aussi comme gérant de la fortune et des biens de Viola. Que Tibéri était amoureux de moi. Que Tibéri, jaloux d'Érostrato, avait fait faire une enquête sur Érostrato par un de ses amis général des carabiniers. Que grâce à cette enquête on avait appris qu'Érostrato était un escroc, un fasciste, un indicateur de police et en outre un vicieux, spécialiste de l'amour à trois. Enfin que Tibéri, pour se venger d'Érostrato, m'avait fait lire le rapport des carabiniers.

Moi : Quelle a été la réaction de Quinto ?

Désidéria : Il m'a d'abord demandé : « Où est ce rapport ? »

Moi : C'était ce qui l'intéressait le plus ?

Désidéria : Je te dirais : C'est « tout » ce qui l'intéressait. Je lui ai répondu qu'il était chez Tibéri.

Moi : Alors ?

Désidéria : Il a répété : « Il faut absolument que tu me fasses avoir ce rapport. »

Moi : Il avait l'air quoi ? Effrayé ? Préoccupé ?

Désidéria : Ni effrayé, ni préoccupé, mais, comment dire ? buté : pour lui, il n'y avait que le rapport.

Moi : Tu ne lui as pas demandé pourquoi il tenait tant à l'avoir ?

Désidéria : Oui je le lui ai demandé. Il m'a répondu qu'il fallait toujours apporter des preuves aux accusations qu'on faisait. Alors la Voix m'a fait crier : « Tu ne me crois pas, tu crois que je suis une folle, que j'invente ce que je te dis. Mais peux-tu me dire pourquoi j'inventerais tout ça ? Qu'est-ce que j'en ai à faire d'Érostrato ? Je te dis que c'est un indic parce que moi je crois à la révolution. » « Je ne dis pas que tu as inventé qu'il était au service de la police, je te dis qu'il m'en faut les preuves. » Alors là, la Voix a hurlé : « Fais-lui voir les photographies. Fais-lui voir que c'est un garçon entretenu, un prostitué comme les putes. » Elle parlait des photos prises par Viola via Gaeta ; je les avais dans mon sac ; je les ai tirées de mon sac et je les ai tendues à Quinto en disant : « Tiens, regarde ces photographies. Érostrato s'est fait payer pour ces photographies. C'est un maquereau, il se prostitue tous les jours. Regarde-les bien et dis-moi si un révolutionnaire se laisserait photographier dans ces poses. » Quinto a pris les photos à contrecœur. On voyait qu'il se faisait un point d'honneur de n'y jeter qu'un très rapide coup d'œil ; il me les a restituées presque immédiatement : « Elles ne m'intéressent pas. Seules les preuves qu'il est de la police m'intéressent. Ces photos ne prouvent rien. » Alors la Voix est de nouveau intervenue : « Demande-lui ce qu'ils feront à Érostrato si les accusations sont prouvées. » Obéissante comme toujours : « Qu'est-ce que vous lui ferez si vous apprenez qu'il est vraiment un indicateur de police ?« Quinto a un peu hésité puis il a répondu mais avec quelque réticence : « On le décidera en son temps. » Alors la Voix : « Il ne te le dit pas, il ne veut pas te le dire parce qu'il se méfie de toi. Pour lui tu n'es pas une camarade, une révolutionnaire, mais une folle à utiliser en la tenant à distance. » Puis sur un ton didactique, elle m'a expliqué qu'ils déféreraient Érostrato devant ce qu'on appelle un tribunal du peuple, qu'il le condamnerait à mort et qu'on le liquiderait en lui tirant une balle dans la nuque. Elle a conclu en disant que c'était ainsi que finissaient les espions et qu'Érostrato, grâce à Dieu, finirait comme eux.

Moi : Elle était assoiffée de sang la Voix !

Désidéria : Oui, elle était dans un état d'exaltation à la fois catastrophique et non discriminatoire, elle haïssait et condamnait tout et tous.

Moi : Et alors, après ?

Désidéria : J'ai dit à Quinto : « Si tu tiens tellement à voir ce rapport, je peux téléphoner à Tibéri qui me le prêtera. » Il s'est immédiatement levé : « Téléphone. Allons-y tout de suite ; d'une manière ou d'une autre nous nous le faisons donner. » En voyant l'excitation de Quinto, la Voix l'a commentée : « Ce n'était pas une invention d'Érostrato l'existence du groupe. Tu n'as qu'à voir comme Quinto tient à le lire le rapport des carabiniers. » J'ai jeté un coup d'œil autour de moi, il n'y avait pas de téléphone ; puis je me suis rappelé qu'il était dans la salle de bains. J'ai dit à Quinto que j'allais téléphoner et je suis sortie. Je suis entrée dans la salle de bains, j'ai donné un tour de clef à la porte, j'ai formé le numéro de Tibéri, j'ai porté le récepteur à mon oreille et... je suis tombée par terre, évanouie. Au bout d'un moment — je ne sais pas combien de temps — je me suis réveillée étendue sur le sol, les pieds dans la petite vasque de la douche et la tête sous le téléphone. Quinto frappait à la porte, sans impatience, à intervalles réguliers ; entre un toc-toc et un autre toc-toc, me parvenait la sonnerie automatique du téléphone décroché. Lentement, je me suis levée, péniblement, et j'ai crié : « Attends une minute. » Alors j'ai recommencé à former le numéro de Tibéri qui a pris tout de suite la communication. Sans lui laisser le temps de parler, j'ai dit sans respirer : « C'est Désidéria, je suis là dans un moment pour prendre le rapport. » « Quel rapport ? » « Celui des carabiniers sur Occhipinti. » Un silence prolongé. Puis j'ai entendu : « A quoi te servira-t-il ? » Alors il s'est passé quelque chose de mystérieux mais explicable si on connaissait le besoin hystérique de la Voix de faire de moi une révolutionnaire ; j'ai menti : « Il nous servira à nous, les camarades du groupe, pour mettre Érostrato en accusation en face d'un tribunal du peuple qui, éventuellement, le condamnera. » « Le condamnera à quoi ? » « A mort. » Alors à l'autre bout du fil la voix de Tibéri s'est fait entendre mais de façon incompréhensible ; et puis avec son accent romain, traînant et distingué : « Mais Désidéria, qu'est-ce que tu dis ? Tu es folle ou quoi ? Moi je ne veux rien savoir de ces histoires, ça te regarde, débrouille-toi. » Cette fois, la Voix elle-même a compris, qu'entraînée par ses mythes révolutionnaires, elle m'avait fait dépasser la limite de la dépendance amoureuse vis-à-vis de moi et de Tibéri et elle m'a suggéré de corriger un peu ce que j'avais dit : « Mais tu sais, il s'agit de condamnations théoriques. La révolution nous ne l'avons pas encore faite, n'est-ce pas. En réalité nous dirons à Érostrato que nous l'avons assez vu. » « J'avais déjà compris depuis quelque temps que tu faisais partie de ces... de ces groupes, comme tu dis, mais pas au point de... non, non, tout ça ne me regarde pas et je ne veux rien savoir. » « Allons, allons, sois gentil, je monte chez toi, tu me donnes le rapport et après je me penche à la fenêtre, comme l'autre fois, tu te rappelles, pour regarder la pompe à essence jaune et rouge qui est en face de chez toi. » Un profond et interminable silence, puis à la fin un soupir et puis : « Viens, dépêche-toi. » J'ai raccroché le récepteur, j'ai ouvert la porte et me suis trouvée face à face avec Quinto : « Pourquoi frappes-tu sans arrêt ? J'ai téléphoné à Tibéri, il a le rapport. Il m'attend chez lui. » « Alors allons-y. » « Attends : Tibéri a posé ses conditions : en échange du rapport il faudra que je... » Je me suis interrompue ; la Voix voulait que je dise tout, tout ce qui était vrai, c'est-à-dire la sodomisation qui, pour Tibéri, était à la fois irrésistible et symbolique ; mais je ne sais quelle pudeur m'a fait terminer ma phrase par : « fasse l'amour avec lui » ; alors j'ai vu Quinto me regarder d'un air excédé, somme s'il pensait que tout ça c'était mon affaire ; lui, il avait besoin du rapport et absolument ; que lui importait qu'il me faille le payer de cette manière. Je me demande encore pourquoi, à ce moment-là je l'ai détesté comme s'il n'était pas ce parfait étranger, qu'il était effectivement, mais un mari aimé, estimé qui, inopinément, se révèle n'être réellement qu'un parfait étranger. Brusquement je lui ai dit : « Mais moi je ne veux absolument pas coucher avec cet homme. Alors faisons une chose, tu me donnes ton pistolet et tu m'attends devant la porte de la rue. Moi je monte et je lui demande le rapport. Si, lui, fait mine de se jeter sur moi, je lui montre ton pistolet. » « Non, mon pistolet, non, je ne te donne pas mon pistolet, n'en parlons plus. » « Je fais partie du groupe oui ou non ? » « Tu en fais partie parce que tu es avec moi. Quant au pistolet, pas question. » « Tu veux te servir de moi, tu veux encore un peu me sauter et après tu me laisseras tomber. » Il n'a pas répondu mais il a pris mes joues entre ses deux doigts de fer en m'obligeant à faire une grimace douloureuse et ridicule. Puis en détachant toutes les syllabes, il a dit : « Alors ? On s'en va ? » Dans ses petits yeux bleu clair il y avait une cruauté qui m'a fait de nouveau penser à sa native vocation homicide. Ne pouvant pas parler à cause de ces doigts qui pinçaient mes joues comme des tenailles, j'ai fait oui de la tête. Alors il a lâché prise, il m'a tourné le dos et s'est dirigé vers la porte du fond du couloir, sûr que je le suivrais.

Moi : Alors qu'est-ce que vous faites ? Vous allez chez Tibéri ?

Désidéria : Oui, nous avons remonté la via Gaeta jusqu'à la grande place de la gare, nous avons arrêté un taxi, j'ai donné l'adresse de Tibéri. A présent la Voix délirait, il n'y a pas d'autre mot pour dire son état. Elle ne croyait pas dans cette promesse de Quinto de me présenter au groupe de Milan ; dans une incoercible et croissante exaspération, elle me répétait que Quinto me prenait pour une folle, ou presque folle ; que seule ma beauté et la fascination que cette beauté exerçait sur lui, l'avait empêché de me laisser me débrouiller toute seule après m'avoir prise. C'est bien ça, murmurait la Voix tandis que notre taxi roulait à travers les rues de Rome, c'est bien ça ; et dans ce murmure je devinais que mon destin n'était pas de me jeter avec les eaux torrentielles et troubles de ma révolte dans la grande mer limpide de la révolution ; mais de m'agiter en vain et sans trêve dans un bourbier dont je ne pourrais plus sortir ; oui, mettons que je sois allée à Milan, que j'aie vraiment mené la vie conjugale avec Quinto dans son appartement soi-disant prolétarien ; de toute façon le groupe serait resté un mirage et, finalement j'aurais été obligée de revenir à Rome. A Rome tout aurait recommencé, comme dans le passé ; avec cependant la différence que mes velléités de rébellion n'auraient plus eu le caractère symbolique et organisé qu'elle, la Voix, avait su lui conférer dans le passé ; elles n'auraient été rien d'autre que ce qu'elles étaient dans la réalité, désormais quotidienne et acceptée, autrement dit, des velléités désordonnées et inexécutables. Et moi je n'aurais jamais pu sortir du cercle maudit et comme ensorcelé de ma classe sociale, de cette classe qui commandait mon existence et chaque aspect de mon existence, y compris la révolte, et dans laquelle j'avais été intégrée, malgré moi, et pour jamais, par l'acte fatal qu'était mon adoption par Viola. J'avais appartenu à la bourgeoisie, j'étais une bourgeoise et je serais restée une bourgeoise, pour toujours. Et comme si ce délire sur la rébellion et l'impuissance ne suffisait pas voilà que Quinto intervient brusquement pour confirmer les prévisions de la Voix. Il se tourne vers moi et me dit : « Maintenant toi, tu te fais remettre le rapport et moi je pars immédiatement pour Milan, mais seul. » « Pourquoi seul ? » « Parce que si tu viens avec moi Érostrato comprendra que quelque chose ne tourne pas rond. Toi, tu restes à Rome. » « Pour faire quoi ? » « Pour faire ce que tu as toujours fait. Quand penses-tu voir Érostrato ? » « Aujourd'hui à six heures. » « Bon. Donc à six heures moi je prends le train de Milan et toi tu vois Érostrato. » « Je dois le voir avec Viola. » « Fais comme tu voudras ; l'important est qu'il ne se doute de rien. Tu lui diras que je rentre provisoirement à Milan parce que j'ai téléphoné là-bas et que ma présence y est nécessaire. Je laisserai ma valise et mon pyjama chez Érostrato. » « Tu reviendras ? » « Mais oui, bien sûr, au plus tard dans deux jours. En attendant, tu ne dois rien changer dans ta vie ni dans tes rapports avec Érostrato. Il faut que tu donnes l'impression que rien n'est changé entre vous. » Je n'ai rien répondu. La Voix, elle, ne se taisait pas et moi j'étais obligée de l'écouter.

Moi : Qu'est-ce qu'elle te disait ?

Désidéria : Elle triomphait, comme tu peux l'imaginer, mais amèrement, hystériquement. « Tu vois, mes prévisions se confirment ; il part pour Milan sans toi ; il ne reviendra plus. Et, en plus, il te donne le conseil, peut-être sans savoir exactement ce qui t'attend, d'aller à ton rendez-vous avec Viola et Érostrato pour faire l'amour à trois. Et de ne rien changer à ta vie, ni aujourd'hui, ni demain, ni jamais. »

Moi : Peut-être que la Voix t'a dit aussi ce que tu devais faire pour trouver une solution au problème de ta situation ?

Désidéria : Oui.

Moi : Qu'est-ce qu'elle a dit ?

Désidéria : Elle m'a dit : « Ta situation est sans issue à moins que tu n'aies recours au pistolet que Quinto cache dans son blouson. Le pistolet est "toujours" une solution. »

Moi : Forcenée, la Voix ! A quoi faisait-elle allusion : suicide, meurtre, ou aux deux ?

Désidéria : Elle n'a rien spécifié.

Moi : Pourquoi ne lui as-tu pas demandé ?

Désidéria : Parce que j'avais peur de ses précisions. Et puis je n'en ai pas eu le temps. Le taxi s'est arrêté, nous étions arrivés.

Moi : Alors, maintenant ?

Désidéria : Nous sommes descendus du taxi à côté de la pompe à essence, jaune et rouge, que Tibéri m'avait autrefois obligée à regarder par sa fenêtre pendant qu'il essayait de me sodomiser. Alors elle a recommencé à parler du pistolet : elle insistait pour que je me le fasse prêter par Quinto sous prétexte que je pourrais peut-être m'en servir pour menacer Tibéri ; avec encore plus d'obstination, Quinto refusait de me le donner. Nous étions à ce moment-là arrêtés sur le trottoir, près de la pompe ; par hasard j'ai levé la tête et j'ai vu au troisième étage de l'immeuble, derrière ses vitres, Tibéri immobile qui nous regardait et j'ai dit à Quinto : « Mais tu ne comprends pas que cet homme est fou de moi et qu'il ne me donnera le rapport que si j'accepte de faire l'amour avec lui ? Tu ne comprends pas que c'est immoral de ta part, de me demander de faire une chose qui me répugne profondément ? Allons, vite, donne ton pistolet. » J'ai de nouveau levé la tête pour voir si Tibéri était toujours là. Quinto, qui avait suivi mon regard m'a demandé : « C'est lui, ce type qui nous regarde de sa fenêtre ? » « Oui, c'est lui. » « Non, tu n'auras pas mon pistolet et tu n'es pas obligée de faire l'amour. S'il est fou de toi quelques petites gentillesses lui suffiront. Alors allons-y. Je monterai avec toi jusqu'au deuxième étage et je t'attendrai là. Toi tu vas à l'étage au-dessus, tu te fais remettre le rapport et tu me rejoins. Nous sommes bien d'accord ? » Je n'ai rien dit et je me suis dirigée vers la porte de l'immeuble de Tibéri. La Voix s'est mise à hurler : « Idiote, nous sommes foutues ! sans pistolet nous ne pouvons rien faire. »

Moi : Que voulait-elle dire par là ?

Désidéria : Elle voulait dire que je ne pouvais pas trouver seule de solution au problème. A présent elle ne voyait de solution que dans la violence.

Moi : Alors, Quinto et toi, qu'est-ce que vous faites ?

Désidéria : Nous avons pris l'ascenseur ; j'ai appuyé sur le bouton du deuxième, nous sommes arrivés au deuxième et Quinto est sorti. J'ai alors appuyé sur le bouton du troisième et je suis arrivée. Immobile devant la porte de Tibéri je réfléchissais : j'étais sûre qu'il était en train de me regarder par le judas. A peine avais-je sonné que j'entendais ses mains trafiquer autour des verrous ; finalement la porte s'est ouverte. Tibéri se tenait sur le seuil, l'air sérieux presque un peu effrayé mais le visage congestionné, troublé, comme d'habitude ; son bras se trouvait dans une position bizarre, loin du corps ; j'ai vu tout de suite qu'il tenait dans sa main un petit revolver noir et très plat. Cela m'a fait un drôle d'effet à cause du contraste entre cette arme et l'élégance surannée et aussi peu belliqueuse que possible de son veston croisé ; il le serrait comme on serre un objet jamais vu dont on ignore l'utilité et l'usage. En me faisant très vite passer chez lui non sans avoir jeté un regard inquiet sur le palier : « Je croyais que tu étais avec quelqu'un ? » « Oui je me suis fait accompagner. » « Qui est-ce ? Un de ton groupe ? » « Non, c'est un garçon de mes amis. » « Un garçon ? Il m'a plutôt l'air d'un homme de trente ans. » « Oh moi, j'appelle tous les hommes des garçons. » « En tout cas j'ai pris mon revolver. On ne sait jamais. » « Oh, là, là, que de précautions ! » Tout en parlant nous avions traversé le grand et sombre couloir plein de meubles destinés à la vente et je ne pouvais m'empêcher, encore une fois, de penser que je me trouvais chez un marchand plutôt que dans un appartement privé. Tibéri marchait à quelques pas devant moi, je lui ai dit tout de suite : « Inutile de me faire entrer au salon, je suis venue seulement chercher le rapport. Donne-le-moi et je file. » Mais il ne s'est pas retourné ; il avançait d'une façon curieuse, hésitante en tenant son bras armé à une certaine distance de lui, comme si ce revolver lui paraissait être quelque chose de malpropre. Il s'est arrêté devant la porte du salon pour me dire : « Tu te souviens que la dernière dois que tu es venue ici j'ai promis de te dire quelque chose. Bon, nous allons nous asseoir et je vais te dire de quoi il s'agit. » Il a poussé la porte et nous sommes entrés dans un grand salon, sombre et triste, bourré de meubles. En regardant autour de moi, j'ai vu qu'on avait changé la disposition de la pièce. Tout le fond était occupé par une sorte de monument bizarre et incongru : un autel d'église, en bois, en bois ancien, jauni, qui donnait une impression de grande fragilité. Il était d'époque

Renaissance, avec des colonnes corinthiennes, un fronton, trois niches occupées par trois statues de bois ; d'un côté saint Joseph, de l'autre la Vierge et au milieu un crucifix. Il y avait un retable garni de petites colonnes, corinthiennes elles aussi. Il y avait des vases et un ostensoir d'argent. Il y avait quelques petites marches pour monter à l'autel. En me voyant regarder avec curiosié cette superbe pièce ancienne Tibéri a dit : « Magnifique, n'est-ce pas ? Je l'ai fait mettre ici parce que je n'avais plus de place dans la galerie. » « Qui peut bien avoir envie d'acheter un autel ? » Il ne m'a pas répondu ; il a pris mon bras avec une violence inattendue et nous nous sommes trouvés, tous les deux, debout devant cet autel. Et puis, sans se tourner de mon côté, les yeux fixés sur l'autel, il a dit : « Tu veux que je te donne le rapport des carabiniers, mais toi, qu'est-ce que tu me donnes en échange ? » Il paraissait ailleurs, l'esprit occupé par autre chose, mais son visage enflammé, la force avec laquelle il serrait mon bras me faisait bien comprendre qu'il donnait au rapport le prix d'une prestation sexuelle du genre de celle qu'il m'avait extorquée la première fois où j'étais venue chez lui. Du reste, la Voix était de cet avis : « C'est un sadique. Il va te faire agenouiller avec la tête sur les marches, il va mettre ton derrière à nu et te sodomiser. C'est évident, sur l'autel, c'est bien meilleur. » Moi j'ai répondu simplement à Tibéri : « En échange ? Je ne te donne rien. » Comme un écho, interrogatif, j'ai entendu : « Rien ? » Il ne bougeait pas, peut-être qu'il réfléchissait ; puis il a dit : « Je te donnerai le rapport et beaucoup d'autres choses mais toi, maintenant, tu m'écoutes. » « Je t'écoute, mais je t'avertis que si en échange, tu veux faire l'amour, tu peux repasser. » « Non, non, je veux faire autre chose que je ne pose pas en condition. Je te demande seulement de m'écouter.

Voilà tout. » « Mais je t'écoute, tu le vois bien. Je ne fais que ça. » « Eh bien, la chose que, l'autre jour, je t'avais annoncé vouloir te dire c'est : je veux que tu deviennes ma femme. »

Moi : Finalement ! C'est assez prévisible, non ?

Désidéria : Il ne m'a pas donné le temps de lui répondre et a continué, inflexible, comme se parlant à lui-même : « Je suis, et je me vante d'être catholique, apostolique et romain. Pour moi cet autel, aujourd'hui, n'est pas une belle pièce ancienne, c'est quelque chose de sacré. Et maintenant ne dis pas un mot, je vais prier un moment comme un bon catholique ; je demanderai dans ma prière que ta réponse soit positive. Ne dis rien et attends que j'aie fini. » Il a lâché mon bras, il a posé son revolver sur la console, il a joint les mains, puis il a commencé à remuer ses lèvres en regardant l'autel.

Moi : Tu crois vraiment qu'il priait ?

Désidéria : Oui, il priait. Je l'observais en silence, mais remplie d'étonnement. Non pas parce qu'il priait, je l'avais déjà vu prier à l'église, le dimanche à la messe, mais parce qu'il avait choisi ce moment et parce qu'il priait pour moi. Mais la Voix s'est chargée de me faire revenir sur terre en hurlant : « Crétine, tu ne vois donc pas que c'est toujours la même chose ? » « Quelle chose ? » « Tu ne te rends pas compte que cette fois encore il veut te le mettre dans le cul, mais vraiment et pour toujours ! » Tibéri ayant fini de prier m'a intimé sur un ton autoritaire, comme si j'avais déjà accepté son offre matrimoniale : « Agenouillons-nous. Tu vas me répondre solennellement oui ou non. » Il a repris mon bras et pour m'obliger à me mettre à genoux il a donné une certaine énergie à son geste ; mais alors, subitement , la fureur de la Voix passe cette fois par ma bouche : « Je n'avais pas compris tout de suite ; tu n'as pas essayé de me sodomiser dès que je suis arrivée mais maintenant je vois que ton idée, c'est toujours la même, mais qu'aujourd'hui tu veux me le mettre dans le cul pour toujours et définitivement. Mais oui, parce que si l'autre fois tu y étais arrivé, après je serais allée me laver le derrière et *buonanotte !* Mais si je deviens ta femme, tu me le mets par-derrière une fois pour toutes, d'aujourd'hui au jour de ma mort. Et quant à ton autel qu'est-ce que peut bien valoir une promesse de mariage échangée devant quatre bouts de bois pourris ? Rien, moins que rien ; si j'acceptais ça aujourd'hui, demain je cracherais dessus. Vends ton autel à quelque milliardaire qui y croit, donne-moi le rapport et laisse-moi partir. »

Moi : Toujours ce rapport ?

Désidéria : J'étais venue pour ça, comme prétexte du moins. Pour la première fois depuis que je le connaissais, j'ai vu Tibéri pâlir, devenir pâle comme si quelqu'un avait soufflé la bougie qui, par transparence, rendait son visage pareil à une lanterne japonaise. Il a dit : « Alors allons dans le corridor ; c'est là qu'est le rapport. » « Alors allons-y et tu me donnes le rapport. » « Je te le donnerai, mais demain. A présent, écoute. » « Quoi ? » « Tu te souviens de ce jour où tu es venue pour la première fois ici. Tu regardais par la fenêtre. Moi, j'étais derrière toi et toi tu regardais la pompe à essence et c'était merveilleux. » « Laisse-moi, tu me fais mal. » Il me tordait le bras pour me forcer à m'agenouiller ; cette fois ce n'était plus, je le savais, pour prier avec lui et lui dire que j'acceptais de devenir sa femme, mais pour contraindre mon corps à prendre la position qui convient à la sodomisation. Il n'était plus pâle du tout à présent ; il mordait sa lèvre inférieure ; sans cesser de tordre mon bras, il m'épiait d'un air curieux à travers les fentes obliques de ses paupières, comme pour évaluer l'intensité de la douleur qu'il provoquait. C'est alors que les choses se sont précipitées. Je l'ai repoussé brutalement, j'ai attrapé le revolver posé sur la console ; en voyant mon geste il s'est mis à tordre méchamment mon bras gauche, celui qu'il serrait depuis quelques minutes ; moi, alors, sous l'effet de la douleur insupportable, de l'index j'ai appuyé sur la petite détente du revolver, un geste spontané, simple et facile. Puis il y a eu le bruit de l'explosion sec, fort ; il a desserré sa prise, il s'est penché en avant, il s'est presque agenouillé sur les marches de l'autel, et puis il s'est laissé aller sur le côté replié sur lui-même et il est resté là, recroquevillé comme un pauvre à bout de forces qui dort sur les marches d'une église. Alors j'ai jeté le revolver et j'ai filé.

Moi : Où ?

Désidéria : Presque sans m'en apercevoir j'ai parcouru en courant tout le long couloir et je suis arrivée sur le palier. Je me suis alors rappelé que Quinto m'attendait à l'étage en-dessous, j'ai refermé doucement la porte et doucement j'ai descendu les marches de l'escalier. Quinto a surgi devant moi avant que je sois arrivée au deuxième. Il m'a demandé d'un air anxieux en me voyant les mains vides : « Et le rapport ! » « Il l'a laissé à son magasin, Il me le donnera demain. » L'ascenseur était resté à l'étage ; j'ai bousculé Quinto, étonné de mon comportement, j'ai ouvert les portes, je suis entrée dans la cabine et avant qu'il n'ait le temps de me rejoindre je lui ai fermé les portes au nez ; j'ai appuyé sur le bouton, l'ascenseur s'est mis à descendre avec une lenteur désespérante ; c'était un de ces vieux machins branlant et tintillonnant de toutes ses vitres ; Quinto a agité un poing menaçant et s'est jeté dans l'escalier ; je le voyais apparaître puis disparaître pendant qu'assise sur la vieille banquette de velours rouge rapé j'écoutais la Voix.

D'un ton, pour une fois calme et raisonnable elle m'a dit : « Tu as eu tort de jeter le revolver de Tibéri, tout à fait tort. Maintenant il faut t'emparer à tout prix du pistolet de ce pauvre imbécile de Quinto, pour résoudre enfin ton problème. La manière de faire, tu la connais, inutile de te la redire. » J'ai approuvé de la tête. C'était absolument vrai ; la manière de faire je la connaissais et si je m'étais assise c'était parce que j'avais eu un tournement de tête dû probablement à ma perte de sang. L'ascenseur s'est arrêté mais je suis restée sur ma banquette en regardant Quinto qui m'ouvrait les portes. Mes yeux devaient briller de façon si inquiétante qu'il a, cette fois, certainement cru à ma folie ; lui fallait-il parler ou se taire ? Moi j'ai dit d'une voix dure : « Tu as eu peur que je ne m'échappe, n'est-ce pas ? Pour aller où ? Peut-être pour faire le tour du monde comme le voudrait ma mère ? Mais tu ne ne sais pas qu'une fille vierge qui s'est fait violer, parce que toi tu m'as violée, a le droit de se sentir mal. » Sur ces mots, je me suis levée, j'ai quitté l'ascenseur et j'ai précédé Quinto dans le vestibule d'entrée. Dans la rue nous n'avons pas échangé une parole. Sur la Piazza Cavour qui était tout près, nous avons trouvé un taxi en stationnement. Quinto a donné au chauffeur une adresse que je ne connaissais pas ; après je me suis dit que cela devait se trouver dans le quartier de Piazza San Giovanni, mais je lui ai demandé où nous allions ; il m'a répondu que nous allions chez un camarade qui habitait là. Durant toute la course nous n'avons parlé ni l'un ni l'autre. Quinto regardait les rues que nous traversions ; moi je ne pensais qu'à la meilleure façon de voler son pistolet et d'arriver à temps au rendez-vous de six heures via Gaeta. J'ai regardé l'heure : il était cinq heures. J'ai calculé que même si j'arrivais à prendre son pistolet dans les premières cinq minutes de notre installation dans l'appartement du camarade, je n'aurais pas le temps matériel d'être à six heures au rendez-vous avec Viola et Érostrato. Je me suis dit qu'eux se tiendraient compagnie et que dans tous les cas j'étais sûre qu'ils m'attendraient et, s'il le fallait, la nuit entière : la passion n'est pas avare de son temps.

Moi : Alors tu arrives dans cet appartement du camarade. Que se passe-t-il ?

Désidéria : Le taxi s'arrête dans une rue devant une maison de modeste apparence, dans le genre de celles qu'on construisait pour les ouvriers et les petites gens au début du siècle. Pas d'ascenseur bien sûr ; nous avons grimpé les trois étages d'un escalier mal éclairé et sale. Je me souviens encore des abat-jour émaillés bleu et blanc en forme d'assiette à soupe ; du carrelage piqueté de gris des paliers, des barreaux de fer de la rampe. J'emmagasinais dans ma tête tous ces détails dans l'irritation et dans l'impatience ; il me tardait d'arriver, de m'emparer du pistolet de Quinto et de courir via Gaeta. Sur la porte noirâtre qui rappelait la couleur de la poix il n'y avait pas de plaque ; nous sommes entrés dans le noir ; lorsque Quinto a allumé, j'ai regardé autour de moi. J'ai vu immédiatement que c'était un logement très simple, à peine meublé ; j'ai surtout été étonnée par le désordre et la saleté de ces quatre petites pièces : dans chacune il y avait un ou deux mauvais lits pliants ; les draps et les couvertures étaient tels qu'on les avait laissés au moment du réveil ; des vêtements, des sous-vêtements avaient été jetés sur les chaises, des pages de journaux traînaient par terre, à côté de bouquins plus ou moins déchirés, de vieilles chaussures. Même désordre dans la cuisine mais encore plus sordide à cause des assiettes sales empilées dans l'évier. La Voix qui jusqu'à présent s'était tue, s'est mise à crier, en colère, comme si cet ignoble logement constituait à ses yeux une sorte de provocation : « Demande à cet imbécile si c'est ça la maison prolétarienne dont il te vantait la propreté. Demande-le-lui ! Nous allons voir ce qu'il va répondre. » Quinto qui venait d'ôter son blouson, l'avait accroché à une chaise puis s'était assis à la table de marbre de la cuisine pour consulter l'horaire des chemins de fer. Moi je suis allée ouvrir violemment la fenêtre et j'ai demandé d'une voix altérée par la colère : « Ce serait donc ça le fameux appartement prolétarien dont tu m'as parlé tantôt ? » Lui s'est retourné vers moi en me regardant de bas en haut d'un air complètement ahuri : « C'est un appartement que nous louons en commun et où nous sommes sûrs de trouver un lit pour passer la nuit. » « Tu ne m'as pas répondu. C'est donc ça que tu appelles un appartement prolétarien ? Oui ou non ? » « Oui. Mais qu'est-ce que tu as ? » « Toi tu m'avais dit qu'il ressemblait à un visage honnête et sans fard. Mais tu ne m'as pas dit que ce visage n'est jamais lavé et qu'il est sale à faire peur. » Cette fois, dans les yeux de Quinto, la stupeur s'est changée en perplexité : d'abord il s'était étonné, maintenant il se demandait s'il devait prendre au sérieux ce que je disais : « Oh tu sais, les camarades sont toujours pressés et ils n'ont pas refait les lits. Du reste, ici, ça sert surtout de dortoir. » « Ah oui, mais ici il y a une odeur qui t'empêche de respirer et les assiettes sales sont là au moins depuis une semaine. » Cette fois il a repoussé sa chaise, s'est levé et s'est approché de moi : « Alors quoi ? Qu'est-ce que c'est ? Tu es malade ? Tu ne te sens pas bien ? » Il a posé ces questions sur un ton qui n'était pas précisément celui que l'on prend pour s'informer aimablement de la santé de quelqu'un. On lisait facilement dans ses yeux la froide détermination de me plier à sa volonté. Il a ajouté : « Si tu es malade c'est une chose, mais si tu me cherches, je te conseille d'arrêter là. Je vais rester ici jusqu'à neuf heures : mon train part à dix heures. Si tu veux tu peux me tenir compagnie, si tu veux, un peu plus tard, on pourra dîner ensemble. Mais si tu veux partir va-t'en tout de suite, ça vaudra mieux. Tu m'as compris ? » J'ai regardé le dossier de la chaise où était accroché son blouson, j'ai pensé au pistolet qui était dans une de ses poches et j'ai dit timidement : « C'est vrai, tu sais, que je ne me sens pas très bien. Si ça te fait plaisir je te tiendrai compagnie jusqu'à l'heure de ton train mais avant je voudrais m'étendre un peu pour me reposer. Sois gentil va à côté m'arranger un des lits, j'aimerais dormir un moment. » Comme il me regardait un peu moins durement, j'ai ajouté : « Dès que tu me le diras, j'irai te rejoindre à Milan, j'habiterai avec ta mère et toi, je tiendrais ta maison, je serais ta compagne. » « Compagne, on verra ça. » « Je voulais dire ton épouse. » « Ah bon ! » Comme il ne semblait pas réellement convaincu la Voix s'est réveillée : « Tu ne vois pas qu'il continue à te considérer comme une folle. C'est un homme de l'ordre, de l'ordre à venir, si tu veux. Et toi qu'as-tu de commun avec un type de ce genre ? » J'ai soulevé la main, j'ai caressé son visage : « Ni camarade, ni compagne, ni épouse, n'est-ce pas Quinto ? Alors je serai ta putain. D'accord ? Et maintenant tu vas dire avec moi : Vive la révolution, oui, dis-le pour me faire plaisir. » Il m'a regardée un peu de travers et très vite, il a dit : « Vive la révolution », mais sur un ton assez réticent, presque honteux et puis il a vite ajouté : « Je vais arranger ton lit. » Il est sorti, j'ai sauté sur son blouson, j'ai sorti le pistolet de sa poche intérieure. C'était une arme très différente du revolver de

Tibéri qui était très petit et très plat. Ce pistolet-là était massif, lourd avec un chargeur et avec une crosse en bois clair. Je l'ai empoigné par la crosse, je l'ai approché de mes lèvres, et j'y ai déposé un petit baiser avant de le glisser dans mon sac. C'était la Voix qui, à mon grand étonnement, m'obligeait à agir ainsi. Ensuite d'un pas léger je suis sortie dans le vestibule. L'entrée était là, à deux pas de moi ; la porte de la chambre où je voyais Quinto en train de préparer mon lit était ouverte. Surpris de me voir là, il s'est avancé sur le seuil en disant : « Où vas-tu ? » J'ai répondu (la Voix parlait par ma bouche et c'était elle qui agissait à travers mes gestes) : « Ah, tiens, j'oubliais que j'avais quelque chose pour toi. » Tout en parlant j'ai mis ma main dans mon sac, j'ai empoigné le pistolet, je l'ai dirigé contre lui. Cette fois la détonation a été beaucoup plus forte que celle du revolver de Tibéri, moins sèche aussi, plus sonore. J'ai compris que Quinto était touché en le voyant chanceler, porter une main à son ventre et puis, comme un acteur qui sort de scène, disparaître de l'encadrement de la porte pour aller, sans doute, s'affaler sur le petit lit qu'il était en train de préparer pour moi. J'ai laissé tomber le pistolet au fond de mon sac, j'ai ouvert la porte, j'ai descendu l'escalier en courant. Dans la rue je me suis mise à marcher calmement en direction de San Giovanni in Laterano dont je voyais, là-haut sur le fond du ciel noir, les grandes statues gesticulantes se dresser au sommet de la façade de la cathédrale violemment éclairées par de puissants projecteurs.

Moi : Et maintenant que fais-tu ? Tu vas via Gaeta ? Il est tard ; tu cherches une cabine téléphonique pour prévenir de ton arrivée ou bien tu prends un taxi et tu t'y rends directement ? En somme, que se passe-t-il ?

Désidéria : Il ne se passe rien, il ne se passe rien.

Moi : Rien ?

Désidéria : Rien, mon histoire est terminée et le moment de nous séparer est arrivé.

Moi : Ton histoire n'est pas terminée.

Désidéria : Pourquoi ? Qu'est-ce que tu veux savoir de plus ?

Moi : Tu as volé le pistolet de Quinto ; la Voix t'a fait comprendre que la solution de ton problème se trouve dans ce pistolet ; en d'autres termes qu'il te faut assassiner ta mère adoptive et son amant, comme tu viens d'assassiner Tibéri et Quinto. Ce devrait être la conclusion de ton histoire.

Désidéria : Non. Ma vie n'a pas et ne peut pas avoir de conclusion. Moi je continuerai à vivre après ce que toi et la Voix appelez la solution de mon problème et alors mon histoire ne finirait plus. Mais qu'importe mon histoire ? Ce qui importe c'est moi et désormais toi qui en sais assez sur moi pour comprendre et faire comprendre qui je suis.

Moi : C'est vrai, moi je sais qui tu es, je l'ai su depuis le commencement. Mais pourtant je voudrais savoir ce que tu vas faire à partir du moment où tu as décidé de marcher calmement vers San Giovanni in Laterano. Ce que tu feras pourrait modifier l'idée que j'ai de toi, éclairer un autre, un nouvel aspect de ton personnage.

Désidéria : Non. Moi je ne peux être, hier comme aujourd'hui, comme demain, que celle que je suis. Et c'est pourquoi je te dis : adieu.

Moi : Non, attends, tu ne dois pas t'en aller ainsi ; toi-même a reconnu que tu n'avais pas encore fini.

Désidéria : A Hiroshima après l'explosion de la bombe atomique l'empreinte d'un corps humain est restée sur un mur comme reste sur le sable la trace d'un pied nu. A peine une vague silhouette un peu plus sombre que la couleur du crépi, avec une tête, un tronc, des jambes. Le corps qui a laissé cette empreinte a été dévoré, anéanti par la flamme. Ainsi de moi. Ton imagination m'a brûlée, consumée. Un jour je n'existerai plus, sinon dans ce que tu viens d'écrire, comme une empreinte, comme un personnage.

Table

Le Livre de Poche Biblio

Extrait du catalogue

Sherwood ANDERSON
Pauvre Blanc

Guillaume APOLLINAIRE
L'Hérésiarque et Cie

Miguel Angel ASTURIAS
Le Pape vert

James BALDWIN
Harlem Quartet

Djuna BARNES
La Passion

Adolfo BIOY CASARES
Journal de la guerre au cochon

Karen BLIXEN
Sept contes gothiques

Mikhail BOULGAKOV
La Garde blanche
Le Maître et Marguerite
J'ai tué
Les Œufs fatidiques

Ivan BOUNINE
Les Allées sombres

André BRETON
Anthologie de l'humour noir
Arcane 17

Erskine CALDWELL
Les Braves Gens du Tennessee

Italo CALVINO
Le Vicomte pourfendu

Elias CANETTI
Histoire d'une jeunesse - *La langue sauvée*
Histoire d'une vie - *Le flambeau dans l'oreille*
Histoire d'une vie - *Jeux de regard*
Les Voix de Marrakech
Le Témoin auriculaire

Raymond CARVER
Les Vitamines du bonheur
Parlez-moi d'amour

Blaise CENDRARS
Rhum

Varlam CHALAMOV
La Nuit
Quai de l'enfer

Jacques CHARDONNE
Les Destinées sentimentales
L'Amour c'est beaucoup plus que l'amour

Jerome CHARYN
Frog

Bruce CHATWIN
Le Chant des pistes

Hugo CLAUS
Honte

Joseph CONRAD et Ford MADOX FORD
L'Aventure

René CREVEL
La Mort difficile

Alfred DÖBLIN
Le Tigre bleu

Iouri DOMBROVSKI
La Faculté de l'inutile

Lawrence DURRELL
Cefalù

Friedrich DURRENMATT
La Panne
La Visite de la vieille dame
La Mission

Jean GIONO
Mort d'un personnage
Le Serpent d'étoiles

Lars GUSTAFSSON
La Mort d'un apiculteur

Knut HAMSUN
La Faim

Henry JAMES
Roderick Hudson
Le Coupe d'or
Le Tour d'écrou

Ernst JÜNGER
Jardins et routes *(Journal I, 1939-1940)*
Premier journal parisien *(Journal II, 1941-1943)*
Second journal parisien *(Journal III, 1943-1945)*
La Cabane dans la vigne *(Journal IV, 1945-1948)*
Héliopolis
Abeilles de verre
Orages d'acier

Ismaïl KADARÉ
Avril brisé
Qui a ramené Doruntine ?

Le Général de l'armée morte
Invitation à un concert officiel
La Niche de la honte

Franz KAFKA
Journal

Yasunari KAWABATA
Les Belles Endormies
Pays de neige
La Danseuse d'Izu
Le Lac
Kyôto
Le Grondement de la montagne
Le Maître ou le tournoi de go

Andrzeij KUSNIEWICZ
L'État d'apesanteur

Pär LAGERKVIST
Barabbas

D.H. LAWRENCE
Le Serpent à plumes

Primo LEVI
Lilith
Le Fabricant de miroirs

Sinclair LEWIS
Babbitt

LUXUN
Histoire d'AQ : Véridique biographie

Carson McCULLERS
Le cœur est un chasseur solitaire
Reflets dans un œil d'or
La Ballade du café triste
L'Horloge sans aiguilles
Frankie Addams

Naguib MAHFOUZ
Impasse des deux palais
Le Palais du désir

Thomas MANN
Le Docteur Faustus

Katherine MANSFIELD
La Journée de Mr. Reginald Peacock

Henry MILLER
Un diable au paradis
Le Colosse de Maroussi
Max et les phagocytes

Vladimir NABOKOV
Ada ou l'ardeur

Anaïs NIN
Journal 1 - *1931-1934*
Journal 2 - *1934-1939*
Journal 3 - *1939-1944*
Journal 4 - *1944-1947*

Joyce Carol OATES
Le Pays des merveilles

Edna O'BRIEN
Un cœur fanatique
Une rose dans le cœur

PA KIN
Famille

Mervyn PEAKE
Titus d'Enfer

Robert PENN WARREN
Les Fous du roi

Leo PERUTZ
La Neige de saint Pierre
La Troisième Balle
La Nuit sous le pont de pierre

Luigi PIRANDELLO
La Dernière Séquence

Ezra POUND
Les Cantos

Augusto ROA BASTOS
Moi, le Suprême

Raymond ROUSSEL
Impressions d'Afrique

Salman RUSHDIE
Les Enfants de minuit

Arthur SCHNITZLER
Vienne au crépuscule
Une jeunesse viennoise

Leonardo SCIASCIA
Œil de chèvre

Isaac Bashevis SINGER
Shosha
Le Manoir
Le Domaine

André SINIAVSKI
Bonne nuit !

Alexandre VIALATTE
La Dame du Job
La Maison du joueur de flûte

Thornton WILDER
Le Pont du roi Saint-Louis
Mr. North

Virginia WOOLF
Orlando
Les Vagues
Mrs. Dalloway
La Promenade au phare
La Chambre de Jacob
Années
Entre les actes
Flush
Instants de vie

Alberto Moravia

Bof !

Dans *Bof !* des femmes de milieu et d'âges différents conversent sur un ton familier, tragique, comique, souvent voilé d'ironie, de la haïssable ambiguïté de leur destin.

Malgré leur complaisance narcissique, elles souffrent de leur solitude de femmes mal aimées. Et c'est avec ce « Bof ! » qu'elles lancent d'un ton méprisant, qu'elles expriment leur lassitude des hommes et leur déconvenue devant de stupides comportements.

Ces nouvelles font l'analyse magistrale de la faillite qui menace hommes et femmes, séparés par le doute et l'incommunicabilité.

Moravia, maître incontesté de ces courts chefs-d'œuvre entraîne ses lecteurs dans un passionnant univers freudien.

Composition réalisée par C.M.L., Montrouge

IMPRIMÉ EN FRANCE PAR BRODARD ET TAUPIN
Usine de La Flèche (Sarthe).
LIBRAIRIE GÉNÉRALE FRANÇAISE - 6, rue Pierre-Sarrazin - 75006 Paris.

ISBN : 2 - 253 - 05637 - 5

30/6952/3